教育部人文社会科学研究青年基金项目（09YJC751060）资助

宁夏江 著

晚清学人之诗研究

暨南大學出版社
JINAN UNIVERSITY PRESS
中国·广州

图书在版编目（CIP）数据

晚清学人之诗研究/宁夏江著. —广州：暨南大学出版社，2011.6
ISBN 978-7-81135-869-8

Ⅰ.①晚… Ⅱ.①宁… Ⅲ.①诗歌研究—中国—清后期 Ⅳ.①I207.22

中国版本图书馆 CIP 数据核字（2011）第 097963 号

出版发行：暨南大学出版社

地　址：中国广州暨南大学
电　话：总编室（8620）85221601
营销部（8620）85225284　85228291　85228292（邮购）
传　真：（8620）85221583（办公室）　85223774（营销部）
邮　编：510630
网　址：http：//www.jnupress.com　http：//press.jnu.edu.cn

排　版：广州市天河星辰文化发展部照排中心
印　刷：佛山市浩文彩色印刷有限公司

开　本：787mm×960mm　1/16
印　张：16.5
字　数：316 千
版　次：2011 年 6 月第 1 版
印　次：2011 年 6 月第 1 次
印　数：1—1500 册

定　价：35.00 元

序

清代是中国古典诗歌发展中的最后一个历史时期，也是一个重要的、有自己时代特色并取得了很大成就的时期。由于种种历史原因的影响，清诗研究是整个古典诗歌研究中的一个薄弱环节，有不少具体的方面仍处在被否定或被遮蔽的状态之中。如何将清诗研究进一步拓展与深化，至关重要的也许是视野和视角的开拓与转换。

清诗不仅集中国古典诗学之大成，也集学问化问题之大成。性情与学问的关系是清代诗学的重要主题，而对学问的强调几乎是在“宗唐祧宋”的纷争之上的。创作上诸种学问化因素无论在反对还是赞成的各派诗家笔下无所不在并漫汗于诗中，在诗学理论上体现得尤为突出。对此，萧华荣的《中国古典诗学理论史》作了颇有见地的概括：“清代的诗论家，无论属于哪一个纷纭的流派，几乎无一例外地重视学问，强调性情要根柢于学问，即使主‘神韵’的王士祯、主‘格调’的沈德潜、主‘性灵’的袁枚也不例外。‘神韵’、‘格调’、‘性灵’诸说虽皆曾执过骚坛的牛耳，但绝不是清代诗学思想的主潮，倒是翁方纲的‘肌理’之论更能反映清代诗学思想的特征。”

如果将清代诗学置于古典诗学的学问化过程当中去考察，也许对清诗及清诗学研究的价值和意义将会有许多新的发现。首先，清诗的学问化状况本身就是个有价值的大课题，探讨其创作与理论上的存在和变化，于清诗研究未尝不具有拓展新层面、开辟新思考空间的意义。就诗学理论来看，“宗唐祧宋”基本上仍是当前探讨清代诗学思想的主轴，如果跳出这一局圈，转而就清人对性情与学问关系的建树专门梳理探讨，对于丰富古代诗学理论当不是无意义的劳作。

其次，这种探讨将会触及诗学理论的一个根本问题，即学问参与抒写性情的合理性和学理根据。清人普遍对钟嵘之说提出辩证，认为性情的表达必有学问的参与。如乔亿《剑溪说诗》说：“《诗品》曰：‘吟咏情性，亦何贵乎用事。’愚谓情性有难以直抒者，非假事陈词则不可，顾所用何如耳。”方南堂《辍锻录》亦说：“作诗不能不用故实，眼前情事，有必须古事衬托而始出者。”钟嵘所处时代文化积累尚薄，“个体诗学”时代开始不久，作诗以“即目直寻”为多，其说自有道理。文化累积到清代，文人构成诗的创作主体，学问就是他们的生活并浸泡于其中，其性情正在学问之中，并养就为审美情趣，远非即目直寻所能限制。这也触及中国诗学的特殊性，不是用西方诗学单纯的抒情性可以裁减的。

从学问化过程看清诗，还可以对旧问题产生新认识。比如，我们一向将清人的学问化归结为清代学风对诗学的影响，而从中国古典诗学学问化过程看，清诗的学问化尚有诗学发展自身的内在渊源，不单纯是清代学风的横向影响。再如对肌理派的评价，那种从“误把抄书当做诗”开始的否定延及至今天的论者，使对肌理派的研究与对清诗四大诗说的其他三派的研究比起来显得浮浅。如果透过“抄书”之讥的遮蔽，从学问化的角度重新审视，其可开掘的空间正自不小，评价亦未必止于当下。

再次，承宋人“学者之诗”（张栻语，见盛如梓《庶斋老学丛谈》）、“文人之诗”（刘克庄语，见刘辰翁《赵仲仁诗序》）的初步提法，清人对诗人之诗与学人之诗（又有“秀才之诗”、“儒者之诗”、“文人之诗”、“读书人之诗”等类似名目）的关系广泛关注，集合起来几乎形成系统的界定，增添了清诗又一重理论空间。而这实际上是从创作主体的角度对所流行的两大诗学状况的肯定，它还包含了类型、风格、倾向、诗法途径等多种因素。如果说诗人之诗表现性情，则学人之诗可否看成以学问化的方式表现学人的性情？这又是个饶有意味的学术话题。如果将学人之诗这一具有民族文化特征的诗学现象纳入清代诗学甚至是整个古典诗学的视野来衡量，则清代诗学及研究的价值和意义又可进入另一重学术界面了。

清代是学者参与诗歌创作最为繁盛的时期，清代众多的学人之诗无疑是清诗学问化最集中的表现，古典诗歌史上具有典型意义的学人之诗在这个时期得以充分发展。晚清学人之诗是清代学人之诗链条中不可或缺的一环。但是到目前为止还没有见到有关这方面的专题研究。夏江的《晚清学人之诗研究》正是选择了清诗研究领域这个相当薄弱的环节展开了深入、细致的探索。要完成这样的选题研究，困难是很大的。这个选题必须对分散的、零碎的和片断化的有关晚清乃至整个清代学人之诗研究成果加以整合，把有关学人之诗的学术思想观点从吉光片羽的状态中梳理而综合之，形成一个更高层面的可以拢聚的学术视点；阐释出晚清学人之诗的民族诗学背景、时代特征和群体特征；对晚清学人之诗中“诗”与“学”的关系进行阐述，描述出“诗”、“学”交融的形态、特征和手法，以及学术对诗歌创作和诗学研究的影响；构建出晚清学术史和诗歌史的横向联系，论述晚清学人之诗在学术的影响下衍变分流的轨迹。而最大的困难还在于对晚清庞大的学者型诗人群体的界定，并从中遴选出各类代表人物；对清代学人浩如烟海的诗集、诗学著作和相关学术著作的选读、整理。

如何解决这些问题，如何克服这些困难，夏江用这本著述作了较圆满的回答。他努力沟通了晚清学术史与诗歌史之间的联系，在对晚清学人的诗集和学术著作的仔细研读中，沿流溯源、寻根究底，努力展现晚清学人之诗发展衍变的轨迹及其艺术规律：晚清学人之诗是时代要求、学术思潮、文学风尚、诗人审美追求的结晶。研究的方法纵横交错，既有宏观的概述，又有具体生动的微观描述。在研究中不苟同也不树异，而是根据阅读典籍文献的资料、信息和数据来进行客观的梳理和独立判断。当然，作为青年学者，我们也许可以提出更高的要求，比如，对晚清学人之诗的内容与其学术思想联系的解读还缺乏深度，另外，对晚清学人之诗与诗人之诗关系的辨析显得有点匆忙。

夏江自到暨南大学从我攻读硕士学位后一直倾力于清代诗歌研究，尤其注重晚清阶段。后攻读博士学位，学术视野扩大到整个清代诗歌，博士论文选择了难度很大的清诗学问化问题作为研究对象。博士论文完成后，他又选择了较有研究心得的晚清学人之诗作为研究对象，并申报教育部人文社会科学研究青年基金项目，2009 年立项。这本书便是他这三年研究的成果。现在，他的《晚清学人之诗研究》稿本就摆在我的桌前，遂为序。

魏中林

辛卯春于羊城

前 言

正如我业师魏中林先生在序言中所说："清代是学者参与诗歌创作最为繁盛的时期……古典诗歌史上具有典型意义的学人之诗在这个时期得以充分发展。晚清学人之诗是清代学人之诗链条中不可或缺的一环。"目前学界开始关注晚清学人之诗，但对其研究还处于浮光掠影、未见深入的状态，受文苑和儒林分立的影响，在研究学人之诗主体时，学界要么只把他们当作诗人来研究，要么只把他们当作学人来研究，至今还没有发现把诗歌史和学术史有机结合起来并进行研究的著述，使得这些"学者诗人"呈现出两副缺陷的脸孔，无法复合成一张清晰完整的面容。总之，晚清学人之诗乃至清代学人之诗这一领域，明显存在着学术研究盲区。

"学人之诗"这一概念在清代前期就被杭世骏、方南堂等人明确提出①，却没有成为清代诗学普遍关注的话题。直到晚清，张际亮、范罕等才在他们的诗论中作过简短的阐述，陈衍虽未对这一概念进行阐析，但在他的诗论中已频繁使用这一概念。

晚清学人之诗较早进入了胡先骕、钱仲联等老一辈学者的研究视野中，他们把清代学人之诗与清诗研究紧密联系起来。

胡先骕赞扬了晚清学人之诗，认为沈曾植的学问"海涵地负，近世罕匹"，沈曾植的诗是有清一代最典型的学人之诗。胡先骕还有意识地学习晚清学人的诗歌创作，作为动植物学家，他把渊博的动植物学知识运用到诗歌之中，创作了如《春日杂诗》、《天香》、《声声慢》、《齐天乐》等学人诗词。钱仲联在《论同光体》、《沈曾植诗学蠡测》等文中认为：学人之诗本意就是学人写的诗歌，如晚清程恩泽、郑珍、莫友芝、沈曾植等学者的诗歌是学人之诗，而陈衍、陈三立等人尽管学问也很渊博，但他们终不是学人，而是文苑中的人物，其诗不能称作学人之诗。

继这些老一辈学者之后，不少学者以个案的方式论及晚清学人之诗。其中将学人之"诗"与"学"较好地结合起来进行研究的有邹进先的《龚自珍学佛对其思想与文学的影响》、郭瑞林的《魏源的时事诗刍论》、陆草的《论魏

---

① 南宋理学家张栻曾提出过"学者之诗"（盛如梓《庶斋老学丛谈》），其内涵相当于"学人之诗"。

源的禅诗及其净土信仰》、谭德兴的《论郑珍文学的经学化》、翔云的《曾国藩的振世诗文》、岑丽华的《从诗歌分析简朝亮的思想性格》、张永芳的《黄遵宪和“新世界诗”》、张仲甫的《黄遵宪的新意境和旧风格》、郭延礼的《论康有为的海外诗》、王柯平的《王国维诗学的创化之道》、张智慧的《论沈曾植诗歌中的佛学因素》；博士、硕士论文中有张明明的《林昌彝诗歌研究》、王有景的《郑珍诗歌研究》、丁佳音的《郭嵩焘诗歌的文化诗学研究》、张智慧的《沈曾植诗歌研究》、李瑞明的《沈曾植诗学的学术意识》，等等。上述研究者基本上阐析了晚清这些学者型诗人既有“学人”的一面，又有“诗人”的一面。

其他的论文虽有不少以晚清学人的诗歌作为研究对象，却只注意了这些学者作为“诗人”的一面，不太注意他们“学人”的一面，没能较好地将他们的“诗”、“学”有机结合起来进行研究。

目前还没有发现以晚清学人之诗作为一个整体加以研究的专题论文，但以比较宏观的眼光涉及晚清学人之诗的有吴淑细的《近代宋诗派诗论研究》、贺国强的《近代宋诗派研究》，其中有相当一部分内容分析了晚清宋诗派学人之诗与诗人之诗不断融合的历史进程。魏泉的《论陈衍的“学人之诗”说》围绕陈衍与北京宣南的文人交游和他的《石遗室诗话》，阐述了陈衍“学人之诗”说的形成过程及其理论价值。

不是以晚清学人之诗作为研究对象但对晚清学人之诗的研究有启迪作用的有钱钟书的《谈艺录》，其中有专论“学人之诗”一则，他认为魏晋时期的诗歌“‘拘挛补衲，蠹文已甚。虽谢天才，且表学问。’学人之诗，作俑始此”；少陵、昌黎之诗非“学人之诗”，因为其学乃“诗人之学”。“学人之学”是精深之“学”，杜、韩之学虽也广博，但不具备“专深”、“精通”的特征，故他们的学问不是“学人之学”，只是“诗人之学”；他们的诗歌不是“学人之诗”，只是“诗人之诗”。而钱载等人的诗歌为学人之诗则绰有余裕。翁方纲大量以金石考据书法之学入诗，其诗是学人之诗的畸变，乃“学究”之诗。葛晓音的《从诗人之诗到学者之诗——论韩诗之变的社会原因和历史地位》认为从乾嘉到晚清的士人，提倡学者之诗，崇尚生涩险奥的风格，韩诗才被奉为“圣境”。这种美学观念的变化有复杂的历史根源和思想基础。王辉斌的《杜甫诗歌：中国古代学者诗的范本——以其近体诗为研究的中心》认为唐代诗人主要有两种类型：一为才子型诗人，一为学者型诗人。前者凭借才气写诗，后者以功力进行创作。杜甫是唐代也是中国古代诗坛上杰出的学者型诗人，其近体诗开中国文学史学者诗之先河，同时也为后世诗人提供了一部学者诗的范本，并揭示出中国古代学者型诗人及学者诗的一些规律。刘士林的

《诗之新声与学之别体——论20世纪的中国学人之诗》指出，当学人们进行诗歌创作时，一般都倾向于把自己的学术研究融入诗歌意境的构造中，因而学人之诗可以看作是“学之别体”，是作为学人之学术研究的一种特殊形式而存在的；在《20世纪中国学人之诗三题议》中，他指出“思维”与“直观”始终是学人进行诗歌创作时难以解决的逻辑矛盾，但并不意味着在两者之间没有任何可以商量的余地，它们在特殊历史境遇中以及在特殊个体身上可以实现和谐、统一。

大体言之，学界对晚清学人之诗的研究已经取得了以下一些成果：

（1）正面肯定了包括晚清学人之诗在内的清代学人之诗兴盛是清诗学问化最明显的体现，认识到晚清学人之诗是清代学人之诗的结穴和嗣响。

（2）对晚清一些重要学者的诗集和诗学著作进行了整理和校注，为更好地研究清代学人之诗提供了必要的文献参考资料。

（3）开始以晚清特定的学人之诗作为切入口，置之于清诗学问化和清代学人之诗衍变的大背景下，对晚清学人以学问入诗的创作表现、重根柢学问的诗学思想进行了探讨，并试图阐析晚清学人之诗在清诗学问化过程中所起的推动作用。

但既往的研究尚存在以下不足：

（1）对晚清学人之诗的研究还处于一个分散的、零碎的和片断化的状态，迄今为止主要以分散自足的方式存在，缺乏一个更高层面的可以拢聚的视点，缺乏整体性的学术开掘和阐发，尚未形成从宏观层面整体观照晚清学人之诗的研究平台，以至于目前还没有发现以晚清学人之诗作为一个整体加以研究的专著和专题论文。

（2）晚清学人之诗，特别是引入金石考据等专门之学的学问诗，由于难懂而遭冷落，这些诗歌被人为地搁置起来，导致对晚清学人之诗的审美价值、学术价值及其地位影响的认识还很浅率。

（3）对晚清学人与诗人、学人之诗和诗人之诗、儒林与诗苑相互融合而推衍着清代后期诗歌学问化历程的横向研究基本上还处于人力未施的状态。

本书研究的目标是整合已有的研究成果，紧密联系晚清学人的学术知识，从研读他们的诗集和诗学著述入手，试图探究晚清学人“学”与“诗”之间的内在联系，分析他们如何以学问入诗，“学”与“诗”如何相互渗透，学术与艺术如何异质同构，“诗”如何成为他们“学之别体”等问题。归纳出晚清学人之诗的特征，大体架构出晚清学人之诗发展衍变的脉络，总结出晚清学人之诗的学术价值、审美价值及其地位影响。具体从以下三个方面展开：

（1）将晚清学人之诗纳入古典诗学特别是清代诗学研究的中心视野，从宏观层面形成一个整体观照晚清学人之诗的研究平台。从古典诗歌学问化的表现、古典诗歌学问化的历程、古典诗歌学问化的原因三个方面来阐释晚清学人之诗的民族诗学背景；从繁盛学术影响下的清代诗坛、清诗学问化被强化的原因两个方面来阐释晚清学人之诗的时代特征；以专门之学（主要是朴学）入诗、诗歌体现出学术意识和学术精神、典故运用的经常化和偏僻化三个方面来阐释晚清学人之诗的群体特征。

（2）用“学者”和“诗人”两个维度相结合的方法对晚清学者型诗人进行“量”与“类”的分析。从他们“诗”、“学”的影响和地位来看，晚清学人之诗可分为三类：①“诗”、“学”兼擅的学人之诗，如程恩泽、祁寯藻、郑珍、何绍基、莫友芝、沈曾植等人的诗歌；②不以诗名的学人之诗，如朱次琦、张穆、郭嵩焘、简朝亮、陈澧等人的诗歌；③以诗而名的学人之诗，如龚自珍、黄遵宪等人的诗歌。从学人之诗有“学之别体”和“情志心声”两种范式来看，晚清喜作“学之别体”之诗者主要集中于宗宋派学者诗人，如程恩泽、莫友芝、沈曾植等人的诗歌；喜作“情志心声”之诗的学人的诗学观和审美取向不同于宗宋诗派的学人，如朱次琦、缪荃孙、柯劭忞、简朝亮、王闿运等学人的诗歌都不喜直接以学问入诗。

（3）晚清学人之诗体现出清代学人之诗的衍变和分流，代表着清代学人之诗的延展、转型、新变和终结的四种趋向：

第一，晚清道、咸时期，宋诗派中程恩泽、祁寯藻、郑珍、何绍基、莫友芝以及同光体派中的沈曾植代表着清代学人之诗的嗣响，他们“承乾嘉学术鼎盛之后，流风未泯，师承所在，学贵专门，偶出绪余，从事吟咏，莫不熔铸经史，贯穿百家”（汪辟疆《汪辟疆说近代诗》）。他们虽提出学问与性情合一，却在实际创作中首学问、次性情，大量以学入诗，诗歌成为他们阐发学问的工具，在语言形式上艰涩求新。尤其是清末沈曾植的诗歌造“学人之诗”之极，充分调动传统学问各门类的知识来扩张、开拓诗体的表现力，却无法挽救传统学人之诗的衰微之势。“晚清又复一度呈现的‘学人诗’，只能说是一种回光返照式的现象，无论就文化背景或诗体自身的生命历程看，均属病态景象。”（严迪昌语）

第二，自鸦片战争到清末，由于时事的变迁导致传统学术的新变，一部分学人开始以“实学”和“新学”（主要是西学）入诗，如龚自珍、魏源等人的诗歌。他们“以经世致用为心，以变革一切为志，写新事，讲新知，用新典，创新体”（汪辟疆《汪辟疆说近代诗》）。这部分学人的诗歌代表了清代学人之诗的转型。

第三，受西学东渐的影响，黄遵宪、梁启超、康有为、王国维等人的诗歌引入西方哲学宗教思想、政治学说、民主思想，西方英雄人物、历史人物、著名学者或文学家以及历史文化掌故，西方近现代自然科学，包括数学、天文、物理、化学、医学、历法、地理、水利之学，西方的名胜古迹、名都大衢以及风土人情，西方的用语词汇等。这是“学人之诗”的新版（严迪昌语），代表着学人之诗的新变。

第四，新文化运动整体上采用了白话语系，废止了文言语系。胡适等人作为20世纪初新一代学者，提出“八不主义”，反对用事用典，主张“作诗如说话”，标志着清代传统学人之诗总体上的终结。

因而结论是晚清学人之诗的衍变是时代要求、学术思潮、文学风尚、诗人审美追求的结晶。

根据这样一个选题做研究，确实具有很大的挑战性。笔者意图尽力写好这本书，但由于学识谫陋，对典籍阅读不甚深入，对材料的占有尚难周全，误会或曲解在所难免，在观点与理论的运用上尚较粗糙，不够成熟。因此这本书如果能引起学界同行的兴趣和思考，并从中有所得益，我就释然了；如果能引来一些讨论，我就兴奋了；若能在这一领域内有更多本胜于它的著述诞生，那我就举起双手欢呼了。

宁夏江

2011 年 3 月

目　录

第一章　晚清学人之诗的民族诗学背景：古典诗歌学问化

中国古典诗歌从民间集体创作时代进入文人个体创作时代后，始终存在一个“学问化”过程，这一过程与诗歌的“性情化”处于一个共时性的平行状态。任何一个时代、任何一位诗人的作品莫不如此，主张“天然去雕琢”的诗人所创作的诗歌天然之余，还须有学问潜在的润饰作用；重学问根柢的诗人也不会忘记抒情言志是诗歌的本质特征。单就古典诗歌“学问化”过程的本身而言，它又处于一个历时性的演进状态，即这一过程并不是某一时期某个流派所体现出来的片断性现象，而是伴随着古典诗学历程强弱参差地形成一个持续性的过程，基本趋向是以踵事增华的方式由弱渐强，并在诗歌创作和诗学理论批评两个方面展开。

历代诗论家曾对以性情为中心的诗歌审美化问题展开了深入、细致的探讨，到王国维提出“境界说”，标志着中国古典诗歌性情化问题的探讨已成熟到必须向海外引进新的理论体系才能继续下去，而诗歌的学问化问题在他们的诗学研究中只是鳞爪片语，零零碎碎，直到清中叶翁方纲的诗学，其立足点才“由以情感为中心转到以知识、义理为中心上来……使本来蕴涵在抒情诗学中的一种倾向真正独立出来有了一种理论系统，成为与抒情诗学相抗衡的诗学系统”①。但对诗歌学问化的探讨远没有对诗歌性情化的研究那样完备和成熟——或许由于重道轻艺、重神轻形、重表现轻再现、重抒情轻体物是古典文艺的主导审美观，导致性情化问题占据了中国古典诗学的视野中心，学问化问题相对就形成了古典诗学研究的盲点或“灯下黑”。所以古典诗歌学问化问题的提出，其意义不仅在于发现中国古典诗歌原本存在的一个事实，更重要的是，它在以“诗言志”、“诗缘情”为主导的诗学背景中，将被视为诗学枝节问题的“多识亦关诗教”② 作为诗学的重要内容来加以思考，增添了古典诗学存在的内涵，使与“性情化”潜隐而行的“学问化”审美层面豁朗起来。

鉴于中国古典诗歌性情化问题的探讨已经烂熟，我们暂且搁置不议，而选取了中国古典诗歌的学问化作为研究的观照点，以便探讨晚清学人之诗是如何

---

① 张健：《清代诗学研究》，北京大学出版社 1999 年版，第 725 页。

② 徐世昌：《晚晴簃诗话》，华东师范大学出版社 2009 年版，第 584 页。

在这一民族诗学问题的背景下展开的。

第一节 学问化在古典诗歌创作中的表现

简单地说，所谓“学问化”是指将作诗与学问联系起来看待。学问主要由知识构成，而且侧重于“过去的”知识。知识不能涵盖学问，因为学问还包括对知识的运用，以知识为依托对事理、道理的思考探求等。但是中国古代士人所指的学问却偏重于指书本知识（哲学上所说的间接经验），如苏秦惭愧自己学问浅薄，“乃闭室不出，出其书遍观之，曰：‘夫士业已屈首受书，而不能以取尊荣，虽多亦奚为！’于是得周书《阴符》，伏而读之”①。贾谊有学问，“以能诵诗属书闻于郡中”，“颇通诸子百家之书”②。

有成就的古典诗人都会对诗歌与学问的关系深有体会。晋代诗人左思以他的切身体会说明诗文创作辅以学问是必不可少的，例如：“余既思摹《二京》而赋《三都》：其山川城邑，则稽之地图；其鸟兽草木，则验之方志；风谣歌舞，各附其俗；魁梧长者，莫非其旧。何则？发言为诗者，咏其所志也；升高能赋者，颂其所见也；美物者，贵依其本；赞事者，宜本其实。匪本匪实，览者奚信？”③《三都赋》不仅言辞瑰丽典雅，而且包含着丰富的知识。清代诗人郑梁认为诗歌学问化是个不可回避的问题，“论者必欲其屏学识，离事理，将所言者何言而使吾志得明乎？纵使流连光景之余，别有神会，势不流为释氏之机锋不止，风雅林中仅此虚灵恍惚一派也？”他回顾中国诗坛上的名家大作，都摄入学问，“故余尝论三代以下之诗，其可称大家者，李、杜之后，惟韩、柳、欧、苏，而外此以诗名者，皆不得与。盖李、杜所以得称大家者……即以其诗为文，胸中学识，天下事理，悉于诗焉发之也。韩、柳、欧、苏之所以得称大家者……胸中学识，天下事理，未尝于诗焉靳之也”④（《四大家诗钞序》）。近人吴宓也说诗人“非记诵精详、博学多闻，则其诗必空疏而乏材料，情志亦无所寄托，无由表现”⑤。

徐世昌认为传统士人之学包括“上而天象、地舆、历算、音韵、礼乐、兵刑、农桑、布帛之要，下至射御、医药、术数、游艺、庶卉，满蒙西域外国

---

① 司马迁：《史记》卷69，岳麓书社1988年版，第527页。

② 司马迁：《史记》卷84，岳麓书社1988年版，第629页。

③ 左思：《三都赋序》，《文选》卷4，中华书局1977年版，第74页。

④ 郑梁：《寒村诗文集·见黄稿》卷2，《四库全书存目丛刊》集部256册，齐鲁书社1995年版，第239—240页。

⑤ 吴宓：《吴宓诗话》，商务印书馆2005年版，第24页。

之文"[①]，近代学者王恩洋也认为他们的学问"自下技艺射御，上至天命性道"[②]。传统士人的学问大致可以分为两个层次：一是学术思想，属于形而上的文化；一是具体的学识技能，属于形而下的文化。古典诗歌的学问化在诗歌创作中相应地表现为两个层面：一是形而上的层面；一是形而下的层面。

一、形而上的层面——以学术入诗

从诗歌的发展史来看，以主流思想文化入诗的现象如一根红线贯穿了中国诗歌发展的历史。魏晋之世，玄谈盛行，以《老》、《庄》、《易》为三玄，是为玄学时代，于是就出现了玄言诗。之后，佛教逐渐发展起来，至隋唐之时，佛学极为繁盛，是为佛学时代，于是诗坛大量出现以佛学入诗和以佛学喻诗的现象。宋、元、明三代，理学兴起，儒学杂糅佛学、道学，传统儒学有了新的阐释，是为理学时代，于是就出现了理学诗，邵雍、二程、庄昶等人的诗歌尽管写得很拙劣，但至少还是诗歌，他们用诗歌来阐发儒家学说，以理学入诗。到明清之际，许多学者批评理学的空疏附会，趋向于考证之学，是谓朴学时代，于是出现了以朴学入诗的学问诗。19世纪后期以来，西学开始影响中国，出现了融会中西的学术思想，是为西学东渐的时代，于是出现了"旧瓶装新酒"的新学诗。

以学术文化入诗，从具体的内容来看，主要表现为以下七个方面：

（1）以经史之学入诗。

（2）以宗教之学入诗。主要包括以佛学、道教思想和后来的基督教思想入诗，其中以佛教中的禅学入诗为最著。

（3）以哲学入诗，包括以先秦诸子百家思想、魏晋玄学、宋明理学、心学入诗。

（4）以工学、农学、兵学、盐务、河防、海防等经世之学入诗。

（5）以小学、金石、音韵、校勘、辨伪、辑佚、方志学、地理学、谱牒学、历算学等朴学入诗。

（6）以音乐、书法、绘画、舞蹈、雕刻、建筑等艺术文化入诗。

---

① 徐世昌：《清儒学案序》，中国书店1990年版。

② 王恩洋：《孔子学案叙论》，《孔子学案》，北京图书馆出版社2004年版。

(7) 以诗学入诗。[①]

下面以对古典诗歌影响较大的经史、佛学为例说明引学术文化入诗的情况。

经史之学在传统之学中被看作是根基之学，是其他学术文化的基础，所以历代学人最看重的学问就是“经经纬史”之学。古典诗学自然也重视经史，钱谦益认为“学问”首先要“经之以经史”。[②] 黄宗羲说：“读经史百家虽不见一诗，而诗在其中。”[③] 陈衍说：“为学总须根柢经史，否则道听途说，东涂西抹，必有露马脚狐尾之日。”[④] 张之洞也说：“由经学入史学者，其史学可信；以经学、史学入词章者，其词章有用。”[⑤] 经史被认为是其他学问的源头，只有熟稔经史，打下扎实深厚的学问根基，才能使文章达到厚、高、妙、工的艺术境界。

儒家的典籍六经作为封建文化最重要的组成部分，中国古典诗歌当然与之息息相关。“夫文章者，原出五经”（《颜氏家训·文章》），诗（文）“根汲于六经”[⑥]，“今古文章柄，持衡在六经”[⑦]。精通经学的诗人所创作的诗歌，贯注着经学思想，化用或直接引用经学典籍中的语句，甚至经学中的学术风格也直接影响着诗歌的审美取向。从杜甫、王安石、苏轼、黄庭坚等人的诗歌，到

---

① 以诗学入诗主要表现为以诗论诗，杜甫的《戏为六绝句》开创了中国诗歌史上以诗论诗的先河。自杜甫这组论诗之诗后，后人纷纷在诗歌中引入诗学题材，不下七八百家（钱仲联《〈万首论诗绝句〉前言》），郭绍虞等人选编的《万首论诗绝句》（人民文学出版社 1991 年版）就是明证。他们用诗歌的形式或阐明自己的创作心得，如“学诗当如初学禅，未悟且遍参诸方。一朝悟罢正法眼，信手拈来皆成章”（韩驹《赠赵伯鱼》）。或表明对诗歌发展史的看法，如“建安后格多新丽，苏李前风尽已乖。欲识遥深清峻旨，稽公琴散阮公怀”（姚莹《论诗绝句六十首》之五）。或是对诗歌流派的评价，如“关陇英才未易量，刮磨何李竞丹黄。吴中往往饶才笔，也炷娄江一瓣香”（钱谦益《姚叔祥过明发堂，共论近代词人，戏作绝句十六首》其九）。或是就不同诗人的人格诗品进行对比，如“陶潜磊落性情温，冥报因他一饭恩。颇觉少陵诗吻薄，但言朝叩富儿门”（龚自珍《舟中读陶诗三首》其三）。或是对某首诗歌的激赏，如“‘望帝春心托杜鹃’，佳人锦瑟怨华年。诗家总爱西昆好，独恨无人作郑笺”（元好问《论诗》之十二）。或是对诗人名家的仰慕，如“纵横诗笔见高情，何物能浇块垒平？老阮不狂谁会得？出门一笑大江横”（元好问《论诗》之五）。这些诗以诗歌形式阐明诗学领域的学问，是一种诗歌化的诗话，多本其诗学研究，出以韵语。

② 钱谦益：《周孝逸文稿序》，《有学集》卷 19，上海古籍出版社 1996 年版，第 826 页。

③ 黄宗羲：《南雷诗历题辞》，《黄梨洲文集》卷 2，《传世藏书》别集 12，海南国际新闻出版中心 1996 年版，第 81 页。

④ 陈衍：《陈石遗集》（下册），福建人民出版社 2001 年版，第 2177 页。

⑤ 沈其光：《瓶粟斋诗话》五编上卷，《民国诗话丛编》（第五册），上海书店 2002 年版，第 759 页。

⑥ 翁方纲：《杜诗“熟精〈文选〉理”“理”字说》，《复初斋文集》卷 10，《续修四库全书》第 1455 册，上海古籍出版社 2002 年版，第 440 页。

⑦ 翁方纲：《送曹俪笙典湖北乡试三首》（其一），《复初斋诗集》卷 52，《续修四库全书》第 1455 册，上海古籍出版社 2002 年版，第 147 页。

清代经学大师顾炎武、杭世骏、程恩泽、郑珍等人的诗歌莫不如此。

以史学入诗表现在把史实、史识融炼在诗歌中，表现出两种范式：一是“以诗述史”。班固的《咏史》开以诗歌叙述史实的先河，对历史材料删繁就简，以适合诗歌简短的篇幅。二是以诗考史或论史。如清代史学家兼诗人赵翼的《读史二十二首》之二：“秦皇筑长城，万里恢边墙。西起临洮郡，东至辽海旁。隋帝发兵夫，开渠自汴梁。通淮达扬子，由江达余杭。当其兴大役，天下皆痍疮。以之召祸乱，不旋踵灭亡。岂知易代后，功及万世长。周防巩区夏，利涉通舟航。作者虽大愚，贻休实无疆。如何千载下，徒知詈骄荒。”诗歌指出了秦始皇修长城和隋炀帝凿运河在当时给老百姓造成了苦难，并导致其王朝迅速灭亡；同时又指出其惠及后世的重大效用。这首诗表现出他作为史学家敢于冲破传统观念，只根据历史贡献评价历史人物的远见卓识。

中国诗歌很早就受到佛教（禅宗）典籍的影响，不但诗歌的题材内容、表现手法及审美意境等方面受佛教文化的影响，诗歌的声律也受其影响。佛教（禅宗）文化对诗歌的影响主要表现为以佛（禅）学入诗、以佛（禅）学喻诗。

1. 以佛（禅）学入诗

以佛（禅）学入诗首先表现在用诗歌来阐发佛教教义。如龚自珍的《己亥杂诗》“空观假观第一观，佛言世谛不可乱。人生宛有去来今，卧听檐花落秋半”（第226首），阐发了天台宗《修习止观坐禅法要》中“观心”修炼过程的三个阶段以及三种时间观；“吟罢江山气不灵，万千种话一灯青。忽然搁笔无言说，重礼天台七卷经”（第315首），阐发了天台宗无言心悟之至境的思想。以佛（禅）学入诗其次表现为以佛理意境入诗。李邺嗣就说：“即如唐人妙诗，若《游明禅师西山兰若诗》，此亦孟襄阳之禅也，而不得专谓之诗。《白龙窟泛舟寄天台学道者诗》，此亦常微君之禅也，而不得专谓之诗。《听嘉陵江水声寄深上人诗》，此亦韦苏州之禅也，而不得专谓之诗，使招诸公而与默契禅宗，岂不能得此中奇妙。”①（《杲堂文钞》卷2《慰弘法师集天竺语诗序》）以佛（禅）学入诗还表现在以佛典禅语入诗，为诗歌提供了新鲜的语言材料。中国古典诗歌在六朝以后特别是唐以后，有不少佛教典故和用语被大量引进诗歌或诗学著述中。（可参见钱仲联先生的《佛教与中国古代文学的关系》，《梦苕庵清代文学论集》）

2. 以佛（禅）学喻诗

由于禅宗自唐以后在中国影响极大，以禅喻诗成为以佛学喻诗最常见的方

---

① 李邺嗣：《慰弘法师集天竺语诗序》，《杲堂文钞》卷2，《四明丛书》本。

式。禅宗灵机流转、圆通万方、造语精妙、妙谛微言，故可在诗学中多方引申、多方譬说，最突出的是佛学上的顿悟说和不立文字说。诗僧皎然作《诗式》，首用佛理说诗。唐末司空图继皎然而起，大谈味在“咸酸之外”、“韵外之致”、“味外之旨”（《与李生论诗书》），“超以象外，得其环中”，“不着一字，尽得风流”，“如不可知”，“离形得似”（《二十四诗品》）等，就是从《诗式》之论发展而来的。[①] 宋人诗学最喜以禅喻诗，阐述“活法”与“参悟”等诗学修养的方式、方法。吴可云：“凡作诗如参禅，须有悟门。”（《藏海诗话》）韩驹云：“欲参诗律似参禅，妙趣不由文字传。个里稍关心有悟，发为言句自超然。”（《论诗十绝》之一）曾季狸《艇斋诗话》记载：“后山论诗说换骨，东湖论诗说中的，东莱论诗说活法，子苍论诗说饱参，入处虽不同，然其实皆一关捩，要之非悟入不可。沧浪以禅之境界譬诗家之等级，以禅宗接引方式之异譬诗家之路数。”[②] 王士祯也说：“严沧浪《诗话》，借禅喻诗，归于妙悟。如谓盛唐诸家诗，如镜中之花，水中之月，镜中之象，如羚羊挂角，无迹可求。”[③] 此外，宋人还借禅以说明形而上的“道”与形而下的“技”、具体的“锻炼”与艺术造诣上的“自然”之间的关系，从而揭示出诗艺从“此岸”达到“彼岸”的经验和规律。

二、形而下的层面——以学识入诗

用典、用事、隐括，即诗歌引用典籍中有关人、事、物的故实，也就是刘勰所说的“据事以类义，援古以证今者也”、“明理引乎成辞，征义举乎人事，乃圣贤之鸿谟，经籍之通矩也”（《文心雕龙·事类》），“三极彝道，训深稽古。渊哉铄乎，群言之祖”（《文心雕龙·宗经》）；陆机所谓“伫中区以玄览，颐情志于典坟”（《文赋》）。典与事用得好，“信手拈来，不露饾饤堆砌之痕，化腐为新，易板为活”[④]，可以使诗歌变得含蓄与典雅，并孕育出新的意蕴，使诗歌在简练的形式中包含着丰富的内涵。赵翼说：“诗写性情，原并专恃数典。然古事已成典故，则一典已自有一意。作诗者借彼之意，写我之情，自然倍觉浑厚。此后代诗人不得不用书卷也。”[⑤] 方南堂在《辍锻录》中说：“古人于事之不能已于言者，则托之歌诗；于歌诗不能达吾意者，则喻以古事。于是

---

① 钱仲联：《佛教与中国古代文学的关系》，《梦苕庵清代文学论集》，齐鲁书社 1983 年版，第 198 页。

② 曾季狸：《艇斋诗话》，《历代诗话续编》，中华书局 1983 年版，第 296 页。

③ 王士祯：《池北偶谈》卷 17，中华书局 1982 年版，第 416 页。

④ 孔尚任：《桃花扇凡例》，《桃花扇》，人民文学出版社 1959 年版，第 12 页。

⑤ 赵翼：《瓯北诗话》卷 10，《清诗话续编》，上海古籍出版社 1983 年版，第 1314 页。

用事遂有正用、侧用、虚用、实用之妙。如子美《荆南兵马使太常卿赵公大食刀歌》云：‘万岁持之护天子，得君乱丝为君理。’此侧用法也。刘禹锡《葡萄歌》云：‘为君持一斗，往取凉州牧。’此虚用法也。李颀《送刘十》云：‘闻道谢安掩口笑，知君不免为苍生。’此实用也。李端《寻太白道士》云：‘出游居鹤上，避祸入羊中。’此正用也。细心体认，得其一端，已足名家，学之不已，何患不抗行古人耶！”①

引用前人语句、词语、语意、意象。也许是由于中华民族具有浓厚的尚古崇祖的精神，以至在诗歌创作时也不忘前人古籍的祖述，潜心于对前人语意、意象的化用，如东坡诗好化用陶诗意象，钱谦益有很多诗篇的意境取自李商隐。讲求遣词用字尽量有来历出处，喜欢把前人典籍、集子中的典雅字句包装为自己的诗歌。最常见的则是对语句、词语的引用，有直接征用，也有化用。唐以前的诗歌喜引用名句，宋人引用不太在乎是否为名句，而以善于化用他人语句相高，如王安石最喜好也最善于化用他人好词好句，“每遇他人佳句，必巧取豪夺，脱胎换骨，百计临摹，以为己有；或袭其句，或改其字，或反其意。集中作贼，唐宋大家无如公之明目张胆者。本为偶得拈来之浑成，遂著斧凿拆补之痕迹”，“占尽新词妙句，不惜挪移采折，或正摹，或反仿，或直袭，或翻案”。②

使用僻字险韵。这一般被视为雕虫小技，朱光潜说：“虽说是‘小技’，趣味却是十足。他们（指古典诗人）越做越进步，越做越高兴，到后来随处都要卖弄它，好比小儿初学会一句话或是得到一个新玩具，就不肯让它离口离手一样。”③ 而且他们还想把这种小技尽量玩得玄乎一点，刻意寻求僻语偏词，而又不出“经史子集”之外，所谓字字有来历。用韵的学问化表现为喜押长韵、险韵和僻韵。诗人为此须挖空心思，以图别出心裁，因难以见巧，愈出愈奇。高明者用音韵惊警险峻而又能化艰僻为平妥，无凑韵之窘迫，从而体现作者的音韵功底。据袁枚《随园诗话》载尹继善“好和韵，尤好叠韵。每与人角胜，多多益善。庚辰十月，为勾当公事，与嘉兴钱香树尚书相遇苏州，和诗至十余次。一时材官傔从，为送两家诗，至于马疲人倦”④。可见有些诗人在和韵上为显示自己的声韵学功底而争才显能。

使用物之古名别名、人之别称字号、地之旧名俗名入诗，以显示诗人的博学和强志。这在宋人和清人诗中经常能见到，如林逋的“水泥行郭索，云木

① 方南堂：《辍锻录》，《清诗话续编》，上海古籍出版社 1983 年版，第 1943 页。
② 钱钟书：《谈艺录》（补订本），中华书局 1984 年版，第 245—246 页。
③ 朱光潜：《诗论》，北京出版社 2005 年版，第 254 页。
④ 袁枚：《随园诗话》，江苏古籍出版社 2000 年版，第 4 页。

叫钩辀”，所云不过一蟹一鹧鸪耳；王安石“岁暮苍官能自保，日高青女尚横陈”，“含风鸭绿粼粼起，弄日鹅黄袅袅垂”，不过“松”、“霜”、“水”、“柳”四物而已。清代许多学厉鹗的诗人喜以“瓶”为“军持”、“桥”为“略彴”、“箸”为“挟提”、“棉”为“芮温”、“提灯”为“悬火”、“风箱”为“扇颓”、“熨斗”为“热升”、“草履”为“不借”。① 诗歌中用字号、出生地、辈分来代替姓名的做法也是随处可见，“别号日繁，于是一人之记号多乃至数十，每有众所共知之人，一易其名称，竟茫然不识为谁氏者……尤喜避去习见，改用隐僻，甚或删削本名，或别创新称……专以地名名人”②。

模仿习取前人作诗格调、法度、体裁、技巧。诗歌创作中模仿习取前人格调、法度，从而化为自己的本事，这是一种技能性的学问。具体地说就是学习他人诗歌中的拟题、命意、谋篇、定体、选韵、协律、章法、句法、字法等手法。毛先舒说：“标格声调，古人以写性灵之具也。由之斯中隐毕达，废之则辞理自乖……法由彼立，杼自我成，柯则不远，彼我奚间?”③ 他认为古人作品流传下来的不仅是思想内容，也包括格调法度，这些格调法度经积淀陶冶就成为审美传统，不仅体现在古典诗歌的价值系统中，而且渗透到人们的审美情趣中，如此则美，不如此则不美，从而肯定了这种技能性的学问，所谓“规矩备具而能出于规矩之外，变化不测而亦不背于规矩也，是道也”④。

学人之诗和诗人之诗在学问化的两个层面上是有区别的：学人之诗更多地表现为形而上的层面，擅长以专门之学入诗。一般的诗人即使欲以学术入诗，其精深程度却远不如学人之诗。在形而下的层面上，学人在格调、意境、技巧上不及诗人，然而他们用事用典精切。很多学人长于音韵训诂之学，更能在使用僻字险韵上争胜。清代学人之诗与诗人之诗的差别体现得尤为明显。

第二节　古典诗歌学问化的历程

前面说过古典诗歌学问化伴随着古典诗学历程而形成一个持续性过程，这一过程以踵事增华的方式呈现出由弱渐强的趋势。

① 钱仲联：《清诗纪事》，江苏古籍出版社 1989 年版，第 3526 页。
② 钱玄同：《寄陈独秀》，《新青年》，1917 年 3 月 1 日第 3 卷第 1 号。
③ 毛先舒：《诗辩坻》，《清诗话续编》，上海古籍出版社 1983 年版，第 12 页。
④ 吕本中：《夏均父集序》，《中国历代文论选》（第二册），上海古籍出版社 2001 年版，第 367 页。

一、最质朴的民歌时期

这一时期是诗歌集体创作时期。诗歌“活在口头上”，这种原生态的诗歌，是人类幼稚期的产物，完全是远古时期原始、朴实情感的自然流露，诗、歌、舞密切结合，毫无矫饰，体现人和自然最亲密的一种情感状态，很少表现出与同时期其他低度文化有明显的缠结。这一时期的诗歌直言其情，直抒胸臆，一唱为快。

中国古典诗歌有记载的始于夏商时代，如《楚辞》中一再提及的夏启时代的《九歌》，当是夏代流传下来的歌谣。据《山海经·大荒西记》记载，《九歌》是夏启得自于“天”的，可以想见，古《九歌》与夏时的祭天活动有关，它应该是祭祀歌谣。商代的民歌如《诗经·商颂》五篇，是颂咏祖先、歌舞娱神的诗歌。当时人们作诗歌是为了福祉安康、免除灾祸，没有后来文人刻意为文、炫才显学的悠然自得。所以这一时期的诗歌几乎没有学问因子可言，至少从当时创作者的创作动机和低文化水准来看是这样的。在文化程度很低的民歌时期，他们歌唱时还未曾知道什么是哲学，什么是政治，什么是历史，什么是文学，他们的意识里还没有这些观念，还没进化到“如此”文明的程度。他们想说就说，想歌就歌，“饥者歌其食，劳者歌其事”。有所感受，有所体验，他们就借助歌唱表达出来，“缘事而发，感于哀乐”。如果一首歌唱出了许多人的心声，引起了普遍的共鸣，那么自然也就会流传开去。由于文化程度低，缺少理性的滋润，他们的眼光是直观的，表达是纯情的。

这儿必须说一下我国第一部古典诗歌总集——《诗经》。《诗经》历来被认为是一部相当有学问文化的诗歌总集，康有为说它“凡一章一句之所涵托，义旨无穷，以十五国言之，一国之风，《诗》说几近十万言，于地舆、民俗、物产、国政、人才，沿革得失，了如豁如，若聚米而画山，若家人子之自道其生产也，岂犹患其授政不达，专对不能哉?”（《日本杂事诗序》）是的，在我们现在看来，它确实可成为学问文化的经典，以至于儒家把它尊为诗教的经典。但如果把《诗经》还原到当时所创作的那个时代去考察，我们现在看起来已经成为文化学问的东西在当时看来不过是创作者耳濡目染、习见习闻的生活和现象，这些东西对他们来说既不是“过去的”知识，也不是他们绞尽脑汁所得，“彼其人非素所诵读讲肄推求而为此也，又非有所研精极思、腐毫辍翰而始得也；情偶至而感，有所感而鸣”①，这是他们歌唱时不费吹灰之力信

① 叶燮：《原诗》，《清诗话》，上海古籍出版社 1999 年版，第 589 页。

手拈来的眼前现成的东西——不用思考，不用提炼，也不必驱动智力，因而对他们来说这算不上是知识，谈不上是学问，他们仅仅是“缘事而发”。

人类的学识确实存在这种情况，原本不是学问文化的东西，随着时间的推移，可能成为后人的学问文化。如古人的口语，在当时是全民流行，大家一听就懂，绝对不会形成理解障碍的东西，我们现在看来却古色斑斓，至少颇有语言学问在里头，但这主要是由时间隔膜所造就的——事实上，人类的知识文化很多就是由时间的延宕所造就的。故王充曰：“经传之文，贤圣之语，古今言殊，四方谈异也。”（《论衡·自纪》）葛洪曰：“古书之多隐，未必昔人故欲难晓，或世异语变，或方言不同，经荒历乱，埋藏积久……是以难知，似若至深耳。”（《抱朴子传·钧世》）

所以我们不能认为早在夏商时代的民歌就已经以学问为诗了。当然商、周民歌经过采集加工，登之以庙堂，被之以管弦，润饰删定后，成了《诗经》，应该说就有了学问化的因素在里面了，故陈子龙说：“盖古者民间之诗……得非经太史之采，欲谱之管弦，登之燕享，而有所润饰其间欤?”① 沈曾植也说：“《诗》之比兴，辞近《易》；赋则近于《书》，于《风》偶一见；《雅》则全诗相类矣。国史之言，本其所掌，本其所学，以为吟咏，而洁静精微、疏通知远之美，不期而与温柔敦厚之情，交发而迭起焉。读大小雅，非列国之风可比也。”② 孔子删《诗》恐怕是《诗经》学问化的始作俑者。

二、骚体诗时期

以《离骚》为代表，诗歌进入个人创作时期，受过教育的文化人开始在他们的诗歌中掺入学问化因子。德国学者把诗分为民间诗与艺术诗两类，认为民间诗全是自然流露，艺术诗则根据艺术的意识与技巧，有意识地刻画美的形象。③ 据此来看，屈原的《离骚》是中国古典诗歌中最早的艺术诗，具有明显的楚地巫文化底蕴。日本藤野岩友认为，“《楚辞》是从宗教中独立兴起的文学。按其类型分析，显然是来源于和巫祝有关的宗教文学”，而《离骚》则是“来自于对神的祝辞”的“祝辞系文学”。④ 《离骚》罗列了那么多的神人名姝、地舆山川、奇花异草、珍禽怪兽、美馔佳肴、华屋丽服、名车宝辕，可谓

---

① 陈子龙：《佩月堂诗稿序》，《陈子龙文集》卷7，华东师范大学出版社1988年版，第380页。

② 沈曾植著，钱仲联辑：《海日楼札丛·海日楼题跋》，辽宁教育出版社1998年版，第11页。

③ 朱光潜：《诗论》，北京出版社2005年版，第25页。

④ ［日］藤野岩友著，高鹏译：《〈楚辞〉解说》，《楚辞资料海外编》，湖北人民出版社1985年版，第8页。

气象万千，足见其学识之宏富。作者有意识地通过展现自己的博学强志，来说明自己的才华和高贵。尤其是其《大招》更被认为是有学之篇，“《骚》无学问则《大招》废”[①]。

三、两汉时期

《诗》、《骚》的融合，主要沿着两个方向发展：一是向着具象抒情的方向发展，既继承了《诗经》和骚体诗所具有的具象抒情特征，也保持和发展了《诗经》章句整齐押韵的特征；一是向着“彣”的方向发展，它们继承了《诗经》中“赋”的手法以及骚体章句参差错落的特点，逐步形成了铺张扬厉、镂金错采、堂皇华美的赋体。

汉代的诗歌显然是选择了前面一条路子。如果说《诗经》时代仍然是各种精神文化形态浑然不分的时代，至少那种分化还处在极其幼稚的萌芽状态，那么，到了汉代，各种精神文化形态的分化在客观上已经相当发达。由于散文体长足发展，那种需要比较详细准确记载、陈述、议论的精神文化职能，就由适宜的散文体来承担了。正是由于文体的分工，诗歌抒情言志的职能才明确起来，汉代文人诗几乎没有一首是纪史的。汉代的诗歌尽管在《离骚》之后，但在诗歌中引进学问的意识由于诗、文分体而被汉人删汰了，这一时期的诗歌表现出质朴浑厚、高古天成的特征，严羽说“汉魏古诗，气象混沌，难以句摘”，又说，“汉魏尚矣，不假悟矣”，“汉魏之诗，词理意兴，无迹可寻”，[②]就是指汉魏诗歌情理、意象浑融不分。诗歌多从诗人胸臆中流出，天真自然，不露斧凿之痕，诗人理性思维并不直接介入诗歌之中。吴乔说：“汉魏之诗，正大高古……古，谓不束于韵，不束于粘缀，不束于声病，不束于对偶。”[③]庞垲认为：“汉、魏质直如说话，而字随字折，句随句转，一意须行以成篇。”[④]陈衍认为这一时期的诗歌“有风而无雅，比兴多而赋少，所赋者眼前景物，夫人而能知而能言者也；不过言之有工拙，所谓‘有别才’者，吐属稳，兴味足耳”[⑤]。所以，汉代诗学的主流更多地继承了《诗经》的“风”传统，与周代的群体诗学前后辉映。

---

① 程恩泽：《金石题咏汇编序》，《程侍郎遗集》卷7，《续修四库全书》第1511册，上海古籍出版社2002年版，第281页。

② 严羽著，郭绍虞校：《沧浪诗话校释》，人民文学出版社1983年版，第148页。

③ 吴乔：《围炉诗话》卷1，《清诗话续编》，上海古籍出版社1983年版，第471页。

④ 庞垲：《诗义固说》，《清诗话续编》，上海古籍出版社1983年版，第728页。

⑤ 陈衍：《瘿唵诗序》，《陈衍诗论合集》，福建人民出版社1999年版，第1057—1058页。

四、魏晋时期

到魏晋六朝时期就不同了，刘勰对此有明确的认识，“卿渊以前，多役才而不课学；雄、向以后，颇引书以助文”。[①] 魏晋时期的名士专谈《老子》、《庄子》与《易经》等“三玄”，从正始年间起玄学大兴，玄学随之渗入诗歌之中。嵇康的玄言诗是玄言诗兴起的标志，他或于诗中直言玄理，或借游仙之名而行玄言之实，或于诗歌中将山水自然与玄学思理结合起来，表达高旷悠远的玄学理念。东晋出现了以《兰亭诗》为代表的玄言诗派，“江左（东晋）篇制，溺乎玄风，嗤笑徇务之志，崇盛忘机之谈”[②]，“自中朝贵玄，江左称盛，因谈余气，流成文体。是以世极迍邅，而辞意夷泰，诗必柱下之旨归，赋乃漆园之义疏”[③]。东晋诗人孙绰的《答许询》、《赠温峤》是典型的玄言诗。如其《答许询》：“仰观大造，俯览时物。机过患生，吉凶相拂。智以利昏，识由情屈。野有寒枯，朝有炎郁。失则震惊，得必充诎。”[④] 全诗每句发挥玄理，“微言剖纤毫”，所谓“托怀玄胜，远咏老庄，萧条高寄，不与实物经怀”[⑤]。玄言诗对玄理的刻意追求使其失去了诗歌感性动人的力量，“理过其辞，淡乎寡味”[⑥]。

在玄言诗的沃土上，从印度传播过来的佛学也来撒播新的种子，结出了新的果实。东晋出现了一个佛理掺入诗歌的局面，有时单独说佛理，有时结合《周易》、老庄，有时结合山水，“友、谢皆禅玄互证”[⑦]，从支道林至谢灵运，山水诗与佛理日益结合。总之，魏晋六朝时期以玄学佛理入诗，出现了以学术入诗的端倪。钱钟书先生认为“学人之诗，作俑始此”[⑧]。

这一时期的诗歌不再浑厚古拙而趋向于精妍新巧，西晋“二陆三张两潘一左”崇尚辞华、缘情绮靡，很明显地表现为驱动才学，不惜学习前人辞赋里铺陈扬厉的作风，大量采摘化用前人的丽词名句，刘勰评曰：“积学以储宝，酌理以富才，研阅以穷照，驯致以绎辞”，“难易虽殊，并资博练；若学

---

① 刘勰：《文心雕龙·才略》，浙江古籍出版社2001年版，第256页。
② 刘勰：《文心雕龙·明诗》，浙江古籍出版社2001年版，第29页。
③ 刘勰：《文心雕龙·时序》，浙江古籍出版社2001年版，第244页。
④ 逯钦立：《先秦汉魏晋南北朝诗》，中华书局1983年版，第899页。
⑤ 刘义庆：《世说新语·品藻》，辽宁教育出版社1997年版，第117页。
⑥ 钟嵘：《诗品序》，《诗品》，北方文艺出版社2005年版，第12页。
⑦ 沈曾植：《王壬秋选八代诗选跋》，《海日楼题跋》，中华书局1964年版，第44页。
⑧ 钱钟书：《谈艺录》（补订本），中华书局1984年版，第177页。

浅而空迟，才疏而徒速，以斯成器，未之前闻。”[①] 陆机也说：“伫中区以玄览，颐情志于典坟。”[②] 当时的名诗人应璩“善为古语”，颜延之“喜用古事”，庾信等人作诗文好用古事，开西昆体之端倪。[③] 钟嵘评价这一时期的诗风“殆同书抄……句无虚语，语无虚字，拘挛补衲，蠹文已甚。但自然英旨，罕值其人。词既失高，则宜加事义。虽谢天才，且表学问”[④]。袁枚“叹六朝之末，诗教大衰……二陆之仿《三百篇》，傅长虞之《孝经诗》、《论语诗》、《周易、周官诗》，编抄经句，毫无意味”[⑤]。

五、唐五代时期

唐初诗坛出现以类书入诗的情况，虞世南的《北堂书钞》以及官修的《艺文类聚》、《初学记》、《文笔要诀》、《古今诗人秀句》等类书向士人提供了诗材、诗料。以《李峤百咏》为例，120 首咏物诗分为气象、坤仪、文物、武器、芳草、嘉树、灵禽、祥兽、居服、音乐、玉帛等 12 类，每类 10 首，所咏 120 种物名与《初学记》[⑥] 相同的有 92 种，各种物名在其所属类目中的编排顺序也大致相同；另外，从用典情况看，《李峤百咏》中有 60% 的诗与《初学记》选典相同。典故在诗里的排列也与《初学记》近似。葛晓音指出《李峤百咏》从类目、物名到典故的编排方面都带有类书的特色，“这是受唐初以来专讲对偶声律的著作常用的示范方式影响所致”[⑦]。这种示范方式也就是诗歌创作不以诗人当时的情志和意境为中心，而是以类书中的知识模块为中心，创作的任务就是把这些知识模块“贴”到诗歌里去。

唐诗发展到杜甫时代，摆脱了唐初类书诗的幼稚状态，开始进入以经史之学入诗的时期，钱谦益说“唐之诗人，皆精于经学”[⑧]，精于经学的诗人确切地说应从杜甫时代的诗人算起。“《诗》之逸也，《书》之整也，《易》之奇

---

① 刘勰：《文心雕龙 · 神思》，浙江古籍出版社 2001 年版，第 153 页。

② 陆机：《文赋》，《陆机集》，中华书局 1982 年版，第 1 页。

③ 阮葵生：《茶馀客话》卷 11，中华书局 1959 年版，第 315 页。

④ 钟嵘：《诗品序》，《诗品》，北方文艺出版社 2005 年版，第 29 页。

⑤ 袁枚：《随园诗话补遗》卷 9，江苏古籍出版社 2000 年版，第 613 页。

⑥ 《初学记》为唐玄宗时徐坚等编撰的官修的类书。原为玄宗诸子作文时检查事类之用，故名《初学记》，其体例先为“叙事”，次为“事对”，最后是“诗文”。其中“叙事”汇集各种资料说明子目标题，提供有关的知识；“事对”列出对偶式的典故，下注出处，供作诗为文时采择；“诗文”精选关于本题的诗文佳作，供作楷模和借鉴。

⑦ 葛晓音：《创作范式的提倡和初盛唐诗的普及——从〈李峤百咏〉谈起》，《文学遗产》，1995 年第 6 期。

⑧ 钱谦益：《牧斋有学集》卷 19，上海古籍出版社 1996 年版，第 823 页。

也，《礼》之经也，《春秋》之正也，以及《鲁论》之义蕴，《孟子》之机利，左氏之词琢，马迁之窈眇，班史之沈雄……奚独让浣花一老擅场千古哉?”[①]翁方纲列举了杜诗以经学入诗的现象，“杜之言理也，盖根汲于六经矣。曰‘斯文忧患余，圣哲垂象系’，《易》理也。曰‘舜举十六相，身尊道何高’，《书》之理也。曰‘春官验讨论’，《礼》之理也。曰‘天王狩太白’，《春秋》之理也”[②]。杜甫自道的“读书破万卷，下笔如有神”成为后世以学问为诗的经典依据。

韩愈是紧接杜甫之后以学入诗的大诗人，其学“上规姚姒，浑浑无涯。周诰殷盘，佶曲聱牙。《春秋》谨严，左氏浮夸。《易》奇而法，《诗》正而葩。下逮《庄》、《骚》，太史所录，子云、相如，同工异曲。先生之于文，可谓闳其中而肆于其外矣”[③]。“韩文公约六经之旨而成文，其诗亦每于极琐碎、极质实处，直接六经之脉。盖爻象、繇占、典谟、誓命、笔削记载之法，悉酝入风雅正旨，而具有其遗味。”[④] 尤其是他的诗文能“点窜《尧典》、《舜典》字，涂改《清庙》、《生民》诗”（李商隐《韩碑》），“造语皆根柢经传，故读书犹陈列商、周彝鼎，古痕斑然，令人起敬”[⑤]。其诗有学问的垫衬，向险怪一路发展，如他的“《南山诗》中铺列春夏秋冬四时之景，《月蚀诗》中铺列东西南北四方之神，《谴疟鬼》诗中历数医师、灸师、诅师、符师是也。又如《南山诗》连用数十‘或’字，《双鸟诗》连用‘不停两鸟鸣’四句，《杂诗》四首内一首连用五‘鸣’字，《赠别元十八》诗连用四‘何’字，皆有意出奇，另增一格。《答张彻》五律一首，自起至结，句句对偶，又全用拗体，转觉生峭”[⑥]。

晚唐诗人开始在诗中频繁用典，并开始使用僻典，黄子云说：“自汉迄中唐，诗家引用典故，多本之于经、传、《史》、《汉》，事事灼然易晓；下逮温、李，力不能运清真之气，又度无以取胜，专搜汉、魏诸秘书，括其事之冷寂而罕见者，不论其义之当与否，擒剥填缀于诗中，以夸耀己之学问渊博。”[⑦] 李商隐诗的显著特点之一就是在诗中大量地使用典故。马端临《谈艺》评曰：

---

① 黄子云：《野鸿诗的》，《清诗话》，上海古籍出版社 1999 年版，第 858 页。

② 翁方纲：《杜诗“熟精〈文选〉理”“理”字说》，《复初斋文集》卷 10，《续修四库全书》第 1455 册，上海古籍出版社 2002 年版，第 440 页。

③ 韩愈著，马伯通校：《进学解》，《韩昌黎文集校注》卷 1，古典文学出版社 1957 年版，第 26 页。

④ 翁方纲：《石洲诗话》卷 2，《清诗话续编》，上海古籍出版社 1983 年版，第 1389 页。

⑤ 马位：《秋窗随笔》，《清诗话》，上海古籍出版社 1999 年版，第 830 页。

⑥ 赵翼：《瓯北诗话》卷 3，《清诗话续编》，上海古籍出版社 1983 年版，第 1168 页。

⑦ 黄子云：《野鸿诗的》，《清诗话》，上海古籍出版社 1999 年版，第 857 页。

"李商隐为文，多检阅书册，左右鳞次，号獭祭鱼。"① 谓李商隐"獭祭鱼"，是因李商隐诗歌用典颇多，有"美难胜收"之感。同样是写爱情，《诗经》中的《关雎》是这样写的："关关雎鸠，在河之洲。窈窕淑女，君子好逑。参差荇菜，左右流之。窈窕淑女，寤寐求之。求之不得，寤寐思服。悠哉悠哉，辗转反侧……"李商隐的《锦瑟》是这样写的："锦瑟无端五十弦，一弦一柱思华年。庄生晓梦迷蝴蝶，望帝春心托杜鹃。沧海月明珠有泪，蓝田日暖玉生烟。此情可待成追忆，只是当时已惘然。"对比就可看出，《诗经》中的《关雎》用当时非常通俗的语言自然地表达了对爱情的向往和追求，而李商隐的《锦瑟》用语华美，四句诗每一句都用了一个典故。

唐末皮日休、陆龟蒙"以学问为诗"已达到了相当规模。"凡山经地志，释典道藏，无不可援以入诗，读者如睹春花，如窥宝肆，绚烂极矣。"② 这自然同他们渊博的学识分不开。皮日休《天中苦雨因书一百韵寄鲁望》称陆龟蒙"千卷素书外，此外无余蓄"；皮日休隐居鹿门时，博览群书，"阅彼图籍肆，致之千百编。携将入苏岭，不就无出缘。"③ 入吴中后，曾向"守世书万卷"的徐修矩"假其书数千卷"，"酣饫经史"（皮日休《二游诗序》）。陆龟蒙《和袭美寄怀南阳润卿》称皮日休、张贲等人"水经山疏不离身"。他们明确认识到"万卷山积，一篇吟成。诗之与书，有情无情……不从糟粕，安得精英"（司空图《二十四诗品》）。广博的知识为他们"以学为诗"提供了极大的便利，单就他们唱和诗中明确注明出处的就有《尚书》、《吕氏春秋》、《黄锦素书》、《尔雅》、《本草》、《佛律》、《道书》、《相鹤经》、《茶经》、《竹谱》、《名山记》、曹毗《湘中赋》、陆羽《玩刀诗》、《沈约集》等，上至经史，下至子书杂家、诗文地志、道藏释典、医书农书，无不采以入诗，至于引书用事未标明出处的就更多了。他们还以物之别名、人之小名入诗。如皮日休《夏景冲澹偶然作二首》以"湖目"代莲子，《友人以人参见惠因以诗谢之》以"神草"代人参；陆龟蒙《幽居有白菊一丛因而成咏呈一二知己》以"延年"代白菊，等等。陆诗还时以古人小名入诗，如《袭美病中闻余游颜家园见寄次韵酬之》用谢玄、谢川小字，《奉和袭美古衫二十韵》用王珉小字等。④

---

① 马端临：《文献通考》（下册），中华书局1986年版，第1856页。

② 毛张健：《丹黄余论》，《唐体肤诠》，清康熙蕴真楼刻本。

③ 皮日休：《鲁望昨以五百言见贻过有褒美内揣庸陋弥增愧》，《全唐诗》（下册），上海古籍出版社1986年版，第1541页。

④ 《新唐书》卷58《艺文志二》著录有"陆龟蒙《小名录》五卷"。

六、两宋时期

宋代以文教立国，礼遇士大夫，优渥读书人，读书人的地位得到空前的提升。士人读书热情高涨、流连书卷、倾心坟典、崇尚文化，成一朝风尚。他们的诗歌因此染上了浓厚的书卷气、文人气，多“议论诗”与“才学诗”。严羽说：“近代诸公乃作奇特解会，遂以文字为诗，以才学为诗，以议论为诗。”①这集中反映了宋代的诗风。刘克庄说宋代诗人“各自为体，或尚理致，或负才力，或逞辨博，少者千篇，多至万首：要皆经义策论之有韵者尔，非诗也”②，指陈宋诗以学问相高，在一定程度上破坏了诗歌抒情言志的本色。

宋诗在学理上胜出唐诗，原因有二：一是唐代的诗人几乎都是纯粹的诗人，除韩愈、柳宗元、刘禹锡等数人可说是诗人兼学者，很少有身兼学人的。宋代则不同，当时较有成就的诗人大都兼为学者，如欧阳修属庐陵学派，黄庭坚属范吕学派，江西诗派中许多人出自理学家吕希哲、杨时之门。全祖望说：“念世之操论者，每言学人不入诗派，诗人不入学派……余独以为是言也，盖为宋人发也，而殊不然。”他举例说：“张芸叟之学出于横渠，晁景迂之学出于涑水，汪青溪、谢无逸之学出于荥阳吕侍讲，而山谷之学出于孙莘老，心折于范正献公醇夫，此以诗人而入学派者也。杨尹之门而有吕紫薇之诗，胡文定公之门而有曾茶山之诗，湍石之门而有尤遂初之诗，靖节先生之门而有杨诚斋之诗，此以学人而入诗派者也。章泉、涧泉之师为青江，栗斋之师为东泉，西麓之师为慈湖，诗派之兼学派者也。”③ 他们喜欢以诗谈学是顺理成章的事情。二是宋人要超越唐人之诗，不为唐人光辉所笼罩，就必须充分发挥自己所处时代的优势，“若夫宋诗，则迟更二三百年，天地之精英，风月之态度，山川之气象，物类之神致，俱已为唐贤占尽，即有能者，不过次第翻新，无中生有，而其精诣，则固别有在者。宋人之学，全在研理日精，观书日富，因而论事日密。如熙宁、元祐一切用人行政，往往有史传所不及载，而于诸公赠答议论之章，略见其概。至如茶马、盐法、河渠、市货，一一皆可推析”④。“凡唐人以为不能入诗或不宜入诗之材料，宋人皆入诗中，且往往喜于琐事微物呈其才技……谐谑之语，以及论事、说理、讲学衡文之见解，在宋人诗中，尤恒遇之”，“宋人略唐人之所详，详唐人之所略，务求充实密栗，虽尽事理之精微，

① 严羽著，郭绍虞校：《沧浪诗话校释》，人民文学出版社 1983 年版，第 26 页。
② 刘克庄：《竹溪诗序》，陶秋英选编：《宋金元文论选》，人民文学出版社 1984 年版，第 1 页。
③ 全祖望著，黄云眉选注：《宝甎集序》，《鲒埼亭文集选注》，齐鲁书社 1982 年版，第 416 页。
④ 翁方纲：《石洲诗话》卷 4，《清诗话续编》，上海古籍出版社 1983 年版，第 1428 页。

而乏兴象之华妙"[1]。与唐诗审美传统以"情韵胜"不同，宋人以缜密思维在诗中"论事、说理、讲学衡文"，并逐渐形成"以学胜"这种新的审美传统。

宋初西昆体就明显表现出引学问入诗。"西昆体就是主要靠'挦撦'——钟嵘所谓'补假'——来写诗的"[2]，"作西昆体就要有学问，西昆体以用典为特点，没学问不行"[3]。西昆派以从历代的文籍中"挹其芳润"为能事，杨亿《西昆酬唱集序》曰："因以历览遗编，研味前作，挹其芳润，发于希慕，更迭唱和，互相切靡。"他们尊崇李商隐，用典细密比起李商隐有过之而无不及。《西昆酬唱集》中的诗作几乎句句用典。西昆派以典故为诗，以才学为诗，经刘筠、杨亿、钱惟寅等馆阁大臣的大力推扬，成为宋初"官派诗学"的一种审美观。"然而从北宋诗歌的整个发展来看，西昆体不过像一薄层、一个小圈的油花，浮在水面上，没有在水里渗入得透，溶解得匀，它只有极局限、极短促的影响……并且它'挦撦'的古典成语的范围跟它歌咏的事物的范围同样的狭小"[4]，随后的欧、王、苏、黄大家入诗之学问比起西昆体诗人要"广大得多"。

欧阳修诗多化用古人诗句——不像西昆体诗人那样死板和直露，如"强饮犹能倒玉山"（《寄子春发运待制》）、"明月清风不用钱"（《寄河阳王宣徽》），化用李白"清风朗月不用一钱买，玉山自倒非人推"（《襄阳歌》）句；"可怜明月与春风，岁岁年年事不同"（《送张屯田归洛歌》），化用唐初诗人刘希夷"年年岁岁花相似，岁岁年年人不同"（《春江花月夜》）句。欧阳修还善于点化在古典诗歌中逐步形成的、具有固定含义的词，诸如"章陌"、"南陌"、"南浦"等含有送别、离别之意的词语，在送别诗中反复出现，如"章陌柳条今在否，定临沟水拂东流"（《寄徐巽秀才》），"南浦空波绿，西破夕照寒"（《送客回马上作》），"南陌望穷云似帐，西楼吟断月如钩"（《寄张至秘校》）等。可以看出化用前人诗句是欧阳修常用的技法。

欧阳修所领导的北宋诗文革新运动虽然表现出对西昆派的不满，但他们多是针对西昆派诗歌内容，对于诗歌的艺术技巧，特别是诗歌中的大量用典，是持肯定态度的。欧阳修曾就西昆体与晚唐体作过比较，认为西昆体"雄文博学，笔力有余，故无施而不可"[5]，对西昆体给予了相当高的评价。因此，欧阳修在诗歌创作中，不仅有很多类似于西昆体"更相唱和、互相切靡"的作

① 曹聚仁：《文坛五十年》，东方出版中心 1997 年版，第 38 页。
② 钱钟书：《宋诗选注》，人民文学出版社 1989 年版，第 43 页。
③ 钱仲联讲述，魏中林整理：《钱仲联讲论清诗》，苏州大学出版社 2004 年版，第 157 页。
④ 钱钟书：《宋诗选注》，人民文学出版社 1989 年版，第 43 页。
⑤ 欧阳修：《六一诗话》，《历代诗话》，中华书局 1981 年版，第 270 页。

品，而且积极汲取西昆体“以学问为诗”的经验。欧阳修在北宋诗坛“以学问为诗”的发展历程中所作的贡献是减少了西昆体诗歌的台阁味，增加了学问的广度，将“以学问为诗”处理得更加艺术化。虽然他没有像黄庭坚那样提出系统的理论，但作为当时文坛的领袖，他的诗歌创作中的这一特点得到了后来者的继承和发扬。

与欧诗相比，王安石的诗歌在“以学问为诗”方面则更有本事。王安石说自己不仅熟读经书，而且“自百家诸子之书至于《难经》、《素问》、《本草》、诸小说无所不读，农夫女工，无所不问”①，连诋责他的人都不得不承认他“博闻”、“博极群书”②。以他的博学广识，“他的诗往往是搬弄词汇和典故的游戏，测验学问的考题；借典故来讲当前的情事，把不经见而有出处的或者看来新鲜而其实古旧的词藻来代替常用的语言。典故词藻的来头愈大，例如出于《六经》、《四史》，或者出处愈僻，例如来自佛典、道书，就愈见功夫”③。他又善于“借事以相发明”④，“每遇他人佳句，必巧取豪夺，脱胎换骨，百计临摹，以为己有；或袭其句，或改其字，或反其意。集中作贼，唐宋大家无如公之明目张胆者。本为偶得拈来之浑成，遂著斧凿拆补之痕迹”⑤。

王安石的诗歌不仅仅是用典使事，还表现出以学理入诗、以议论为诗的特点。如《拟寒山拾得二十首》（之一）⑥：

凡夫当梦时，眼见种种色。此非作故有，亦非求故获。不知今是梦，道我能蓄积。贪求复守护，尝怕水火贼。既觉方自悟，本空无所得。死生如觉梦，此理甚明白。

诗歌叹息世人不明本源，不了正法，贪图利益，执著外相，结果不能摆脱世网，只能轮回六道生死。只有了悟自性，超脱名利，才可能顿悟成佛。

《秃山》⑦ 一诗以生动形象的方式讨论了抑制人口的重要性——避免因物质供求的矛盾而引发危机：

吏役沧海上，瞻山一停舟。怪此秃谁使，乡人语其由：“一狙山

① 王安石：《答曾子固书》，《临川先生文集》卷73，中华书局1959年版，第779页。
② 钱钟书：《宋诗选注》，人民文学出版社1989年版，第43页。
③ 钱钟书：《宋诗选注》，人民文学出版社1989年版，第41页。
④ 钱钟书：《宋诗选注》，人民文学出版社1989年版，第43页。
⑤ 钱钟书：《谈艺录》（补订本），中华书局1984年版，第245页。
⑥ 王安石：《临川先生文集》卷3，中华局1959年版，第99页。
⑦ 王安石：《临川先生文集》卷13，中华书局1959年版，第188页。

上鸣，一狙从之游。相匹乃生子，子众孙还稠。山中草木盛，根实始易求。攀挽上极高，屈曲亦穷幽。众狙各丰肥，山乃尽侵牟。攘争取一饱，岂暇议藏收。大狙尚自苦，小狙亦已愁。稍稍受咋啮，一毛不得留。”狙虽巧过人，不善操锄耰。所嗜在果谷，得之常似偷。嗟此海中山，四顾无所投。生生未云已，岁晚将安谋。

《兼并》① 一诗在历史的回顾中表达了他抑制豪强兼并土地、发展农业生产的政治主张：

三代子百姓，公私无异财。人主擅操柄，如天持斗魁。赋予皆自我，兼并乃奸回。奸回法有诛，势亦无自来。后世始倒持，黔首遂难裁。秦王不知此，更筑怀清台。礼义日已偷，圣经久堙埃。法尚有存者，欲言时所咍。俗吏不知方，掊克乃为材。俗儒不知变，兼并可无摧。利孔至万出，小人私阖开。有司与之争，民愈可怜哉。

宋诗“以学问为诗”发展到苏轼、黄庭坚有水到渠成之妙。两人在诗歌理论与创作实践上进一步提升“以学问为诗”，“以学问为诗”不仅成为诗歌创作理念，而且成为一种雅人深致的审美观。

苏轼深刻地认识到学问对写诗的重要性，“腹有诗书气自华”（《和董传留别》）。他评价韩愈“退之于诗，本无解处，以才高而好耳”，认为“孟浩然之诗韵高而才短，如造内法酒手而无材料尔”②。因此，苏轼非常注重知识的积累，平生嗜书如饥似渴，为其写诗打下了坚实的学问基础，苏诗成为宋诗“以学问为诗”的典型代表。他以学问为诗主要表现在两个方面：一是诗中大量地用典，甚至是释、道僻典。邵长蘅云：“诗家援据该博，使事奥衍。少陵之后，仅从东坡。盖其学富而才大，自经史四库，旁及山经、地志、释典、道藏、方言、小说，以及嬉笑怒骂、里媪灶妇之常谈，一入诗中遂成典故。”（《施注苏诗·注苏例言》）二是他诗歌中无所不包、无意不入的诗材诗料，许多从前很难入诗的题材源源不断地出现在苏诗中，另一方面增强了诗歌的知识性和趣味性，一方面扩展了诗歌的表现范围。沈德潜称：“苏子瞻胸有洪炉，金银铅锡，皆归熔铸。”③ 王十朋也说苏轼：“平生斟酌经诗，贯穿子史，下至小说杂记，佛经道书，古诗方言，莫不毕究。故虽天地之造化，古今之兴替，

① 王安石：《临川先生文集》卷4，中华书局1959年版，第114页。
② 陈师道著，何文焕辑：《后山诗话》，《历代诗话》，中华书局1981年版，第308页。
③ 沈德潜：《说诗晬语》，《清诗话》，上海古籍出版社1999年版，第544页。

风俗之消长，与夫山川、草木、禽兽、鳞介、昆虫之属，亦皆洞其机而贯奇妙，积而为胸中之文。”（《东坡诗集注序》）①

黄庭坚“以学问为诗”不及东坡之“博”与“活”，却胜之以“精”和“实”。赵翼在《瓯北诗话》中把他与东坡作了比较：“坡使事处，随其意之所之，自有书卷供其驱驾，故无捃摭痕迹。山谷则书卷比坡更多数倍，几于无一字无来历；然专以选材庀料为主，宁不工而不肯不典，宁不切而不肯不奥。”②翁方纲说黄庭坚“会粹百家句律之长，究极历代体制之变，搜讨古书，穿穴异闻，作为古律，自成一家，虽只字半句不轻出，遂为本朝诗家宗祖”③。

黄庭坚提出“诗词高胜，要从学问中来”④，要“无一字无来处”，“自作语最难，老杜作诗，退之作文，无一字无来处。盖后人读书少，故谓韩杜自作语耳”⑤（《答洪驹父书》）。更为重要的是，他还提出了一套操作性很强的扎扎实实的诗歌理论——“点铁成金”、“夺胎换骨”。他在《答洪驹父书》中云：

> 古之能为文章者，真能陶冶万物，取古人之陈言入于翰墨，如灵丹一粒，点铁成金也。⑥
>
> 诗意无穷而人之才有限，以有限之才追无穷之意，虽渊明、少陵不得工也。然不易其意而造其语，谓之换骨法；窥其意而形容之，谓之夺胎法。⑦（惠洪《冷斋夜话》）

黄庭坚提倡把古人的东西再度开发利用，“点铁成金”，“夺胎换骨”，“无一字无来处”，强调学问对诗歌的支撑意义，将“以学问为诗”上升到方法论的高度，深受他影响的江西诗派成员都是学识渊博，作诗讲究来历出处。陈师道“读书如禹之治水，知天下之络脉；作诗得老杜句法，今之诗人，不能当也”；潘大临“才性明敏，凡经史百家之书，无不融贯。善属文，而尤匠心于诗”；洪朋“笔力可扛鼎，不无文字垂世，力学有暇，更精读千卷书，有可毕兹能事”。⑧ 他们自觉地运用黄庭坚的理论，创作了大量的学问诗。

---

① 苏轼：《苏东坡全集》，珠海出版社1996年版，第2133页。
② 赵翼：《瓯北诗话》卷11，《清诗话续编》，上海古籍出版社1983年版，第1331页。
③ 翁方纲：《石洲诗话》卷4，《清诗话续编》，上海古籍出版社1983年版，第1426页。
④ 胡仔：《苕溪渔隐丛话》（前集卷27），人民文学出版社1962年版，第20页。
⑤ 郭绍虞：《中国历代文论选》（第二册），上海古籍出版社1979年版，第316页。
⑥ 郭绍虞：《中国历代文论选》（第二册），上海古籍出版社1979年版，第316页。
⑦ 郭绍虞：《中国历代文论选》（第二册），上海古籍出版社1979年版，第316页。
⑧ 张泰来：《江西诗社宗派图录》，《清诗话》，上海古籍出版社1999年版，第49—53页。

宋诗以学问入诗还有一个重要的表现就是理学诗，即以理学入诗。理学诗不只出自理学大师之手，宋代有名的诗人大概都作过理学诗，但集中出现在邵雍、程颐、程颢、朱熹等人的诗集中。邵雍与“二程”的理学诗多概括旧有哲理之语以成韵语，如邵雍《击壤集》之卷13《乾坤》：“用九见群龙，首能出庶物。用六利永贞，因乾以为利。四象以九成，遂为三十六；四象以六成，遂为二十四。如何九与六，能尽人间事!”程颢《和邵尧夫打乖吟》云：“打乖非是要安吟，道大方能混世尘。陋巷一生颜氏乐，清风千古伯夷贫。客求墨妙多携卷，天为诗豪剩借春。尽把笑谈亲俗子，德容犹足畏乡人。”两首诗以理学入诗，然基本上是以韵语说理，作成了医药书中之汤头歌诀。朱熹的理学诗出现了一些新的变化，宗尚旧有哲理而以新喻参证成诗，如他的《观书有感》其一云：“半亩方塘一鉴开，天光云影共徘徊。问渠那得清如许，为有源头活水来。”是乃《易》“天行健，君子以自强不息”之妙解，且较《易》语更明澈醒豁，包孕亦广，故千古流传，洵可取也。其二云：“昨夜江边春水生，蒙冲巨舰一毛轻。向来枉费推移力，此日中流自在行。”是乃暗袭禅宗由渐到顿之意，与其解经“一旦通忽然通贯”之说相表里，足为其理之巧喻说明，而别无所加焉。[①] 有论者赞其诗“有达理，无背理；有理趣，无理障”[②]。总之，宋代理学家以理学入诗，明显出现以学术入诗的情况。

元、明两代诗歌总体上走的是唐诗学问化的路子，且学问化并不是这两代诗歌的时代特征，所以这里不作赘述。

七、有清一代

清代诗歌的“学问化”程度更进一步突出，而且贯穿了整个清诗史。清人“六经三史诸子别集之书，填塞腹笥”[③]（钱谦益《黄孝翼蟫窠集序》），不仅诗歌中典故运用经常化和偏僻化，而且大规模出现以学术入诗的情况，尤其是以朴学入诗，所谓“考据之学，后备于前，金石之出，今富于古。海云鼎籀，纪事西樵；杜陵铜檠，征歌石笥。钟彝奇字，敷以长言；碑碣荒文，发为韵语。肴核《坟》、《典》，粉泽《苍》、《凡》。并足证经，亦资补史”[④]（徐世昌《晚晴簃诗汇序》）。“自诸经传疏，以及史传之考订、金石文字之爬梳，

① 刘衍文：《雕虫诗话》卷1，《民国诗话丛编》（第六册），上海书店2002年版，第429页。
② 袁嘉谷：《卧雪诗话》卷5，《民国诗话丛编》（第二册），上海书店2002年版，第394页。
③ 钱谦益：《初学集》卷32，上海古籍出版社1985年版，第934页。
④ 徐世昌：《晚晴簃诗话》，华东师范大学出版社2009年版，第1527页。

皆贯彻洋溢于其诗”①（陆廷枢《复初斋诗集序》）。大量以朴学入诗，大规模出现以学术入诗的情况。（后文有详论）

古典诗歌学问化踵事增华、由弱渐强的历程总体上能体现出从诗人之诗向学人之诗方向转换的历程。魏晋六朝时期以玄学佛理入诗，“学人之诗，作俑始此”② 颢到了宋代，士林中大名鼎鼎的人物都是诗歌和学术兼擅，标志着以双重身份出现在诗苑和儒林的学人诗歌创作的成熟。③ 元明两代士人延续着宋代士人诗苑和儒林兼擅的势头。④ 学人之诗的繁盛出现在清代，学者型诗人的数量大大超过了宋、元、明三代，著名的学人基本上就是大诗人。⑤ 而且自宋以后，学人学术范围不断被拓展，学人之诗的题材范围也得到空前的拓宽。到了清代，“上而天象、地舆、历算、音韵、礼乐、兵刑、农桑、布帛之要，下至射御、医药、术数、游艺、庶卉，满、蒙、西域、外国之文，殆无一不通方合莫，穷流溯源”⑥，学人之诗表现领域之广、数量之多，真可谓彬彬兴盛，非前几代可比。

第三节　古典诗歌学问化的原因

学问化是中国古典诗歌所独具的现象，它直接同中国文化的发展联系起来，是中华民族传统文化衍生出来的特有的文化现象。世界上古代中国、印度、希腊（欧洲、西方）三大诗学体系中，后两者的发展虽包含一定的学问化要素，但远未形成“问题”，也不存在一个类似的、有可比性的学问化过程。我们所说的学问化因素有些在西方的诗学中间或存在，但并不突出，而且远未形成一种普遍现象。比如用典，西方诗作中的用典现象不如中国古诗那么传统、密集，但不乏奇妙之作。如 15 世纪的法国在建立高雅诗的过程中，曾经流行过“博学诗”。弥尔顿、让·保尔、波德莱尔和马拉等许多西方诗人都热衷于引用希腊罗马神话和《圣经》中的典故，但西方诗学是用“对话”理论来看待用典的，认为用典意味着此与彼、今与古、创新与继承之间的对话，

---

① 翁方纲：《复初斋诗集》，《续修四库全书》第 1454 册，上海古籍出版社 2002 年版，第 361 页。

② 钱钟书：《谈艺录》（补订本），中华书局 1984 年版，第 177 页。

③ 参见厉鹗的《宋诗纪事》、黄宗羲的《宋元学案》。

④ 参见黄宗羲等人的《宋元学案》、《明儒学案》及陈衍的《元诗纪事》、陈田的《明诗纪事》。

⑤ 参见徐世昌的《清诗汇》、钱仲联的《清诗纪事》和徐世昌的《清儒学案》、支伟成的《清代朴学大师列传》。

⑥ 徐世昌：《清儒学案序》，中华书局 2008 年版，第 1 页。

而不是把它看成诗歌构成的一种要素。[1]

一、重“雅”轻“俗”的观念使古典诗歌学问化成为一种民族审美情趣

中国士人向来有重“雅”轻“俗”的审美情趣，他们心目中的“雅”、“俗”有这么几条标准：一是经文案润饰过的东西是雅的，直接来自民间的东西是俗的；二是远古的东西是雅的，时近的东西是俗的；三是来自书籍的东西是雅的，来自生活中的东西是俗的。故王国维说：“若古雅之判断则不然，由时之不同而人之判断之也各异。吾人所断为古雅者，实由吾人今日之位置断之。古代之遗物无不雅于近世之制作，古代之文学虽至拙劣，自吾人读之无不古雅者，若自古人之眼观之，殆不然矣。则古雅之判断，后天的也，经验的也，故亦特别的也，偶然的也。”[2] 古典诗歌从《诗经》时代起就开始了，士人们对诗文化进行由“俗”到“雅”的改造，这类改造活动总体来说包括两个方面：一是雕琢章句，增加文采；二是以典籍学问入诗。

重“雅”的观念使得古典诗人在创作过程中，有意识地对同质同体文本（前人或他人的诗歌作品）、同质异体文本（前人或他人的非诗歌文学作品）、异质文本（非文学作品的其他典籍）参照援据，古典诗歌由此而形成的学问化不可避免。

法国文学理论批评家克里斯蒂娃曾经说过，任何文本都仿佛是某些引文的拼接，任何文本都是对另一个文本的吸收和转换。[3]先在的文本是任何作者无法规避的，没有谁可以宣称自己与他者无关。刻意模仿甚至剽窃的诗作自不必说，就是有些连诗人自己都自信为独创的诗句，也常常会在漫长的诗歌历史与庞大的话语网络中显现出其与前人诗句千丝万缕的联系。从文本构成的角度看，文本就是不同的先在文本的共存兼容与错综相交。这就是人们常指的拼凑、借用、剽窃、掉书袋、人言已用、旁征博引。比利时哲学家布洛克曼指出，一个新的文本就是语言进行再分配的场所，“是用过去语言所完成的‘新

---

① 魏中林：《学问化视角下的古典诗学与清诗研究》，《湛江师范学院学报》，2006 年第 1 期，第 20 页。

② 王国维：《古雅之在美学上之位置》，《中国美学史资料选编》（下册），中华书局 1981 年版，第 433 页。

③ Julia Kristeva, “Word, Dialogue and Novel”, In The Kristeva Reader, ed. *Toril Moi*, Oxford: Basil Blackwell, 1986. p. 37.

织体'"[①]。法国另一文学理论批评家罗兰·巴特也将文本视作“编织物”，“在一个文本之中，不同程度地、以各种多少能够辨认的形式存在着其他的文本”[②]。他们所描述的正是作为“编织物”的文本所具有的“文中有文”的内部构成特质。各种文本彼此勾连，组成形形色色的链锁或网络，显示出强烈的关联性，就像美国批评家米勒在《作为寄主的批评家》中所描述的那样，文本中总是“隐居着一条寄生性存在的长长的链锁——先前文本的模仿、借喻、来客、幽灵”[③]，或者如法国考古学家福柯在《知识考古学》里所言：“在书的题目、开头和最后一个句号之外，在书的内部轮廓及其自律的形式之外，书还被置于一个参照其他书籍、其他文本和其他句子的系统中，成为网络中的结。”[④] 任何文本都不可能作为单独的个体而存在，它存在于自己与其他文本的关联之中。

例如力倡独创、反对模拟的杨万里“辞谢唐人及王、陈、江西诸君子，皆不敢学，而后欣如也”[⑤]，他还作诗自勉：“闭门觅句非诗法，只是征行自有诗。”（《下横山滩头望金华山》）但是，他在多大的程度上可以摆脱被前人话语笼罩的命运，又有多少可能同现实世界保持真正清澈的关系？这些问题，恐怕连他自己也无法回答。诗歌只要存在于文化交流的社会中，就不同程度地受其他文本的影响，从而烙上因习取借鉴而形成学问化的痕迹。

古典诗歌对异质文本的习取援引主要表现为引经典思想文化文本相应的内容入诗。从诗歌发展史来看，以主流思想文化入诗的现象如一根红线贯穿了中国诗歌发展的历史。魏晋之世，玄谈盛行，以《老》、《庄》、《易》为“三玄”，是为玄学时代，于是就出现了玄言诗。之后，佛教逐渐发展起来，至隋唐之时，佛学极为繁盛，是为佛学时代，于是诗坛就大量出现以佛入诗和以佛喻诗。宋、元、明三代，理学兴起，儒学杂糅佛学、道学，传统儒学有了新的阐释，是为理学时代，于是就出现了理学诗，邵雍、二程、陈献章、庄昶等人的诗歌，尽管写得很拙劣，但至少还是诗歌，他们用诗歌来阐发儒家学说，以理学入诗。到明清之际，许多学者批评理学的空疏附会，趋向于考证之学，是谓朴学时代，于是出现了以朴学入诗的学问诗。19 世纪后期以来，西学开始影响中国，出现了融会中西的学术思想，是为西学东渐的时代，于是出现了

---

① ［比］布洛克曼著，李幼蒸译：《结构主义：莫斯科·布拉格·巴黎》，中国人民大学出版社 2003 年版，第 100 页。

② 罗婷：《克里斯特瓦的诗学研究》，中国社会科学出版社 2004 年版，第 85—86 页。

③ ［美］J. 希利斯·米勒著，郭英剑等译：《作为寄主的批评家》，《重申解构主义》，中国社会科学出版社 1998 年版，第 104 页。

④ ［法］米歇尔·福柯著，谢强、马月译：《知识考古学》，北京三联书店 2003 年版，第 23 页。

⑤ 杨万里：《荆溪集序》，《中国历代文论选》（第二册），上海古籍出版社 1979 年版，第 400 页。

“旧瓶装新酒”的新学诗。

古典诗歌对同质文本的习取和援引主要表现为三个方面：①诗歌对其他文学文本体式和创作方法的学习，以文为诗、以赋为诗、以词为诗、以曲为诗，导致“变体诗”的出现。②引用前人或他人作品中的语句、词语、语意、意象，高明者则能“点铁成针”，化盐入水；拙劣者则抄袭模仿，生搬硬套。③模仿习取前人或他人作诗格调、法度、体裁、技巧，高明者则能“脱胎换骨”，自成一家；拙劣者则优孟衣冠，东施效颦。

古典诗歌“学问化”最常见的表现形式——用典、用事、隐括，使用偏词僻字、叠韵险韵都可看作是对异质文本或同质文本具体而微的援用。

二、儒家诗教经典《诗经》成为古典诗歌学问化的一个价值典范

《诗经》在中国古典诗学中享有崇高的地位，被视为古典诗歌的“初祖”，“层累而上，师又有师，直到极顶，必须《风》、《雅》是亲矣”[①]。

《诗经》被后世学者认为是诗歌饱含学问的典范。《诗经》在春秋时期已成为时人学习和征引的重要文化典籍，人们往往在公开场合赋《诗》达意。所谓赋《诗》达意，就是通过吟诵《诗经》中的章句来表达意愿，甚至在订立盟约的国际沟通、君臣相见的场合中也有赋《诗》相谕的情况，赋者用《诗经》中的章句隐晦而含蓄地表达某种不宜直说的话语，故孔子曰：“不学诗，无以言。”胡蕴玉说：“古者诸侯、卿大夫，交接邻国，以微言相感，当揖让之时，必称《诗》以喻其志。”[②] 战国时代，赋《诗》因朝聘盟会之礼的崩溃而烟消云散，而引《诗》则继续发扬光大，“儒家者流，则以孔子之倡导，每每引《诗》以证其说，于是《诗》三百五篇之应用一变，而以展转附会，去《诗》之本义亦日远”。[③] 朱自清也说：“言语引《诗》，春秋时始见，《左传》里记载极多。私家著述从《论语》创始；著述引《诗》也就从《论语》起始，以后《墨子》和《孟子》也常引《诗》，而《荀子》引《诗》独多。”[④] 于是在后世著述中引《诗》以论事理、纪史事、明天文、述地理、通制度、正风俗的情况屡见不鲜。

《左传》大量征引《诗》，赋《诗》言志，以《诗》证礼，以《诗》说理，以《诗》论事，以《诗》议政，以《诗》评人等。《孟子》引《诗》35

---

① 翁方纲：《石洲诗话》卷1，《清诗话续编》，上海古籍出版社1983年版，第1381页。
② 胡蕴玉：《中国文学史序》，《中国近代文学大系·文学理论集》，上海书店1994年版，第227页。
③ 朱东润：《中国文学批评史大纲》，上海古籍出版社2001年版，第6页。
④ 朱自清：《诗言志辨》，《朱自清讲诗》，凤凰出版社2008年版，第90页。

条，“以意逆志”成为其征引《诗经》章句以为己用的理论支持。荀子时代引《诗》成风，《荀子》引《诗》99条，此时《诗经》已被赋予庞杂的阐释学内涵，故“善为《诗》者不说，善为《易》者不占，善为《礼》者不相”①。在大量频繁引用《诗经》的活动中，它的经典意识不知不觉地渗透到士人心中。

汉儒上承荀子，一方面大量征引《诗》章、《诗》句以证己意、述己见，如陆贾《新语》引《诗》明理，韩婴《韩诗外传》和刘向《说苑》、《新序》、《列女传》等大量以《诗》证事；另一方面又如董仲舒那样相信“《诗》无达诂，《易》无达占，《春秋》无达辞”②。所谓“《诗》无达诂”正是对荀子“善为《诗》者不说”的最好阐释，也是征引《诗》以为己用之学术规范的理论前提，它使断章取义的合理性获得了理论的支持，并使引经据典正式确立为中国学术规范中一个重要的传统。于是《说苑》、《列女传》、《韩诗外传》等无一不以《诗经》章句作为每段文章的结论。为什么《诗经》在汉代如此广泛地被征引呢？这有三个原因：第一，正如朱自清《诗言志辨》中所说：“《诗》语简约，可以触类引申，断章取义，便于引证。”第二，《诗》比其他儒家经典便于记诵，广泛流传于士人之中，影响广大。第三，汉儒受“罢黜百家，独尊儒术”的社会影响，引《诗》即使有点牵强附会、断章取义，但可以蒙上浓厚的儒家色彩。

《诗经》在大量频繁被引用的过程中，不断被抬升为饱含学问的典范。杭世骏认为三百篇中有“诗人之诗”、“学人之诗”，其中“经纬万端，和会邦国”③的诗篇即为“学人之诗”；陈衍在《瘿唵诗序》中说“以为六艺既设，风雅颂之体代作，赋比兴之用兼陈，朝章国故，治乱贤与不肖，以至山川风土草木鸟兽虫鱼，无弗不知也，无弗能言也”④，指出儒家经典《诗经》的学问玉韫珠藏，诚为作诗者的典范。清人王棻认为《诗经》“盖将以教当世之才士，俾学者而可以授政专对、事父事君、博物不穷者也。乌有不学之词，入于其中者哉？”⑤故“孔子教人学《诗》，终以多识。大小雅皆称雅材，其非空疏无物也，可断言矣”⑥。

也有论者认为《诗经》中《风》固不言学问，但《雅》、《颂》却是饱含学问的。姚鼐认为“大、小雅之贤，扬乎朝廷，达乎神鬼，反复乎训戒，光

① 梁启雄：《荀子简释》，中华书局1983年版，第378页。

② 上海古籍出版社编：《二十二子》，上海古籍出版社1986年版，第775页。

③ 杭世骏：《沈沃田诗序》，《道古堂文集》卷10，《续修四库全书》第1426册，上海古籍出版式社2002年版，第296页。

④ 陈衍：《瘿唵诗序》，《陈石遗集》，福建人民出版社2001年版，第520页。

⑤ 王棻：《与友人书》，《中国近代文论选》，人民文学出版社1959年版，第325页。

⑥ 陈衍：《李审言诗叙》，《陈石遗集》，福建人民出版社2001年版，第681页。

昭乎政事，道德修明，学术该备，非如列国风诗采于里巷者可并论也”[①]。章炳麟也认为“风与雅、颂、赋所以异者，三义皆因缘经术，旁涉典记，故相如、子云小学之宗，以其绪余为赋。《郊祀歌》者，颂之流也，通一经之士，不能独知其辞，皆集会五经家，相与共讲习之。《安世房中歌》，作于唐山夫人，而辞亦尔雅。独风有异，愤懑不得舒，其辞从之，无取一通之书，数言之训”[②]。程恩泽认为：“《诗》无学问则《雅》、《颂》缺，《骚》无学问则《大招》废。”[③]

总之，《诗经》以古典诗歌之“初祖”地位和它所饱含的“学问”成为后世以学问入诗的价值典范。

三、杜诗成为古典诗歌学问化的又一价值典范

杜诗在中国古典诗学中也享有崇高的地位。杜诗被认为是继《诗经》后儒家诗教最好的传承者，“盛唐之杜甫，诗教之绳矩也”[④]。朱彝尊说：“惟杜子美之诗，其出之也有本……然则，善学诗者，舍子美其谁师也欤？”[⑤] 陆奎勋称赞杜甫：“《文选》理熟精，宋元格具有。五霸绍三王，罗魁而功首。”[⑥]翁方纲对杜甫的诗更是推崇有加，“大辂椎轮之旨，沿波而讨原者，非杜莫能证明也”，“原夫孝敬之准式、人伦之师友，所谓‘事出于沉思’者，惟杜诗之真实足以当之”（翁方纲《杜诗“熟精〈文选〉理”“理”字说》）[⑦]，“使其立于庙朝，制为雅颂，当复如何正大典雅，开辟万古”[⑧]。

杜诗被认为有两个特征，一是“读书破万卷，下笔如有神”，博览群书，诗歌根柢于学问；二是“熟精《文选》理”——作诗本于经籍学问，“直接六经之脉”[⑨]，用诗歌阐发精微的道理，“推阐事变，穷极物则”（翁方纲《杜诗

① 姚鼐：《尊拙堂诗序》，《惜抱轩诗文集·文集》卷4，上海古籍出版社1992年版，第49页。

② 章炳麟：《辨诗》，《国故论衡》，上海古籍出版社2003年版，第89页。

③ 程恩泽：《金石题咏汇编序》，《程侍郎遗集》卷7，中华书局1985年版，第143页。

④ 翁方纲：《神韵论上》，《复初斋文集》卷8，《续修四库全书》第1455册，上海古籍出版社2002年版，第423页。

⑤ 朱彝尊：《与高念祖论诗书》，《曝书亭集》卷31，《传世藏书》（集部12），海南国际新闻出版中心1996年版，第174页。

⑥ 阮葵生：《茶馀客话》卷11，中华书局1959年版，第320页。

⑦ 翁方纲：《复初斋文集》卷10，《续修四库全书》第1455册，上海古籍出版社2002年版，第440页。

⑧ 翁方纲：《石洲诗话》卷3，人民文学出版社1981年版，第96页。

⑨ 翁方纲：《石洲诗话》卷2，人民文学出版社1981年版，第61页。

“熟精〈文选〉理”“理”字说》)[①]。故“古之能称诗者，必曰杜甫氏。甫之言曰：‘读书破万卷。’又曰：‘熟精《文选》理。’由前之言，则甫之诗学为甚博，同后之言，则甫之诗学为甚精。是甫所以雄一时而名后世者，非独才高使然，亦其学之博大精深，有以匠其才而成其器也。……后之学诗者，夫人而能宗甫之诗；而皆不能宗甫之学。故虽情真辞富，律细韵超者，代不乏人，而卒鲜能与甫匹也。唯韩愈氏学博千古，文高于李、杜，而诗宗之，环玮奇特，自成一家，盖有本者如是，信不虚矣。其次，则宋之苏轼氏，文宗韩而兼学杜，其才雄，其学赡，故其歌行雄深奔放，可鼎杜、韩”[②]。

杜甫“读书破万卷，下笔如有神”成为后世以学问为诗的经典依据。王安石曰“老杜固尝言之矣，‘读书破万卷，下笔如有神’”[③]；苏轼云“读破万卷诗愈美”[④]；黄庭坚说“不读万卷书，不可看杜诗”[⑤]；吴乔云“诗乃心声，心日进于三教百家之言，则思月异而岁不同。此子美之‘读书破万卷’也”[⑥]。杜甫之后的诗人“学诗之法，必以杜为宗，学杜之法，必以学为本……约情复性，以植其本；枕经葄史，以大其藏；规《骚》、《选》，揽宋、唐，以正其趋；猎百家，参小说，以尽其变；挈人情，穷物理，以致其用。如是，则本末交修，内外兼尽，不期为杜而杜将自至矣，不必为杜而亦无所不至也”[⑦]。

总之，杜甫以“诗圣”的地位及“读书破万卷”之“精”与“博”成为后世以学问入诗的又一价值典范。

四、中国传统士人的宴游悠闲和频繁的诗生活为古典诗歌学问化提供了扎根的沃土

封建士人无论他们的“正事”是穿穴经史，还是经纶世务，也不管他们再三表明诗歌只不过是“学道之余”的“末事”，他们都迫切地感到“不学诗，无以言”，不作诗，也无以“立”，会作诗是他们社会地位所必需的一张身份证。很难想象峨冠博带的士人，离开案牍书屋去酺酒论交，送别赠行，攀龚迎娶，不能吟诗。但长年的案牍生活使得他们视野难以开阔，心胸难以得到

① 翁方纲：《复初斋文集》卷10，《续修四库全书》第1455册，上海古籍出版社2002年版，第440页。

② 王棻：《与友人书》，《中国近代文论选》，人民文学出版社1959年版，第323页。

③ 王士祯等：《师友诗传录》，《清诗话》，上海古籍出版社1999年版，第125页。

④ 苏轼：《送任伋通判黄州兼寄其兄孜》，《苏轼诗集》，中华书局1982年版，第234页。

⑤ 王士祯等：《师友诗传录》，《清诗话》，上海古籍出版社1999年版，第125页。

⑥ 吴乔：《围炉诗话》卷1，《清诗话续编》，上海古籍出版社1983年版，第474页。

⑦ 王棻：《与友人书》，《中国近代文论选》，人民文学出版社1959年版，第325页。

摩荡，才思为之所限，却又要作那么多诗歌——酺酒论交、送别赠行、攀龛迎娶都必以诗遣兴，“诗歌愈来愈成社交的必需品，贺喜吊丧，迎来迎往，都用得着，所谓牵率应酬……就是一位大诗人也未必有那许多真实的情感和新鲜的思想来满足‘应制’、‘应教’、‘应酬’、‘应景’的需要”，于是不得不“把记诵的丰富来补救和掩饰诗情诗意的贫乏，或者把浓厚的‘书卷气’作为应付政治和社会势力的烟幕”①。近代诗人江湜在他的《小湖以诗见问戏答一首》中就分析了这种情形，“词曰诗者情而已，情不足者乃说理。理又不足者征典故”②。严迪昌先生也说：“诗乃抒情物，才学应由诗情所遣，为强化诗情服务，主次应甚分明。然而才有不足，赖学以济才，特别是情难见深，借学饰情的风气不时张扬，成了诗史上一再重复的现象。”③

文人学士引学入诗还有一个无奈的原因就是避免文字惹祸招非，“在旧社会里，政治的压迫和礼教的束缚剥夺了诗人把某些思想情感坦白抒写的自由。譬如他对国事朝局的愤慨，对恋爱生活的感受，常常得指桑骂槐或者移花接木，绕了个弯，借古典来传述；明明是时事，偏说《咏史》，明明是新愁，偏说《古意》，甚至还利用‘香草美人’的传统”④。借学问来写诗，既避免文失之于野，又避免授人以柄。

再者，文士们“大抵承平无事居台省清班，日以文酒过从，相聚不过此数人，出游不过此数处，或即景，或咏物，或展观书画，考订金石版本，摩挲古器物，于是争奇斗巧，竟委穷源，而次韵、叠韵之作伙矣”⑤。他们在歌酒文会之时相互唱和，虽曰增进感情、加深交流，实际上也是在相互试探对方的学问才华，逞才炫学或为自我标榜，或为回敬对方。近代诗论家陈衍就曾说：“寐叟（沈曾植）诗多用释典，余不能悉；余题寐叟《山居图》五言古四首，寐叟亦瞠莫解，相与怪笑。”⑥ 他们有足够的时间和能耐把古典诗歌的语言雕铸成一套同日常语言高度分离的雅致的书面语言，把这套系统弄得文人化、典雅化、技巧化。用典用事，挦扯为能，甚至以所擅长的专门之学入诗。其他类似文字游戏的饾饤知识被他们运用得得心应手，从而显示他们的身份地位和学识修养，保证了他们在社会文化领域内能取得优越感，“甚者务为不可解之

---

① 钱钟书：《宋诗选注》，人民文学出版社 1989 年版，第 42 页。

② 江湜：《伏敔堂诗录》卷 11，上海古籍出版社 2008 年版，第 238 页。

③ 严迪昌：《清诗史》，浙江古籍出版社 2002 年版，第 510 页。

④ 钱钟书：《宋诗选注》，人民文学出版社 1989 年版，第 42 页。

⑤ 陈衍：《石遗室诗话》卷 16，《陈衍诗论合集》，福建人民出版社 1999 年版，第 222 页。

⑥ 陈衍：《海日楼诗集序》，沈曾植著，钱仲联校注：《沈曾植集校注》，中华书局 2001 年版，第 17 页。

辞，而用事则取其僻，用字则取其奇，使人茫然不识所谓，而不知者以博雅称之”①。

五、复合型诗文化为古典诗歌学问化提供了适宜的生存环境

中华民族具有悠久的历史文化，同世界其他文明相比，中华文明从未间断过，可以说是源远流长，而且在治乱迭见、华夷交往而交融的大一统局面中不仅是绵延不断，而且海涵地负、包罗万象。王恩洋在《孔子学案》叙论中说：“世界文明最古之国家民族五，今之独立自存者一，曰中华。中华文教，五千余年，自黄帝开国，尧舜施化，禹平水土，汤武放伐，周公制作，而后彬彬焉。”② 在中华文化这一母文化的孕育下，各种子文化繁盛发达、争鸣齐放。在中华文化的发展过程中，由于传统中的泛文学观念，使得文学与文化浑然难分，文学与史学、哲学、伦理、政治纠缠不清。诗文化当然也就与其他文化相生相随，互荣齐芳。中国古典诗文化从来就不是纯文学文化，所承担的功能也绝不只是审美。

例如诗歌与哲学、史学就是最难解难分的，朱光潜先生说：“诗虽然不是讨论哲学和宣传宗教的工具，但是它的后面如果没有哲学和宗教，就不易达到深广的境界。诗好比一株花，哲学和宗教好比土壤，土壤不肥沃，根就不能深，花就不能茂。”③ 闻一多先生在《文学的历史动向》中说：“诗似乎也没有在第二个国度里，像它在这里发挥过那样大的社会功能。在我们这里，一出世，它就是宗教，是政治，是教育，是社交，它是全面的生活。维系封建精神的是礼乐，阐发礼乐意义的是诗，所以诗支持了那整个封建时代的文化。此后，在不变的主流中，文化随着时代的进行，在细节上曾多少发生过一些不同的花样。诗，它一方面对主流尽着传统的呵护的职责，一方面仍给那些新花样忠心的服务。”④

中国人就生活在诗的社会文化氛围之中，同时又在不断创造诗化的社会生活。他们以诗言志，以诗抒情，以诗咏史，以诗赠人，以诗送别，以诗祝寿，以诗悼亡，以诗祭祀，以诗写时事，以诗言哲理，以诗论宗教，以诗谈经济之策，以诗表社会人生之思。诗的社会功能与艺术效应，在中国人的社会生活与人生里程中得到了如此淋漓尽致的张扬和发挥，古今中外恐怕没有第二个

---

① 戴名世：《吴他山诗序》，《戴南山先生古文全集》卷2，光绪二十八年刻本。

② 王恩洋：《孔子学案叙论》，《孔子学案》，北京图书馆出版社2004年版。

③ 朱光潜：《诗论》，北京出版社2005年版，第91页。

④ 闻一多：《文学的历史动向》，《闻一多全集》（第一卷），三联书店1982年版，第202页。

国度。

在中国人的心目中，诗是万能的。诗对自然美、生活美与意境美如痴如醉的追求，使诗不但成了中国传统文化的主要载体之一，成了中华民族的民族心灵、价值观念、审美情趣、思想情感、文化性格与生活方式的艺术再现，而且是中国人调节人际关系的艺术手段与排遣感情纠葛的特效剂，从心灵深处使思想情感得以净化。

在古代中国，诗是无孔不入的。诗入宫廷，诗入台阁，诗入闺闱，诗入寺庙，诗入道观，诗入青楼，诗入梨园，诗入酒肆，诗入茶馆，诗入亭榭，诗入山林，诗入田园，诗入边塞，诗入军旅，诗入血与火生死搏斗的战场，等等。不仅如此，诗也进入了数学、医学、天文学等自然科学的各个领域，因而极大地增强了诗的社会意识与生活意识。其情状恰如闻一多先生在评述唐代诗人孟浩然时所说的“诗化的生活”与“诗的生活化”。

诗文化的意蕴是相当深厚而博大的，包含着中华民族传统文化的各个方面，诸如儒家文化、道教文化、佛教文化、基督教文化以至于形形色色的地域文化、饮食文化、服饰文化、数文化、梦文化、民俗文化、军事文化、宗法文化、外交文化、商业文化、女性文化、园林文化、戏剧文化、音乐文化以及书法、绘画、语言、文字、棋艺、建筑、装饰、楹联、雕塑、碑刻、墓葬、生属、占卜、天文历法与文化传播。涉足的学科有政治学、经济学、军事学、社会学、哲学、美学、史学、文学、伦理学、心理学、艺术学、语言学、文献学、考古学、文字学、宗教学、民俗学、神话学、地理学、天文学、妇女学、比较诗学、文化传播学等。[①]

古典诗歌的学问化其实是复合型的诗文化对诗歌内容的必然要求，复合型诗文化又为古典诗歌的学问化提供了适宜的生存环境。

六、古典诗歌语系为中国士人琢字炼句、以典籍学问入诗提供了非常适宜的载体

周作人说：“汉字这东西与天下的一切文字不同，连日本朝鲜在内；它有所谓六书，所以有象形会意，有偏旁；有所谓四声，所以有平仄。从这里，必然地生出好些文章上的把戏。”[②] 正是因为有了汉字这种精妙绝伦的文字，才使得古代诗人在创作中能极大展现其能动性，将自己所掌握的学识比较灵便地

---

① 蔡镇楚：《中国诗文化与文化诗学》，《湖南师范大学学报》，2001年第6期，第76—81页。

② 周作人：《论八股文》，《中国新文学的源流》，华东师范大学出版社1995年版，第66—68页。

应用于古典诗歌之中。从字形上看，汉字是方块字，是按照象形、指事、会意、形声等造字规则形成的，汉字的直观视像特点为观照客体世界的物象提供了直接相通的契机和桥梁，为了使诗的文字呈现出画面感，为了营造字面上的突兀奇绝之感，从而使字形字义达到表达上的效果，诗人们驱动他们的才学，在字词海洋中绞尽脑汁，搜肠刮肚，雕肝镂肺，推敲算计。他们在创作的时候，不惜凑字掰字，用偏字、僻字、怪字、难字。从语音上看，汉语属于节拍语言，每个汉字不管是孤立地看，还是在语流中看，始终是独立的个体。“能以甚少之字数包举甚多之意义。其民族文化绵历愈久，熔凝愈广，而其文字能为之调洽殊方，沟贯绝代”①，这为那些专喜炼字琢句的诗人逞才炫学提供了场所。古典诗歌讲究音韵平仄、高低、轻重、清浊的和谐之美，“造化赋形，支体必双，神理为用，事不孤立。夫心生文辞，运裁百虑，高下相须，自然成对。岂营丽辞，率然对尔”②，又为诗人在音韵格律上争奇显胜提供了舞台。古典诗歌语言体系为诗人驰骋才学提供了广阔的天地。

此外，古典诗歌的语法系统是最松散的，松散的程度达到了其他民族诗歌语法系统所不能容忍和允许的程度，这种语法上的松动灵活，蒙太奇似的跳跃，使诗人们在创作时几乎可以随心所欲地插入与诗歌表达内容相关相联的知识学问，而不会感到突兀，而且这样做了不但不会受到指责，如果用得贴切，还会使诗歌生色不少，增加其典雅的成分。他们大量采用借代、隐喻、用事、用典，使得寥寥几字凑成的句子，却是个凝聚了许多学问知识的核团。

学人之诗的学问化除了上述诸因素外，还与学人作为学术研究的主体身份有关。学人在学术研究之余而兴之所至，将学术研究的内容自觉或不自觉地融入诗歌创作中，甚至创作思维也带有学术思维的特征，其诗歌可作为“学之别体”来看待。（详见第三章，这里不赘述）

---

① 钱穆：《中国文学讲演录》，巴蜀书社 1987 年版，第 3 页。

② 刘勰：《文心雕龙·丽辞》，浙江古籍出版社 2001 年版，第 188 页。

第二章　晚清学人之诗的时代特征：清诗以学胜

第一节　繁盛学术影响下的清代诗坛

学术发展到清代，“问学之业绝盛，固陋之习盖寡，自六经、九数、经训、文辞、篆隶之字、开方之图，推究于汉以后、唐以前者备矣”①，极为繁盛而集大成，“有清一代，为中国的文艺复兴时代，各种学术都很发皇，有人说，清代的文化，是以前中国旧文化的总结束，以前所有种种的东西，在那时无不一一重现，这句话实在是很确适的”②。

刘成禺指出：“有清一代，经史、词章、训诂、考订各种有用之学，名家蔚起，冠绝前朝，皆从事学问，……论其原因：一、继承家学，如二钱、三惠、王氏父子之例。二、各有师承，读《汉学师承记》、《宋学渊源记》等书自知。自明末黄梨洲、顾炎武、李二曲、王船山四大儒出，学术风尚，焕然大变。其后如徐健庵、王贻上、朱竹君、翁覃溪、阮芸台、曾涤生，皆能提进学者，建树学宗。虽咸丰以至光绪中叶，人崇墨卷，士不读书，而研究实学之风，仍遍于全国。”③ 其说出了清代学术之盛的一些原因。

徐珂《清稗类钞》更加全面详细地总结了清代学术繁盛的原因：“爱新觉罗氏自太祖肇基东土，至世祖入主中夏，传十帝，历二百六十八年，一朝文学（注：泛指学术文化，非狭义之文学，以下同）之盛，所以轶明超元，上驾宋唐，追踪两汉者，盖有六大原因焉。一、由于开国之初，创制满洲文字，译述汉人典籍，而满人之文化开。二、由于信任汉人，用范文程之议，特选士于盛京，而汉人之文教行。三、由于入关以后，一时文学大家，不特改仕新朝者多明之遗老，即世祖、圣祖两朝正科所取士，及康熙丙午年博学宏词科诸人，其人以理学、经学、史学、诗词、骈散文名家者，亦率为明代所遗，而孙奇逢、顾炎武诸儒隐匿山林，又复勤于撰著，模范后学。四、由于列祖列宗之稽古右

---

① 谭献：《箧中词序》，《中国近代文论选》，人民文学出版社 1959 年版，第 361 页。

② 胡行之：《中国文学史讲话》，光华书局民国二十一年版，第 125 页。

③ 刘成禺：《世载堂杂记》，辽宁教育出版社 1997 年版，第 10—11 页。

文，而圣祖尤聪明天亶，著述宏富，足以丕振儒风。五、由于诏辟天下设立书院，作育人才。六、由于秘府广储书籍，并建七阁分贮，嘉惠士林。有此六原因，是以前古所有之文学，至是而遂极其盛也。”①

清代学术极盛，当然还有国家统一、疆域宽广、经济繁荣、政治相对稳定等原因。从学术文化本身来说，中国传统学术自身的发展，经过了两三千年甚至更长的时间，已到了加以总结的时候，清代学术正好处于继往开来的关捩点上。

清代深厚的学术积累对诗坛的影响表现为清代诗歌能兼收并蓄。清代诗人的学问普遍胜于前代，谙熟传统典籍，究心学术文化。近代西学东渐，引入了西方的思想学说、制度文化、器物技术、人文景观，“挦扯新名词以自表异”，更增加了清代诗学外域文化的色彩，赋予了清诗前所未有的新活力。清代诗学承载着许多本应由专门学科来承担的学术思想，负荷着先前历代诗歌都无法承载的文化内容，以至清代大量的诗学文本可以当作政治、经济、思想和学术史来阅读，无形中将人们对清代诗歌的注意引向学术而非只是审美的方向，读清人诗集和诗学著述有种沉甸甸的感觉。此外，清代诗人文艺兴趣广泛，“街谈巷议、土音方言以及稗官小说、传奇演剧、童谣俗谚、秧歌苗曲之类，无不入诗，公然作典故成句用”②，在诗歌的题材、内容、意境、体式、语言等方面都有大幅度的拓展，故作诗时能广征博引、得心应手。

黄人在《清文汇序》中对清代诗文在学术浓厚的氛围之下呈现出的学问化倾向有一个总括，“矧今朝文治，轶迈前古，撰著之盛，尤奄有众长。当定鼎之始，山泽遗耆，抱器陈畴，綦多宾服。即有愤衔轩剑，志切鲁戈，旋审大命攸归，亦退而绍申、伏之传，修河、汾之业，出其学术思想，播佳种于龙野。存国粹于沧桑，以塞麦秀采薇之痛。故其文云雷郁勃，风涛轩怒，震国民之耳鼓，至今渊渊作响。继世之主，懋学右文：两举词科，而骏雄游彀；宏开四库，而文献朝宗。贤王硕辅，又致设醴之敬，企吐哺之风，从而提倡。虎观无其备，兔园无其盛，龙门无其广；文运日昌，士气日奋。相率湔雪牢愁，服膺古训：息邪距诐，张天水道学之军；析义正名，干炎刘经生之蛊。而摅词幽雅，穷理则吐尘羹，订古则谢饾饤。即词人墨客，亦蓬生麻中，赤缘朱近，类能贾余勇，尚立言，咸有根柢，绝异稗贩。盖几于凤麟为畜，鸡犬皆仙，集周、秦、汉、魏、唐、宋、元、明之大成，合性理、训诂、考据、词章而同化”③。清代诗人对学问形成了大体一致的看法：“一、学问原本六经；二、学

① 徐珂：《清稗类钞·文学类》，中华书局1986年版，第3860页。

② 朱庭珍：《筱园诗话》卷2，中华书局2001年版，第290页。

③ 黄人：《清文汇序》，《中国近代文论选》，人民文学出版社1999年版，第494页。

问要致用；三、多读书则取精用宏；四、多读书增加才气；五、纠正空疏之弊；六、纠正偏重妙悟之弊；七、空灵也要从学问中来；八、多读书可以医俗。”①

纵观有清一代，清初诗坛多为明末遗老，他们提倡尊经复古的学风，这与惩于晚明士人空腹游谈、束书不观的学风紧密相关。乾、嘉中叶，以考据为代表的朴学大兴，诗坛受此浸染，大量以朴学入诗，以学术入诗之风以此为盛。“有清一代诗学自钱谦益中经翁方纲终至陈衍，主学之声贯穿始末，不同于神韵、格调、性灵等说的各擅一时，而是一曲和声中的主调。”② 清末诗坛以新学理、新知识拓开了新诗界，这又是任何一个朝代的末世所不能比拟的。

难能可贵的是，清人重学问，但也重性情，能辩证处理性情与学问的关系，没有表现为偏激和失衡。汪辟疆就说“宋人处理性情和学问在诗歌中的关系不如清人”③。钱谦益《定山堂诗集序》将性情和学问对举，说：“诗之为道，性情学问参会者也。性情者，学问之精神也；学问者，性情之孚尹也……执性情而弃学问，采风谣而遗著作，舆讴巷謌，皆被管弦；《挂枝》、《打枣》，咸播郊庙，胥天下用妄失学，为有目无睹之徒者，必此言也。”④ 钱澄之首先肯定“诗之为道，本诸性情，非学问之事”，接着又说：“然非博学深思，穷理达变者，不可以语诗。当其意之所至，而蓄积不富，则词不足以给意；见解未彻，则语不能以入情。学诗者既已贯通经史，穷极天人之故，而于二氏百家之书无有不窥，其理无有不研，然后悉置之，而一本吾之性情以为言。于斯时，不必饰词也，而词无有不给；不必缘情也，而情无有不达。是故博学穷理之事，乃所以辅吾之性情，而裕诗之源也。”⑤ 曾灿说：“诗贵性情，然欲其朴至而文，则必有学问。”⑥ 张希良提出“以真性情为根柢，真学问为枝叶”⑦ 的明确主张。许缵曾称“大雅元音，本之于学问，得之于性灵”⑧。王元文《邱昆奇诗序》引严羽“诗有别才”之语，盛称邱昆奇的才情，又进一步指出：“非学何以拓其胸次，开其眼界，深其酝酿哉？太白之天才，犹读书匡庐

---

① 钱仲联：《清代学风和诗风的关系》，《当代学者自选文库·钱仲联卷》，安徽教育出版社 1999 年版，第 153 页。

② 蒋寅：《中国古代文学通论》（清代卷），辽宁人民出版社 2005 年版，第 193 页。

③ 汪辟疆：《汪辟疆说近代诗》，上海古籍出版社 2001 年版，第 6 页。

④ 钱谦益：《定山堂诗集序》，《定山堂诗集》，《续修四库全书》第 1402 册，上海古籍出版社 2002 年版，第 340 页。

⑤ 钱澄之：《文灯岩诗集序》，《田间文集》卷 14，《续修四库全书》第 1401 册，上海古籍出版社 2002 年版，第 157 页。

⑥ 王尔纲：《名家诗永》卷首，康熙年间砌玉轩刊本。

⑦ 刘谦吉：《讱庵诗钞》卷首，康熙刊本。

⑧ 许缵曾：《含晖堂诗序》，《宝纶堂稿》卷 5，《四库全书存目丛书》集部第 218 册，第 569 页。

十九年；少陵独有千古，亦曰读书破万卷。”① 舒位也说：“天地有生气，终古不能死。人受天地中，同此一气耳。发而为诗歌，亦是气所使。如涂涂附非，活泼泼地是。然非读书多，不能鞭入里。……经以三百篇，纬以十七史。纵以五千年，衡以九百里。铸出真性情，凿成大道理。”② 因为比较正确地处理了诗歌与学问的关系，使得清诗学有根柢，显出质实厚重的特征，同时也没有失却诗性而严重偏离诗歌发展的健康之路。

一、繁盛学术影响下的清代诗歌创作

清代被称为“经学复兴的时代”，到清代中期，经学研究衍变为朴学，以朴实的考据手段用于儒家经典和语言文字学的研究，考据的对象已扩大到历史、地理、天文历法、音律、典章制度等，并形成了众多地域性学派。以经学研究为核心的朴学直接影响到清代诗坛，“考据之学，后备于前，金石之出，今胜于古。海云鼎籀，纪事西樵；杜陵铜檠，征歌石笏。钟彝奇字，敷以长言；碑碣荒文，发为韵语。肴核《坟》、《典》，粉泽《苍》、《凡》。并足证经，亦资补史”③（《晚晴簃诗汇序》），“上自陶唐，下暨秦代，凡经、史、诸子中有韵语可采者，当歌咏之，以探其原”④。清代朴学对诗歌创作的影响主要表现在三个方面：

（一）以专门之学（主要是朴学）入诗

与先前朝代的诗歌相比，清诗学问化最具时代特征的是以专门之学入诗，尤其是以金石考据之学入诗。

经学发展到宋、明时期，衍生成理学，在不断的流播过程中，其弊端也日益明显，形成了虚浮、空疏、浅陋以及“袖手谈心性”的风气。这种风气在晚明尤甚，“王学”末流师心而妄，束书不观。因此，明末清初士人将“神州荡覆，宗社丘墟”的责任归到了“王学”身上，认为在阳明心学的影响下，明人“束手游谈”不读书，未能领承古之先贤圣哲的训导，士气沦丧。为了匡扶时难，挽救社会危机，振兴士林气象，他们出而救弊补偏，以汉人“实事求是”的宗旨相号召，重新找回失落的儒家道统，回归儒家经典，直接从

---

① 王元文：《北溪文集》卷下，嘉庆十七年王氏随善斋刊本。

② 舒位：《与瓯北先生论诗并奉题贴续诗钞后》，《瓶水斋诗集》卷 13，《续修四库全书》第 1487 册，上海古籍出版社 2002 年版，第 46 页。

③ 徐世昌：《晚晴簃诗话》，华东师范大学出版社 2009 年版，第 1527 页。

④ 沈德潜：《说诗晬语》，《清诗话》，上海古籍出版社 1999 年版，第 525 页。

儒家经籍那里获得前贤先圣的昆仑之玉。

但他们面临两个重要的问题：一是由于年代湮久，这些古籍已变得佶屈鳌牙，脱字、漏字等讹误不断，字词都很难被准确清晰地理解，遑论准确地理解前贤的本意。二是这些典籍又存在被篡改甚至造假的情况。因此，要拨开历史的迷雾，直接面对经典的本初面目，那就要重拾汉学的考据，要对儒家经典进行一次去伪存真的清洗，还其本意。由此便由文字入手，在训诂、校勘、考订、辨伪等方面展开纠误还原的学术活动，这样清初的经学研究便日趋汉学化了，所谓“汉儒说经重训诂，授受专门先后印。三代遗文近可推，大义微言条不紊”[①]，经学研究成为清代朴学研究的中心。而碑刻崖拓、鼎文彝字作为古典文化的一部分载体，其上面的文字图案保存了许多元典文化，因而金石学也成为考据学不可或缺的部分，并日益发展成为一门独立的学科。

正是在这种学术思潮的背景下，诗歌作为复合型文化的载体，不可避免地做了朴学的策应工作，于是出现了以金石考据等朴学内容入诗的情况，广大士人“只觉时流好尚偏，并将考证入诗篇。美人香草都删却，长短皆摩击壤编”[②]。尤其是清中叶后，“长篇巨章日见其富，这是一种发展，殆如组诗被大量运用一样，扩大容量，于诗体功能（笔者注：主要指承载学问及说理的功能）不失是推进；然而在长篇中充斥腹笥，以博学为炫，则不能不说是对传统诗歌体式的某种戕伤”[③]。

清诗以朴学入诗不仅表现在诗歌中有大量的内容是考订典章制度、考索金石文物、考证地舆山川、考释音义训诂、考论诸子学术，还表现在把考据的方法思理引入到诗歌创作中。诗歌中引进考据的思路与方法在某种程度上造成了诗歌思维方式上的趋细、趋实，而这样一种思维方式在一定程度上吞噬了诗人的独创精神，进而吞噬诗人的情感，造成诗性的迷失。考据式的思维方式壅塞了诗人的创造力、领悟力，窒息了他们的心灵，他们的诗歌创作缺乏唐诗那种想象、凝练和跳跃。诗性的缺乏是造成乾、嘉诗坛啴缓疲软的一个原因。

清代诗歌以专门之学入诗范围非常广泛。如咸丰、同治期间诗人张应昌编了一部大型清诗选《清诗铎》，选诗五千余首，收录诗人自顺治期间的秦镛、钱澄之起至同治间诗人止，共九百余家。编者把入选的诗分为152类，我们从这些“类”中可以看出清人以学识入诗的倾向：如事关政治的有“总论政

---

① 钱大昕：《题惠松厓征君授经图》，《嘉定钱大昕全集》（第十册），江苏古籍出版社1997年版，第205页。

② 洪亮吉：《道中无事偶作论诗截句二十首》，《洪北江全集·更生斋诗集》卷2，光绪阳湖授经堂校刊本。

③ 严迪昌：《清诗史》，浙江古籍出版社2002年版，第304页。

术”、“善政”、“用人”、“察吏”、“官箴”等；有关军事刑狱的有“刑狱”、“兵事”、“武功”、“军器”、“屯田”、“边防”、“怀远”等；事关专门之治的有“财赋”、“米谷”、“漕政”、“漕船”、“海运”、“钱法”、“盐筴”、“关政”、“丈量”等；事关社会生产的有“水利”、“农政”、“田家”、“树艺”、“蚕桑”、“木棉”、“纺织”、“商贾”、“淘金”、“采矿”、“采石”、“采木”等；有关灾害的有“捕蝗”、“伐蛟”、“勘灾查户”等，涉及多方面的政治问题和社会问题。

（二）典故运用的经常化和偏僻化

典故运用的经常化是清代诗歌学问化倾向的一个主要表现，几千年的文化积淀使清代诗歌面临前所未有的知识厚度。“清代诗人所生也迟，有前代丰富的现成的典故可资运用，在这方面得天独厚，同时又处在异族统治之下，生活在‘文字狱’盛行的环境之中，加上本身往往多有学问，修养高深，所以，用典也就成为一个十分普遍的现象。”①“作为艺术符号的典故，乃是一个个具有哲理或美感内涵的故事的凝聚形态，它被人们反复使用、加工、转述，在这过程中，它又融摄与淀积了新意蕴，因此，典故是一些很有艺术感染力的符号。它用在诗歌里，能使诗歌在简练的形式中，包容丰富的、多层次的内涵，而且使诗歌显得精致、富赡而含蓄。”② 清代许多诗歌的用事用典的确达到了这种艺术效果。如清代诗坛巨子钱谦益“为文博赡、谙悉朝典，诗尤擅其胜”③，他写诗，“金银铜铁，不妨合为一炉”④，在一首诗中他可以做到句句用典、一句连用数典、古典今典并用等，使诗歌具有历史盆景之奇观。钱谦益对典故运用的娴熟与巧妙绝非饾饤者所能望其项背。毛奇龄作七律一首而翻检书籍，动或数十种，直獭祭耳。⑤

用僻典主要表现在清中叶浙派诗和晚清宋派诗中，他们不喜甜熟的典故，而是极力求新求异，恶熟恶俗。用的典故太偏僻，读者读不懂，以至在诗中又用长长的注疏对掌故的来龙去脉作详细的解释，实际上是考据之风在诗歌创作中有意无意的体现。

受清代学术风潮影响最深的是学人之诗。在诗歌创作上，以专门之学入诗自是学人之诗本色当行之处，如以考据入诗来说，一般的诗人之诗也存在这种

---

① 朱则杰：《清诗史》，江苏古籍出版社2000年版，第67页。

② 葛兆光：《论典故——中国古典诗歌中一种特殊意象的分析》，《文学评论》，1989年第5期，第134页。

③ 《清史稿》，北京中华书局1977年版，第13324页。

④ 沈德潜：《清诗别裁集》卷1，河北人民出版社1997年版，第1页。

⑤ 赵元礼：《藏斋诗话》，《民国诗话丛编》（第二册），上海书店2002年版，第248页。

情况，但考据诗的数量相对较少，而且考据的“深”度和“精”度逊于谙于考据的学人。诗歌创作用事用典之僻、难字怪字之多，一般诗人也无法同谙于训诂之学的学人相比。

二、繁盛学术影响下的清代诗学研究

高翔《康雍乾三帝统治思想研究》中说：“以考据学为特征的乾嘉士人的学术思想，是中国传统思维方式取得的一项重大成就，它对儒家文化而言，是集大成的，但却不是开创性的，它系统整理了数千年中国学术思想及历史文献。”① 清代诗学研究也体现出集大成的盛况，难以数计的诗学著述系统整理了数千年中国诗学思想及诗学文献。清人诗学著作中，既有借编定诗选标举其诗论主张的，也有纯粹的诗学理论著作，更有品种繁复的诗话体，蔚为大观。②

清代士人研究诗学完全是把它作为一门正儿八经的学问来进行的，“诗话之作至清代而发展到高峰，数量之多，远远超过前代，其质量也比前代为高”③，特别是清代大量学者都能作诗，参与诗歌批评，创作了大量的诗话，形成了规模较大的学者型诗话，以至诗话“成为专门家之学”④。清代学者写作诗话多是把它作为一种学术行为来对待，不肯敷衍和随意，“都是取的严肃认真态度”⑤，不是“居士退居汝阴而集以资闲谈也”⑥ 的轻松随笔之类，而是“博采群编，以正史为宗，以志乘、说类为佐，上自宫廷，下及谣谚，事典而核，语赡而雅”⑦，郭绍虞先生说：“清人治学确是比较严肃，即诗话方面，也有相当的学术研究价值。”⑧ 他们在诗话写作中大量运用“考据”之法。考据法几乎渗透到一切学者诗话中，以“考据”为特征的学术性几乎成为他们诗话的首要风格。他们引证材料更繁富，选择材料更精审，论诗时的主观臆断更少，那些无根之游谈、不实之虚论，多是被排斥的，因而其诗话的学术价

① 高翔：《康雍乾三帝统治思想研究》，中国人民大学出版社 1995 年版，第 431 页。

② 据张寅彭比较审慎的统计，现存的清人诗学著作多达八百余种，这个数字约为现存明代诗学著作数量的 5 倍，更是现存宋代诗学著作数量的 9 倍左右。蒋寅保守估计，清诗话的总数超过 1 500 种是没有问题的（《清诗话考·自序》）。蒋寅的《清诗话考》共收录清代诗话类著作 1 483 种，据笔者统计，其中由清代著名学者（据徐世昌的《清儒学案》）所撰的诗话就有 181 种。

③ 郭绍虞：《照隅室古典文学论集》（下编），上海古籍出版社 1983 年版，第 536 页。

④ 郭绍虞：《照隅室古典文学论集》（下编），上海古籍出版社 1983 年版，第 536 页。

⑤ 郭绍虞：《照隅室古典文学论集》（下编），上海古籍出版社 1983 年版，第 536 页。

⑥ 欧阳修：《六一诗话》，《历代诗话》（上），中华书局 1981 年版，第 264 页。

⑦ 吴骞：《拜经楼诗话》，《清诗话》，上海古籍出版社 1999 年版，第 757 页。

⑧ 郭绍虞：《照隅室古典文学论集》（下编），上海古籍出版社 1983 年版，第 536 页。

值有了一大飞跃。以至有些考据家评诗，太拘泥于实事，于古人的片言只字上攻瑕索疵，以为此处失考、彼处杜撰，评诗琐碎不堪，流于学究气，虽为以考据家的眼光评诗而有走向极端之流弊，然其精严谨慎的作风却不容抹杀。

清代诗论家叶燮自谦地说他于“诗文一道稍为究论，而上下之，然又不敢以诗文为小技，即已厌弃雕虫饾饤之学，则此亦必折中于理道而后可”①，他是以严肃的态度和认真的精神来谈诗论文的。蒋寅说，“清人研究文学，却常出于学术的兴趣，所以他们常像治经一样，用实证方法来探讨文学问题。清代批评家不像明人那样喜欢大而化之地泛论历代诗文，他们更多地致力于专门问题如文人传记考证、语词名物训释、声调格律研究、修辞技巧分析等，做持续、深入的研究。……这种追求精密的实证态度，成就了清代文论的学术性和专门性”②，“诗学在清代不同于以往的最大特点，即它是被当作学问来做的。无论是钱谦益、朱彝尊的诗史研究，还是王士祯、李因笃的诗歌声律学，都体现了这一点。诗学在走向学术化的同时，也要为诗歌安顿一个知识基础”③。

扎实的文献基础，积淀了两千年的诗学成果，再加上实事求是、无证不信、广参互证、追根穷源的实证学风，使清诗研究显示出高度的学术性，其丰富性、系统性、专门性和实证性是先前朝代诗学研究所无法比拟的。

（一）清代诗学著述的丰富性和系统性

清代士人大量记载清代诗坛名人逸事、交游创作、名篇佳构的景况，表现出清人重视诗“史”的观念，从而建立起了从明末清初直到清末民初几乎没有间断的诗坛史料长编。这也是前代不曾出现过的一个可观的现象。如吴伟业的《梅村诗话》记述了明末清初鼎革之际作者与陈子龙、龚鼎孳等操守迥异的大诗人的交往；王士祯《渔洋诗话》记述了诗人的生平经历及与兄弟友朋辈交游谐谈之状，勾勒出康熙年间他主盟诗坛时神韵说风靡海内的一时盛况，其自述记录动机云：“古今来诗佳而名不著者多矣，非得有心人及操当代文柄者表而出之，与烟草同腐者何限?”④ 一代诗宗为诗存史的责任之心与自觉意识溢于言表；袁枚《随园诗话》，录存本人及同时代诗人诗作更为广泛，入录之乾、嘉人物竟有千余之众；周春《耄余诗话》、李调元《雨村诗话》、法式善《梧门诗话》等亦为乾隆、嘉庆时期诗坛的记录详备之作；林昌彝《射鹰

---

① 叶燮：《答沈昭子翰林书》，《已畦集》卷13，《四库全书存目丛书》集部第244册，第135页。

② 蒋寅：《古代文论研究的回顾与前瞻》，《文学遗产》，2008年第1期，第20页。

③ 蒋寅：《在传统的阐释和重构中展开——清初诗学基本观念的确立》，《中国社会科学》，2006年第6期，第170页。

④ 王士祯：《渔洋诗话》，《清诗话》，上海古籍出版社1999年版，第194页。

楼诗话》、《海天琴思录》记录道光及咸丰、同治时的诗坛风云，颇能反映当时抗御外侮的时代情绪；魏秀仁《陔南山馆诗话》亦同此旨；王闿运《湘绮楼说诗》系其弟子王简辑成，广泛记录同治、光绪年间时人之吟事；陈衍《石遗室诗话》三十二卷，广为辑评晚清时期的诗人诗作，而尤详于道、咸以来渐成显宗的学宋诗派；梁启超《饮冰室诗话》则以晚清“诗界革命”运动之参与者为对象，传达出传统诗歌向新时代、新诗体转变的具体信息……仅上述十余种，记录下的有清一代诗坛的热闹繁华，便几乎达到了逐年不间断的程度。诗话的从本人视角出发记录当代诗坛事迹这一主要功能，在清人手上体现得最为纯熟充分。

清人除倾力于撰录本朝诗史之外，对历代诗史、诗学文献的系统整理也达到了空前的规模，同样成绩斐然，编纂齐全了唐以后历朝诗歌的《纪事》和《诗话》，表现出为诗歌“修史”的异乎寻常的热情。清初沈炳巽有《续全唐诗话》一百卷。乾隆间又有孙涛的《全唐诗话续编》二卷；由王士祯、郑方坤等人纂成《五代诗话》；厉鹗编成《宋诗纪事》（后道光、咸丰年间罗以智，光绪年间陆心源纂有《宋诗纪事补遗》）；孙涛与钟廷瑛辑有《全宋诗话》；周春辑有《辽诗话》；钱大昕辑有《元诗纪事》。民国后陈衍编成《元诗纪事》、《辽诗纪事》和《金诗纪事》。对明代诗歌资料的整理，有钱谦益的《列朝诗集小传》和朱彝尊的《静志居诗话》这样的系统之作，又有厉鹗的《明事纪事》、朱凤藻的《明诗综补》、苏之琨的《明诗话》、陈田的《明诗纪事》和杨凤苞的《明季诗话》。

（二）清代诗学著述的专门性

清代学者“喜专治一业，为‘窄而深’的研究”①，清代学术发达，学术分工日精、分类日细，诗学研究领域同样存在这种情况。以清代对杜诗的研究为例，钱谦益的《杜工部集笺注》、朱鹤龄的《杜工部诗集辑注》、张溍的《读书堂杜工部诗注解》、仇兆鳌的《杜诗详注》、黄生的《杜诗说》、王士祯的《点定杜工部诗集》、朱彝尊的《杜诗评本》、翁方纲的《杜诗附记》、鲁一同的《通甫评杜》，他们注解杜诗“参考精详”、“考据分明”、“征引时事”、“搜寻故实”、“能补旧注”②，“汰旧注之楦酿丛脞，辨新说之穿凿支离。夫亦据孔孟之论诗者以解杜，而非敢取凭臆见为揣测也”③。从他们注解杜诗中，我们可见清代诗学研究精心深入的状况。

---

① 梁启超：《清代学术概论》，中国人民大学出版社2004年版，第174页。

② 仇兆鳌：《杜诗详注·凡例》，中华书局1979年版，第24页。

③ 仇兆鳌：《杜诗详注·序》，中华书局1979年版，第2页。

清代诗话也更趋于专门化，大不同于以前的零碎和随机。他们或以专代而著，如王士祯等人的《五代诗话》、厉鹗的《宋诗纪事》、钱大昕的《元诗纪事》、朱彝尊的《静志居诗话》；或以专地而称，如郑方坤的《全闽诗话》、陶元藻的《全浙诗话》、梁章钜的《闽川诗话》、杭世骏的《榕城诗话》；或以专家而名，如纪昀的《李义山诗话》、赵翼的《瓯北诗话》、潘德舆的《李杜诗话》等，这些专门性的诗学著述绝不是“以资闲谈”（欧阳修《六一诗话》自题），也不是“人趋风好名之习，著惟意所欲之言”（章学诚《文史通义·诗话篇》）。

（三）清代诗学著述的实证性

清代士人学赡而精审，最明显地表现在对诗歌声调的研究上。如郑先朴《声调谱阐说》以图表形式，一一注明诗歌所属调性为古、律、拗、半律或柏梁体，把七古平仄的变化列举无遗。这样一种彻底的量化研究，避免了举例的随意性和结论的不周延性，从而可以检验前人提出的规则是否周延，是否能涵盖平仄变化的各种调式，达到科学的水平。[①] 用如此精确的数学模型来统计、分析一个文学现象，验证一条写作规则，在清代以前绝对是难以想象的，这是清代朴学的实证学理在诗学研究领域的反映。汪师韩《诗学纂闻》针对有人提出五古可通韵、七古不可通以及杜甫七古通韵者仅数处，检核杜诗，知杜甫通韵共有十一例，又考唐宋诸大家集，最后得出结论：“长篇一韵到底者，多不通韵；而转韵之诗，乃有通韵者。盖转韵用字少，故反不拘；不转韵者用字多，故因难见巧。”[②] 像这样一个细小的论断，也要将有关作品全部加以复核、统计，这就是清代诗学追求精密的实证态度，它成就了清代诗学学术性强的一面。类似《诗学纂闻》的诗学研究著述在清代还有很多，且多是康、乾时期的学者所为，如顾炎武的《诗律蒙告》，王士祯的《谐声别部》、《律诗定体》、《王文简公七言古诗平仄论》，赵执信的《赵秋谷所传声调谱》，李文藻的《律诗合谱》，何焯的《唐律偶评》，纪昀的《河间试律》、《唐人试律说》，周春的《杜诗双声叠韵谱括略》，桂馥的《五七言古诗声调》，朱鸿的《杜律双声叠韵》，黄本骥的《韵学卮言》，王筠的《毛诗双声叠韵说》。这反映了当时诗学研究中实证精神的兴起，这种实证精神一直贯穿于清代的诗学研究中。

---

① 蒋寅：《清代诗学研究之我见》，《苏州大学学报》，2005 年第 3 期，第 52 页。

② 汪师韩：《诗学纂闻》，《清诗话》，上海古籍出版社 1999 年版，第 450 页。

三、繁盛学术影响下的诗坛宗向

清代诗坛流派众多，但大体上不外乎两个大派——尊唐派和宗宋派，各个诗派的争论也不外乎尊唐祧宋的框架。如果我们从流派纷呈、争论熙攘的复杂现象中细绎出来，就可以看出清代繁盛学术影响下的诗坛总体上不是尊唐，而是宗宋。清代儒家诗教再度登上诗坛，因尊杜风潮而引发了诗史观念的拓展，促使清代诗歌告别了含蓄蕴藉的唐诗而转向质朴直露的宋诗。例如，以人文渊薮而著称的江浙地区是清代诗坛的重心，出现的清代最大的诗歌流派——浙诗派总体上就是一个宗宋诗派。

此外，对宋人以学为诗一路的创作，自严羽至明代批评家皆以否定性的指责为主，宋诗处于被贬抑的地位，而重根柢学问的清人对凿空议论的明人总体上持批评的态度，自然会抬高以学为诗的宋诗。虽然有些诗人取宗杜甫、韩愈，更多的诗人则是直接宗苏、黄。如果说明人维护并强化了唐诗的传统，那么清人则是最终发现并高度肯定宋诗的价值，极大地提升了宋诗在中国诗歌传统中的地位和作用。①

宋诗重学识，宗宋者多为学者。宗宋诗派大体经历了五个时期，从清初钱谦益、黄宗羲提倡宋诗算起，康熙时期以吴之振、田雯、汪懋麟等为代表，乾、嘉时期以杭世骏、厉鹗为代表的浙派和以钱载为代表的秀水派，道、咸时期以程恩泽、祁寯藻、何绍基、郑珍、莫友芝为代表的宋诗派，同、光时期以陈衍、沈曾植、陈三立、郑孝胥为代表的“同光体”派，一代又一代，看不出有明显的衰微之相——它顺应了清代浓厚的文化学术氛围。

清代宗宋诗派标举学问根柢，肯定以学问为诗，主张学问与性情合一，学人与诗人合一，体现出清代理性主义的诗歌美学趋向，“故示以宋人之诗，非读书多、学力厚不易成章”②。它的思想实质在于以考据求义理、治经史而探本原，将朴学的求是精神和考据手段输入诗歌创作之中，并作为衡量诗歌价值的标准。宋诗派虽然在话语形式上主张诗与学合一、性情与学问合一、文辞与考据合一、诗人之诗与学人之诗合一，实际上合一论中有重点论，偏倚于学问、考据、学人之诗的一面。学问第一，性情第二；经义为本，诗艺为辅。

清代宗宋诗派强调学力对诗歌创作的决定性作用，以学问根柢、考辨功力来衡人品诗，不知不觉地把朴学家的重征实的观念引入诗学价值论中，力倡以经术考据入诗，把治经的精神和方法输入诗歌创作而形成学问诗，在一定程度

---

① 邬国平：《清诗的优势和研究》，《苏州大学学报》，2005 年第 3 期，第 59 页。

② 由云龙：《定庵诗话》卷上，《民国诗话丛编》（第三册），上海书店 2002 年版，第 577 页。

上可以说是对汉代以经学取代文学之路的回复，透露出学问至上的优势心理和诗为学作的文学工具观，讲求质实、厚重而排斥神韵、空灵，以博学慎思能力和征稽考辨能力代替审美感悟力和艺术想象力，以智性之光遮蔽性灵之光，导致清代许多诗歌演变成学问诗，以学识功底制胜，不惮屑屑征引，孜孜求证，以考据性诗材诗料等同于诗境诗味，这是诗的一种异化，表现出非审美的倾向。何绍基曾指出考据之风对清代诗歌的负面影响："考据之学，往往于文笔有妨，因不从道理识见上用心，而徒务钩稽琐碎，索前人瘢垢。用心既隘且刻，则圣贤真意不出，自家灵光亦闭矣。"① 重学问而轻才情，重理义而轻情趣的诗歌，究非本色当行。

在从事诗学研究、尊崇宋诗审美传统的清代士人中，学人的数量远远超过了一般诗人。

第二节　清诗学问化被强化的原因

中国古典诗歌的学问化从诗歌进入个人创作时期就开始了，并形成一个持续性过程。到清代，古典诗歌学问化啴缓之音终汇成一代响调——学问化成为清诗的一个主要特征。

《文心雕龙·时序》篇云："文变染乎世情，兴废系乎时序。"② 一个时代的文风必然受其所处时代"世情"、"时序"等社会环境的影响。丹纳说："要了解一件艺术品、一个艺术家、一群艺术家，必须正确地设想他们所属的时代的精神和风俗的概况。这是艺术品最后的解释，也是决定一切的基本原因。"③ 巴赫金说："每一种文学现象（如同任何意识形态现象一样）同时既是从外部，也是从内部被决定。从内部——由文学本身所决定；从外部——由社会生活的其他领域所决定。不过文学作品从内部被决定的同时，也从外部被决定，因为决定它的文学本身整个的是由外部决定的。而从外部被决定的同时，它也从内部被决定，因为外在的因素正是把它作为具有独特性和同整个文学情况发生联系（而不是在联系之外）的文学作品来决定的。这样，内在的东西原来是外在的，反之亦然。"④ 清诗学问化倾向超出先前任何一个朝代，除了战乱结束、国家统一、政局稳定、经济恢复而带来了文化的复苏和繁荣等环境背景

① 何绍基：《与汪菊士论诗》，《何绍基诗文集》文钞卷5，岳麓书社2008年版，第734页。
② 刘勰：《文心雕龙》，浙江古籍出版社2001年版，第244页。
③ ［法］丹纳著，傅雷译：《艺术哲学》，人民文学出版社1963年版，第7页。
④ ［俄］巴赫金著，李辉凡、张捷译：《文艺学中的形式主义方法》，漓江出版社1989年版，第38页。

外，主要还应从与诗歌紧密相关的政治文化等外部因素，以及古典诗歌自身发展到了烂熟而无法再有新的艺术空间可供拓展，必然会走学问化的道路等内部因素来考虑。

一、以学问见长是古典诗歌发展到最后的必然选择

“凡一种文学体裁之演变，大抵初起时多浑成自然、生新活泼，其后渐重技术，渐重雕琢，以人工掩天机，遂流为匠气。”① 可以说古典诗歌一开始就潜藏暗伏地沿着学问化方向在演变，清诗作为古典诗歌的最后一个阶段，无疑是古典诗歌学问化之路的终极，必然会负载历代积累而成的知识文化，呈现出性情化相对弱化而学问化愈显强势的臃肿病态。

鲁迅先生说过：“我以为一切好诗到唐已被做完，以后倘非能翻出如来掌心之齐天大圣，大可不必动手。”② 唐代是近体律绝各体形成的时代，基本形式体制已无可发展。但还有人想翻新出奇，这就是在诗坛上不甘寂寞的宋人。他们经过广泛的探索与实践，在诗歌的题材内容、风格意蕴、表现手法等方面变化出新，宋代诗坛的大家如王安石、苏轼、黄庭坚、陆游等人，正是“能翻出如来掌心之齐天大圣”，在极高的起点之上，苦心孤诣，终于推出宋诗并与唐诗双峰并峙，各领风骚，不能不为后人所称道。翁方纲说：“而盛唐诸公，全在境象超诣，所以司空表圣《二十四品》及严仪卿以禅喻诗之说，诚为后人读唐诗之准的。若夫宋诗，则迟更二三百年，天地之精英，风月之态度，山川之气象，物类之神致，俱已为唐贤占尽，即有能者，不过次第翻新，无中生有，而其精诣，则固别有在者。宋人之学，全在研理日精，观书日富，因而论事日密。如熙宁、元祐一切用人行政，往往有史传所不及载，而于诸公赠答议论之章，略见其概。至如茶马、盐法、河渠、市货，一一皆可推析。南渡而后，如武林之遗事，汴土之旧闻，故老名臣之言行、学术，师承之绪论、渊源，莫不借诗以资考据。而其言之是非得失，与其声之贞淫正变，亦从可互按焉。”③ 在翁方纲看来，唐诗在意境表现方面已占据了最高点，所以宋人不可能在这方面与唐人争长。宋诗不以意境见长，而以义理、学问、论事见长。从宋诗中可以见出宋代的政治、经济、道德、学术等各个方面的内容，这些内容有许多为史传所不载，因而可以作考据的资料。这是严羽所言“近代诸公作奇特解会，遂以文字为诗，以议论为诗，以才学为诗”（《沧浪诗话·诗

---

① 缪钺：《诗词散论》，陕西师范大学出版社2008年版，第71页。

② 鲁迅：《致杨霁云》，《鲁迅全集》卷12，人民文学出版社1981年版，第612页。

③ 翁方纲：《石洲诗话》卷4，《清诗话续编》，上海古籍出版社1983年版，第1428—1429页。

辨》）的注脚。

紧跟唐诗以后所形成的宋诗这一高峰，更增加了古典诗歌超越创新的难度，所以明代的胡应麟说“东京后无诗矣”[①]。清人赵翼说“好诗多被古人先”[②]，“古来好诗本有数，可奈前人都占去”[③]，“恨不奋身千载上，趁古人未说吾先说”[④]。蒋士铨更是说“唐宋皆伟人，各成一代诗。变出不得已，运会实迫之”（《辩诗》）。钱钟书先生在《宋诗选注》中说：“紧跟着伟大的诗歌创作时代而起来的诗人准有类似的感想。当然诗歌的世界是无边无际的，不过前人占领的疆域愈广，继承者要开拓版图，就得准备更大的人力物力，出征得愈加辽远，否则，他至多是一个守成之主，不能算广大前业之君。”[⑤] 事实也是这样，元、明两代诗人刻意要甩开宋人，但他们远离了宋诗的范围，却在唐诗的藩篱中晃悠，结果成就不高，跟在唐人后面辗转。尤其是明人受严羽“夫学诗者以识为主，入门须正，立志须高；以汉魏、盛唐为师，不作开元、天宝以下人物”[⑥] 之论的影响，加上汉族统治的恢复激起了明代文人对汉唐盛世炽热的渴望，在文化层面，体现为复古思潮的泛滥；在诗歌领域，表现为对盛唐诗歌的无限景仰与逼真模拟。纵观有明一代，宗唐之风占绝对优势，宋诗则置于被委弃的角落，即便有人偶尔提及，也不过是一片嘈杂声掩盖下的一声无力的嗡嗡声而已。[⑦] 清人要在唐宋以后再在诗坛开辟疆域自然非是易事，无疑需要比唐、宋人付出更大的努力，没有高度的文化修养和艺术天才很难取得成功。古典诗歌在唐宋两代所取得的高度成就给清代诗人力图创新造成了不利条件。因此对清代诗人的每一寸新进展，所开拓的新的空间都不能低估其价值。[⑧]

闻一多先生曾说：“我们只觉得明清两代关于诗的那许多运动和争论，都是无谓的挣扎。每一挣扎的失败，无非重新证实一遍那挣扎的徒劳无益而已。本来从西周唱到北宋，足足两千年的工夫也够长的了，可能的调子都已唱完了。”[⑨] 闻先生的这段话须作三点来看：一是从唐诗到宋诗，由“以丰神情韵

---

① 胡应麟：《诗薮》内编卷1，上海古籍出版社1958年版，第2页。

② 赵翼：《即事》，《瓯北集》卷27，上海古籍出版社1997年版，第599页。

③ 赵翼：《连日翻阅前人诗戏作，效子才体》，《瓯北集》卷35，上海古籍出版社1997年版，第812页。

④ 赵翼：《管午思赴选，病殁于清江浦，悼之》，《瓯北集》卷51，上海古籍出版社1997年版，第1315页。

⑤ 钱钟书：《宋诗选注序》，人民教育出版社1989年版，第10页。

⑥ 严羽著，郭绍虞校：《沧浪诗话校释》，人民文学出版社1983年版，第1页。

⑦ 李文龙：《论清诗的学问化倾向》，《中国文学研究》，2006年第3期，第103页。

⑧ 马亚中：《中国近代诗歌史》，（台湾）学生书局1992年版，第123页。

⑨ 闻一多：《文学的历史动向》，《闻一多全集》（第一卷），三联书店1982年版，第201页。

见长”到“以风骨思想见胜”，从“工于言情，美在情辞”到“长于说理，美在风骨”。由于唐宋各有独到的胜处，因而形成诗史上双峰并峙的局面。二是闻先生同情明清诗歌要开拓新局面之难，尤其是清代诗歌，时代留给清人在诗歌领域创新的空间几乎是微乎其微了，所以即使如叶燮所批评的“近今诗家，知惩‘七子’之习弊，扫其陈熟余派，是矣。然其过凡声调字之句近乎唐者一切摒弃而不为，务趋于奥僻，以险怪相尚，目为生新，自负得宋人之髓，同于句似秦碑，字如汉赋，新而近于俚，生而入于涩，真足大败人意”①，清人取径再偏、再歧，也是情理之中的事。三是闻先生认为明清两代诗人所做的工夫是无谓的挣扎，他虽然看到了明诗的不足，但是没领悟到清诗作为中国古典诗歌的压轴之戏，真可谓好戏还在后头，清人最终唱出了自己在诗坛上的声音。他们是在“挣扎”，但他们的“挣扎”“有味”、“有益”且富有成果。

明代诗坛流派纷呈，明人实际上也在力图对中国古典诗歌作全面开拓，试图开掘出古典诗坛可供拓展的角落空间。结果“天地之精英，风月之态度，山川之气象，物类之神致，俱已为唐贤占尽”，无论是台阁体派，还是七子派、公安派、竟陵派，都没有成功。事实上继宋以后诗坛有三条路可以选择，一是祧宋复唐，明七子尝试了这条路，结果是唐诗已没有可供再开垦的空间，他们跟在唐人的屁股后转，只学到唐人的皮毛，所作之诗竟成优孟衣冠，只能以假唐诗目之。二是什么都不学，率意而作，明公安派和性灵派试着走了这条路，“心灵无涯，搜之愈出”，只凭慧心独行，结果师心而妄，不是“俚俗”就是“僻涩”。还有一条路是接着宋人还没走完的路继续走，清人吸取明人的教训之后，选择了这条路。

从唐诗到宋诗，由“以丰神情韵擅长”到“以筋骨思理见胜”。唐诗的“丰神情韵”其实是积累了从西周到唐代两千多年的诗学精髓，唐诗确实已没有留下太多可供拓展的空间。唯有宋诗的“筋骨思理”才经过三百多年的积累，自然有可供开垦的町畦。“由情趣到理趣，宋人已经这样做了。但宋人的理只是玄学家与理学家的理，邵雍、朱熹大抵如此。另一些由读书或观物时感觉到的事理，王安石、苏轼的言理大多如此……（但他们）思想不够活泼，学问不够坚实，诗料不够丰富。”② 清人看出了其中可供开垦的大空间，于是诗歌根柢于学，大量引学入诗成为有清一代诗坛的风尚。

整个有清一代，尽管存在着唐、宋诗之争，但宗宋倾向更多，从清初钱谦

---

① 叶燮：《原诗》卷3，《清诗话》，上海古籍出版社1999年版，第591页。

② 吴孟复：《别才非学最难凭——略谈清代的诗风与学风》，苏州大学明清诗文研究室编：《明清诗文论文集》，江苏古籍出版社1986年版，第9—10页。关于王安石和苏轼的学问不够精深，汪辟疆也说“荆公《字说》，腾笑千古，东坡经学，尤其粗疏”（《汪辟疆说近代诗》）。

益、黄宗羲、朱彝尊（晚期）、吴之振、查慎行，到清中叶的杭世骏、厉鹗、钱载、翁方纲，到晚清的程恩泽、祁寯藻、何绍基、郑珍，再到晚清的陈衍、陈三立、沈曾植，其诗歌艺术取向都是宗宋的。与其说他们崇宋宗宋，倒不如说他们看着自己在丰神情韵方面无法达到唐人的高度，唯有宋人开创的以学为诗这条路还可以走下去，还可走得很远，于是被“逼”得只能选定了这条路走。以学问为诗可以说是清人不得已而为之的制胜之道，所谓“竹垞以经解为韵语，赵瓯北以史论为韵语，翁覃溪以考据金石为韵语，虽各逞所长，要以古人无体不备，不得不另辟町畦耳”[①]。钱仲联先生说：“中国诗歌发展到清代，前面已有从《诗经》到汉魏六朝、唐宋这样悠久丰富的传统，欲想另辟蹊径、再造天地，就非要具备厚实的学识与广博的艺术修养不可，这是古典诗歌发展的大趋势，也是清诗发展的必由之路。”[②] 指出了清诗以学问见长是古典诗歌圆熟后要求得新生的必然途径。

宋代诗人中，许多大家、名家既是诗人又是学者，他们以才学为诗成为一代诗坛风气。清代诗人继承并发扬了宋人这一特点。顾炎武等人提倡经世之学，风气所及，莫不重学。钱谦益、吴伟业、朱彝尊及王士祯等无不积学为宝，深刻地认识到“诗”与“学”的关系。清代率先提倡宋诗的钱谦益，人们盛赞他“才大学博”（王应奎《柳南诗文钞·西桥小集序》）。朱彝尊“中年以后，学问愈博”，便“泛滥北宋”（《清史列传》卷71）。提倡宋诗的汪琬曾这样明确地指出：“唐诗以杜子美为大家，宋诗以苏子瞻、陆务观为大家。此三家者，皆才雄而学赡，气俊而词伟，虽片言只句，往往能写不易名之状与不易吐之情，使读者爽然而觉，跃然而兴，固非饾饤雕画者所得仿佛其万一也！”[③] 他本人“平生穿穴经史，议论俱有根柢，虽被其龂龁者，终称许焉”[④]。他的学生惠周惕是吴派汉学家，其诗“出于学人，弥觉隽永”[⑤]。翁方纲以宋人为榜样，“研理日精，观书日富”[⑥]，“自诸经传疏，以及史传之考订、金石文字之爬梳，皆贯彻洋溢于其诗”（陆廷枢《复初斋诗集序》）。

学问已成为清代诗人们自觉一致的追求。如果说唐诗的倾向是诗人之诗，宋诗的倾向是文人之诗，那么清诗的倾向则是学人之诗。

---

① 吴仰贤：《小匏庵诗话》卷1，光绪八年刊本。

② 钱仲联、严明：《沈曾植诗歌论》，《文学遗产》，1999年第2期，第97页。

③ 汪琬：《篷步诗集序》，《清代文论选》，人民文学出版社1999年版，第236页。

④ 沈德潜：《清诗别裁集》卷4，河北人民出版社1997年版，第67页。

⑤ 邓之诚选编：《清诗纪事初编》，上海古籍出版社1984年版，第349页。

⑥ 翁方纲：《石洲诗话》卷4，《清诗话续编》，上海古籍出版社1983年版，第1426页。

二、清代士人对明代诗坛的反省

明代诗歌处于中国古典诗歌发展历程中一个相对疲软的阶段。清初吴乔认为明代诗歌弊于三个方面，“一坏于洪武十七年定制八股时文取士，其失也陋；再坏于李梦阳倡复古学，而不原本于六艺，其失也俗；三坏于王守仁讲良知之学，而至以读书为禁，其失也虚”[①]。笔者认为吴氏确能点出明代诗坛之弊。

中国的文化是政治型文化，中国士人受“学而优则仕”观念的影响，对政治、功业表现出极大的兴趣，知识分子通过“学”而“入仕”从而达到“入世”的目的，为“人君”所用，发挥自己的才干，同时也享受功名利禄带来的安逸与名誉。

从诗歌发展史来看，能体认诗文化的政治性和功利性的时代，往往是诗歌振奋的时代。唐代以诗赋取士，作诗是士人们取得功名的必要能力之一，所以受到社会的普遍重视。吴乔说：“唐人重诗，方袍、狭邪有能诗者，士大夫拭目待之。北宋犹然，以功名在诗赋也。既改为经义，南宋遂无知诗僧妓，况今日乎！”[②] 唐及北宋时代，由于诗歌能够给人带来实际的利益，所以受到重视。但自南宋以后，由于诗歌没有这种功能了，所以诗歌不再受世人甚至士人的重视。

明代科考主时文而摒诗歌对诗坛负面影响很大，科场只重时文，时文能够给人带来实际的利益，但诗歌却不能，诗歌失去了实际的功利作用，因而在世人心目中作得再好的诗歌也是无用的东西。年轻人习八股文被看作正道，习诗则被看作歧途，常常受到家长的反对。施闰章《汪舟次诗序》云：“尝见前辈言，隆、万之间，学者窟穴帖括，舍是而及它文辞，则或以为废业；比其志得意满，稍涉声律，余力所成，无复捡括。”[③] 士人们都致力于举业，从事于诗文就被看作是荒废学业，只是到中了科举以后，才开始作诗，但已是年老余力，率意而为，一般成就不大。陈子龙称其少时喜读李梦阳、王世贞诗文，想学作诗，但已是年老余力，率意而为，一般成就不大，但是，“是时方有父师之严，日治经生言。至子夜人定，则取乐府、古诗拟之”[④]。白天受家长、老师的严厉管束，学习举业，不敢作诗，只有在夜深人静时偷偷作之，作诗如同

---

① 缪荃孙：《云自在龛随笔》卷1，商务印书馆1958年版，第9页。

② 吴乔：《围炉诗话》卷1，《清诗话续编》，上海古籍出版社1983年版，第477页。

③ 施闰章：《施愚山集》卷5，黄山书社1992年版，第92页。

④ 陈子龙：《仿佛楼诗稿序》，《陈子龙文集》卷7，华东师范大学出版社1988年版，第376—377页。

作贼，可见明代诗歌地位之低。冯班云：“吾见人家教子弟，未尝不长叹也，不读诗书，云妨于举业也。”① 明代士人回忆少时学诗时说：“昔予之为诗也，里中父老辄谯让之，其见仇者则大喜曰：夫诗者，因能贫人贱人者也。若人而诗，吾知其长贫且贱矣。及遇亲厚者，则又痛惜之。以故吾之为诗也，非惟不令人知也，并不令妇知。旦日，妇从门屏视余之侧弁而哦，若有类于为诗也，则诟厉随焉，甚且至于涕泣。盖举平生之偃蹇不第、幽忧愁苦而不免于饥寒，而皆归咎于诗之为也。”② 在明世人的心目中，作诗是与贫贱联系在一起的，所以人们看见仇人作诗就高兴，见到亲朋好友作诗就痛惜。正因为如此，徐氏作诗不仅不敢让外人知道，甚至连自己的妻子也不敢让她知道。而妻子一旦窥见他有作诗的样子，便诟骂相加，甚至痛哭流涕。如果不读到这段文字，我们简直无法想象诗歌在明世人心目中竟会沦落到这种地步，有人甚至说：“诱人子弟入饮博之门，其罪小。诱人子弟入诗文邪路，当服上刑。”③

近人胡蕴玉对此有深刻的认识，他说：“明兴，以八股取士，而文学遂衰。一时讲学之徒，高谈德性，耻言文章。经学非汉、唐之专精，性进袭宋、元之糟粕。而制科诸公，虽倡言文体，然而伏几面墙，困守帖括，文不征实，语多蹈虚，以讲章为圣经，经类书为贤传。统观二百七十余年间，论学之书，既繁芜而琐碎；应试之作，又谫陋而空疏。而一时号为能文者，或以摹仿擅长，或以趋时取巧……效仿得古人之皮毛，揣摹窥主司之好尚，论者谓科举盛而文学衰，殆其然乎！”④ 张宗祥说明代“聪明才智之士，尽为制艺试帖所牢笼，目文章为古文杂作，目学问为杂学外道，故汩没于代圣立言之八股，翦裁工丽之五言八韵中，而文学遂不可问也”⑤。

由此看来，明代士人舍诗歌而趋时文并非是兴趣使然，博取科名、养家糊口、光宗耀祖的功利性和世人对诗歌的价值观使得他们不得不忍痛割爱，日攻举业时文，诗歌不为所重。毛奇龄说：“当明崇祯间，访友来杭，人士纷纷多以艺文往来，每通刺后，必出所镌文互相质询，顾未尝及于诗也。即偶以诗及之，必谢去。”⑥ 士人们见面，互相商榷的是举业文，而不是论诗歌，即便偶尔有人谈及诗歌，其他人也不愿意谈论，诗歌在士人中备遭冷落。毛奇龄又说：“崇祯之末，言帖括者诗不工，然亦无正言诗者。”⑦ 正因为诗歌在世人心

---

① 周永年：《先正读书诀》，中华书局 1985 年版，第 45 页。
② 陈维崧：《徐唐山诗序》，《陈迦陵文集》卷 1，（台湾）商务印书馆 1965 年版，第 17 页。
③ 阮葵生：《茶馀客话》卷 11，中华书局 1959 年版，第 304 页。
④ 胡蕴玉：《中国文学史序》，《中国近代文论选》，人民文学出版社 1959 年版，第 475 页。
⑤ 张宗祥：《清代文学》，商务印书馆 1930 年版，第 3 页。
⑥ 毛奇龄：《凌生诗序》，《西河文集》卷 41，《文津阁四库全书》集部 440 册，第 688 页。
⑦ 毛奇龄：《云间蒋曾策诗集序》，《西河文集》卷 27，《文津阁四库全书》集部 440 册，第 642 页。

目中是无用之物，士人也不重视之。

明代士人即使学诗，或在中科举之后，或在举业无望以后，学诗也只是为了应酬而已。吴乔说："诗坏于明，而明诗又坏于应酬。朋友为五伦之一，既为诗人，安可无赠言……唐人赠诗已多，明朝之诗，惟此为事。唐人专心于诗，故应酬之外，自有好诗。明人之诗，乃时文之尸居余气，专为应酬而学诗，学成亦不过为人事之用，舍二李（李梦阳、李攀龙）何适矣！"[①] 吴乔认为明人学诗的目的是为了应酬，七子派诗歌之所以风行于世，是因为他们的诗歌"易成而悦目"，适于应酬。这种说法虽不免有过激之处，但也指出了明人以诗歌为应酬之工具的事实。

诗歌上不能为统治者所用，下不能为世人所重，而只是应酬的工具。故有明一代诗歌可说是士人以微余之力事之，为应酬而作。这样的诗歌，不可能学力深厚，也不可能在诗歌领域内有大的创获。

明代诗学空疏的另一个原因是受心学的影响。明代中期以来，作为官方意识形态的程朱理学受到了王阳明心学的挑战。心学吸收了禅学佛性人人具足的思想，认为良知为人心所固有，圆满自足。儒家经典之于心学就像佛经之于禅学——既然佛性人人自足本具，成佛的依据在于个人自身，佛经对于成佛就不是必需的；从众生都具佛性而言，人人都是潜在的佛，那么对于心学来说，良知人人自足本具，成圣的根据就在于个人内心，儒家经典对于成圣就不是必需的，不读儒家经典也都可能成为圣人，故王阳明说"满街都是圣人"[②]。圣心都可自成于心，诗歌自然可以师心而成。心学为晚明诗人轻学提供了学理依据。当心学发展到晚明王学左派，这种师心而妄的思想成为异端思潮的一部分。王学左派为士人轻视典籍、学无根柢做足了理论上的铺垫。李贽无疑是受异端思想影响最大的人物，李贽从"心学良知本有自足"的基本命题出发，反对儒家经典对人精神的内在束缚，对圣人与经典抱以嘲弄与轻蔑的态度。[③]朱国桢《涌幢小品》称士人"全不读《四书》、《五经》，而李氏《藏书》、《焚书》，人挟一册，以为奇货"。

受王学左派影响，有明一代学风浇漓，士人习于"束书不观，游谈无根"。这实是明代尤其是晚明诗学学殖浅薄，俚俗率易一个深层次的原因。

从明中叶诗人计起，除了王世贞和杨慎等人之外，共同的缺点就是学识浅

---

① 吴乔：《围炉诗话》卷4，《清诗话续编》，上海古籍出版社1983年版，第594页。
② 江藩：《汉学师承记》，中华书局1983年版，第269页。
③ 李贽：《童心说》，《焚书》卷3，远方出版社2001年版，第107—108页。

薄或空疏不学，“其所谓经术，蒙存浅达，乃举子之经术，非学者之经术也”①。七子派耽于格调模拟，公安派陶醉于师心非古，竟陵派偏嗜枯偏荒僻。他们或以诗学诗，学得窄而浅，或不学为诗，师心而妄。明七子高谈汉、魏、盛唐，号召人们不读唐以后书。这一主张实际是对严羽《沧浪诗话》的误解，严羽《沧浪诗话》云，“论诗如论禅，汉、魏、晋与盛唐之诗则第一义也”，“大抵禅道惟在妙悟，诗道亦在妙悟。且孟襄阳学力下韩退之远甚，而其诗独出退之之上者，一味妙悟而已。惟悟乃为当行，乃为本色”，并以为“夫诗有别材，非关书也”。② 七子对严羽诗论作断章取义的理解，没有深刻体会到诗与学问的关系，体现在诗作里，就是学力孱弱，如被视为才高一世的李梦阳，其诗文“引据唐以前书，纰缪挂略，不一而足”③。到公安、竟陵二派横行诗坛的时候，也正是阳明末流狂禅泛滥的时候。公安派信奉李贽“学者既以多读书识义理障其童心”（《童心说》）之说，并推波助澜，袁宏道说：“夫趣得之自然者深，得之学问者浅。”（《叙陈正甫会心集》）竟陵派钟惺于《诗归》序文中强调“真诗者，精神所为也。察其幽情单绪，孤行静寄于喧杂之中；而乃以其虚怀定力，独往冥游于寥廓之外”。这也是一种妙悟说，把诗歌缩小在狭窄的境界内，与“诗有别趣，非关学也”的片面理解并无异致。

经过明代众多流派的一番闯荡，留给清代诗人的反省是必须力戒虚浮，尊经复古，务实好学。历史的教训极端沉痛，清代士人认为明代诗坛“无一人具真才实学以副之者”，必须“徐徐以经术实之也”（翁方纲《神韵论下》）。对“不根”、“不学”的诋责，在一定程度上促成了清代诗坛趋近于“通经汲古之学”（钱谦益《答山阴徐伯调书》），强调诗歌要根柢于学，清代诗歌呈现出明显的以学问为诗的特征，走向了学人之诗的道路。

作为清代诗坛“四海宗盟五十年”的钱谦益，猛烈抨击七子派和竟陵派不务经史之学，学殖浅薄：“正、嘉以还，以剿袭传讹相师，而士以通经为迂。万历之季，以谬妄无稽相夸，而士以读书为讳。驯至于今，俗学晦蒙，谬种胶结，胥天下为夷言鬼语，而不知其所从来。”④ 又说：“近代之文章，河决鱼烂，败坏而不可救者，凡以与百年以来学问之谬种，浸淫于世运，熏结于人心，袭习纶轮，酝酿发作以至于此极也。”⑤ 因此他以挽救诗坛颓风为己任，“仆以孤生谀闻，建立通经汲古之说，以排击俗学。海内惊噪，以为希有，而

① 黄宗羲：《郑禹梅刻稿序》，《黄梨洲文集》卷1，《传世藏书》别集12，海南国际新闻出版中心1996年版，第62页。

② 严羽著，郭绍虞校：《沧浪诗话校释》，人民文学出版社1983年版，第11页。

③ 钱谦益：《列朝诗集小传》，上海古籍出版社1983年版，第312页。

④ 钱谦益：《初学集》，《钱牧斋全集》，上海古籍出版社2003年版，第853页。

⑤ 钱谦益：《赖古堂文选序》，《牧斋有学集》卷17，上海古籍出版社1996年版，第768页。

不知其邮传古昔，非敢创获以哗世也”[①]。提出诗文须“经之以经史，纬之以规矩”[②]。“学”与“诗”就这样在一代诗坛耆宿那里得到了统一。

顾炎武针对王学造成明代学风浇漓痛心地说：“刘、石乱华，本于清谈之流祸，人人知之。孰知今日之清谈有甚于前代者！昔之清谈谈老、庄，今之清谈谈孔、孟，未得其精而已遗其粗，未究其本先辞其末。不习六艺之文，不考百王之典，不综当代之务，举夫子论学、论政之大端一切不问，而曰一贯，曰无言。以明心见性之空言，代修己治人之实学，股肱惰而万事荒，爪牙亡四国乱，神州荡覆，宗社丘墟！”[③] 又说“百余年以来之为学者，往往言心言性，而茫乎不得其解也……舍多学而识，以求一贯之方，置四海之困穷不言，而终日讲危微精一之说”[④]，提倡“君子博学于文，自身而至于家国天下，制之为度数，发之为音容，莫非文也”[⑤]，力图把务实经世的学风引入诗文创作之中。

黄宗羲认为：“多读书，则诗不期而工，若学诗以求其工，则其不可得。读经史百家，则虽不见一诗，而诗在其中。若只从大家之诗章参句炼，而不通经史百家，终于僻固而狭陋了。”[⑥] 这明显是针对明代诗学学殖浅薄、徒事辞章之学而发的。他在《范用宾诗序》中意味深长地说：“诗之为诗，以空灵为主，无事于堆积脂粉。空灵非多读书不可。”

王夫之在总结有明一代诗风时，深刻地指出空疏不学在诗歌领域的表现是：“如欲作李、何、王、李门下厮养，但买得《韵府群玉》、《诗学大成》、《万姓统宗》、《广舆记》四书置案头，遇题查凑，既无不足。若欲吮竟陵之唾液，则更不须尔，但就措大家所诵时文‘之’、‘于’、‘其’、‘以’、‘静’、‘淡’、‘归’、‘怀’熟活字句凑泊将去，即已居然词客……举世悠悠，才不敏、学不充、思不精、情不属者，十姓百家而皆是。”[⑦]

朱彝尊大声呵斥竟陵派诗“专以空疏浅薄诡谲是尚，便于新学小生操奇觚者，不必读书识字，斯害有不可言者矣”[⑧]（《胡永叔诗序》）。“今之诗家，空疏浅薄，皆由严仪卿（羽）‘诗有别才匪关学’一语致之。天下岂有舍学言诗之理。”[⑨]（《楝亭诗序》）“诗虽小技，其源本经史。必也万卷储，始足供驱

① 钱谦益：《答山阴徐伯调书》，《牧斋有学集》卷39，上海古籍出版社1996年版，第1347页。

② 钱谦益：《周孝逸文稿序》，《牧斋有学集》卷19，上海古籍出版社1996年版，第826页。

③ 顾炎武著，黄汝成集释：《日知录集释》，中州古籍出版社1990年版，第538页。

④ 顾炎武：《与友人论学书》，《亭林诗文集》卷3，中华书局1959年版，第40页。

⑤ 顾炎武：《博学于文》，《日知录集释》卷7，上海古籍出版社1985年版，第539页。

⑥ 黄宗羲：《南雷诗历题辞》，《黄梨洲文集》卷2，《传世藏书》别集12，海南国际新闻出版中心1996年版，第81页。

⑦ 王夫之：《姜斋诗话》，《清诗话》，上海古籍出版社1999年版，第16页。

⑧ 朱彝尊：《曝书亭集》卷39，《传世藏书》别集12，海南国际新闻出版中心1996年版，第222页。

⑨ 朱彝尊：《曝书亭集》卷39，《传世藏书》别集12，海南国际新闻出版中心1996年版，第224页。

使。”(《斋中读书》)

对于“学”的问题，唐宋诗人固然从来不曾持过“不学”、“不屑学”的主张，可是也从未见过如清人那样视“学”为诗的生命，把“学”提到不“学”无诗、不“学”亡诗的严重程度。钱谦益、顾炎武、黄宗羲、王夫之、朱彝尊、毛奇龄等大家，都是开创一代学风的学人，又是积极倡导当时诗风的诗人。由于他们大力批判明代空疏不学之弊，大谈读书的重要性，主张诗以学问为根柢，为清代诗坛开创了一个新局面。大批著名诗人也随之呼应。钱澄之说：“不读书，则词不足以给意；不穷理，则意不足以役词。”① (《匏野集序》)杜浚说：“不读书，则不但率易无诗，即苦思力索亦无诗也。”② 冯班说：“多读书则胸次自高，出语皆与古人相应，一也；博学多知，文章有根据，二也；所见既多，自知得失，下笔知取舍，三也。”③ 王士祯说：“诗未有不能达而能工者，故唯达者能工。达也者，‘读书破万卷，下笔如有神’，则无不达矣。”④“为诗须博取群书，如十三经、廿一史，次及唐宋小说，皆不可不看。所谓取材于《选》，取材于唐，未尽善也。”⑤ 赵执信说，“诗人贵知学”⑥，“文章原本六经，诗亦文也”⑦。

总之，“明末清初以来诗学有一个共同的倾向，就是注重诗人学问修养……如果我们把清初诗学领域里的这种重学问倾向放到明末清初学术文化思潮的大背景中来看，可以发现，诗学领域里的这种倾向与整个学术文化领域里反省明代学术空疏之习，倡导博学于文的思潮是一致的”⑧。

三、清朝统治者的“文治”政策和手段诱导着士人以典籍考据为诗

（一）统治者倡导以学为根柢的诗风

清朝统治者用武力征服了以汉人为主的明王朝，建立政权后，惩于元朝马

① 钱澄之：《田间文集》，黄山书社1998年版，第248页。

② 杜浚：《交勉篇应蒋子》，《变雅堂文集》卷5，《续修四库全书》第1394册，上海古籍出版社2002年版，第46页。

③ 冯班：《钝吟杂录》卷3，《丛书集成初编》，（台湾）商务印书馆民国二十六年版，第46页。

④ 王士祯等：《师友诗传录》，《清诗话》，上海古籍出版社1999年版，第144—145页。

⑤ 何世璂：《然灯纪闻》，《清诗话》，上海古籍出版社1999年版，第120页。

⑥ 赵执信：《谈龙录》，《清诗话》，上海古籍出版社1999年版，第313页。

⑦ 赵执信：《谈龙录》，《清诗话》，上海古籍出版社1999年版，第315页。

⑧ 张健：《清代诗学研究》，北京大学出版社1999年版，第606—608页。

上得天下、复于马上治天下的教训，他们并不满足于以武力征服中原，他们在文化上也要与汉族士大夫竞争，从文化心理上彻底征服汉族士人，以便更好地实行学汉以治汉的政策。

诗文化作为汉文化一个重要的环节，自然不会被清朝皇帝忽视。如果我们把清朝政权同蒙元政权作个比较，我们就不能不说清朝皇族兴起的诗文化是一种特定的历史现象，说到底，这是高明狡黠的满族皇权集团疑惧汉人素持的“夷夏之防”观念在心理上的阴影，推促着他们急遽糅合自信而又自怯、自大而又自卑的心态。要稳固入主中原后的政权，必须在以“武功”起家平天下的同时，迅速辅以“文治”来收揽压服民心。推重“文治”，强调其与“武功”并重。诗作为心灵之窗，作为高层文化之一种，特别又与科举文化密相复合，实在是变演风气、制约心态的关键之环，足以带动其他“文治”之事，在“文治”的长链中，控制住诗这一最敏捷、最灵动、最易导播的抒情文体，就制约、笼络、消纳了汉族士子心性，也就把握了一种主动性和控制权。爱新觉罗氏皇族在整个统治时期从未轻忽松动过对包括诗歌在内的文化的控制力，在前期尤为突出。在康、雍、乾三朝即已建构成庞大的朝阙庙堂诗歌集群网络，覆盖面极为广阔，其所呈现的翰苑化、贵族化、御用化风尚是空前的，随之而鼓胀起的纱帽气、缙绅气同样是空前的，诗文化也就达到了空前的盛况。

为了获取汉族士人的认同感以巩固统治，清朝皇帝对汉族文人视为身份象征的吟诗作赋津津乐道，清朝几乎历代皇帝都有诗，前期诸帝尤好诗，于政事之暇，笔耕不辍，以他们一代圣主的政治情怀及渊博的学识，留下了相当丰富的诗篇，“庙堂巨制，炳若日星，鸿博两征，召试累举。柏梁联句，朝元歌咏，雅道既兴，流飚斯广”①。清朝历代皇帝都能作诗，其诗要宣扬皇威皇仁，欲作廊庙之音，必然要典雅和庄重，这就离不开从汉文化典籍中去寻找故实字句来装扮润饰，因而他们的诗歌也是学有根柢，不作泛泛的风云月露之词，体现出在学问陶冶下的质厚堂皇之状。沈德潜说：“国朝圣圣相承，皆文思天子。以故九州岛内外，均沾德教。余事做诗人者，不啻越之镈、燕之函、秦之庐，夫人能为之也。”② 据徐珂《清稗类钞》载：“高宗《御制诗》五集，至十万余首。每一诗出，令儒臣注释，不得原委者，许归家涉猎，然多有翻撷万卷莫能解者。尝于《塞中雨猎》诗内用‘制’字，众皆莫晓。上笑曰：‘卿等一代巨儒，尚未尽读《左传》耶？’盖用陈成子杖制以行也。又出《汙卮赋》试词臣，众皆误为窳。上徐检出，乃拟傅咸《汙卮赋》也。彭文勤尝进呈百

---

① 徐世昌：《晚晴簃诗汇叙》，《晚晴簃诗话》，华东师范大学出版社 2009 年版，第 1527 页。

② 沈德潜：《清诗别裁集序》卷首，河北人民出版社 1997 年版。

韵排律，上读之，曰某某出韵。后考之，信然。”①

又据赵翼《檐曝杂记》云乾隆皇帝于燕闲之时，“或作书，或作画，而诗尤为常课，日必数首，皆用朱笔作草，令内监持出，付军机大臣之有文学者，用折纸楷书之，谓之诗片。遇有引用故事，而御笔令注之者，则诸大臣归遍翻书籍，或数日始得；有终不得者，上亦弗怪也。余扈从木兰时，读御制《雨猎诗》，有‘著制’二字，一时不知所出。后始悟，《左传》齐陈成子帅师救郑篇‘衣制杖戈’注云‘制，雨衣也’。又用兵时，谕旨有朱笔增出‘埋根首进’四字，亦不解所谓。后偶阅《后汉书·马融传》中始得之，谓决计进兵也。圣学渊博如此，岂文学诸臣所能仰副万一哉?”② 身为皇帝，既要在一班文臣面前卖弄诗词里的学问，又要考查词臣的学问，于是上行下效，诗歌中以学问相高几成一种风气。

在清帝及宗室的带动下，整个纱帽诗群都重学勤学。不论是内阁朝臣，还是外任督抚，他们不以功名累学，也不以政事废学，成为当时诗坛博学之士的领袖人物，所谓“身履缨绂之路，而泊乎若忘；器蕴汪洋之波，而渊乎莫罄”③。他们以学深质实的诗歌应承了朝廷主子博雅好文的风范，也为士人的以学为诗树立了典范。

（二）软硬兼施的文化政策使广大诗人埋首于经籍章句之中

清代终其一朝，文网森严，文字狱不断。上至最高统治者，下至趋迎帮凶，利用汉族士子的诗文大做文章，苛求字词，刻意附会，捕风捉影，深文周纳，株连无辜，备极阴毒。遭罪士子活者或杖毙，或绞死，死者则剖棺戮尸。子孙亲戚抄家灭门，或发配充军，或点配为奴，无不血雨腥风，惨不忍睹。尚未罹祸的士子们或彷徨失依，或进退维谷。于是一种前所少有的旧巢覆破、新枝难栖的惶惑、惊悸、幻灭、失落之感，伴随愤激、悲慨、哀伤、寒苦等心绪，缠绕紧裹着南北各层面的知识分子，从而更变着相对稳定的明代中叶以来士人群的文化心理结构。康、雍、乾三朝文网高张，空前的株连杀戮，进一步威逼劫持着几代文化人的心灵，“士”的生气活力被深深地戕伤，士人噤若寒蝉，“开口便触忌讳”，“人人都有戒心”，于是绝口不提国事，转而埋首于古籍的考订与整理中，从而生发出一种别样的华夏文化的氛围，考据之学应运而兴。学术一途由鼎革之际的经世致用逐渐转入饾饤琐碎的考订细究，日积月累的故纸堆的钻研从深层次上改变了文人的知识结构和审美趣味，训诂考订之学

---

① 徐珂：《清稗类钞·文学类》，中华书局 1986 年版，第 3919 页。

② 赵翼等：《檐曝杂记·竹时亭杂记》，中华书局 1982 年版，第 7—8 页。

③ 徐仁铸：《人境庐诗草跋》，《人境庐诗草笺注》，上海古籍出版社 1981 年版，第 1087 页。

几乎内化为一种思维模式。梁启超说："考证古典之学，半由'文网太密'所逼成。"[①] 胡蕴玉说："乾、嘉之世，文网日密，而奇才异士，无以自见，争言汉学，析辨异同，以注疏为文章，以考据为实学，琐碎割裂，莫知大体。"[②] 陈衍也说："康、乾间文字之狱既盛，浸假而各种考据之学勃然兴起矣！然则各种考据之学，非自上之提倡使然。类之思想，必有所用，不用于此，则用于彼。康、乾间各种考据之学勃然兴起者，盖惩于文字之狱，不得不向此烦碎而远于政治之一途发展，其势使然也。"[③] 由云龙说："迨文字狱兴，学者始钳口结舌，遁于声音考据之学。乾、嘉之际，虽词章经术，飚起云涌，但多摭拾细微，少言经世，苟以耗日力，明哲保身而已。"[④] 蒋寅也说："康熙十八年（1679）开博学鸿词网罗天下名士，后屡开诸馆，命编艺文类大书数十种，康熙五十二年（1713）戴名世案后，文网日峻，清学遂一变为乾嘉之学。"[⑤]

清朝统治者除了对士人的肉体和精神进行摧折外，还辅以精神心灵上的麻醉和欺骗。为了表明自己的"稽古右文"、"优待士人"的文治政策，统治者拉拢一批文士编辑大型典籍，以此安排一些文士，免得他们流落民间，成为与朝廷对立的力量，这也是实行文化专制的一手。清朝编纂了一系列的大型书籍如《佩文乐府》、《骈字类编》、《渊鉴类函》、《康熙字典》、《全唐诗》、《历代题画诗》、《历代咏物诗》，修《明史》，后来编《古今图书集成》，编刻"三通"——《通志》、《通典》、《文献通考》和续"三通"等，指不胜屈。[⑥] 直到乾隆时编纂《四库全书》，把古今所有书籍集为一编，搞了一个旷世未有的巨大"工程"，当时几乎所有的著名学子都被笼络进去，授以四库馆纂修、编修、翰林院庶吉士头衔。

这些别有用意的软硬兼施的文化政策给包括广大诗人在内的清代士人两个导向：一是借以向世人显示，只要安心做学问且学有所成的人，都能为朝廷所用，做官享禄，光宗耀祖。二是不要谈时政，埋头于"好古"。于是经史、小学、金石、音韵、校勘、辨伪、辑佚、方志、地理、谱牒、历算等领域成为清代士人寻求独善其身，躲开身心摧残，挥洒生命精力的最佳场所，"束发就学，皓首穷经"。备受统治者关注的诗人自然同其他士人一道，被驱进这片狭小的天地中。文学是对现实生活的反映，既然他们生活在这样一片天地之中，

---

① 梁启超：《中国近三百年学术史》，山西古籍出版社 2001 年版，第 25 页。

② 胡蕴玉：《中国文学史序》，《中国近代文学大系·文学理论集》，上海书店 1994 年版，第 233 页。

③ 陈衍：《近代诗学略论》，《陈衍诗论合集》，福建人民出版社 1999 年版，第 1086 页。

④ 由云龙：《定庵诗话》卷上，《民国诗话丛编》（第三册），上海书店 2002 年版，第 563 页。

⑤ 蒋寅：《金陵生小言》，广西师范大学出版社 2004 年版，第 28 页。

⑥ 受上层影响，各地方州、府、县修订方志蔚然成风，民间私人纂辑、刻印、收藏丛书，许多士人家庭不以门第显贵而以家族文化传名，在学术界造就了一种相当浓厚的究心古学的氛围。

诗歌内容日益脱离现实，以前诗歌所承载的政治功能被严重削弱，民胞物与的士人怀抱被掩抑敛藏，诗人转而向典籍考据寻求诗材，所作出来的自然是晦涩难懂、学究味十足的学问诗，这也就难以责备诗人们漠视现实、忽略性情了。清代诗歌的学问化倾向不但响应了统治者“文治”的号召，而且是对“文治”背后所隐藏的恐怖作了文化人特有的屈服。缪钺先生说，“一时代之诗，亦足以见一时代之心也”①，此言得之矣。

四、试帖诗促使士子必须以学问为诗

乾隆二十二年（1757）科考恢复类似唐宋时的“试帖诗”，在乡试、会试中加入五言八韵诗一题。此后各地“童试”须考五言六韵一首，生员例行岁考、科考以及考贡生、复试朝考等，均用五言八韵一题加考。官韵只限一字，所谓“得某字”，用平声；诗内不许有重复的字；所出题目必有出处，或用经、史、子、集语，或用前人诗句。

清代科举会试加五言八韵诗，自乾隆二十二年（1757）至光绪二十四年（1898）“戊戌变法”宣布废除试帖诗，有清六代帝王142年之间举行的67场会试（包括正科与恩科），诗题完整保存在《清秘述闻三种》中，这67场会试试帖诗考题除乾隆四十年（1775）的《灯右观书，得风字》一题属于帝王的随意性命题外，其他命题的出处具体统计见下表：

年号（会试次数）	经	史	子	集	其他
乾隆（18）	7	1	6	3	1（灯右观书）
嘉庆（12）	1	3	1	7	
道光（15）	4	3	2	6	
咸丰（5）	—	2	—	3	
同治（6）	—	—	—	6	
光绪（11）	—	—	1	10	
总计（67）	12	9	10	35	1

以经部为出处的诗题：《诗经》2次、《尚书》3次、《礼记》2次、《周易》1次、《春秋》1次、《中庸》1次、《论语》1次、兼用《诗经》和《论

① 缪钺：《诗词散论》，陕西师范大学出版社2008年版，第41页。

语》1次。

以史部为出处的诗题：《国语》、《晏子春秋》、《春秋》、《汉书》、《旧唐书》、《吕氏春秋》、《左传》、《史记》、《后汉书》各1次。

以子部为出处的诗题中除《邓析子》、刘向《说苑》各两次外，李斯《谏逐客书》、葛洪《抱朴子》、王充《论衡》、张君房《云笈七签》、《管子》、《太平御览》各1次。从中可看出，子书数量繁多，内容庞杂，许多书不在士子基本阅读范围之中。虽然这10道诗题所讨论的内容很普通，但如果知识面过于狭窄，考场上很可能睹试题而不知其出处，也就很难把诗作得熨帖得体。

以集部为出处的诗题：乾隆年间3道题，诗、赋、骈文各居1题，均为中唐之前的作品。嘉庆年间7道题，四诗二赋一文，诗赋出处为汉魏六朝至初唐人作品，一文出自《朱子》。道光年间6道题，均出自诗歌，其中以宋人诗歌为多，这是嘉、道以来一个非常值得注意的命题倾向。咸丰年间3道题，皆出诗作。同治年间6科会试，诗题皆出集部，除了2道题出自宋代吕公著《进十事·无逸》奏折，其余全出自诗歌。光绪年间10道题，均出自唐、宋人诗作。

清代科考重视把诗题出处列为试帖诗的潜在考核项目。比较清代试帖诗的六代，乾隆年间会试诗题出处最为广泛。乾隆帝在清代帝王中堪称博雅，平日作诗好用廋辞僻典，且以考问侍从文臣为乐事。会试命题既是高宗自炫渊博学识的一个机会，亦是借科举之力影响广大学子博学好求的一种方式。①

乾隆帝恢复中断了七百年的试帖诗科考，将科举功利重新引入诗的领域，科考指挥棒直接刺激了士子们博览群书的兴趣，其主要目的当然是实行文化统治、钳制才思的特定需要，但改变了明代诗歌的无功利化状况，使得诗歌几乎取得了与八股文一样的地位，诗歌被堂而皇之地端上了广大士人学子的书桌，再也不用躲躲闪闪了。清代诗歌的繁盛与此是有很大关系的。而考题必有出处，或是经、史、子、集语，或是前人诗句，无疑加重了诗歌学问知识的含量，作好诗必须以博览群书为前提，必须讲究根柢。八股文、试帖诗都讲求严格的对仗，而讲求对仗必须先对每个字的字义、读音、四声、词性等各方面皆有确切掌握，这是文字上的扎实基础，同时还要进一步掌握活用典故的本领。

试帖诗实施于科举考试，乃是诗坛纱帽气和学究气进一步流延汇合的一个关键性契机，它刺激和逼迫了广大学子必须浸淫于经、史、子、集四部之中，广泛涉猎，才不会对试题茫然不知所出，以免作答时牛头不对马嘴，功利化因素诱导着清代诗歌走上学问化之路。严迪昌先生在分析翁方纲“肌理说”诗学观的时代背景时就指出：“把诗与考据训诂并视为一，抹煞诗歌的抒情特

---

① 杨春俏、吉新宏：《清代会试试帖诗题目出处及内容类型分析》，《晋阳学刊》，2007年第2期，第111—114页。

质……恰恰是顺应‘试帖诗’重行的孪生形态。”①

还要补充的是，清代诗学兴盛，同清王朝实行博学鸿词选拔制度也有一定的关系。清代学者兼诗人郑梁就指出：

> 三四十年来，士人之没溺于科举者，不知何故，以诗为厉禁，父兄师友，摇手相戒，往往名登甲乙，而不识平平仄仄为何物。当此之时，诗学几亡。戊午、乙未之间，天子命内外臣工各举博学之儒，进之于廷，而亲试之以诗赋。其中选者为翰林院编修、检讨，否亦优赐品服而归。一时海内荣之，咸共叹息以为作诗之效。于是攘臂而起，倡和纷然，几于家李、杜而户岑、王矣。②

郑梁此文作于庚申年，前此一年即康熙十八年，博学鸿儒试题为诗、赋各一篇，赋题为《璇玑玉衡赋》，诗题为《省耕诗》，体裁限五言排律二十韵。不考策论而考诗赋，与宋代以还的进士试不同，倒与唐时的进士科相近了。因此，当时读书人受此鼓舞而潜心于诗赋。又其晚年所作《四明四友诗序》中亦云：“自鸿博之途一开，邀荣竞利之徒，始有夸声律，以取妍当事。”

五、清诗坛坫为学人所把持

在清代学风兴盛这一文化氛围的熏陶下，清代儒林与文苑的融合，诗人的学人化比以前任何一个朝代都明显，“学人与诗人二而一之”。翻开《清诗纪事》，我们可以清楚地看到清代学人参与诗歌创作和诗学研究的忙碌身影。江藩的《国朝汉学师承记》中载江、浙两地的汉学家几乎皆通诗文，且有诗文集、论诗专著传世。王昶《湖海诗话》中为清六百余名诗人立传，覃精经史者不下百人。

清代学人兼诗人的成员中，相当一部分要么是朝廷馆阁之臣，要么是都抚重员，他们凭借自己精深的学术研究和政治地位，进一步提高了他们在清代诗坛上的影响，在一定程度上促成了清代诗学趋近于“通经汲古之学”（钱谦益《答山阴徐伯调书》），强调诗歌要根源于经史之学，清代诗歌走向了以学为诗的学人之诗的道路。也有一些是学术大师，通过学派的推重、师承关系的流传，在诗坛上挟他们的学名之重。清诗坛坫逐渐为学人所操持，他们或累掌文衡，或为士林耆宿。

---

① 严迪昌：《清诗史》，浙江古籍出版社2002年版，第714页。

② 郑梁：《埜吟集序》，《郑寒村全集·见黄稿》，康熙年间紫蟾山房刊本。

清代诗歌总体上呈现出学人之诗的特征，很大程度上是因为清代诗歌的主体中有相当一部分是名重学深的学人，也许他们在数量上不占优势，但他们有政治精英和学术权舆的社会地位，影响大大超过数量众多的诗人，他们在清诗坛上是“舆论领袖”，有很大的话语权。

清初为朴学的启蒙阶段。遗老名儒，越在草莽，砥砺名节，耻事新朝，相率刊落声华，专治朴学。惩明儒之空疏无用，其读书以通大义为先，唯求经世之务，因痛宗社之变，则好研究古今史迹成败、地理山川阨塞，以为匡复之图。因读古书欲求真解，则好研究训诂名物典章制度诸学，而从事考证。凡斯诸端，实开清代朴学之风。[①] 事学之余，心胸郁塞，匡救扶危之心，学术经世之志，发之于诗。清代学者作诗兼谈诗的风气，至此已开。朴学对诗学的影响，除了以朴学具体学识入诗，还将朴学的学术思想、治学方法渗透到诗学中。这一时期，成就较大的学者型诗家有顾炎武、黄宗羲、王夫之、朱彝尊、毛奇龄等。

清中叶乾隆、嘉庆时期，朴学进入全盛期，诗学也极为繁盛。朴学首推吴、皖两派，吴派以惠栋为首，皖派以戴震为首。承吴、皖两派之余绪，在扬州发扬光大的有王念孙、王引之、阮元、焦循辈，称为扬学；在浙东，继黄梨洲、万斯同的史学大业，卓然有建树的有全祖望（乾隆元年被荐举博学鸿词，同年中进士，选翰林院庶吉士）、章学诚（曾援授国子监典籍，主讲定州定武、保定莲池、归德文正等书院）等，可称浙学。

吴派是诸派中参与清诗坛活动最多的一个流派。吴派宗师惠栋曾为清诗坛一代正宗王渔洋著作作注，撰成《王文简公精华录训纂》24 卷，极为精审。他还为一些诗话作序，如赵执信《声调谱》之序。惠栋与当时诗坛盟主沈德潜共同执教于吴中的紫阳书院，一起培养了大批既治经术又通辞章的吴中才子，形成了一个很有影响力的吴中学者诗人群。当时四方名流，鸿儒骚客，皆往来吴下，或挐舟过访，或讲席书院，诗酒流连，文风鼎盛，成儒林文苑之盛事。这些学者中诗学有较大影响的有王昶、洪亮吉、钱大昕等。

除吴、皖、浙、扬四派以外，清中叶还有一些著名的学者型诗家，如翁方纲（后有详论）、赵翼、纪昀、梁章钜等。

这一时期，学者型诗人还有李调元（曾官考官司员外郎）、朱筠（翰林院侍读学士，充日讲起居注官、安徽学政）等。

晚清朴学的规模气象已大不如清中叶，是朴学的衰变期。这一时期操持诗坛的“旧式”学者有程恩泽、祁寯藻、郑珍、莫友芝、何绍基、沈曾植等人；

① 支伟成：《清代朴学大师列传》，岳麓书社 1986 年版，第 1 页。

“新式”学者有康有为、梁启超、黄遵宪等人。

由于诗坛为学人所主持，故当时主流的诗学观非常注重诗歌根柢于学问，“论诗也以取材博者为尚”①。他们论诗与学问的关系可谓“英雄所见略同”，不谋而合，如“今之诗家空疏浅薄，皆由严仪卿‘诗有别才匪关学’一语启之，天下岂有舍学言诗之理?”②“诗篇虽小技，其源非经史。必也储万卷，始足供驱使。”③“夫诗尚比兴，必傍通鸟兽草木之名，既不能无所取材，则不可一字无来历矣……《传》曰：‘不学博依，不能安诗。’读诗且不可不博依，而顾自比于古妇人小子之为诗也哉?”④“夫黏，屋材也；书，诗材也。屋材富，而杗廇桴桷，施之无所不宜；诗材富，而意以为匠，神以为斤，则大篇短章，均擅其胜。”⑤他们以书为诗材，以学问为中心来评定诗歌的价值，以学人之诗高于诗人之诗。当然清代学人论诗以学问相高所带来的缺陷是不可避免的。

学人们精湛的学术研究和典籍整理，一方面融会贯通于他们的诗歌之中，大量资之以为诗，少有“风云露月之词”、“俭腹咨嗟之吟”；另一方面又使他们“囿于汉学家见地。必考证尊于词章，而后能使词章体尊”⑥，诗歌过多地注重学问的阐释、字句的来历、格律的得失，太厚重质实，忽视了诗歌空灵圆润的艺术特征。特别是大量以金石考据入诗，可以说是以才学为诗、以学问为诗的极致，许多诗歌具诗形而乏诗质，流于有韵的学术文章，“读之令人不欢”⑦。

---

① 朱彝尊：《鹊华山人诗集序》，《曝书亭集》卷33，《传世藏书》别集12，海南国际新闻出版中心1996年版，第122页。

② 朱彝尊：《楝亭集序》，《曝书亭集》卷39，《传世藏书》别集12，海南国际新闻出版中心1996年版，第224页。

③ 朱彝尊：《斋中读书》，《曝书亭集》卷21，《传世藏书》别集12，海南国际新闻出版中心1996年版，第122页。

④ 汪师韩：《诗学纂闻》，《清诗话》，上海古籍出版社1999年版，第440页。

⑤ 厉鹗：《绿杉野屋集序》，《樊榭山房集》卷3，上海古籍出版社1992年版，第742页。

⑥ 钱钟书：《谈艺录》（补订本），中华书局1984年版，第178页。

⑦ 袁枚：《随园诗话》卷4，江苏古籍出版社2000年版，第89页。

第三章　晚清学人之诗的群体特征：论学人之诗

一、何谓学人之诗

何谓学人之诗？要理解这一概念，首先得说说何谓学人。

传统的学人是指以研究儒家典籍为主的儒士。儒学传承流变，在不同时期其范围略有差异，唐代以前的儒学总称为经学（包括古文、今文经学），“《唐书》始易为儒学。至《宋史》而道学、儒林，肊分本末……《元史》仍为儒学”。到清代，“学术自群经、诸史、道藏、佛典、边徼地理、诗词杂艺……统以儒林”（《宋元学案叙》），相应地，传统学人研究的范围也在不断扩大，但总以儒家经艺为核心。

学人依其学问修养有大成、小成之分，《宋元学案叙》中说：“《周官经》曰：师‘以德得民’，儒‘以道得民’。郑注以德行、六艺分属师、儒，盖以小成、大成别之……盖道合一者，圣也；其分而属者，儒也。”“师”即儒学之大成者，相当于圣人，他们学问渊博、全备，化为崇高的德行而受民爱戴；“儒”即儒学之小成者，相当于饱学之士，他们学有专深，化为经世之术而受民尊敬。

夫世有学人出，而后知有学人之诗存焉。[①] 学人之诗简而言之就是“师”、“儒”等学人所创作的诗歌。

杭世骏在《沈沃田诗序》中说：

> 三百篇之中，有诗人之诗，有学人之诗。何谓学人？其在于商则正考父，其在于周则周公、召康公、尹吉甫，其在于鲁则史克、公子奚斯。之二圣四贤者，岂尝以诗自见哉？学裕于己，运逢其会，雍容

---

① 刘士林：《诗之新声与学之别体——论20世纪的中国学人之诗》，《社会科学战线》，2004年第3期，第104页。

揄扬，而雅、颂以作；经纬万端，和会邦国，如此其严且重也。①

杭世骏所说“学人之诗”就是学人中之大成者——周公、召公等圣贤之“师”所创作的诗歌。他们“学裕于己”，不以诗名（“岂尝以诗自见哉”），重道而不重艺，重学而不重诗，“运逢其会，雍容揄扬，而雅、颂以作”，诗乃为宣扬政治伦理教化而作。诗歌在他们手里是经纶世务（“经纬万端”）、筹划应对（“和会邦国”）的工具。

方南堂在《辍锻录》中说：

> 学人之诗，博闻强识，好学深思，功力虽深，天分有限，未尝不声应律而舞合节，究之其胜人处，即其逊人处。②

方南堂所说“学人之诗”就是学人中之小成者——博学强识之“儒”所创作的诗歌。

钱仲联先生在《论同光体》一文中将学人之诗之意表述得更加明晰：

> 学人诗人，努力的方向不同，并无高下之别。而在旧社会，一般文人却怀有学人高出一筹的偏见。陈衍正是用这样的眼光来谈什么“学人之诗”以抬高“同光体”诗人的地位。不妨考察一下，道、咸时期的程恩泽、郑珍、莫友芝诚然是学人，至于“同光体”诗人，只有沈曾植是著名学人，无愧于王国维所说：“先生少年固已尽通国初及乾、嘉诸家之说；中年治辽、金、元史，治四裔地理，又为道、咸以降之学，然一秉先正成法，无或逾越。其于人心世道之汙隆，政事之利病，必穷其源委，似国初诸老；其视经史为独立之学，而益探其奥窔，拓其区宇，不让乾、嘉诸先生；至于综览百家，旁及两氏，一以治经、史之法治之，则又为自来学者所未及。”陈衍本人，虽也博览经史，毕竟只是诗人、古文家，是《文苑传》中人物。此外，“同光体”诗人，或是以政治活动家而为诗人，或是从事文学专业的诗人。在那些代表人物中，却举不出学人。由此可知，陈衍“学人之诗”的说法，不仅在理论的本身还值得商榷，即使就事论事，也不符合实际，闽派诗更不是“学人诗人之诗二而一之”的一派。当

① 杭世骏：《沈沃田诗序》，《道古堂文集》卷10，《续修四库全书》第1426册，上海古籍出版社2002年版，第286页。

② 方南堂：《辍锻录》，《清诗话续编》，上海古籍出版社1983年版，第1936页。

然，学人之诗还是诗人之诗，也不是品诗高下的标准。[①]

他在《清代学风与诗风的关系》中说：

> 清初的诗人大都是博学之士……厉氏（厉鹗）本人也是学人与诗人一身兼任之的……（沈曾植）才是道道地地的“学人诗人之诗二而一之”者的现身说法，而“同光体”诗人却不足以语些的……“同光体”的作者有一大群因而形成为一种诗风，但与晚清学风并无关涉，不同于郑珍、莫友芝合学人诗人之为一的情况。个别作者如陈衍，虽也博览经史，毕竟只是诗人、古文家，是《文苑传》中人物。[②]

钱仲联先生认为学人之诗就是学人写的诗歌，如晚清前期程恩泽、郑珍、莫友芝等学者的诗歌是学人之诗，在“同光体”诗人中，够格称得上是“学人之诗”的只有大学者沈曾植一人，其他诸如陈衍、陈三立、郑孝胥等人，尽管学问渊博，但他们只是文苑中的人物，终不是学人，其诗不是学人之诗，陈衍称他们的诗是学人之诗与诗人之诗合而为一，意在抬高“同光体”诗人的地位。

钱钟书先生也持相同的观点，他在《谈艺录》中认为少陵、昌黎之诗非“学人之诗”，因为其学乃“诗人之学”。[③]“学人之学”是精深之“学”，杜、韩之学虽也广博，但不具备“专深”、“精通”的特征，故他们的学问不是“学人之学”，只是“诗人之学”，他们的诗歌不是“学人之诗”，只是“诗人之诗”。

综上所述，学人之诗的本意是指学人所创作的诗歌，即学人之诗的创作主体必须是学人。不能把以学为诗作为学人之诗的本质特征，“诗中有学”并不能成为学人之诗的标志，诗人之诗中也有学问。

在古典诗学的发展过程中，从学人之诗的本意又派生出第二层意思——不是学人所作但具有学人之诗风格和特征的诗往往也被称为学人之诗，同诗人之诗相对举。在这种语境中所说的学人之诗和诗人之诗与其说是诗，倒不如说是可以对照的两种诗歌风貌，前者偏重于学问，后者偏重于情景。陈衍最喜欢提“学人之诗”，其实并不都是刻意在抬高“同光体”诗的地位，很多情况下所

---

① 钱仲联：《论同光体》，《梦苕庵清代文学论集》，齐鲁书社 1983 年版，第 118—119 页。

② 钱仲联：《当代学者自选文库·钱仲联卷》，安徽教育出版社 1999 年版，第 153—161 页。

③ 钱钟书：《谈艺录》（补订本），中华书局 1984 年版，第 177 页。

指的是与诗人之诗相对应的诗歌风貌，他把“同光体”诗人的诗歌说成是“学人之诗”与“诗人之诗”的合一，那是因为“同光体”诗人许多篇章呈现出学人之诗的特征，他在《石遗室诗话》卷28中说：“祁春圃相国，有《题䙌䜣亭集》诗及《自题䙌䜣亭图诗》并序，已见前第十一卷，证据精确，比例切当，所谓学人之诗也。而诗中带着写景言情，则又诗人之诗矣。”① 同一创作主体，却又说其诗歌既是学人之诗又是诗人之诗，指的就是祁隽藻的诗歌具有两种可对举的特性，“证据精确，比例切当”是学人之诗的特性，“写景言情”是诗人之诗的特性。又如《石遗室诗话》卷6说张亨嘉“素不以诗名，然偶为之，必惨淡经营，一字不苟，所谓学人之诗也”②，是指张亨嘉作诗精严，具有学人之诗的特点，而张本人则称不上是学人。③

二、学人之诗的两种范式

学人之诗在发展过程中一直存在着争论：一是不排斥以学问为诗，争论的焦点是以学问为主还是以性情为主；二是不排斥学问，争论的焦点是在诗中不直接露学还是直接以学入诗。因而学人之诗存在着两种范式：一是在学人学术的基础上，据学问知识而写成的诗歌，这种诗歌其实就是“学之别体”，他们“诗为学作”，高明者如盐入水，“诗”、“学”浑然一体，低劣者则仅衍成韵体，有诗之形而无诗之质，是押韵的学问诗。这类学人强调诗歌的学问根柢，诗歌直接引入学问，明显体现出学人之诗的特征。二是在学人性情的基础上，为抒情言志而写的诗歌，这种诗歌其实就是“情志心声”。如果情志能上升到哲理层面，尚能显现出学人的本色，如果是闲“情”逸“志”，则与诗人之诗几无差别。这类学人主张诗歌创作应以性情为主，不喜欢直接以学入诗，学人之诗的特征并不明显。

为什么会出现“学之别体”和“情志心声”两种学人之诗的范式呢？这要从中国古典诗歌的源头《诗经》说起。《诗经》在体例上有《风》、《雅》、《颂》三类，在表现手法上有赋、比、兴之别。明代诗论家许学夷说：“故《风》则比兴为多，《雅》、《颂》则赋为众。……《风》则专乎主情，《雅》、《颂》则兼举乎义理。”④ 钱谦益也说：“《诗》三百篇，巡守之所陈，太师之

---

① 陈衍：《石遗室诗话》，《陈衍诗论合集》，福建人民出版社1999年版，第382页。

② 陈衍：《石遗室诗话》，《陈衍诗论合集》，福建人民出版社1999年版，第87页。

③ 张亨嘉，字燮钧，一字铁君，福建侯官人。光绪九年（1883）进士，值南书房。官至礼部左侍郎。嗜古精鉴赏，工诗文，著有《口盘室集》传于世。《清史稿·儒林传》、《清儒学案》都不载。

④ 许学夷：《诗源辨体》，吴文治：《明诗话全编》（第六册），凤凰出版社1997年版，第6053页。

所系，采诸田畯红女涂歌巷谔者，列国之《风》而已。曰《雅》，曰《颂》，言王政而美盛德者，莫不肇自典谟，本于经术。……非通天地人之大儒，孰能究之哉？”[①] 姚鼐《敦拙堂诗集序》提出《诗经》中《国风》“成于田野、闺闼无足称述之人；而语言微妙，后世能文之士有莫能逮，非天为之乎”，而《雅》、《颂》中“文王、周公之圣，大小雅之贤，扬乎朝廷，达乎神鬼。反复乎训诫，光昭乎政事，道德修明而学术该备，非如列国风诗采于里巷者可并论也”。[②] 自《诗经》起中国古典诗歌俨然有两大审美方式：“风”与“雅”。“风”以言情为主，强调诗歌的情感特征，多用比、兴，与学问不甚相干；“雅”以说理叙事居多，具有学理特征，喜用赋体。

有着浓厚崇古意识的古代学人，由诗歌发展的源头《诗经》来揣摩诗歌的创作，那是自然而然的事。他们依据各自对《诗经》的理解，以及各自的审美趣味与品格追求，对这两大传统的选择不同，就产生了两大范式：主“风”者多为“情志心声”，在诗歌体裁上多用律诗、绝句等短体诗；喜“雅”者多为“学之别体”，在诗歌体裁上多用古体长篇诗。

杜诗被认为是继《诗经》后儒家诗教最好的传承者，杜诗有两个特征，一是性情真切，所谓“感时花溅泪，恨别鸟惊心”；一是学问渊博，所谓“读书破万卷，下笔如有神”。重杜诗性情者认为“非徒学为之，其性情为之也”，“子美之诗惟得性情之至正而出之，故其发于君父、友朋、家人、妇子之际者，莫不有敦笃伦理、缠绵菀结之意”，后世学杜者“当正己之性情，以求遇于子美之性情”。[③] 这类学人所作的诗歌多为“情志心声”。重杜诗学问者则认为“学诗之法，必以杜为宗，学杜之法，必以学为本……约情复性，以植其本；枕经葄史，以大其藏；规《骚》、《选》，揽宋、唐，以正其趋；猎百家，参小说，以尽其变；挈人情，穷物理，以致其用。如是，则本末交修，内外兼尽，不期为杜而杜将自至矣，不必为杜而亦无所不至也”[④]。这类学人所作的诗歌多为“学之别体”。

由《诗经》肇启的两大审美方式衍生成中国古典诗歌唐诗和宋诗的两大审美传统。“唐诗多以风神情韵擅长，宋诗多以筋骨思理见胜”[⑤]，“唐诗以韵胜，贵蕴藉空灵；宋诗以意胜，贵深析透辟”[⑥]。严羽认为唐诗与宋诗的显著不同是前者“惟在兴趣”而后者“不问兴致”，“以文字为诗，以才学为诗，

① 钱谦益：《顾麟士诗集序》，《牧斋有学集》卷19，上海古籍出版社1996年版，第823页。
② 姚鼐：《敦拙堂诗集序》，《惜抱轩诗文集》文集卷4，上海古籍出版社1992年版，第49页。
③ 朱鹤龄：《辑注杜工部集序》，河北大学出版社2009年版，第4页。
④ 王棻：《与友人书》，《中国近代文论选》，人民文学出版社1959年版，第325页。
⑤ 钱钟书：《谈艺录》（补订本），中华书局1984年版，第2页。
⑥ 缪钺：《论宋诗》，《诗词散论》，陕西师范大学出版社2008年版，第31页。

以议论为诗"[①]，"故自宋以来，历元、明、清，才人辈出，而所作不能出唐、宋之范围"。自宋以后，诗坛一直存在着唐、宋诗之争，宗唐者喜作"情志心声"之诗，而祧宋者则喜作"学之别体"之诗。到清代主唐者与主宋者之间的争论尤为激烈，他们据自己禀性，"各有偏至，发为声诗，高明者近唐，沉潜者近宋"[②]。如主唐派的徐乾学与主宋派的汪懋麟之间发生了激烈的争论，"（汪懋麟）尝大会名士于都城之祝氏园，酒半，言欲尽祧开元、大历诸家，独尊少陵为鼻祖，而昌黎、眉山、剑南而下，以次昭穆。徐健庵（徐乾学）独抗论与争，谓宋诗颓放，无蕴藉，不足学，学之必损风格。辩难喧呶，林鸟皆拍拍惊起"[③]。汪懋麟要以杜甫为祖，以韩愈、苏轼、陆游为继承者，建立一个诗统。而徐乾学则认为宋诗颓放不蕴藉，不足学，两人辩论激烈，以致"林鸟皆拍拍惊起"。

学人之宗唐者喜作"情志心声"之诗，不能体现出学人之诗的主要特征；宗宋者喜作"学之别体"之诗，更能代表学人之诗之本色。[④]

三、学人之诗的特征

事物的特征总是在比较中得出来的，学人之诗的特征同样是在与诗人之诗的比较中凸显出来的。

本来在以学问为诗这一点上，学人之诗与诗人之诗没有本质上的差别，自从中国古典诗歌进入了个人创作时期后，无论是"清水出芙蓉"的天才型诗人，还是"读书破万卷"的学者型诗人，严格意义上来说，他们所写的诗歌都是有学问化倾向的。主张"天然去雕琢"的诗人所创作的诗歌天然之余，还需学问潜在的润饰作用，也就是说，古典诗歌中的学问化现象不只是表现在学人之诗中，同时存在于诗人之诗中。学人之诗中的学问从形式上看与诗人之诗中的没有显著的差别。如果只是以诗歌中是否呈现出学问化的倾向来判别学人之诗与诗人之诗，以为有则为学人之诗，无则为诗人之诗，就会犯以共性来划分事物类别的逻辑错误。

然而学人之诗作为学人学术的一个有机部分而存在，必然会体现出学术意识和学术精神，这是学人之诗与诗人之诗本质区别之所在。学人由于长期运用

---

① 严羽著，郭绍虞校：《沧浪诗话校释》，人民文学出版社1983年版，第26页。

② 钱钟书：《谈艺录》（补订本），中华书局1984年版，第2页。

③ 张维屏：《清朝诗人征略》，《清代传记丛刊》卷21，（台北）明文书局1986年版，第313—314页。

④ 有关"学人之诗"的两种范式，详见贺国强、魏中林：《论"诗人之诗"与"学人之诗"》，《学术研究》，2009年第9期。

抽象思维的方法思考问题、钻研学问，久而久之成为习惯，他们在进行诗歌创作时会不自觉地运用逻辑思维，使诗歌具有学理特色。如清初顾炎武的诗歌就受其朴学的影响，明显体现出一种学术意识和学术精神，他的《延平使至》、《三月十九日有事于攒宫，时闻缅国之报》等诗歌用典精切，典故之含义、背景，皆与所指事实切合，弹无虚发，字字落实，凝练严谨，“宁人诗甚高老雄整……使事运典，确切不移，分寸悉合，可谓精当”[①]，“顾宁人……读书多而心细，（用典）则斟酌分寸”[②]。他用典多出经史，绝少取稗乘小说、野史逸事、奇闻异说，体现出他在诗歌创作中“子不语‘怪力乱神’”的儒学精神，也体现出他严谨务实的治学精神。诗人之诗的思维主要是形象思维，而不是逻辑思维；是表象思维，而不是抽象思维。也就是钟嵘所说的“直寻”。诗人之诗不求精切，恰恰讲求意象朦胧、感兴至上。

学人在诗歌创作中会不自觉地引进学术研究的方法，如翁方纲的《汉延熹西岳华山庙碑歌为竹君赋》通过考辨纠讹，史料引证而得出自己的结论。莫友芝的《甘薯歌》对明人徐光启《农政全书》指出甘薯系“自海外窃取薯藤，纹入汲水绳中，渡海分植闽广境者”进行辨误，数典溯源，论证甘薯本黔南旧产。郑珍的《玉蜀黍歌》，为证明“玉黍乃古来之木禾”，旁征博引多种古籍：《山海经》、《竹书》、《地志》、《周礼》、《诗经》、《尔雅》等，穿插古代神话传说、玉蜀种植现状。这些诗基本上“稍为考据，列本证、旁证二条。本证者，诗自相证也；旁证者，采之他书也”（顾炎武《音论》），尤其是大量运用朴学中常用的归纳法。树一义，立一说，尤重论理，验证之确凿翔实，层层绎说，重重论证，必至确不可疑而后止。诗人把诗歌看作艺术，以为吟咏性情，不甚关乎学问，当然不会把学术研究与学术写作的方法引入诗歌创作中来。

学人之诗常以专门之学入诗。由于学人之诗是由学人这种理性的主体所创作的，因而它在本质上就与古典诗学中最高的抒情理念不尽相同，当学人们进行诗歌创作时，一般都倾向于把自己的学术研究融入诗歌意境的构造中，因而学人之诗可以看作是“学之别体”，是作为学人之学术研究的一种特殊形式而存在的。[③] 如金石专家翁方纲大量以金石考据内容入诗；孙星衍懂水利，作《再至东省过河漫各县》谈治水；程恩泽研究蚕桑，作《橡茧十咏》、《橡茧歌》。就具体诗句来说，黄遵宪如果没有“地圆说”的学识，就吟不出“回头

---

① 朱庭珍：《筱园诗话》卷2，《清诗话续编》，上海古籍出版社1983年版，2363页。

② 朱庭珍：《筱园诗话》卷3，《清诗话续编》，上海古籍出版社1983年版，2381页。

③ 刘士林：《诗之新声与学之别体——论20世纪的中国学人之诗》，《社会科学战线》，2004年第3期，第107页。

望我地球圆”（《海行杂感》）的诗句；精通地志学的谭嗣同吟出了“崤函罗半壁，秦晋界长河”（《出潼关渡河》）、“隔断尘寰云似海，划开天路岭为门”（《崆峒》）的华章。植物学家胡先骕在《春日杂诗》（其二）中借鉴了他渊博的动植物学知识：“柳枝渲鹅黄，蛰虫振初羽。桥下新绿生，江南三日雨。淡妆弄春姿，杏花如好女。夭桃初含苞，小黡亦媚妩。科斗（蝌蚪）聚野水，老蛙鸣怒鼓。麦秀菜作花，生意满场圃。荷蓑真可羡，田事趁晴煦。”[①] 这些诗不仅在内容上体现出学人的学术观点和学术意识，而且写得富于诗味。诗人“所志惟在其意义，至礼乐之名数，阴阳、土地、星辰、方药之书，未尝一得门户”[②]，“不求甚解处多，所读经史但以供诗文之料而不肯求通”（蒋湘南《游艺录》卷下），诗中用事用典，并不体现出精深的特点，例如钱钟书先生曾说袁枚诗中也用禅语，但由于不好释氏，或未深读禅书，用释事释语归用事用语，实不曾知禅理。[③] 而深于禅学的沈曾植的诗歌频用佛典佛语，不但没有生硬之感，反使人觉得“度材于绝去笔墨畦町者，以意为轭，而以辞为辖”[④]。故同样是出于经籍，学人“其蓄之也厚，故其出之也富”[⑤]；诗人“治经不过约其纲宗，撮其崖略，熏染其芳臭气泽而已。若章句训诂，固有所未暇及”[⑥]，同为以学入诗，学人之诗中的学问不仅精深，而且“必有一个系统，决不是一些零碎堆砌的知识”[⑦]；诗人之诗中的“学”不悉源流本末，未能精研深解，洞悉其长短精粗之所在，不过仅取性之所近者欣赏玩味受用之而已。盖学人之诗用学，如春蚕作茧，丝绪接连不断；诗人之诗用学，如蜻蜓点水，旋点旋飞。

学人“以六籍百氏叶典洞笈为之溉”，融通经学、玄学、佛学等思想内容以入诗，腹笥便便，取材于经史百子、佛道二藏、西北地理、辽金史籍、医药、金石、篆刻，其诗歌有“彝鼎图书之色泽”（《石遗室诗话》卷23），“根柢深厚，非徒事吟咏者所能骤及”[⑧]。作诗讲究功底识见、来历出处。有时看上去是平常之语，以为是学人自造之语，如果详细辨析，总可以找到它们的典籍源头。如郑珍之《抽厘哀》，全诗看似用浅语言俗事，却引用了不少古代税

---

① 胡先骕：《胡先骕文存》卷上，江西高校出版社1995年版，第544页。

② 钱钟书：《谈艺录》（补订本），中华书局1984年版，第177页。

③ 钱钟书：《谈艺录》（补订本），中华书局1984年版，第201—202页。

④ 张尔田：《寐叟乙卯稿后序》，《沈曾植集校注》，中华书局2001年版，第14页。

⑤ 张尔田：《寐叟乙卯稿后序》，《沈曾植集校注》，中华书局2001年版，第14页。

⑥ 张焘：《西庄始存稿序》，《西庄始存稿》，《续修四库全书》第1434册，上海古籍出版社2002年版，第1页。

⑦ 胡适：《清代学者的治学方法》，《胡适文存》（第二册），上海书店1989年影印版，第241页。

⑧ 陈衍：《石遗室诗话》，《陈衍诗论合集》，福建人民出版社1999年版，第161页。

币学识，但被化用得通俗易懂，几乎不留用事用典的痕迹。诗人强调性情在诗歌中的根本作用，所谓“诗之传者，都是性灵，不关堆垛”①，“诗……皆由天性使然，非关学问”②。遣词造句不重出处来历，而是极力追求字句在诗意中的新颖独造，所谓“两句三年得，一吟双泪流”（贾岛《题诗后》），“吟安一个字，拈断数茎须”（卢延让《苦吟》）。

学人之诗“喜奥博不喜昌明，喜幽深不喜平直，喜含蓄不喜发露”③，“其幽咽骚屑，缮性鞫情，韡如孤葩，空鞶自婷，土视粉黛”④，“如调黄钟，左韶右濩，如朝明堂，尧醲舜醺，谲往诡今”⑤，“其辞未必尽文，而其旨远于鄙倍；其意未必尽豪，而其心归于和平；其情未必尽往复，而其性笃于忠爱”⑥。学以为诗，融理入情，不务惊险之思，自有绵远之韵，气格深醇。诗人之诗激情澎湃，极悲喜之情，“博丽其词，激昂其声”⑦，在味鲜、趣真、意新中表现诗人的情感、灵思和灵机。

四、对学人之诗的理解

“学人之诗”这一概念如同许多常用的概念一样，由于人们在实际使用中的随意性或“各取所需”，语义上的复杂多变或是相互矛盾也就在情理之中。所以，与其对学人之诗的概念进行条分缕析、强加界定，倒不如对这一概念容易产生的歧义和误解进行辨析。理解和把握“学人之诗”要注意以下七个方面：

（一）学人之诗首先必须是“诗”，然“诗”中又有“学”

这就要求学人之诗的创作主体必须“诗”、“学”兼顾，对学术和艺术有较强的协调融合能力。如果说一般诗人只是承受一种来自现实的生存压力，那么学者诗人除此之外，还始终受到另一种来自内部的异己性力量的吞噬，即他的知识、才学、理性对他作诗所必需的感觉、灵感和直观能力的威胁，故吴宓说：“学问成时性情亡。”⑧ 学者诗人不仅不能像一般的诗人那样崇尚感觉而排

① 袁枚：《随园诗话》卷5，江苏古籍出版社2000年版，第110页。
② 袁枚：《随园诗话》卷9，江苏古籍出版社2000年版，第234页。
③ 崔旭：《念堂诗话》，钱仲联：《清诗事纪》，江苏古籍出版社2000年版，第5453页。
④ 张尔田：《寐叟乙卯稿后序》，《沈曾植集校注》，中华书局2001年版，第14页。
⑤ 张尔田：《寐叟乙卯稿后序》，《沈曾植集校注》，中华书局2001年版，第14页。
⑥ 张际亮：《答潘彦辅书》，《张亨甫全集》卷3，同治丁卯春刊本。
⑦ 徐仁铸：《人境庐诗草跋》，《人境庐诗草笺注》，上海古籍出版社1981年版，第1087页。
⑧ 吕效祖：《吴宓诗及其诗话》，陕西人民出版社1992年版，第111页。

斥理性，相反还必须在两者激烈的矛盾中去寻求一种看似不可能的统一。既要有“理”又要有“诗”，这就是学人之诗在其创作过程中始终缠结着的逻辑困境。也可以说，它们在学人之诗中是一种“合则两全，离则两伤”的结构关系。就“离则两伤”的层面而言，诗论家批评玄言诗“说山水则苞名理”[①]，批评理学诗“无兴底意思”[②]，如果说前一种问题是因为知识多而影响个体与对象的直观感性交流，那么后一种则是由于学理化解了情感上的郁积，因而也间接地取消了作诗所必需的冲动和激情。而在“合则两全”的层面上来讲，在其中所生成的则正是康德所谓“既思维又直观”的“理智直观”[③]，虽无法论证，却是人之最高认识的机能。也可以说，如果诗人之感性与学者之理性结合好了，那么不仅不会出现所谓的“理事隔截”，相反，在诗中还可以直接把握宇宙人生之最高真相，这是很多大诗人都梦寐以求的境界。当我们说“思维”与“直观”之逻辑矛盾难以解决时，并不意味着在两者之间没有任何可以商量的余地，它们在特殊的历史境遇中以及在特殊个体身上可以实现和谐的统一。一直全神贯注于纯粹知识对象的主体把目光转向他一度冷漠的感性世界，则可为两种在学人身上原本严重分离与相互对立的生命机能提供交流融合的现实基础。[④]

（二）学人之“学”与诗人之“诗”在同一主体身上实现统一

学人之“学”是倾向于理性的严谨学术，诗人之“诗”则是以直观感性为基础的抒情言志的艺术，两者有着本质上的不同，它们是如何在学者型诗人这一主体身上实现融合和统一的呢？对此，范罕[⑤]在《蜗牛舍说诗新语》中作了较有说服力的辨析，他说：“今之学者以科学为职志，科学虽是万能，然未必能入诗。而真正精于科学者，亦必可转而为诗人，其诗亦必奇工，可断言者，所谓离开一步说话耳。如精于名数之学者，当其分别名实，考验原代之时，其符号圈点之中，诗无一字可为立足之地。同一玄学也，彼之玄在刻意，而诗之玄在抒情，心理绝殊，诗不寓焉。但一旦脱离习缚，看花走马，吟兴忽生，则前此精刻过人之脑想，必尽量输入于五七字中，而成为细组，其美亦必逾恒美，谁谓名数枯槁之学去诗远耶！又如精于形气物理等学者，当其试验声光之速率，水火之原行，诗不能占其时间之一刹那，空间之一隙罅。盖物理之

---

① 萧涤非：《读诗三札记》，作家出版社1957年版，第22页。

② 朱熹：《朱子语类》卷80，中华书局2007年版，第2084页。

③ ［加］约翰·华特生著，韦卓民译：《康德哲学原著选读》，华中师范大学出版社2000年版，第57页。

④ 刘士林：《20世纪中国学人之诗三题议》，《求是学刊》，2003年第1期，第85页。

⑤ 范罕（1875—1938），字彦殊，江苏通州（今南通）人。范当世子，有《浪游集》等。

分量有定限，诗之分量无定限，手法不同，诗亦无与焉。苟使笃好此诸科之学者，暂置严密之心思，陶写片时之愉适，则前此物情纠绕，试术变化，又必一一穷形尽相，输之于此五七字中，而呈一种灼丽燏煌之怪物，然则物理学家，一变而为诗人，可也。故在科学界谈诗，即不当以诗为本位，而仍以科学为本位，于是有美术家之诗、政治家之诗、教育家之诗、哲学家之诗、物理家之诗、名数家之诗。"[①] 范罕这段话归纳起来有四个主要的观点：即做学问与写诗是两种本质不同的精神活动，前者"分量有定限"，后者"分量无定限"；做学问与写诗不能同时发生，当学者从事学术研究时，"诗无一字可为立足之地"；诗乃学人之余事，学者在学术活动之外的闲暇时间，"吟兴忽生"，"陶写片时之愉适"，就会有意无意地把他们学术中的思想内容结合所触之情景"输之于此五七字中，而呈一种灼丽燏煌之怪物"；"名数枯槁之学"去诗未远，物理家可"一变而为诗人"，学人与诗人完全可以在同一主体身上实现统一。

（三）学人之诗与才人之诗、文人之诗、哲人之诗、儒者之诗的关系

才人之诗、文人之诗、哲人之诗、儒者之诗不能从"质"上形成一种相对独立的风格特征，故不能与学人之诗或诗人之诗相对举，它们往往是从诗歌质地的厚与薄、诗与文的融合、思想的深与浅、理与情的偏重而言的。当然有时是因为使用概念时不够严谨，造成了这些概念的混用或张冠李戴。

"才人之诗，崇论宏议，驰骋纵横，富赡标鲜，得之顷刻。然角胜于当场，则惊奇仰异；咀含于闲暇，则时过境非。譬之佛家，吞针咒水，怪变万端，终属小乘，不证如来大道"[②]，"模范山水，觞咏花月，刻画虫鸟，陶写比竹，其辞文而其旨未必深也，其意豪而其心未必广也，其情往复而其性未必厚也"[③]。才人之诗才情挥洒，内容上多为山水风月花鸟之咏，风格上浮华浅滑，非诗之正道，有偶得薄学之嫌。

"文人之诗"一般是指以文为诗而写成的诗歌，如"退之（韩愈）好为文，诗似其文，退之诗非诗人之诗乃文人之诗也"[④]，"杜虽诗翁，散语可见。惟韩、苏倾竭变化，如雷震河汉，可惊可快，必无复可憾者，盖以其文人之诗也"（刘辰翁《赵仲仁诗序》）。（有时文人之诗也指创作主体缺乏诗人的气质，

① 范罕：《蜗牛舍说诗新语》，《民国诗话丛编》（第二册），上海书店 2002 年版，第 562—563 页。

② 方南堂：《辍锻录》，《清诗话续编》，上海古籍出版社 1983 年版，第 1938 页。

③ 张际亮：《答潘彦辅书》，《张亨甫全集》卷 3，同治丁卯春刊本。

④ 李复：《潏水集》卷 4，民国十一年陕西文献征辑处铅印。

往往流为虚华浮夸，故“一命为文人，无足观矣”[①]。诗作缺乏应有的气格，歌功颂德，粉饰太平，或是客套应酬，以文生情。）

“哲人之诗”往往是诗歌内容蕴涵着对宇宙人生的思考，对历史时空的追索，如唐代诗人张若虚的《春江花月夜》、刘希夷的《代悲白头翁》表现出对时光易逝、富贵无常、天命反侧的沉思和阐发，与写景抒情、风云兴会自是不同。

“儒者之诗”的提出与宋明理学的兴盛不无关系，明孙承恩云：“诗自三百篇后有儒者、诗人之分，儒者之诗主于明理，诗人之诗专于情。”[②]朱鹤龄云陶庵先生通晓“四子经义”，所作乐府“远辞高义”，“真儒者之诗也”。[③]可见“儒者之诗”偏重于义理，是与专于情的诗人之诗相对的诗歌。

钱谦益《顾麟士诗集序》中所说的“儒者之诗”（应指“学人之诗”）[④]，黄宗羲《后苇碧轩诗序》中所提的“文人之诗”（应指“学人之诗”）[⑤]，就属于概念使用不够严谨而造成概念模糊混用的情况。

学人之诗总体上排斥才人之诗，而亲和儒者之诗和哲人之诗，喜欢文人之诗对传统诗歌作适当的破体，以便引学入诗。

（四）学人之诗从诗艺上看并不优于诗人之诗

“学人诗人，努力的方向不同，并无高下之别。而在旧社会，一般文人却怀有学人高出一筹的偏见”[⑥]，“凡为诗文或其他创作，年少而有才情者皆可崭露头角，而为学人，则非穷年累月，勤学苦读不为功”[⑦]。故而有学人之诗高于诗人之诗之偏见，如南宋理学家张栻肯定“学者之诗”而鄙薄“诗人之诗”，“有以诗集呈南轩先生（张栻）。先生曰：‘诗人之诗也，可惜不禁咀嚼。’或问其故，曰：‘非学者之诗。学者诗，读著似质，却有无限滋味，涵泳愈久，愈觉深长’”[⑧]。

其实学人与诗人用功各有所专，兴趣各有所异，“长词章者未必兼通考

---

① 顾炎武：《与人书十八》，《亭林文集》卷4，中华书局1983年版，第96页。

② 孙承恩：《书朱文公感兴诗后》，《东岩集 文简集 方斋存稿》，上海古籍出版社1983年版，第459页。

③ 朱鹤龄：《题黄陶庵诗卷》，《愚庵小集》卷14，上海古籍出版社1979年版，第664页。

④ 钱谦益：《顾麟士诗集序》，《牧斋有学集》卷19，上海古籍出版社1996年版，第823页。

⑤ 黄宗羲：《后苇碧轩诗序》，《南雷文定》前集卷1，《传世藏书》别集12，海南国际新闻出版中心1996年版，第41页。

⑥ 钱仲联：《论同光体》，《梦苕庵清代文学论集》，齐鲁书社1983年版，第118—119页。

⑦ 刘衍文：《雕虫诗话》卷5，《民国诗话丛编》（第六册），上海书店2002年版，第628页。

⑧ 盛如梓：《庶斋老学丛谈》，《丛书集成初编》（补订本）第328册，中华书局1985年版，第31页。

据，有得于心性之学者未必乐钻故纸”[①]。学人“嗣于经史、说文、考证之学嗜之日深，虽不废吟咏，非所专习也”[②]。作为学人的孙星衍就自叹不能兼有袁枚等诗人的性灵圆通，只好远离诗坛而入学苑，“等身书卷著初成，绝地通天写性灵。我觉千秋难第一，避公才笔去研经”[③]。学人“经史考据之业自足千秋，诗不工矣”[④]，在诗艺上往往不及诗人，有的学人之诗具诗形而乏诗质，流于有韵的学术文章。典型的学人之诗，如果从艺术特征来看，并不见得就是最好的诗歌。他们所作的诗歌即使朴雅可喜，却总有文辞晦拙蹇滞之憾。朱庭珍《筱园诗话》说：“朱竹君、翁覃溪北方之雄，记问淹博。朱讲经学，不长诗文。翁以考据为诗，饾饤书卷，死气满纸，了无性情，最为可厌。”[⑤] 徐珂《清稗类钞》也说翁方纲诗“言言征实，亦非诗家正轨”[⑥]。故陈衍说：“然不先为诗人之诗，而径为学人之诗，往往终于学人，不到真诗人境界。盖学问有余，性情不足也。”（《石遗室诗话》卷14）

方南堂说：“学人之诗，博闻强识，好学深思，功力虽深，天分有限，未尝不声应律而舞合节，究之其胜人处，即其逊人处。譬之佛家，律门戒子，守死威仪，终是钝根长老，安能一性圆明！”又说：“诗人之诗，心地空明，有绝人之智慧；意度高远，无物类之牵缠。诗书名物，别有领会；山川花鸟，关我性情。信手拈来，言近旨远，笔短意长，聆之声希，咀之味永。此禅宗之心印，风雅之正传也。”[⑦] 实是精辟之见。

（五）学人之诗引奥涩术语入诗是一种由志趣而形成的用语定式

学人之诗中随处可见的佶屈聱牙的文字、僻奥难明的学问典故交织在一起，必然在解读方面给读者造成障碍。这是由于诗作的主体是埋首于经籍中的“读书人”，他们的诗作必然具有如许特征。他们并不刻意以堆砌故实、卖弄学问、掉书袋为高，而是由于典籍读得多、钻得熟，自然奔注笔下，作者但喜其能确切达意，就随手用了，即他们诗歌的奥衍深邃是他们学问大量积累、高度成熟的自然发露，经传古训、奇词奥义在他们笔头下自觉不自觉地信手拈来。学人读学人之诗，“其蛰扶复迈，如寒厉肤，煦认温燠，如溽大酷，扇以

① 钱基博：《现代中国文学史》，中国人民大学出版社2004年版，第441页。
② 何绍基：《何绍基诗文集自序》，《何绍基诗文集》，岳麓书社1992年版，第1页。
③ 袁枚：《随园诗话》卷16，江苏古籍出版社2000年版，第413页。
④ 朱庭珍：《筱园诗话》卷2，《清诗话续编》，上海古籍出版社1983年版，第2351页。
⑤ 朱庭珍：《筱园诗话》，钱仲联：《清诗事纪》，江苏古籍出版社2000年版，第5455页。
⑥ 徐珂：《清稗类钞·文学类》，中华书局1986年版，第3900页。
⑦ 方南堂：《辍锻录》，《清诗话续编》，上海古籍出版社1983年版，第1936页。

凉清"[①]，赏心悦目，轻松自如，但常人读学人之诗则觉得晦涩难明，难以卒读。正如胡先骕《海日楼诗集跋》所言："先生（指沈曾植）视为常识者，他人咸为生僻。其诗本清真，但以攟拾佛典颇多，遂为浅学所訾病。"可以说，学人之诗是一种具有密码性质的"部落话语"，因而它本身就有拒绝异类读者介入的封闭倾向，不是什么人都可以解读或领悟的。[②]

（六）学人之诗并不一定显示出学人的专精之学

首先，学人长于经史的可以以经史入诗，长于金石文物的可以以金石文物入诗，长于文字训诂的可以在诗中以奇字、僻字逞其才学，但如果是精于算学、地舆学、医学、动植物学等实学，就不太好入诗了，也少见学人们以之入诗，像胡先骕是个植物学家，能把西方的名卉，如海仙花、金合欢、馥丽蕤花等，用《天香》、《声声慢》、《齐天乐》等诗词写出来，在学人之诗中并不多见。所以学人之诗并不一定就显露出其专精之学。其次，学人之诗用典用事不见得就没有挦扯饾饤的现象，尤其是他用不属于他研治范围内的典与事时，这种现象就更加明显，如清代钱载的诗就有这个毛病，"胸中所养，每如蠹食残书，蝇钻故纸；所作亦太半设客之曲，供官之诗。有诗胆而乏诗心，故仅就字面句眼上作诸变相，读之徒觉其蛮做杜撰，煞费气力"[③]。再次，学人之诗并不是都用来吟咏学问，也不是篇篇都引学问入诗，学人在很多情况下是以学人身份作"诗人之诗"，但即便是这些篇章，如果集中起来看，同一般的诗人之诗还是有较大的差别。

（七）学人之诗的主体学人重学而不重诗，有的甚至轻诗

如刘知己"幼喜诗赋，壮都不为，耻以文士得名，期以述著自命"（《史通·自叙》），钱大昕"年二十以后，颇有志于经史之学，不专欲为诗人"[④]，王鸣盛"诗文皆辍不为，以考史为务"[⑤]。他们以治学为平生志业，把诗歌创作看作余事，把诗兴看作"绪余"，他们的诗作相对于其学术著作来说显得单薄寒碜，大部分学人诗集少，或者没有专门的诗集，他们对自己的诗作也"不自爱护，散落往往在人口"[⑥]。同属诗歌范畴，学人的诗歌创作与诗学研究的成就也往往不相称，"诗学深，诗功浅"（陈衍《沈乙庵诗叙》），表现出诗

① 张尔田：《寐叟乙卯稿后序》，《沈曾植集校注》，中华书局2001年版，第14页。
② 刘士林：《20世纪中国学人之诗三题议》，《求是学刊》，2003年第1期，第85页。
③ 钱钟书：《谈艺录》（补订本），中华书局1984年版，第191页。
④ 钱大昕：《潜研堂诗集序》，江苏古籍出版社1997年版。
⑤ 王鸣盛：《十七史商榷序》，《续修四库全书》第453册，上海古籍出版社2002年版，第187页。
⑥ 张尔田：《寐叟乙卯稿后序》，《沈曾植集校注》，中华书局2001年版，第14页。

学研究精湛，但诗歌创作相对寒碜，这与他们把诗歌研究看作学问、把诗歌创作看作技艺的态度相关。学人治诗的“余力”、“绪余”也有禀赋和量上的差异，即有才力感悟和时间精力上的差异。“余力”用得多，“绪余”高，常以诗陶冶性灵，寄托抱负的，往往成为以诗而名的学人；“余力”用得少，在治学之余稍为掇拾，但由于才力大虽无意工诗而诗自工的，往往成为“诗”、“学”兼擅的学人；非不能诗却专意于学，耻为诗人，偶有所作，随作随弃的，往往成为诗名为学名所掩的学人。

学人之诗总体上重学问，但并不排斥性情，他们在理论上往往还标举首性情、次学问，只是在实际创作中却不自觉地首学问、次性情，如道咸宋诗派的诗学主张和诗歌实践就体现出这种“言行不一”的现象。

五、学人之诗之“美”

学人之诗同诗人之诗的审美特征有较大的不同。诗人之诗多体现出艺术之美，学人之诗多体现出学理之美。学人之诗在本质上与古典诗学中最高的抒情理念不尽相同，摆脱了“言志”、“缘情”的附庸形态，呈现出不同于传统诗学的审美趋向。

（一）集学入诗，显示了学人知识的渊博

学人自觉或不自觉地把诗歌当作学术的延伸，凡涉及其学术范围，他们的学识与情感一道倾泻于诗中，达到“情”与“理”同时释放的境界，从他们的诗篇中可以集中地或零纨片羽地领略到他们学识的渊博。如清代学术大师顾炎武精于经史之学，又旁通小学、音韵、舆地、典制、金石、校勘、辑佚、辨伪等学科，他的诗歌就浸潜着他广博的学问。有的以史学入诗，顾炎武平生最致力于史学，谙于历史风云变幻之掌故，所以他的诗歌比杜诗更有史的质地，“实则其诗足贵，正由字句间皆有事可指，且甚显豁”[①]；有的以《易》学入诗，如《书女娲庙》、《赠路舍人泽溥》、《广昌道中》、《永夜》等诗中借“易”理反复阐述反清复明的思想；有的引考据入诗，诗中论述文物制度，有本有源；有的以音韵学入诗，他的《音学五书》开拓了中国古代诗歌音韵学的处女地[②]。他的诗歌尤其是近体诗显得格律严谨，合度有节；他的诗歌“长

---

① 邓之诚选编：《清诗纪事初编》，上海古籍出版社1984年版，第4页。

② 蒋寅：《顾炎武的诗学史意义》，《南开大学学报》，2003年第1期，第88—90页。

于隶事，尔雅典重”，几乎每一首都用事典，无一字不无来历。[①]

（二）以诗述学，显示了学人学术的精深

学人用诗篇阐释他们的专门之学，圈外人士感到奥僻晦涩，同行读之则如饮醇酪琼浆，显示出学人学术的精深。如汪师韩的《胡袭参司业示以所著同文声形故》是一篇谈论音韵文字学的诗作，这是乾、嘉朴学家的专题研究，汪氏以短短的篇幅阐释了深奥的音韵文字学问题，足可见他的学术造诣。再如杭世骏的《万编修经将往明州修志，过予追访旧事，述长句答之，兼以送行》，对四明地区的方志和文献从宋到清初进行了一次细细的梳理，如数家珍，解答了友人心中的种种困惑。对各种典籍追根溯源、指瑕点瑜，充分显示了作者对文献方志的精熟，非学者无以成此诗。

（三）篇章凝练，显示了学人驱学从容自如

学人之诗以诗述学，其内容相当于一篇学术论文，但用诗歌来表述，往往被熔铸成数十字至几百字的诗篇，繁杂的学术内容依靠逻辑的连贯性与诗歌语言的跳跃性，舒卷铺陈。如清代金石考据专家翁方纲的《唐泰山磨崖铭》[②] 以三百多字形象地再现了开元十三年，唐玄宗为宣扬国力，挑选各种颜色的马各一千匹，组织了浩浩荡荡的队伍到泰山举行封禅大典。在泰山大观峰下凿出巨大的摩崖石碑，“神飞四千九百丈，手摸日观凌天门”。碑文《纪泰山铭》由玄宗亲自撰写，“完完岳色千字存”，记述了封禅的过程和目的，“河东祈谷河北赐，青齐兖濮胥拜恩；四方治定岁大稔，宜荐岳伯天帝孙”。铭文赞扬了先皇之功绩，表白自己（玄宗）不敢耽于安逸，“上帝之休祖考庆，若迷后稷歌姜嫄；又云毖患儆在位，何异惩鉴桃虫飜”。其书浑厚苍劲、遒逸婉润，“鸾翔凤翥磴道表，俯照碧海黄河奔”。铭刻所关涉的唐代人、事、历史、军功甚繁，但诗人却能提纲据要，驾轻就熟。诗笔随思维急转，想象飞腾，流宕铺叙。

（四）经纬万端，显示了学人的经世情怀

学人之诗与诗人之诗相比，学人的经术之心使他们的诗歌更关注现实，更注意发挥诗歌的社会功能，以显示他们“初志岂诗人”或“耻为文人”的理

---

① 饶宗颐：《诗学论集》，《饶宗颐二十世纪学术文集》（第十七卷），（台北）新文丰出版公司 2003 年版，第 165 页。

② 翁方纲：《复初斋诗集》卷 1，《续修四库全书》第 1454 册，上海古籍出版社 2002 年版，第 372 页。

想和情怀。道、咸年间著名诗人郑珍就在诗歌中再三表明了自己的经世之志，而且阐述了自己的经世策略，例如他曾为家乡贵州摆脱贫穷，发展经济，在诗中提出三策。《黎平木赠胡生子何》提出黔地必须从农耕转向林业，发挥地区优势，才能守土致富，“我生为遵人，独作树木计”；《厓堑口》提出贵州要开山辟岭，改善交通状况，才能与外商平等交易，繁荣贵州经济，“一朝会平荡，茶盐得通易”；《樗茧谱》详述桑蚕之业，认为养蚕业“金帛满山那苦贫”，贵州养蚕业以遵义为中心，在黔地其他地方推广。

（五）使事用典，显示了学人的精审严谨

学人在进行诗歌创作时，仍保持着严谨不苟的本色，体现出他们治学的精神和方法。使事用典，务求神理相通，分寸悉合。如顾炎武《陈生芳绩，两尊人先后即世，皆以三月十九日，追痛之作，词旨哀恻，依韵奉和》中的“祭祢不从王氏腊”，出于《后汉书·陈宠传》：“宠曾祖父咸，成（帝）哀（帝）间以律令为尚书。及（王）莽篡位……父子相与归乡里，闭门不出入，犹用汉家祖腊。人问其故，咸曰：‘我先人岂知王氏腊乎？’”陈芳绩和陈宠都姓陈，此其一；气节相同，此其二；以新莽比清，余分闰位，不承认其为正统，此其三；希望朱明后裔有如光武中兴者，此其四。朱彝尊的诗典故迭出，他驱遣典故，也是分寸切合，“寓典则于文从字顺之中，阖辟卷舒，妥贴排奡”①。祁寯藻往往对所吟咏的对象详细考索并分析条贯，他的诗歌“证据精确，比例切当”②。此乃受学人“戒妄牵”之影响。

（六）不事藻绩，显示了学人之作的质实沉厚

学人之诗重意不重辞，遣词造句往往显得朴拙无华，不似诗人之诗灵巧秾丽。诎黜风云月露之态，趋向质朴厚重的审美特征。如郑珍的《抽厘哀》：“东门牛截角，西门来便着。南门生吃人，北门大张橐。官格高悬字如掌，物物抽厘助军饷。不论傀、纹十取一，大贾盛商断来往。一叟担莱茹，一叟负樵苏。一妪提鸡子，一儿携鲤鱼……村民租铢利有几？何况十钱主簿先奉已。纵得上供已微矣，乃忍饲尔饿豺以赤子。害等邱山利如米。呜呼！贯率、括率有时可暂为，盍使桑儿一再心计之。”③ 诗中的“傀”、“纹”、“莱茹”、“樵苏”、“租铢”、“十钱主簿”、“贯率”、“括率”、“桑儿”都是学问典故，但用语质

---

① 阮元：《两浙輶轩录》，《续修四库全书》第1684册，上海古籍出版社2002年版，第272页。

② 陈衍：《石遗室诗话》卷28，《陈衍诗论合集》，福建人民出版社1999年版，第382页。

③ 郑珍著，白敦仁笺注：《巢经巢诗钞笺注》后集卷5，巴蜀书社1996年版，第1242页。

实平易，钱仲联先生说郑珍的诗“以功力深湛为特色”[①]。

六、学人之诗研究的缺位

我们在研究和欣赏古典诗歌时，由于强调抒情言志、情景交融的意境之美，社会现实诗、山水田园诗、咏史诗、咏物诗成为我们注意的对象，甚至风花雪月、虫鸟花鱼之篇都能引起我们的关注，而学问诗，特别是金石考据等学问诗，由于难懂，常常被嗤为故纸堆里的东西，以为少性情而充满学究气，于是人为地把这些诗搁置起来，认为这些诗毫无价值。大多数诗歌史或文学史对学人之诗或鲜有提及（即使提到，也是阐述学术思潮的附注），或阈于“填书塞典，满纸死气”[②] 的偏见和定谳而对学人之诗直接否定。少数涉及学人之诗的著述也是过多地关注其中用典用事、险韵僻字、拗句涩语这些表层的东西，缺乏深入的分析。结果一提起学人之诗，无论是谁的，就用偏僻晦涩、堆垛无聊等套话去评价。至于学人们是如何用诗歌来表述学问，表述哪些学问；哪些是可取的，哪些确实是饾饤什物；哪些故意逞才使气，哪些是自然的流露；学问诗是在什么背景下创作的，是作者的读书心得，还是为某件古董名物题作；是写给学友后辈解疑答难的，还是学人之间的论学之诗，诸如此类的问题很少去考虑。

由于上述原因，我们在评价学人之诗时，有意地失却一部分文本，没有对学人的诗歌进行整体上的研读，造成我们对学人之诗的审美价值、学术价值以及学人之诗在诗歌史上的地位和影响的认识非常浅率、陌生，讹误、舛乱也随之俱来。部分批评者由于学问的肤浅狭窄，看不懂或难以看懂学人之诗，当然只能贬斥学人之诗艰深晦涩，而没有为自己的浅薄反省自责，评价也就显得武断和粗暴，缺少容纳通融之心。于是学人之诗一直处于学界视野的边缘位置，失去了它在古典诗歌发展过程中应有的地位和影响，“学者诗人”多被排斥于诗人群体之外，从而集体失声，使得我们对学人之诗有浓重的隔膜和成见，无法真正看到其价值。

如果抛开这些成见和人为的回避，“透过‘抄书’之讥的遮蔽，从学问化的角度重新审视，其可开掘的空间正自不小，评价亦未必止于当下”[③]。学人大部分时间与书本典籍为友，虽“学擅专门，诗本余事，然心境与世运相感

---

① 钱仲联讲述，魏中林整理：《钱仲联讲论清诗》，苏州大学出版社2004年版，第82、84页。

② 袁枚：《随园诗话补遗》卷3，江苏古籍出版社2000年版，第605页。

③ 魏中林：《古典诗学的学问化问题与清诗研究》，《苏州大学学报》，2005年第5期，第54—55页。

召，遂不觉流露于文字间也”[①]，“他把他的学问和性情真实跑进人生里边去生活，然后在他作品里，把他全部人生琐细详尽地写出来”[②]。从审美价值的角度而言，读他们的作品仍然可以感觉到他们跳动的“诗心”，可以体察到学人的生活方式、思想感情和文化价值观。学人把诗歌作为他们学术精神活动的栖息地，这块栖息地虽仍有大片学术纵横的町畦，但间杂着娱情悦目的花圃。他们的作品是这一社会知识群体精神文化的反映。从学术价值的角度而言，学人之诗诚如袁行云先生所言，“包涵内容，至为广泛，足供文字比勘、名物训诂、史地考证、艺术赏析之资”，“中国诗歌之本身，除具有艺术价值外，尚具文献价值。惜乎研究者眇，未能尽量发掘，为世所用”[③]。总之，对这些不同寻常的文字、意象与学理予以深入的解读、梳理，不仅可以直接还原、勾勒出它们隐蔽在“冷僻故实”与“寄托遥深”背后的庐山真面目，而且可由此而建构出一种以“学人之诗”为研究对象的微型中国思想史。[④]

从目前对学人之诗的研究状况来看，漠视和偏见固然不足道，已有的研究成果也存在切割肢解的不足，很少有学者把学人与诗人、学术与诗歌结合起来去分析“学者诗人”两重身份所承担的两重功能是如何在同一主体身上达到和谐统一的，诗艺和学理是如何通融渗透的，学人和诗人是如何相互交流而带动他们所处时代的学风诗风的。受文苑和儒林分立的影响，在研究学人之诗的主体时，要么只把他们当作诗人来研究，要么只把他们当作学人来研究，至今还没有发现一部把诗歌史和学术史有机结合起来进行研究的著述，使得这些“学者诗人”呈现出两幅缺陷的脸孔，而无法复合成一张清晰完整的面容。

从目前诗学研究的视野来看，学人之诗的研究还处于草昧广袤、人力未施的状态。学人与诗人、学苑与诗坛的横向研究以及学人之诗发展演化的纵向研究还有许多尚待开掘探索的空间，值得学界去关注和思考。

---

① 汪辟疆：《汪辟疆说近代诗》，上海古籍出版社 2001 年版，第 10 页。

② 钱穆：《中国文学讲演录》，巴蜀书社 1987 年版，第 74 页。

③ 袁行云：《清人诗集叙录序》，文化艺术出版社 1994 年版，第 1 页。

④ 刘士林：《诗之新声与学之别体——论 20 世纪的中国学人之诗》，《社会科学战线》，2004 年第 3 期，第 113 页。

第四章　晚清学人之诗先行者足迹的追寻：清初至清中叶的学人之诗

第一节　概　述

南北朝时期人们对学人和文人之别有了初步的认识。北朝颜之推指出："学问有利钝，文章有巧拙。钝学累功，不妨精熟；拙文研思，终归蚩鄙。但成学士自足为人；必乏天才，勿强操笔。"① 他认为学问和文学是不一样的，学问靠功夫，文章靠才思；一个人通过长年累月用功苦学，终有所成，可成学人；作文章如果缺乏才思灵气，虽发奋用功，却难成文士。南朝范晔《后汉书》首立《文苑传》，标志着中国士人阶层文苑传统与儒林传统之分立，为后来史书给士人立传创立了一个基本的模式。长于学问者是学人，入儒林；长于辞章者是文人，入文苑；才学兼擅者，则既入儒林又入文苑。

进一步细分，活跃于儒林或文苑的清代士人大致可分为三类情况：第一类精于学术，不长于诗文，是学人；第二类长于诗文，学非所长，他们是文（诗）人；第三类学术、吟咏兼擅，他们是学者型文（诗）人。第三类士人正是我们要关注的对象。

清代兼有文人和学者身份的士人已非常普遍，换句话说，文人与学者身份的一体化是在清代完成的②，清人实际上是"儒林文苑多能兼"，学者即是文（诗）人，文（诗）人也是学者。许多士人在文学创作和学术研究两方面都取得显著成就。尤其要指出的是清代许多文人非常博学，如果放在先前朝代，他们完全有资格被称为学者甚至是大学者，如钱谦益、吴梅村、袁枚等人，由于是在清代，学人之学除要求广博外，还要求专精，他们遂被"降"为文人之列。

就学术和诗歌来说，清代在诗歌创作和学术研究方面都成就斐然的人比比皆是。清代学者不同于前代的一个特点是：只有少数理学家如汤斌、陆陇其等不喜言诗，其他学者无不留意诗学，甚至成为当世名家。他们性喜吟咏，又穷

---

① 颜之推：《文章篇》，《颜氏家训集解》，上海古籍出版社 1980 年版，第 237 页。

② 蒋寅：《中国古代文学通论》（清代卷），辽宁人民出版社 2005 年版，第 285 页。

究经史。他们也许没有刻意用心于诗，但绝对不是“不为”，而是在学问经术之余也想“有为”。

林昌彝说：“世谓说经之士多不能诗，以考据之学与词章相妨，余谓不然。近代经学极盛，而奄有经学词章之长者，国初则顾亭林（炎武）也，朱竹垞（彝尊）也，毛西河（大可）也；继之者朱竹君（筠）也，邵二云（晋涵）也，孙渊（星衍）也，洪稚存（亮吉）也，阮芸台（元）也，罗台山（有高）也，王白田（懋竑）也，桂未谷（馥）也，焦里堂（循）也，叶润臣（名澧）也，魏默深（源）也，何子贞师（绍基）也，吾乡则有龚海峰（景瀚）也，林畅园（茂春）也，谢甸男（震）也，陈慕甫（寿祺）先生也。诸君经术湛深，其于诗，或追踪汉魏，或抗衡唐宋，谁谓说经之士必不以诗见乎？”① 上述诸人“都是开创一代学风的学人，又是影响当时诗风的诗人”②。而乾、嘉两朝又是清代朴学昌盛的时代，诗坛许多成员同时是乾嘉学派的著名学者，有论词例者、考典制名物者、考释金石者、考地理者、考论诸子学术者，所以在清代的学人之诗中以朴学入诗的情况最为常见。诗中之学偏向于经史考据、文字训诂、金石名物之学，同时还把朴学的方法应用于诗歌写作过程中。如戴震的《孟子字义疏证》“其辨析哲理，则‘天理’、‘人’之说也。自宋儒讲学，以为天理与人欲不两立，惟人欲净尽，斯天理流行。先生（指戴震）力斥其非，谓古人所谓天理，不外絜民之求，遂民之欲，求之人情，而无憾，然后即安。理也者，即情欲之不爽失者也。故理即寓于欲中。盖一人之欲即千万人所同欲也”。戴震的学术思想在诗歌中都有所反映，如洪亮吉说“物性饥渴同”（《饮酒十首》），“饮食与衣服，讵出皆细故”（《偶成二十韵》），孙星衍说“神仙未必都寒俭”（《题罗小峰梅花册二首》），皆与戴震“理寓于欲”说十分相似。因而清诗与先前朝代诗歌的重大区别在于“诗固未尝与学术相离也”③。

他们运用乾嘉学派治学的考证学方法进行诗（词）学研究，讨论诗学的复雅、重情、协律问题。乾嘉学派为清代诗学的建构提供了丰富的人力、方法和思想“资源”。乾隆中后期的王鸣盛、钱大昕、王昶既是惠栋吴派的重要传人，又是沈德潜所褒扬的“前吴中七子”中的重要成员。王鸣盛有《耕养斋诗文集》、《西沚居士集》，王昶有《湖海诗传》、《青浦诗传》，钱大昕有《潜

① 林昌彝：《射鹰楼诗话》卷7，《续修四库全书》第1706册，上海古籍出版社2002年版，第362页。

② 钱仲联：《清代学风和诗风的关系》，《当代学者自选文库·钱仲联卷》，安徽教育出版社1999年版，第153页。

③ 汪辟疆：《近代诗派与地域》，《汪辟疆文集》，上海古籍出版社1988年版，第287页。

研堂诗集》、《潜研堂诗续集》。翁方纲、赵翼等既是著名诗人同时又是著名的金石学家、史学家。到嘉庆时期，主盟扬州学林的凌廷堪、江藩、焦循等，既以学者的身份影响当时的学界，又以诗人的身份影响当时的诗坛。凌廷堪入两淮盐运司词曲馆，任编校，期间遍览群书，学识大进，虽没有诗歌专集，但留下了许多诗作。江藩少居吴门，受业于惠栋、余萧客、江声，博综群经，尤长于史学，其著述主要有《国朝汉学师承记》、《国朝宋学渊源记》、《国朝经师经义目录》等。他亦善诗词，有《伴月楼诗集》。焦循与江藩齐名，世称“扬州二堂”，于经无所不治。焦循于治经之外，诗、词、医学、三教九流之书，无不通贯，有《雕菰集》。他们基本上反对长期流行在诗界的“诗有别材，非关书也”的观点，倡导学人之诗，强调学问与诗要紧密联系。

为了比较全面地了解清代学人兼诗人的情况，笔者将徐世昌《清儒学案》① 中所有学人、《清诗汇》② 中所有诗人输入电脑，检索结果发现既在《清儒学案》又在《清诗汇》中出现的学人共有367人，也就是说有清一代称得上既是学人又是诗人的至少有367人。当然这个数目只能大体上反映这一情况，一是徐世昌所编辑的这两本文献没能收入清代全部的学人、诗人；二是两书成于众手，选择标准不一，用心不足，导致录入的有些士人代表性不强，甚至可能出现“名不副实”的情况；三是笔者对这两个文献进行对照检索时，可能会出现某些阙略。

如果进一步量化，《清诗汇》记录的诗人共6 100余家，《清儒学案》记录的学人共1 169人。两书统计出的诗人兼学人有367人，占《清儒学案》所记录学人的31.4%；占《清诗汇》所记录诗人的6%。前一个数字说明清代学人多能诗，后一个数字说明清代诗人是一个庞大的队伍，这个队伍中绝大部分人的学问还是诗人之学，称得上学人之学的还是少数；大部分人是学问广博的诗人，小部分人才是学问精深的诗人。

从清代学者型诗人的学术著作和诗集来看，还可得出以下几个结论：

---

① 晚清徐世昌主编的《清儒学案》对清代学术史作了全面总结，是全面研究清代学人必须参考的文献。该书编次以案主生年为次，分《正案》、《附案》、《诸儒》三部分。入《正案》者179人，以每人姓名及字号为学案名。各案后有《附案》，录922人。卷195至卷280为《诸儒学案》，录68人，分别标明所属省份。全书收入学者1 169人。《凡例》称“大抵著者八九，而不著者一二”，没有编进全书的少数人物，或因名望不大，或因找不到著作，则付阙如。《清儒学案》对所录各家著作进行梳理。所录各家有传记一篇，以居其首。然后选录其代表著作，以经、史、子、集为序，先专著而后文集。各传记取材极为广泛，几遍清人传记各书，均注明出处，体例可取。《清儒学案》虽不及《宋元学案》、《明儒学案》之精，但全书体例严整，内容宏富，取材广泛，少有门户之见，基本能反映有清一代的学术史，而所收录的学人之多更居各学案之冠，至今尚未有能取而代之者。

② 徐世昌的《清诗汇》（又名《晚晴簃诗汇》），该书前后200卷，规模宏巨，收清代历朝作者6 100余家，有清一代有诗见诸于世的诗人基本上都被收录进去。

（1）清代学者型诗人从他们的“诗”、“学”影响来看，可以分为三类：一是“诗”、“学”兼擅的学人，如顾亭林、朱竹垞等“考据淹博”、“兼能诗者”[①]；二是不以诗而名的学人，如钱大昕、王鸣盛、王昶等“经学考据之业，自足千秋，诗均不工矣”[②]；三是以诗而名的学人，如查慎行、王士祯等“工为诗，又博雅好古，习知六艺之文”，一生“惟务博综该洽，以求兼长”[③]。

（2）清代学者型诗人学术范围非常广泛，以经学、史学、朴学、哲学（主要包括诸子学、理学、心学）为主，扩展到天文、历法、算学、农学、兵学、医学等实学。清代的诗歌受学术的影响，诗学的视野是开阔的，诗学的根柢是坚实的。

（3）清代学术大师要么不治诗，一旦治诗就很有成就，他们学问渊博，以“余事”治诗，颇有建树。如顾炎武被称作清朝“开国儒师”、“清学开山”始祖，著名经学家、史地学家、音韵学家，学问贯通，在经学、史学、音韵、小学、金石考古、方志舆地诸学上，都有较深造诣，同时也是清初诗坛上赫赫有名的诗人，有《亭林诗集》6卷。王夫之学问渊博，对天文、历法、数学、地理学等均有研究，尤精于经学、史学，他的诗歌创作十分丰厚，存诗达10卷之多（据邓显鹤《船山著述》）；诗学批评很有见地，影响很大，有《姜斋文集》、《夕堂永日绪论》、《古诗评选》、《唐诗评选》、《明诗评选》等诗学著作。

（4）“诗人之诗”和“学人之诗”在题材内容、风格特征、美学追求和诗法技巧上存在差异，但清代学者型诗人所创作的诗歌，往往能兼擅二者之长，出入裕如，既学有根柢，又诗心完满。他们的诗歌总体上并不呈现出板滞晦涩的特征，有些诗歌甚至显得灵巧而有新意。如洪亮吉是一位地地道道的学人，对经学、史学、经济学、地理学乃至人口学都有深入的研究，写下了《春秋左传诂》、《公羊谷梁古义》、《六书转注录》、《三国疆域志》等大量学术著作。他的诗也是灵气飞动、率意真实，读者无不被他机警的比喻、独特的想象所折服。程晋芳“平生绝学都探遍”（袁枚《仿元遗山论诗》），而“诗格与袁枚相近”（《清史列传》卷72）。孙星衍“沈潜经术，博极群书，勤于著述”（阮元《孙星衍传》），其“少日诗如飞天仙人，足不履地”（洪亮吉《北江诗话》卷1），袁枚曾以“奇才”许之。身兼两重身份的士人说明了，严谨细勘的学问与风神情韵的诗作并不冲突，两者可以兼作，甚至可以相互借鉴渗透而融合在一起。但也有一部分学人如陆奎勋、诸锦、汪师韩、钱载、翁方纲等

---

① 朱庭珍：《筱园诗话》卷2，《清诗话续编》，上海古籍出版社1983年版，第2351页。
② 朱庭珍：《筱园诗话》卷2，《清诗话续编》，上海古籍出版社1983年版，第2351页。
③ 俞兆晟：《渔洋诗话序》，《清诗话》，上海古籍出版社1999年版，第163页。

人，学问渊深，而诗多涩闷，以填实为诗，专门之学充溢于诗歌之中，以诗说学，诗歌中少有意境，缺乏“诗心”、“诗性”，他们的诗歌几乎成了述学、论学的韵文体。诗集中有太多的“学术诗”。

第二节　肇启清代学人诗风的清初三大儒

一、从经史典籍中引经世之学入诗的顾炎武

顾炎武，初名绛，字宁人，江苏昆山人，学界称之为亭林先生。落落负大志，耿介绝俗。终其一生为匡复明室而奔波劳碌，可谓节高志诚之志士。

“炎武之学，大抵主于敛华就实，凡国家制度、郡邑掌故、天文仪象、河漕兵农之属，莫不穷原穷委，考证得失考”。他倡导经世，重视实证，治学一以“六经之指、当世之务”[①] 为鹄的，意在“明学术、正人心、拨乱世，以兴太平之事”[②]。他评价自己治学和著作时说：“君子之为学，以明道也，以救世也。徒以诗文而已，所谓‘雕虫篆刻’，亦何益哉！某自五十以后，笃志经史，其于音学深有所得。今为《五书》以续《三百篇》以来久绝之传，而别著《日知录》，上篇《经术》，中篇《治道》，下篇《博闻》，共三十余卷。有王者起，将以见诸行事，以跻斯世于治古之隆，而未敢为今人道也。”[③] 于学术之中，寓经世之意。

顾炎武毕生的精力用于学术，作诗仅是余事；其诗寓其经世之志，以质实深厚为特征，体现出学人治学严谨的特征。卓尔堪说：“（炎武）昆山名儒，识高学博，有不屑屑章句之志。”（《遗民诗》卷5）沈德潜说：“宁人肆其余力于学，自天文地理，古今治乱之迹，以及金石铭碣，音韵字画，无不穷极根柢。韵语其余事也。”[④] 顾炎武的诗歌是他经世之学的自然流露，杨钟羲说：“亭林身负沈痛，不忘恢复，知时不可为，负经世之略，不得一遂。其拟唐人五言八韵六首，即先生言志之作。”[⑤] 他的诗歌具有学人之诗的风貌，潘德舆说：“亭林作诗不如道园之富，然字字皆实，此修辞立诚之旨也。”[⑥] 朱庭珍称

---

① 顾炎武：《与人书三》，《亭林文集》卷4，中华书局1983年版，第91页。

② 顾炎武：《初刻〈日知录〉自序》，《亭林文集》卷2，中华书局1983年版，第27页。

③ 顾炎武：《与人书二十五》，《亭林文集》卷4，中华书局1983年版，第98页。

④ 沈德潜：《明诗别裁集》卷11，中华书局1975年版，第128页。

⑤ 钱仲联：《清诗纪事》，江苏古籍出版社1989年版，第435页。

⑥ 潘德舆：《养一斋诗话》卷3，《清诗话续编》，上海古籍出版社1983年版，第2044页。

赞他用事用典，斟酌分寸，“用典征书，悉具天工，有神无迹，如镜花水月矣，……非好学深思之士，心细如发者，断不能树极清之诗骨，提极灵之诗笔，驱役典籍，从心所欲，无不入妙也”①。

（一）以学术入诗

顾炎武平生致力于经史之学，故擅长以经史之学入诗。吴宓说他“经史之学，要就平日养成，积之既多，到时自然奔赴。于是经义史事，遂与我今时今地之事实感情融合为一，然后入之辞藻，见于诗章”②。

在经学中，顾炎武之以“易”理入诗为最多，盖借“易”理最便于阐发反清复明之思想。如《书女娲庙》：“如冬复如春，日月如更旦。剥复相乘除，包牺肇爻象。不见风陵之堆高突兀，没入河中寻复出，天回地转无多日。”③（《亭林诗集》卷4）这里用了“复”卦喻明重兴，“剥”卦喻清衰亡，“剥复相乘除”之理充分表达了全诗之主旨。《赠路舍人泽溥》用了“明夷”卦，“明夷犹未融，善保艰贞利”（《亭林诗集》卷2）。明夷，离下坤上，离为日，代表明；坤为地，代表暗。“明入地中”，即时处暂时的黑暗。《永夜》道：“当时多少金兰友，此际心期未许同”（《亭林诗集》卷2），则用了孔子在《系辞传》中对“同人”卦的解说，“同人”，离下乾上，内卦由同而异，外卦由异而同，诗意谓在一定条件下，同可变为异，在清王朝文字狱的高压和博学鸿词科的招抚下，一些当时的“金兰友”，此际却“心期未许同”了。

他的诗歌寓今事于史事，多方面反映了朱明王朝败亡和清兵入关的这场战争，“既光国诗，尤裨史乘”④。著名的《感事》之六就写出了当时的战斗形势：“传闻阿骨打，今已入燕山。毳幕诸陵下，狼烟六郡间。边军严不发，驿使去空还。一上江楼望，黄河是玉关。”（《亭林诗集》卷1）借历史上的人物赞扬了明代遗民志节耿介之士，如《又酬傅处士次韵》：“清切频吹越石笳，穷愁犹驾阮生车。时当汉腊遗臣祭，义激韩雠旧相家。”（《亭林诗集》卷4）以刘琨、阮籍赞扬了傅山高尚的气节，以陈咸的不忘汉腊和张良的义报韩仇，比傅山的不忘明室。

顾炎武的诗歌显示了他的地舆学的造诣，也显示出他追念前朝、规复大计之旨。如《孝陵图》（《亭林诗集》卷2），“念山陵一代典故，以革除之事，

---

① 朱庭珍：《筱园诗话》卷3，《清诗话续编》，上海古籍出版社1983年版，第2381页。

② 吴宓：《空轩诗话》，《民国诗话丛编》（第六册），上海书店2002年版，第22页。

③ 本节所引用的顾炎武的诗歌，如没有特意注出，皆引自王冀民：《顾亭林诗笺释》，中华书局1998年版。

④ 吕效祖：《吴宓诗及其诗话》，陕西人民出版社1992年版，第6页。

《实录》、《会典》并无纪述”，实为补《实录》等书之缺。诗歌详述了明孝陵的地理方位、结构布局、陵宇名物。再如《劳山歌》（《亭林诗集》卷3）叙述了劳山的地理方位、地貌景观、传闻轶事、独特的地域价值。其他如《潼关》（《亭林诗集》卷4）、《华山》（《亭林诗集》卷4）、《骊山行》（《亭林诗集》卷4）等诗把地舆、历史、景观有机地融合起来。他的这类诗歌既表明了他对“汉家”山河的钟爱，也寄寓着对旧主的眷恋。

顾炎武学通多门，他的诗集中还有许多诗篇显示了他其他方面的学术思想。因篇幅所限，不再展开讨论。

（二）诗歌中体现出学人严谨的学术精神

顾炎武诗歌中的用典用事可以“精切谨严”论之，这是他严谨的治学精神在诗歌创作中的体现，这也是学人之诗与诗人之诗不同的地方，如后七子中的李攀龙“经义寡稽”，因而其诗往往“援据失当”[①]，而顾炎武是经学家，“读书多而心思细”[②]，尤熟于史，因而“用典使事，最精确切当”[③]。朱彝尊《静志居诗话》卷22说顾诗“诗无长语，事必精当，词必古雅”，“诗无长语”就是没有废话，不辞浮于意。因为其诗中的故实、用典及用语多出自正史，所以能“事必精当，词必古雅”。他用典弹无虚发、字字落实，朱庭珍说他“使事运典，确切不移，分寸悉合，可谓精当”，“顾宁人……读书多而心细，（用典）则斟酌分寸”。[④]

如《延平使至》：“万里干戈传御札，十行书字识天颜”（《亭林诗集》卷1），“十行书字识天颜”用《后汉书·循吏传》“（光武）一札十行，细书成文”，不但因光武和唐王朱聿键（立于福州，年号隆武）都是皇帝，可以相比，而且光武是汉代中兴令主，以之比唐王，更寓复兴之意。又如《陈生芳绩，两尊人先后即世，皆以三月十九日，追痛之作，词旨哀恻，依韵奉和》中的“祭祢不从王氏腊”（《亭林诗集》卷2），用典于《后汉书·陈宠传》：“宠曾祖父咸，成（帝）哀（帝）间以律令为尚书。及（王）莽篡位……父子相与归乡里，闭门不出入，犹用汉家祖腊。人问其故，咸曰：‘我先人岂知王氏腊乎？’”陈芳绩和陈宠都姓陈，此其一；气节相同，此其二；以新莽比清，余分闰位，不承认其为正统，此其三；希望朱明后裔有如光武中兴者，此其四。再如《汾州祭吴潘二节士》中的“千秋仁义在吴潘”（《亭林诗集》卷

① 钱谦益：《列朝诗集小传》丁集上，上海古籍出版社1983年版，第429页。
② 朱庭珍：《筱园诗话》卷3，《清诗话续编》，上海古籍出版社1983年版，2381页。
③ 朱庭珍：《筱园诗话》卷2，《清诗话续编》，上海古籍出版社1983年版，2351页。
④ 朱庭珍：《筱园诗话》卷2，《清诗话续编》，上海古籍出版社1983年版，2381页。

4)，用《宋书·孝义传》王韶之赠潘综、吴逵诗：“仁义伊在？惟吴惟潘。……投死如归，淑问若兰！”潘综、吴逵皆吴兴乌程人，吴炎、潘柽章皆吴江人，此其一；潘综、吴逵以孝义著，吴炎、潘柽章以节义（民族气节）著，事虽不同，仁义则一，此其二；恰巧都是吴、潘同姓，此其三。

顾炎武不仅学问可当清学之祖，诗歌也开清代学人之诗的先河。学人之诗首先必须是“诗”，然“诗”中又有“学”。这就要求学人之诗的创作主体必须“诗”、“学”兼顾，对学术和艺术有较强的协调融合能力。如果要在清初诗坛找出这样的“特殊个体”，首选人物便是学者型诗人顾炎武。有论者把顾炎武与同时代的遗民诗人作过比较后说：“惟顾炎武学余于诗，称心而言……在此数人中，当别有位置也。”① “清诗的一大特色，是学人之诗和诗人之诗的统一。这首先由顾炎武开其端。”② 吴孟复先生认为在繁盛的学术影响下，有清一代诗歌的正宗应当是顾炎武③。清诗坛坫总体上是由学人来把持的，顾炎武无疑是坛坫的最早的盟主。

顾炎武慷慨磊落的民族气节、不肯以文人自许的学行、经世致用的诗学观，对适逢世积乱离的晚清学人尤其是经世派学人之诗产生了深远的影响。林昌彝将他推为清代诗人之首，赞之曰：“胸罗列宿贯三千，一首诗歌一字金。当代风骚谁领袖？开山独让顾亭林。”④

二、根柢于经史却不直接以学问入诗的黄宗羲

黄宗羲，字太冲，浙江余姚人。“宗羲之学，出于蕺山，闻诚意独慎之说，缜密平实。尝谓明人讲学，袭语录之糟粕，不以六经为根柢，束书而从事于游谈。故问学者必先从经，经术所以经世，不为迂儒。必兼读史，读史不多，无以证理之变化；多而不求于心，则为俗学。故上下古今，穿穴群言，自天官、地志、九流之教，无不精研。”（《清史稿》卷480）其学识之博，笔耕之勤，著述之繁富，不仅在有清一代，在整个中国历史上都是屈指可数的。李邺嗣说他“更以一身，上穷六经之源，下泛百氏之海，采二十一史之林，旁猎方技诸家之圃”⑤。

黄宗羲学识广博，而尤以史学为著，其父生前曾告诫他“学者不可不通

① 汪辟疆《汪辟疆说近代诗》（吴蔡小笺），上海古籍出版社2001年版，第4页。

② 刘世南：《清诗流派史》，台北文津出版社1995年版，第168页。

③ 吴孟复：《别才非学最难凭——略谈清代的诗风与学风》，《明清诗文论文集》，江苏古籍出版社1986年版，第17页。

④ 林昌彝：《论本朝人诗一百五首》，《论诗绝句万首》，人民文学出版社1991年版，第1009页。

⑤ 李邺嗣：《黄先生六十序》，《杲堂文钞》卷3，《四库全书存目丛书》集部第235册，第538页。

知史事”，于是他“自明朝十三朝实录，上溯二十一史，每日丹铅一本，迟明而起，鸡鸣方已，盖两年而毕”[①]，不愧是清代史学上的丰碑。

黄宗羲首先是位学者，然后是位志士，再者才是个诗人，诗歌对他来说是“余事”。阮元说他“经史冠乎昭代，诗其余事耳”，“长一经学，不以诗名”。[②] 杨际昌《国朝诗话》说他“宿学重望，身备文献，其最表表者，不必以诗见也”[③]。徐世昌也说他“于学无所不通，诗其余事”[④]。

黄宗羲诗主性情，较少见他直接以学入诗，诗歌中的学问化倾向不明显。他的学问在诗中不发露，是水中之盐、酒中之饭。他说：“文必本之六经，始有根本，唯刘向、曾巩多引经语，至于韩、欧，融圣人之意而出之，不必用经，自然经术之文也。近见巨子，动将经文填塞，以希经术，去之远矣。”[⑤] 又说“读经史百家，则虽不见一诗，而诗在其中”[⑥]。他的诗歌融典籍而出之，不在诗中填书塞典，也许用朱庭珍《筱园诗话》中的话是最好的解释：“大方家数非不能用此种故实字样，大方手笔非不能为此种姿态风趣，乃不屑用，并不屑为，不肯自贬气格，自抑骨力，遁入此种冷径别调耳。是小家卖弄狡狯伎俩，非名家之品也。”[⑦] 黄宗羲的学问当进入诗歌创作活动时，就化为一种识力，一种对人生、社会意义的深层理解，在诗歌创作时，与现实生活相印证，变成作者内心诗情化的思考，然后表现在鲜明的艺术形象之中，给读者以深刻的启迪。这正是黄宗羲的诗不同于其他学人之诗的地方。

张仲谋论浙派诗时提出“一祖三宗”说。所谓“一祖三宗”，即以清初的黄宗羲为初祖，以康熙之查慎行、雍正时期的厉鹗，与纵跨乾隆一朝的钱载为“三宗”[⑧]。黄宗羲在清诗坛的地位主要表现为他首开浙派诗。浙派诗人共同的创作倾向大抵为重学问。黄宗羲虽然没有公开打出宗宋的旗帜，但他反对贬斥宋诗，他说：“余尝与友人言诗，诗不当以时代而论。宋元各有优长，岂宜沟

---

① 黄宗羲：《补历代史表序》，《黄梨洲文集》卷1，《传世藏书》别集12，海南国际新闻出版中心1996年版，第67页。

② 阮元：《重刻南雷文定跋》，《定香亭笔谈》，中华书局1985年版，第162页。

③ 钱仲联：《清诗纪事》，江苏古籍出版社1989年版，第275页。

④ 徐世昌：《晚晴簃诗话》，华东师范大学出版社2009年版，第38页。

⑤ 黄宗羲：《论文管见》，《黄梨洲文集》卷9，《传世藏书》别集12，海南国际新闻出版中心1996年版，第295页。

⑥ 黄宗羲：《南雷诗历题辞》，《黄梨洲文集》卷2，《传世藏书》别集12，海南国际新闻出版中心1996年版，第81页。

⑦ 朱庭珍：《筱园诗话》卷2，《清诗话续编》，上海古籍出版社1983年版，第2367页。

⑧ 张仲谋：《清代文化与浙派诗》，东方出版社1997年版，第4页。

而诸于外，若异域然。”① 其影响一直贯穿着整个清代的宗宋诗派（尤其是浙派）。徐世昌赞之曰：“梨洲受业蕺山之门，于学无所不通，诗其余事。罗万藻序中所称《铁琴死战马》、《老狐行》诸篇，今《诗历》皆无之，盖少作删落不少矣。其自序有云：‘多读书则诗不期工而自工，若学诗以求其工，则必不可得。’即其诗可知已。”②

三、“知诗不以学”的王夫之

王夫之，字而农，世称“船山先生”，湖南衡阳人。

王夫之于书无所不窥，对天算、地理皆有研究，尤精于经学、史学。他对许多经书进行了疏解，所著《易》、《书》、《诗》、《春秋》、《四书》的稗疏、考异，言必征实，义必切理，多有新义。这些都为《四库全书》所收录，并给予积极的评价。他读史读注疏，对书志年表考驳同异，详加审阅探索，尤其注重对兴衰治乱、民生利病及社会发展规律的探求。此外，他对文字学、文学等方面也有独到的研究。《清史稿》称：“夫之刻苦似二曲，贞晦过夏峰，多闻博学，志节皎然，不愧黄、顾两君子。”邓显鹤《沅湘耆旧集》说他“志行之超卓，学问之正大，体用之明备，著述之精卓宏富，当与顾亭林、黄梨洲诸老相颉颃。精研六经，诗其余事，词旨深夐，气韵沉郁”。

王夫之“诗取径六朝、初唐，力排宋人”③。他认为诗歌是“心之元声”，“元韵之机，兆在人心，流连跌宕，一出一入，均此情之哀乐，必永于言者也”④。在《古诗评选》中评李陵《与苏武诗》时说：“诗以道情，道之为言路也。诗之所至，情无不至。情之所至，诗以之至。”⑤ 他认识到诗歌作为抒情遣怀的载体，与哲学、历史、政治等著作是不同的，“陶冶性情，别有风旨，不可以典册、简牍、训诂之学与焉也”⑥。他充分肯定了严羽关于诗歌内容不能以学问来代替的思想，在评阮籍《咏怀》“昔日繁华子”诗时说：“故知诗不以学。”⑦ 其《明诗评选》中评徐渭的《严先生祠》一诗时说：

---

① 黄宗羲：《张心友诗序》，《南雷文定》前集1，《传世藏书》别集12，海南国际新闻出版中心1996年版，第57页。

② 徐世昌：《晚晴簃诗话》，华东师范大学出版社2009年版，第38页。

③ 钱仲联：《顺康雍诗坛点将录》，《当代学者自选文库·钱仲联卷》，安徽教育出版社1999年版，第625页。

④ 王夫之：《姜斋诗话》，《清诗话》，上海古籍出版社1999年版，第3页。

⑤ 王夫之：《古诗评选》，《船山遗书》，北京出版社1999年版，第4754页。

⑥ 王夫之：《姜斋诗话》，《清诗话》，上海古籍出版社1999年版，第3页。

⑦ 王夫之：《古诗评选》，《船山遗书》，北京出版社1999年版，第4763页。

《诗》以道性情，道性之情也。性中尽有天德、王道、事功、节义、礼乐、文章，却分派《易》、《书》、《礼》、《春秋》去，彼不能代《诗》而言性之情，《诗》亦不能代彼也。①

他认为《五经》中，《易》、《书》、《礼》、《春秋》是用来表学问的，唯有《诗》是用来言情的，前四经不能代《诗》抒情，《诗》也不能代替其他四经言学问。

王夫之不主以学入诗，所以他的诗歌与同时代诗歌相异，主要表现有：一是没有考据诗，尤其是清人喜作的金石考据诗，他一首也没有。即便如《石门有靖康勒字》，本是金石考据诗最好的题材，他却没写成考据诗。二是没有历代文人最喜欢作的题画诗，清代的学人几乎没有不作题画诗的，但王夫之却一首也不作。三是没有经史论学诗，王夫之经史功底深厚，但他的经史之学只体现在他的学术著作中，诗歌中几乎没有涉及。四是他的诗歌很少有序，诗中极少夹注，这在清代学人中也是少见的。这主要是因为他的诗歌较少用典，不用僻典。

从对诗歌本质和特点的正确认识出发，王夫之对宋元明以来的“诗史”中所表现的混淆诗歌和历史的差别的错误进行了尖锐的批评。与历史要求记载真人真事不同，诗歌不强调历史的真实性，而注重内在的情和理的真实性，亦即人情物理的真实性。他说：“夫诗之不可以史为，若口与目之不相为代也，久矣。”② 对杜甫的“诗史”之笔，他也颇有微词：

诗有叙事叙语者，较史尤不易。史才固以隐括生色，而从实著笔自易。诗则即事生情，即语绘状，一用史法，则相感不在永言和声之中，诗道废矣。此“上山采蘼芜”一诗所以妙夺天工也。杜子美仿之作《石壕吏》，亦将酷肖，而每于刻画处，犹以逼写见真，终觉于史有余，于诗不足。论者乃以“诗史”誉杜，见驼则恨马背之不肿，是则名为可怜闵者。③

王夫之有多首《咏史》诗，但不拘泥于具体的历史人物和事件，而往往是借古抒怀，表达出一种由思索历史而产生的深沉感，寄寓着对时局的看法。他的诗都不是以诗记史、以诗证史、以诗补史的做法。如他的《咏史二十七

① 王夫之：《明诗评选》，《船山遗书》，北京出版社 1999 年版，第 5110 页。
② 王夫之：《姜斋诗话》，《清诗话》，上海古籍出版社 1999 年版，第 6 页。
③ 王夫之：《古诗评选》，《船山遗书》，北京出版社 1999 年版，第 4752—4753 页。

首》（节选）：

……

信陵饮酒近内，步兵泣路驱车。
赢得不知别苦，难忘聊复愁予。

田丰死争官渡，鸱夷不谏夫椒。
未到水穷山尽，难回坠石狂潮。

凤沓扬雄拾羽，龙乖谷永探鳞。
奇字詅痴万卷，危言卖绽千春。

元载饥寒扫迹，苏秦车骑迎门。
裹马装妻勾当，髑髅血肉乾坤。①
……

这些诗应是感慨南明桂王政权的腐败。第一首咏叹像信陵君、阮籍不得志的士人以狂愁面世。第二首咏田丰谏袁绍、伍子胥谏夫差皆被杀，喻南明政权腐朽透顶，已无法挽回败局。第三首言当时文人主文谲谏，连篇累牍，陈词滥调，无可述者。第四首言南明政权奸诈之人当道，只顾自己穷奢极欲，不顾百姓死活。每一首前两句所论的历史人物都是引子，重在引出后两句的观点和感想。

再如他的《读史》（其一，其二）：

灵雨沐方春，油云护初晓。飘风良已济，薄冷还相绍。山气荣新英，天容澹归鸟。吾庐适在兹，因之群动窅。悠气百年内，感彼千秋表。旷世如相接，夫谁惜缥缈。

夏鼎沈泗水，民气悲天伐。西效无瑞麟，玉书孰与发。悠然南窗下，心情欲超越。夕阴敛西峰，徘徊露孤月。炯炯阅推移，寸意谁沦没。引绪既缤纷，何庸矜缄默。

① 王夫之：《王船山诗文集》，中华书局1962年版，第323页。

从诗题看起来是填塞史料的诗歌，但作者却将历史的苍茫感与现实的感兴连接起来，表达出诗人欲有所为而不为时所许的感慨。

王夫之诗歌的学问化因素只有两点：一是他的一些诗歌蕴藏着“学理”；二是他的诗歌审美向汉魏六朝诗看齐。

王夫之在强调诗歌的本质是表达人的感情时，并没有把它与理对立起来，他不否认诗歌中也有理，也不认为诗歌创作中完全不能有理语。他说：“王敬美谓‘诗有妙悟，非关理也’。非理抑将何悟?”[①] 不过诗歌的理和一般的理不同，它不是抽象的、概念化的学者之理，所以他在《古诗评选》中评司马彪《杂诗》时说，“非谓无理有诗，正不得以名言之理相求耳”[②]；评鲍照《登黄鹤矶》诗时说，“经生之理，不关诗理，犹浪子之情，无当诗情”[③]。此所谓“名言之理”即“经生之理”。他信奉诗中之理不是以赤裸裸的概念方式出现的，而是与生动的艺术形象紧密结合的。诗歌创作中不是不能说理，但是不宜变成僵化的死理。他在评庐山道人《游石门》诗时云：“此及远公说理而无理臼，所以足入风雅。”评陶潜《癸卯岁始春怀古田舍》时云：“通人于诗不言理而理自至。”[④] 他主张诗歌要情理融成一片，如果符合诗歌的审美特征，能充分体现“心之元声”，那么即便有理语入诗，也仍然可以成为很好的诗歌。他在评陆机的《赠潘尼》一诗时说：“诗入理语，惟西晋人为剧。理亦非能为西晋人累，彼自累耳。诗源情，理源性，斯二者岂分辕反驾哉？不因自得，则花鸟禽虫，累情尤甚，不徒理也。取之广远，会之清至，出之修洁，理顾不在花鸟禽鱼上邪?”[⑤] 说明情和理都源于人的性情，不是互相对立的。他所谓“自得”，即是指诗中之理要发自内心的感触，如果不是发自内心的感触，那么不要说以理语入诗，就是描写花鸟禽虫，也会情物两乖，花鸟禽虫反而会“累情尤甚”。故他赞扬陶潜《饮酒》诗中“幽兰生前庭”一首是“真理真诗”，“说理诗必如此，乃不愧作者”[⑥]；称赞谢灵运《田南树园激流植援》诗“亦理亦情亦趣，逶迤而下，多取象外，不失圜中”。

王夫之蕴涵学理的诗歌，最具代表性的是他的《柳岸吟》，其中有多首与陈献章酬唱的诗，表达了他的心学思想。如《和白沙》(其二)：“粥饭终朝剧可怜，无心丛里有心天。髑髅不爽元生意，枯槁翻新看火然。莫撇孤清求鸟

① 王夫之：《姜斋诗话》，《清诗话》，上海古籍出版社 1999 年版，第 6 页。
② 王夫之：《古诗评选》，《船山遗书》，北京出版社 1999 年版，第 4767 页
③ 王夫之：《古诗评选》，《船山遗书》，北京出版社 1999 年版，第 4796 页
④ 王夫之：《古诗评选》，《船山遗书》，北京出版社 1999 年版，第 4780 页。
⑤ 王夫之：《古诗评选》，《船山遗书》，北京出版社 1999 年版，第 4725 页。
⑥ 王夫之：《古诗评选》，《船山遗书》，北京出版社 1999 年版，第 4780 页。

径，已知实际历长年。分明饶有中和用，不但虚悬未发前。”[①] 表达元气为万物之源和重实践的思想。“耳目忻浮光，不自知其性。砂中原含金，非天有殊命。外取亦甚晳，内视还成瞑。如彼夜行人，思与骐骥竞”，“影从虚出无生响，两段分开觉后迷。但识太空都扑满，不容风雨弄天机”，“云移隔岭摇绿草，雨过横塘绽白莲。大造无心谁解此，庄生浪说欲忘言”，表达了道是天地之本，存在于万物之中的思想。“天下自闲闲，人心长戚戚。身为物所持，骑虎不得息。息之在先几，几先人不识。适燕而面辕，终身无返迹。”[②] 表达心为物役，则不可能获得自由自在的思想。《和一峰虚中是神主》诗云，“神者天之妙，心者人之主。云人而用天，我生如鳞羽”，“神静物不撄，神动心以靡。不复知其他，禅玄但测此”。[③] 表达了心是天地之大本和以静求心的理学思想。不过，尽管王夫之主张理当融入诗中，他的诗也有直露“理”的现象，如《和一峰虚中是神主》中的两首诗恐怕就有点“理”过其辞了。

王夫之强调《诗经》和汉魏六朝诗的审美传统，认为当代诗人应该在创作中体现这些审美传统。为此他不反对拟古。主性情的人是最反对拟古的，王夫之主性情，反对一切外在的法则，却又肯定拟古。不过他的拟古又与别人不同，采取了一种特殊的方式。他评明人石宝《拟君子有所思》说：

> 竟不作关合，自然摄之。笔贵志高，乃与古人同调。拟古必如此，正令浅人何处拟起。崆峒、沧溟，心非古人之心，但向文字中索去，固宜为轻薄子所嘲也。诗虽一技，然必须大有原本，如周公作诗云：“于昭于天。”正是他胸中寻常茶饭耳，何尝寻一道理如此说。谭友夏拟《子夜》、《读曲》，往往神肖，只为他浪子心情，一向惯熟。又如陈昂、宋登春，一开口便作悲田院语，渠八识田中，止有妄想他人银钱酒食种子，借令摆脱，翻不得似。诗不可伪也，有如此夫。[④]

王夫之认为诗即其人，也就是说“诗不可伪也”。有什么样的人就有什么样的诗，有什么样的情志就有什么样的诗。如果今人的情志同于古人的情志，那么今人之诗就可同于古人之诗。学习古人的审美传统，不应该从作品外在形式方面去模拟，关键的是要诗人之心合于古人之心，如果诗人的心灵同于古人

---

① 王夫之：《王船山诗文集》，中华书局 1962 年版，第 284 页。

② 王夫之：《王船山诗文集》，中华书局 1962 年版，第 290—291 页。

③ 王夫之：《王船山诗文集》，中华书局 1962 年版，第 295 页。

④ 王夫之：《明诗评选》，《船山遗书》，北京出版社 1999 年版，第 4988 页。

的心灵，那么这个诗人的作品自然与古人相同。① 王夫之诗学汉魏六朝，他不是有意模习汉魏六朝诗人的体格字句，而是体会他们内在的精神境界，他的诗像汉魏六朝诗，是他领承汉魏六朝诗人人格风范的自然流露。

王夫之的诗学体现的是汉魏六朝诗的审美精神，不是唐诗的审美精神，更不是宋诗的审美精神，他的诗学体现不出清诗的主流方向。他持的是极端的内在性立场，认为诗歌只能从性情中流出，反对任何外在性的学习和借用。② 他认为“挦合成句之出处，役心向彼掇索，而不恤己情之所自发，此谓小家数，总在圈缋中求活计也”③，把诗歌是注重情感和个性的抒发，还是刻意炫学显才、展露学问看成判别“大家”和“小家”的试金石。

王夫之的诗歌对晚清以王闿运为代表的湖湘派学人之诗影响很大，他们的诗学思想继承了王夫之，诗歌审美也取径汉魏六朝古诗，与当时的宗宋诗风迥异。王闿运作诗赞美王夫之云：“江谢遗音久未闻，王何二李枉纷纷。船山一卷存高韵，长伴沅湘兰芷芬。”（《湘绮楼论诗绝句》）

第三节　清代前期至清代中叶学人之诗的衍变

一、开启资书为诗风气的朱彝尊

朱彝尊，字锡鬯，号竹垞，浙江秀水人。他“博识多闻，学有根柢，复与顾炎武、阎若璩颉颃上下”④。康熙曾赐“研经博物”四字给他。王士祯评他曰：“独肆力古学，研究六艺之旨，于汉唐诸儒著述皆务穷其指归……所至丛祠荒冢，金石断缺之文莫不搜剔考证，与史传参互同异。”⑤ 沈德潜评曰：“竹垞先生生平好古，自经史子集及金石碑版，下至竹木虫鱼诸类无不一一考索。如《经义考》、《日下旧闻》、《诗综》、《词综》，其最著者。……顾宁人先生不肯多让人，亦以博雅称许之。”⑥

朱彝尊作诗最明显的一个特征就是援学入诗。翁方纲说：“竹垞学最博，全以博学入诗。”（《评渔洋精华录》）钱钟书《谈艺录》说，“竹垞记诵综赅，

① 张健：《清代诗学研究》，北京大学出版社 1999 年版，第 324—325 页。
② 张健：《清代诗学研究》，北京大学出版社 1999 年版，第 264—266 页。
③ 王夫之：《姜斋诗话》卷 2，《清诗话》，上海古籍出版社 1999 年版，第 8 页。
④ 纪昀等：《钦定四库全书总目》卷 85，中华书局 1997 年版，第 1135 页。
⑤ 王士祯：《竹垞文类序》，《王士禛全集》（第三册），齐鲁书社 2007 年版，第 1540 页。
⑥ 沈德潜：《国朝诗别裁集》（补订本），中华书局 1975 年版，第 204 页。

枕筆经史，驱遣载籍，自是本色”，“旁搜远绍，取精用宏，与二李之不读唐后书，谢四溟之高谈作诗如煮无米粥，区以别矣。其菲薄沧浪，亦犹此志。盖纯乎学人之诗，斯所以号‘贪多’欤!”[①] 他资书以为诗主要表现在三个方面：一是在表现对象方面，直接以学问为表现对象，也就是说诗歌表现的内容是学问的问题；二是在抒情方式方面，用典故作为抒情手段；三是在审美风格方面，通过对诗歌语言出处的选择有意造成某种审美风格。[②]

（一）直接以学问为诗歌的表现对象

最能体现朱彝尊学人之诗特色的是他的述学诗，如他的《斋中读书十二首》（《曝书亭集》卷21）[③] 简直是他《经义考》的诗化。第一首论《易》，批判陈抟和邵雍的先天河图说。第二首仍论《易》，批判周敦颐的太极图说。第三首论《书》，批判宋儒的排抵小序。第四首仍论《书》，批判邵雍的《皇极经世书》。第五首论《诗》，批判王柏的《诗疑》。第六首仍论《诗》，赞成吕祖谦对“思无邪”的解释，而不同意朱熹的“淫奔之诗”说。第七首论《春秋》，批判胡安国的《春秋传》，甚至说明胡氏由秦桧引荐，因而也反对抗金，唯知偷安。第八首论《论语》，着重指出明代不应据《论语》之言而罢公伯寮从祀。第九首论郑玄不当罢从祀。第十首论经传的注疏家简要。只有第十一、十二两首是论诗歌创作的。朱彝尊这一组诗作于76岁，可算是他一生学术思想的总结。

（二）用典用事广博而僻奥

朱彝尊的诗歌喜欢大量堆垛掌故，正如朱庭珍所说：“朱竹垞诗，书卷淹博……往往贪多务博，散漫驰骤，无归宿处，有类游骑矣。”[④] 如《雨中陈三岛过，偕饮酒楼，兼示徐晟》（《曝书亭集》卷4）：“却话平生同调人，吹篪击筑皆知己。皋桥桥西多酒楼，妖姬十五楼上头。百钱一斗饮未足，半醉典我青羔裘。坐中临觞忽不语，南州孺子高阳侣。同是东西南北人，明朝酒尽归何处?”“吹篪”说的是伍子胥，《史记》卷79载他曾“膝行蒲伏，稽首肉袒，鼓腹吹篪，乞食于吴市”。“击筑”说的是高渐离，《史记》卷86载“酒酣以往，高渐离击筑，荆轲和而歌于市中，相乐也。已而相泣，旁若无人者”。

---

① 钱钟书：《谈艺录》，中华书局1984年版，第108页。

② 张健：《清代诗学研究》，北京大学出版社1999年版，第612—613页。

③ 本节所引用的朱彝尊的诗歌如果没有特别注出，均引自《曝书亭集》，《传世藏书》别集12，海南国际新闻出版中心1996年版。

④ 朱庭珍：《筱园诗话》卷2，《清诗话续编》，上海古籍出版社1983年版，第2357—2358页。

“南州孺子”本指东汉人徐孺子，他不满宦官专权，不肯出来做官，当时人称“南州高士”。“高阳侣”本指秦末高阳酒徒郦食其，据《史记》卷97载他曾帮助刘邦不费一兵一卒，得“七十余城”。

朱彝尊喜欢用僻典偏学入诗，以致博学的士人见着一时也摸不着来历出处，王士祯曾说：“昔见朱竹坨检讨诗云：‘捉卧瓮人选新格’，初不解。及观《通志》，有赵昌言捉卧瓮人格，及采珠局格、旋棋格、金龙戏水格等名，始悟所语。”① 林昌彝说：“（竹垞有）《赠河南周栎园先生亮工长排二十韵》，句有‘万牛杜陵镵，五鸽曲端军’。上句易晓，下句检《宋史》、《曲端本传》及各传志，不详所谓。后见《齐东野语》，方知出典。……竹垞先生读书多，造句雅，诗之录隶事，神录如此。”（《海天琴思录》卷2）以王士祯、林昌彝之博学，对朱彝尊诗歌尚且“不解”、“不详所谓”，可见其用典之僻。

（三）选词用字讲求来历

朱彝尊作诗还力求做到无一字无来历，如林昌彝说他有《论画和宋中丞》十二首之十云：“先子韶年写云壑，当时心折董尚书。后来舍弟亦能画，可惜都无片纸储。”（《曝书亭集》卷16）或疑“舍弟”、“片纸”入诗不典，却不知朱彝尊用此字词均有来历，《能改斋漫录》有：“兄称弟曰舍弟，亦有所本。魏文帝与钟繇书曰：‘是以令舍弟子建因荀仲茂时从容喻鄙旨。’”此“舍弟”二字有来历也。苏轼有句云“只字片纸皆收藏”，此“片纸”二字有来历也。（林昌彝《海天琴思续录》卷5）再如他的《来青轩》：“天书稠迭此山亭，往事犹传翠辇经。莫倚危栏频北望，十三陵树几曾青？”（《曝书亭集》卷8）“翠辇”、“危栏”、“北望”等皆有来历，“翠辇”指饰有翠羽的皇帝所乘之车，如唐太宗《过旧宅》：“新丰停翠辇，谯邑驻鸣笳。”“危栏”、“北望”则来自李商隐《北楼》“此楼堪北望，轻命倚危栏”之句。他喜欢仿古，大量运用汉魏六朝及唐人的词汇甚至句式，以求得淳雅的风格，如他的《晋祠唐太宗碑亭题壁集杜》：“步屧深林晓，春池赏不稀。文章千古事，社稷一戎衣。野日荒荒白，悲风稍稍飞。无由睹雄略，寥落壮心违。”（《曝书亭集》卷9）此诗全用杜诗原句，切人切事，语无漫设，浑成自然，天衣无缝。

朱彝尊力批晚明诗坛空疏不学的学风，“自明万历以来，公安袁无学兄弟矫嘉靖七子之弊，意主香山、眉山，降而杨、陆，其辞与志未大有害也。景陵钟氏、谭氏从而甚之，专以空疏浅薄诡谲是尚，便于新学小生操奇觚者，不必读书识字，斯害有不可言者矣”②（《胡永叔诗序》）。强调诗歌须本于经史学

① 王士祯：《池北偶谈·谈异》卷23，《王士禛全集》（第五册），齐鲁书社2007年版，第3399页。
② 朱彝尊：《曝书亭集》卷39，《传世藏书》别集12，海南国际新闻出版中心1996年版，第222页。

问，“六经者，文之源也”[①]（《答胡司臬书》），“其取材也愈博，宜其诗之雅以醇”[②]（《鹊华山人诗集序》），“诗篇虽小技，其源本经史。必也万卷储，始足供驱使。别材非关学，严叟不晓事。顾令空疏人，著录多弟子”（《斋中读书十二首》，《曝书亭集》卷21）。朱彝尊诗歌创作的风格与黄宗羲截然不同；与顾炎武的诗歌相比，顾诗有学人之诗之大气，朱诗有学人之诗之玄博；与诗歌相比，王诗以才胜，朱诗以学胜。王士祯认为诗歌中学问与性情并重，朱彝尊却把学问置于兴会之上，学问成为其诗歌主要的价值取向。刘世南说：“以学问为诗，朱氏自然不是始作俑者，但他援宋人之说而变本加厉，贻误后人，却是不得辞其责的。”[③] 又说：“回溯一下，资书以为诗，在中国古代诗坛上，真是源远流长。从六朝的‘文章殆同书钞’，到唐代刘禹锡的不敢题糕、李商隐的獭祭，到宋人的‘杜诗韩文无一字无出处’，到朱彝尊的‘根柢考据’，影响到后代人以数典（尤其是僻典）为能事，愈演愈烈。”[④] 朱彝尊开启了清代学人资书为诗的风气。近代龚自珍、李慈铭，到清末民初的沈曾植及其弟子金蓉镜等学人都受其影响，如金蓉镜《论诗绝句寄李审言》（之九）即云：“乙翁（沈曾植）硬句接朱翁（竹垞）。”其自注说：“乙庵师论诗‘不取一法，不坏一法，此为得髓’，即竹垞诗不入名家意同一关捩。”[⑤] 诚所谓“竹垞一灯，流衍之远，持择之精，几如唐之韩门，非他人所能比并”[⑥]。林昌彝赞之曰：“大海四流入笔端，长芦婞雅冠词坛。罗胸十万缃囊记，落落归田七品官。”[⑦]

二、“学人之诗”的倡导者杭世骏

杭世骏，字大宗，号堇浦，浙江仁和（今杭州）人。他在学术上，淹贯众流，以博洽著称，“所藏书拥榻积几，不下数万卷，枕藉其中，目观手纂，几忘朝夕”[⑧]。毕沅曾在《道古堂文集》序中说：“梨洲、宁人振实学于前，而竹垞、西河继之，堇浦先生（指杭世骏）其学之博而精，实足以继朱、毛而追黄、顾。”近人张舜徽也认为：“浙学自黄宗羲、毛奇龄、朱彝尊、全祖望

---

① 朱彝尊：《曝书亭集》卷33，《传世藏书》别集12，海南国际新闻出版中心1996年版，第183页。
② 朱彝尊：《曝书亭集》卷39，《传世藏书》别集12，海南国际新闻出版中心1996年版，第222页。
③ 刘世南：《清诗流派史》，台北文津出版社1995年版，第195页。
④ 刘世南：《清诗流派史》，台北文津出版社1995年版，第196页。
⑤ 钱仲联：《近代诗钞》（第二册），江苏古籍出版社2001年版，第1029页。
⑥ 朱祖谋：《滤湖遗老集序》，金蓉镜《滤湖遗老集》卷首，民国刊本。
⑦ 林昌彝：《论本朝人诗一百五首》，《论诗绝句万首》，人民文学出版社1991年版，第1012页。
⑧ 王瞿：《道古堂文集序》，《续修四库全书》第1426册，上海古籍出版社2002年版，第199页。

外，以言规模之大，吾必推世骏为巨擘焉。”①

杭世骏以主要精力从事著述，暇则与里中诗友往来唱酬。自少至老，诗笔始终不懈。他的诗歌就书卷学问情况而言，可分为三类：一类是不用典、几乎没有书卷味的诗，其中以写自然田园风光的诗为多；二类是用典用事比较多的诗；三类是极富书卷气、大量铺叙学问的诗。第二类和第三类诗最能体现他“学人之诗”的特征。这两类诗多为古体，古体诗容量大，宜于铺排，“诗之众体，惟大篇为难，非积学不可为，而又非积学所能到。必其胸中浩浩，包括千载，笔力宏放，间见层出，如淮阴用兵，多多益办。变化舒卷，不可端倪，而后为不可及”②（楼钥《攻媿集》卷52，《雪巢诗集序》）。

杭世骏以学入诗不同于一般只以典故入诗的饾饤之类，有以诗述学之味。如《厌胜钱歌为厉鹗作》（《道古堂诗集》卷1），这首诗对厌胜钱的历史作了个浓缩性的概括，反映出杭世骏对中国古代钱币史了如指掌，故驱学入诗，略无窘意。再如《万编修经将往明州修志，过予追访旧事，述长句答之，兼以送行》（《道古堂诗集》卷4），他的这首诗对四明地区从宋到清初的方志和文献进行了一次细细的梳理，如数家珍，充分显示了作者对文献方志的熟悉和精熟，追根溯源、指瑕点瑜，非学者无以成此诗，充分显示了作者在地志学方面的造诣。再如《送五舍弟世瑞就昏黔阳》（《道古堂诗集》卷2），融湖湘一带的山川地貌、风景名胜、名人杰士、神话传说、裨史传闻、风俗习惯、忌词讳语于一诗，充分显示了诗人的博学多闻。

杭世骏的“学人之诗”有两个特点：一是注重诗歌中学问的现实价值和意义，他不作纯学问化的诗歌，如《厌胜钱歌为厉鹗作》是为了帮助厉鹗辨析他得到的厌胜钱的收藏价值；《万编修经将往明州修志，过予追访旧事，述长句答之，兼以送行》是为万编修指点纂修明州志主要的参考文献；《送五舍弟世瑞就昏黔阳》是叮嘱他五弟黔阳之行一路上如何驱遣寂寞，避免“偶触生危机”。二是由于他学识渊博，有些学问在他看来是通识（因此在诗中不注），但相对一般的读者而言却是深奥难明的东西。所以他的学问诗往往不太好读，甚至不堪读。体现出他“学人之诗”的诗学观。

杭世骏应当是第一个提出“学人之诗”，且从理论上加以阐释的诗论家。从中国诗学史来看，这应该说是一个富有清代特色的诗学命题。他在《沈沃田诗序》中云：“三百篇之中，有诗人之诗，有学人之诗。何谓学人？其在于商则正考父，其在于周则周公、召康公、尹吉甫，其在于鲁则史克、公子奚斯。之二圣四贤者，岂尝以诗自见哉？学裕于己，运逢其会，雍容揄扬，而

① 张舜徽：《清人文集别录》，中华书局1963年版，第140页。
② 吴文治：《宋诗话全编》（第六册），江苏古籍出版社1998年版，第6310页。

雅、颂以作，经纬万端，和会邦国，如此其严且重也。”指出自三百篇开始，既有诗人之诗，又有学人之诗。学人之诗重道义学问，而不重艺术娱情，他们的诗歌主要用来宣扬政治伦理教化，或是筹划应对的工具。

他在《郑荔乡蔗尾集序》中云：“古之为诗者，由本以及末；今之为诗者，骛末而遗本。由本以及末，故朝经夕史，昼子夜集，优柔厌饫，无意于求工而诗益工。骛末以遗本，佣僦耳目，雕琢曼辞，实而按之，仍枵然而无所有。”[①] 他认为诗歌当以经史子集为根本，徒事辞章之学及舍本逐末的做法。

杭世骏的“学人之诗”论主要针砭的是清代学者诗歌所表现出来的弊端：一是作纯学问诗，忘记了诗歌“经纬万端，和会邦国”的政教经世功能；二是经学功夫不深，不能得经学精髓，“于经籍中辄欲染指，是诗人之说经”；三是学问功底深厚，却轻视诗艺，以“佻小纤薄之技”视之，所作诗“不免伧楚”。他认为“学人之诗”的主体是学问精深的学人，也是有才有艺的诗人，学问与诗艺能兼而顾之，“沈酣于卷轴而浚发于灵台，能役书而不为书役”（龚鉴《橙花馆集序》，《道古堂诗集》）。晚清经学大师多服膺杭氏，郑珍在诗中曾感慨自己晚生，不能面聆杭氏讲述经学。林昌彝赞杭氏曰：“岭南一集久推袁，上接黄全鼎足尊。词律更增深厚力，居然文采照中原。”[②]

三、诗风冷僻琐碎的厉鹗

厉鹗，字太鸿，号樊榭，浙江钱塘人，康熙五十九年举人。厉鹗精熟辽、宋史实，《钦定四库全书总目》说厉鄂生平博览群书，“于宋事最为博洽”[③]，沈德潜《清诗别裁集》中说他“学问淹洽，尤熟精两宋典实，人无敢难者”[④]，王昶《蒲褐山房诗话》说他“性情孤峭，义不苟合。读书搜奇爱博，钩新摘异，尤熟于宋、元以来丛书稗说”[⑤]。

厉鹗与其他学人不同的是他用力于诗，做学问也仍着眼于诗，“（厉鹗）始学为诗，即有佳句。于书无所不窥，所得皆用于诗，故时多异闻轶事”（《清史列传》卷71）。他的诗歌多用典用事，大半为前人未用之僻事僻典。他力求“辞必未经人道”，刻意避免“大路货”而偏取一些世所稀见的冷僻典故。这大概同他性格孤僻和读书广博有很大的关系。其资取渊薮，不在《六

---

① 杭世骏：《郑荔乡蔗尾集序》，《道古堂文集》卷10，《续修四库全书》第1426册，上海古籍出版社2002年版，第303页。

② 林昌彝：《论本朝人诗一百五首》，《论诗绝句万首》，人民文学出版社1991年版，第1015页。

③ 纪昀等：《钦定四库全书总目》卷130，中华书局1997版，第1505页。

④ 沈德潜：《清诗别裁集》（第三册），（台湾）商务印书馆1978年版，第172页。

⑤ 王昶：《湖海诗传》卷1，商务印书馆1958年版，第17页。

经》、《四史》，而在野史笔记、山经海志。此外，他还喜用佛道典籍。陈衍曾就王士祯和厉鹗的用典作了比较，“渔洋、樊榭两家，均好用典，惟王则运用无痕，厉尚未免斧凿之迹。王用鲜新典，厉用冷僻典”①。厉鹗以“清疏窈眇之思，其博奥足以副之，自诸子百家杂出于神林鬼冢金石可喜可异之事，能令读才荡心震目”②。林昌彝赞之曰：“气骨才华两擅长，秦淮怀古最苍凉。群书淹洽三江冠，更有诗篇接宋唐。”③

厉鹗所使用的僻典偏事多从宋人笔记中采入，在其诗集中可谓蔚然大观。如《九里松至西山道中同金寿门、周少穆、王雪子作》：“高冢多风松落子，空田无雪稻生孙。”④（《樊榭山房集》卷1）“稻生孙”出自宋人叶寘《坦斋笔衡》，谓米芾秋日登楼宴集，见已刈之稻田有禾，青青可爱，亟呼老农问之，农曰：“稻孙也。稻已刈，得雨复抽余穗，故稚色如此。”米芾喜，因以“稻孙”名其楼。《吴长公自梁溪移家来杭，用沈陶庵题石田有竹庄韵奉简》：“裁花更辟三三径，煮茗休寻二二泉。”（《樊榭山房集》续集卷8）自注：“《鹤林玉露》：周益公访杨诚斋于南溪，诗云：‘回环自辟三三径。’尤玘《万柳溪边旧话》：兵侍公棐，于许舍山中凿地得泉，不异二泉，名之曰二二泉。泉盖在梁溪也。”

上引的“稻孙”、“二二泉”之类，出处尚不甚僻，字面亦不甚怪，即使不明出处，亦大致可解，在厉鹗诗中属于生新而不伤于僻涩之例。至下述典故，可就不免遭人讥评了。

《南归夜行赵北口同范希声作》：“参差人语知异方，作事五角与六张。”（《樊榭山房集》卷3）“五角六张”出自宋人马永卿笔记《嬾真子》：“五角六张，此古语也。谓五日遇角宿，六日遇张宿，此两日作事多不成。”

《二月三日同少穆、竹田诸君集湖上题酒楼壁》：“鱼羹宋嫂犹遗俗。”（《樊榭山房集》续集卷4）“宋嫂”出自宋人袁褧著《枫窗小牍》：“旧京工伎，固多奇妙，即烹盘案，亦复擅名。若南迁湖上鱼羹宋五嫂、羊肉李七儿、奶房王家、血肚羹宋小巴之类，皆当行不数者。”

虽然《嬾真子》称“五角六张”为古语，然而用者甚少，一般工具书查不到。至于“鱼羹宋嫂”之类的地方掌故，也许只有参与编纂《西湖志》的厉鹗等少数人才知道。厉鹗用如此僻涩典故，这是其遭人诟病的一个重要方

---

① 陈衍：《陈石遗先生谈艺录》，《陈衍诗论合集》，福建人民出版社1999年版，第1021页。

② 杨钟羲：《雪桥诗话三集》卷5，《近代中国史料丛刊续辑》（第240册），（台北）文海出版社1983年影印本，第629页。

③ 林昌彝：《论本朝人诗一百五首》，《论诗绝句万首》，人民文学出版社1991年版，第1014页。

④ 本节引用厉鹗的诗歌，如没有特意注出，均出自《樊榭山房集》，上海古籍出版社1992年版。

面。他诗中自注生僻典故者甚多，以此来弥补用生僻典故造成的不足，但显然是无法完全弥补的。

方南堂在《辍锻录》中说："近有作者，谓《六经》、《史》、《汉》皆糟粕陈言，鄙三唐名家为熟烂习套，别有师传，另成语句，取宋、元人小说部书世所不流传者，用为枕中秘宝，采其事实，摭其词华，迂就勉强以用之，诗成多不可解。令其自为疏说，则皆逐句成文，无一意贯三语者，无一气贯三语者。乃僩然自以为博奥奇古，此真大道之波旬，万难医药者也。"[①] 不知他是否针对厉鹗而发，但厉鹗的诗正有方氏所说的缺点。沈德潜说："然近代人诗，似专读唐以后书矣。又或舍九经而征佛经，舍正史而搜稗史、小说；且但求新异，不顾理乖，淮雨别风，贻讥踳驳，不如布帛菽粟，常足厌心切理也。"[②] 其批评的肯定是厉鹗。

厉鹗的诗明显呈现出两个特点：一是偏僻生涩；二是细小琐碎，缺乏清代学人从经史入诗，引学术入诗的大儒风范。洪亮吉说厉诗"气局本小，又意取尖新，恐不克为诗坛初祖"[③]。这正言中了厉鹗诗在这方面的弱点。姚鼐《惜抱轩尺牍》卷4《与鲍双五》称厉鹗诗为"诗家之恶派"，或亦正着眼于此。董伟业批评厉鹗"偷将冷字骗商人"，袁枚认为"责之是也"[④]。

清代诗坛在康熙时期就出现了喜用僻典奇字的现象，戴名世曾批评这种诗风，"又其甚者，务为不可解之辞，而用事则取其僻，用字则取其奇，使人茫然不识所谓"[⑤]。这种诗风到了厉鹗时期愈加厉害，他专学宋代小家，从小处把宗宋发展到了极端。[⑥] 饾饤獭祭的现象愈加明显，引起了诗坛的警觉。厉鹗以后的诗人在用事用典上要求新避熟不可能再超过他，且惩于步武厉鹗用冷僻典难免不露斧凿之迹，终是小名家耳[⑦]，于是便向第二个方向去发展，以专门之学入诗，特别是以乾嘉学人擅长的金石考据入诗，与厉鹗为诗之路大不相同。[⑧] 翁方纲等人的学究之诗（钱钟书语）最能代表厉鹗以后乾嘉诗坛学问化的另一个衍变方向。但厉鹗的诗风却一直延亘下来，清末"同光体"学人追求"雅人深致"的审美特征，提出诗歌创作要"恶熟恶俗"，"诗最患浅俗。

---

① 方南堂：《辍锻录》，《清诗话续编》，上海古籍出版社1983年版，第1943页。

② 沈德潜：《说诗晬语》，《清诗话》，上海古籍出版社1999年版，第553页。

③ 洪亮吉：《北江诗话》卷1，人民文学出版社1983年版，第26页。

④ 袁枚：《随园诗话》卷9，江苏古籍出版社2000年版，第239页。

⑤ 戴名世：《吴他山诗序》，《戴名世集》卷2，中华书局1986年版，第39页。

⑥ 朱则杰：《清诗史》，江苏古籍出版社2000年版，第228页。

⑦ 黄曾樾：《陈石遗先生谈艺录》，《民国诗话丛编》（第一册），上海书店2002年版，第705页。

⑧ 严迪昌：《清诗史》，浙江古籍出版社2002年版，第873页。

何谓浅？人人能道语是也。何谓俗？人人所喜语是也”。[1] 实际上就是认为在现实生活中的题材内容非“浅”即“俗”，只有从典籍书本的字里行间仔细搜寻前人遗漏的点点滴滴以为诗料，才符合他们的审美理想。纵观起来，他们承接了厉鹗等浙派诗风。与“同光体”异趣的李慈铭，其诗也是“五古厉樊榭”（钱仲联《梦苕庵诗存》丙《论诗二十四首》之九）。

四、以考据为诗的翁方纲

翁方纲（1733—1818），字正三，一字忠叙，号覃溪，晚号苏斋，顺天大兴（今属北京市）人。翁方纲学问应为大儒，他“生平精研经术”，“于金石之学尤精审”（《清史稿》卷485）。张维屏云：“覃溪先生精心汲古，宏览多闻，于金石、谱录、书画、碑版之学尤能剖析毫芒。”[2]

翁方纲的诗可以分为三类：第一类是记述作者宦海行踪，世态见闻，或徜徉山水之作；第二类是将金石考据写进诗中的学问诗；第三类是书画品题之作。这三类诗中，第一类披沙拣金，尚有佳作。但最能体现出其诗学时代特征的是他的考据诗，数量比起清代其他诗人，在其诗集中所占的比重特别大。陶凫芗曰：“先生诗分两种，金石碑版之作，偏旁点画剖析入微，折中至当，品题书画之作，宗法时代，辨订精微。盖其学问既博，而才力又足以副之，故能洋溢纵横，别开生面，不可谓非当代一大家也。”[3] 易宗夔说他“精心汲古，宏览多闻，于金石、谱录、书画、词章之学，皆能抉摘精审。所著《两汉金石记》剖析毫芒。……自诸经注疏，以及史传之考订，金石文字之爬梳，皆贯彻洋溢于其中，盖真能以学为诗者”[4]。从易评可看出翁方纲的《复初斋诗集》在很大程度上是他学术著作的翻版。

翁方纲对金石碑版“嗜好笃而发为性灵”（沈津《翁方纲年谱序》），创作了很多关于金石碑刻、鼎彝古玩之作，如《唐泰山磨崖铭》（《复初斋诗集》卷1）、《九曜石歌》（《复初斋诗集》卷2）、《玉枕兰亭和象星作》（《复初斋诗集》卷1）、《安南钟歌》（《复初斋诗集》卷3）、《观象台浑天仪歌》（《复初斋诗集》卷12）、《甘泉宫瓦歌为侯官林道山赋》（《复初斋诗集》卷7）、《长毋相忘汉瓦歌》（《复初斋诗集》卷17）、《后九曜石歌》（《复初斋诗集》

① 陈衍：《石遗室诗话》，《民国诗话丛编》（第一册），上海书店2002年版，第318页。

② 张维屏：《国朝诗人征略》，《清代传记丛刊》卷22，（台北）明文书局1986年版，第157页。

③ 钱仲联：《清诗事纪》，江苏古籍出版社1989年版，第5455—5457页。

④ 易宗夔：《新世说》（文学类），《近代中国史料丛刊》（第180册），（台北）文海出版社1973年影印本，第117页。

卷9）等诗歌融金石、碑帖、书画、人事考证等内容于一体。

张问陶批评翁方纲“文场酸涩可怜伤，训诂艰难考订忙”[①]，“何苦颟顸书数语，不加笺注不分明”[②]。朱庭珍《筱园诗话》说：“翁以考据为诗，饾饤书卷，死气满纸，了无性情，最为可厌。”[③] 洪亮吉《北江诗话》说“翁阁学方纲诗如博士解经，苦无心得”，并说“最喜客谈金石例，略嫌公少性情诗”[④]。林昌彝在《海天琴思录》中也表达了相同的观点，“覃溪诗患填实，盖长于考据者，非不能诗，特不可以填实为诗耳。以填实为诗，考据之诗也。故诗有别才，必兼学识三者，方为大家……覃溪经学非其所长，至考订金石颇有可取”[⑤]。张仲良说：“清诗中也有一些卖弄才学的‘学问诗’和掉书袋的‘典故诗’，如翁方纲就把经史考据、金石的勘研等写入诗中，毫无形象和韵味可言，令人生厌。”[⑥] 刘世南则说翁方纲等人的诗“皆经义策论之有韵者尔，非诗也”[⑦]，“既酸且腐，不成其为诗”[⑧]，“完全违背诗的审美本质”[⑨]。

翁方纲等人的考据诗是乾、嘉考据之风对诗坛影响发展到极致的结果，是清代学人之诗的一个极端表现，这种诗歌有三个特征：一是以专门的金石考据之学入诗，把诗文化完全推入了象牙塔中，排斥了诗缘情和诗言志的审美传统。二是大量地用事用典，大段地以诗述学，诗前常常加序，诗中处处夹注，不仅使诗歌奥僻难懂，而且支离破碎，卒难耐读。三是把考据学的思理方法引入诗歌写作之中，相对地排斥了诗歌的形象思维。

不过这种极端的学人之诗马上引起了清诗坛的警醒，林昌彝批评翁氏道：“眩目何为绣色丝？西江宗派竟多师（覃溪北人，诗效西江）。词章经术难兼擅，徒博徐凝笑恶诗（覃溪诗患填实，盖长于考据者，非不能诗，特不可以填实为诗耳。以填实为诗，考据之诗也）。”[⑩]（《论本朝人诗一百五首》）后来的诗人没有甩开以学问考据为诗的道路，不过力图将学究之诗忽略或忘却了的“诗心”和情趣找回来，不但在理论上提出学人之诗与诗人之诗的合一，在诗歌实践中也开始把性情与学问、学理与经世结合起来。开道咸宋诗派的程恩泽（师从凌廷堪）就是翁方纲的再传弟子，他创作了许多题咏金石书画的诗歌，

---

① 张问陶：《论文八首》，《船山诗草》，中华书局1986年版，第230页。

② 张问陶：《论诗十二绝句》，《船山诗草》，中华书局1986年版，第262页。

③ 朱庭珍：《筱园诗话》卷2，《清诗话续编》，上海古籍出版社1983年版，第2364页。

④ 洪亮吉：《北江诗话》卷1，人民文学出版社1983年版，第15页。

⑤ 钱仲联：《清诗纪事》，江苏古籍出版社1989年版，第5455页。

⑥ 张仲良：《清代诗歌的两大特点》，《江汉论坛》，1987年第2期，第87页。

⑦ 刘世南：《清诗流派史》，台北文津出版社1995年版，第347—348页。

⑧ 刘世南：《清诗流派史》，台北文津出版社1995年版，第350页。

⑨ 刘世南：《清诗流派史》，台北文津出版社1995年版，第345页。

⑩ 林昌彝：《论本朝人诗一百五首》，《论诗绝句万首》，人民文学出版社1991年版，第1018页。

何绍基“诗文中不可无考据”(《题冯鲁川小像册论诗》),莫友芝是“以考据为诗之流习典型者”[①],郑珍“于诸经疑义指擿畅通,及小学家书经发明者……而才力赡裕,溢而为诗”(莫友芝《巢经巢诗钞序》)。总体上说来,道咸宋诗派还是延续了翁方纲等人的考据诗风。

① 钱仲联讲述,魏中林整理:《钱仲联讲论清诗》,苏州大学出版社2004年版,第146页。

第五章　晚清学人之诗鸟瞰

清王朝延亘到道、咸之世，“清道由盛而衰，外则有列强之窥伺，内则有朋党之叠起”，在内忧外患的时代背景下，晚清士人“本其所学，一发于诗，而诗之内质外形，皆随时代心境而生变化”①，“这种新变可分为流向不同而影响于近代诗史的两股诗潮。大致而言，一则为取径于宋人的‘学人之诗’，一则为倡导‘志士之诗’的爱国诗潮”②。就总体情况来看，学人之诗更能代表晚清诗坛的主流。

笔者将徐世昌《清儒学案》等所载录的晚清学人③，徐世昌《清诗汇》和钱仲联《清诗纪事》中所载录的晚清诗人输入电脑中，检索结果发现既是学者又是诗人的共有116位，也就是说晚清典型的学者型诗人至少有如下116人：

> 梅曾亮、朱琦、冯志沂、刘宝楠、汪士铎、龙启瑞、王拯、戴钧衡、马寿龄、陆耀遹、端木国瑚、林昌彝、谭莹、沈濂、潘德舆、陈庆镛、吴昆田、鲁一同、孔继镕、叶名沣、程鸿诏、梅植之、钱泰吉、蒋光煦、龚自珍、蒋湘南、丁晏、魏源、汤鹏、张穆、郑珍、莫友芝、朱次琦、张文虎、陈澧、郑献甫、曾国藩、何绍基、吴嘉宾、吴敏树、左宗棠、刘蓉、周寿昌、孙鼎臣、郭柏荫、赵绍祖、朱绪曾、邵懿辰、洪仁玕、王柏心、徐鼒、郭嵩焘、黄彭年、俞樾、张鸣珂、戴望、唐仁寿、李善兰、张裕钊、李鸿裔、李榕、李文田、王韬、吴大澂、曾纪泽、张佩纶、孙诒让、陶浚宣、吴汝纶、张之洞、王先谦、黄嗣东、简朝亮、叶昌炽、朱一新、李慈铭、董沛、黄国瑾、皮锡瑞、林纾、黄遵宪、缪荃孙、柯劭忞、康有为、梁启超、谭嗣同、冯煦、吴庆坻、蒯光典、陈毅、严复、范当世、郑观应、王国

---

① 汪辟疆：《汪辟疆说近代诗》，上海古籍出版社2001版，第9页。

② 张炯等：《中华文学通史》卷5，华艺出版社1999年版，第115页。

③ 徐世昌《清儒学案》所收录的学人属于中国传统之学的范围，属于“新学”和近代实学的学人被排斥于《学案》之外，且辑录的学人太严。笔者根据支伟成《清代朴学大师列传》（岳麓书社1998年版）、《中国近代学人象传》［《近代中国史料丛刊》（第三编），（台北）文海出版社1971年版］、李光春《近代学人录》（辽宁大学出版社2001年版）进行补入。

维、章炳麟、沈曾植、文廷式、王闿运、王树枏、丘逢甲、朱祖谋、吕碧城、汪兆镛、吴梅、容闳、唐文治、翁同龢、夏敬观、陈三立、梁鼎芬、许景澄、盛昱、叶德辉、蔡元培、刘师培、罗惇曧

这些人具有深厚的学术造诣和良好的诗人禀赋，将学人的学识和诗人气质合而为一，所创作的诗歌独具一格，具有浓郁的“书卷气息”和“学术色彩”。从他们“诗”、“学”的影响力来看，晚清学人之诗可以分为三类：一是“诗”、“学”兼擅的学人之诗，他们学有余力，旁通多门，诗学固然在他们的学术视野之内；他们有大部的学术著作，也有专门的诗集，在晚清学坛和诗坛都是有影响的人物，诗歌对他们来说不全是“余事”，如程恩泽、祁寯藻、郑珍、何绍基、莫友芝、沈曾植等人的诗歌。二是不以“诗”名的学人之诗，他们大都沉浸于“为学术而学术”的生活方式中，肆力专精于学术，对诗歌创作不太用心，学名大于诗名，诗名往往为学名所掩，他们在学术上的地位让人敬仰，但诗歌却少，且不甚佳。他们的诗集比起他们的学术著作，明显更苍白单薄，有的甚至没有诗集，只有偶尔的吟诵之篇保存下来。他们诗学深，诗功浅，如朱次琦、张穆、郭嵩焘、陈澧等人的诗歌。三是以“诗”而名的学人之诗，他们并非专习学术、精研典籍的学问家，他们爱好广泛，对诗、书、画等艺术也有深厚的兴趣，因而能把较多的时间和精力用在诗歌创作和诗学研究上，“以学人而入诗派”，他们在学苑的影响相对较小，不以学而显，其诗集比起学术著作，在世间流传更广，如龚自珍、黄遵宪等人的诗歌。

在清代繁盛学术文化背景的带动下，晚清学者型诗人的诗歌创作仍旧处于以学问为诗的惯性状态，身兼诗人和学者双重身份的士人大量涌现，构成了晚清诗坛一道最为亮丽的风景线。晚清学者诗人的创作，作为他们学术生命整体的有机部分，不独是晚清学人在学术研究和社会生活中个体情感心灵的艺术表现，具有审美的和文学史的重大意义，也是晚清学术发生发展的生动反映，具有学术史的重大意义。

关于晚清学术的衍变，有关研究者作了总体的概括：

许郑遗书翼《六经》，贯穿群言如术蚳。绝学沈霾二千年，阎（太原）惠（元和）段（金坛）王（高邮）延其祀。就中精博推二竹（朱、钱），宛溪方舆金匮礼。天台独绍郦亭业，梅江算术尤亹亹。大宗应数顾黄王，并时鼎立时角犄。直将汉宋冶一炉，余子鹿鹿诺与唯。嘉道学风稍变更，伟思奇论惊神鬼。仁和邵阳真天才，独为俗学扫糠秕。目光炯炯言炎炎，陋儒咋舌吓欲死。……于是欧学正东

渐，新书洋洋夸瑰玮。闻所未闻见未见，旧学当之则披靡。电丝蛛牵密回环，汽车蛇行走逦迤。呼吸息息通环球，东西万里犹咫尺。输攻墨守奚足云，邹衍谈天言非侈。声光电化妙入神，余艺刻画及轮梓。生物二理剖尤精，千状百态数可纪。小之目力瞥微尘，大之思想穷无始。即论哲学亦卓绝，远源别派互嬗递。梭（梭格拉底）孔亚（亚里士多德）孟辉后先，诡辩怀疑更排抵。归纳演绎标二宗，笛倍论理有变体。康（康德）边（边沁）诸子稍后出，精理名言味如醴。物心同异分多元，主义各各新壁垒。孟鸠卢骚实先觉，为民请命天所启。《民约》狂论破天荒，精义远出子舆氏。漆室一灯光荧然，清议奈何蒙不韪。英伦二杰（达尔文、斯宾塞）人中龙，嘘喝云电露爪尾。昌明公理了聩聋，人群进化固应尔。①

这段话分析了晚清学术在此前的经史实学中萌生出今文经世之学，再由中国传统之学转而浸染西学。

梁启超将清代学术分为四个时期：顺、康间为第一期，雍、乾、嘉间为第二期，道、咸、同间为第三期，光绪间为第四期。“其在前两期，则霸者之所以监民也至严，学者用其聪明才力于他途，或将以自焚，故不得不自锢于无用之用……其在第三期，天下渐多事，监者稍稍弛，而国中方以治经为最高之名誉，学者犹以不附名经师为耻，故别出一途以自重。吾欲名惠、戴一派为纯正经学，名龚、魏一派为应用经学，虽似戏言，实确论也。其在第四期，则世变日亟，而与域外之交通大开。世变亟，则将穷思其所以致此之由，而对于现今社会根本的组织，起怀疑焉；交通开，则有他社会之思想输入以为比较，而激刺之、淬厉之。康、谭一派，所由起也。”② 梁氏认为从顺、康到乾、嘉时期的学术受专制统治的压抑，大抵“述而无作，学而不思”③，埋头于考据校勘之学。道、咸、同时期由于处于多事之秋，专制统治有所松弛，出现了以龚自珍、魏源为代表依托今文经学的经世思潮。光绪时期，由于时局多变、外患急增及与西方交往，于是忧时之彦，欲变革图强，主张学习西方思想文化，出现了康有为、谭嗣同等为代表的维新思潮。

受时局的变幻、学术文化思潮变迁等因素的影响，清代的诗风也在不断发生变化。如果以清中叶前的传统学人之诗作为参照点，晚清的学人之诗多姿多

---

① 梁启超：《饮冰室诗话》，《梁启超学术论集著·文学卷》，华东师范大学出版社 1998 年版，第 448— 449 页。

② 梁启超：《清代学术概论》，中国人民大学出版社 2004 年版，第 122—123 页。

③ 梁启超：《清代学术概论》，中国人民大学出版社 2004 年版，第 119 页。

态，不同学者诗人群各有偏重，表现出四种呈依次流变的态势：一是传统学人之诗的延展；二是传统学人之诗的转型；三是传统学人之诗的新变；四是传统学人之诗总体上的终结。

由于诗文化自身的惯性，传统学人之诗的延展无疑是晚清诗坛的主流。这一诗人群体又可以分为两个小的群体：一个是宗宋的，主要集结于道、咸时期的宋诗派和光、宣时期的"同光体"学人，"晚清诗家，多为宋人一派"①。他们延续乾、嘉学者的治学宗旨和途径，"学贵专门，偶出绪余，从事吟咏"，他们的诗歌"莫不熔铸经史，贯穿百家"②，代表着晚清传统学人之诗延展的主流方向，也是晚清"学人之诗"的主体。另一个是非宗宋的（宗"骚选盛唐"），虽身为学人，"皆学术湛深，牢笼百氏"，其诗歌却不以学理为重，"与宋殊途"③。非宗宋派学者诗人虽注重对前人格调的学习，却不太喜欢以学入诗，他们的诗歌不是典型的学人之诗，他们是以学人身份作诗人之诗，其诗歌不能代表"学人之诗"的主流方向。

下文将对代表传统学人之诗主流方向的宗宋派学人之诗作专章详细论述，这里对不能代表传统学人之诗主流方向的非宗宋派学人之诗作个简要的述说。

前面讲过学人之诗有"学之别体"和"情志心声"两种范式。晚清学人之诗当然也存在着这两种范式。喜作"学之别体"之诗者主要集中于宗宋派学者诗人，喜作"情志心声"之诗的学人的诗学观和审美取向不同于宗宋诗派学人，如朱次琦、缪荃孙、柯劭忞、简朝亮等学人的诗歌都不喜以学入诗。朱次琦的诗歌"韵高而意远，树骨汉魏，取神初唐"④（潘飞声语）；柯劭忞"以诗为余事，以学赡才高，不肯作犹人语，故风骨高骞，意境志澹"⑤；最重诗歌意境的王国维认为"今世之诗，当推柯凤老为第一，以其为正宗，且所造甚高"⑥（郑逸梅《艺林散叶》）。他们诗学深、诗功浅，在诗学研究上下的工夫比诗歌创作要多且深，深得《诗经》及汉魏古诗风雅之旨。偶尔吟诵，自抒所得，不以腹笥充塞篇章。下面以王闿运的诗歌作为这类学人之诗的代表略作分析，以求管中窥豹。

王闿运，字壬秋，湖南湘潭人。幼好学，质鲁，日诵不能及百言，发愤自责，勉强而行之，朝所习者不成诵，不食；夕所诵者不解，不寝。年十五，明训诂，二十而通章句。二十四而言《礼》，考三代之制度，详品物之所用。二

① 钱仲联：《梦苕庵诗话》，《民国诗话丛编》（第六册），上海书店 2002 年版，第 339 页。

② 汪辟疆：《汪辟疆说近代诗》，上海古籍出版社 2001 年版，第 14 页。

③ 汪辟疆：《汪辟疆说近代诗》，上海古籍出版社 2001 年版，第 14 页。

④ 钱仲联：《清诗纪事》，江苏古籍出版社 1989 年版，第 10369 页。

⑤ 汪辟疆：《汪辟疆说近代诗》，上海古籍出版社 2001 年版，第 72 页。

⑥ 钱仲联：《清诗纪事》，江苏古籍出版社 1989 年版，第 13187 页。

十八而达《春秋》微言，张公羊，申何休，遂通诸经，潜心著述，尤肆力于文。闿运刻苦励学，寒暑无间，经史百家，靡不诵习；笺注抄校，日有定课；遇有心得，随笔记述，开明奥义，中多前贤未发之覆。尝曰："治经于《易》必先知'易'字有数义，不当虚衍卦名。于《书》必先断句读，于《诗》必先知男女赠答之辞，不足以颁学宫，传后世。一洗三陋，乃可言《礼》，《礼》明然后治《春秋》。"又曰："文不取裁乎古，则亡法；文而毕摹乎古，则亡义。"又尝慨然自叹曰："我非文人，乃学人也。"……其所著书，已刊者：《周易说》十一卷、《尚书义》三十卷、《尚书大传》七卷、《诗经补笺》二十卷、《礼记笺》四十六卷、《春秋公羊传笺》十一卷、《谷梁传笺》十一卷、《周官笺》六卷、《论语注》二卷、《尔雅集解》十六卷，又《墨子庄子鹖冠子义解》十一卷、《湘军志》十一卷、《湘绮楼诗文集》及日记等。① 熊希龄赞王闿运曰："楚学离中原以独行，读《湘绮全书》，直接汨罗大夫、船山遗老；教育先政治以革命，张《公羊》三世，实启西川弟子、南海名人。"② 杨度颂其师（王闿运）云："旷古圣人才，能以逍遥通世法；平生帝王学，只今颠沛愧师承。"③

王闿运反对近代宋诗派。汪辟疆说其论诗旨趣"皆显然与'同光体'派诗家异趋"④，钱仲联也说他"宗法八代，下及盛唐，与晚清'同光体'分道扬镳"⑤。王闿运认为汉魏诗法最好。所谓汉魏诗法，就是"以词掩意，托物寄兴"，"使吾志曲隐而自达"，"非可快意骋词，自仗其偏颇，以供世人之喜怒也。"王闿运不但主张模拟汉魏诗法，还欣赏南朝诗法。他说："宋、齐游宴，藻绘山川；齐、梁巧思，寓言闺闼：皆知情不可放，言不可肆，婉而多思，寓情于文，虽理不充周，犹可讽诵，近代儒生，深讳绮靡，乃区分奇偶。轻诋六朝，不解缘情之言，疑为淫哇之语，其原出于毛、郑，其后成于里巷，故风雅之道息焉。"⑥ 这是说南朝的山水诗和宫体诗也是"养性情"的，它们的"婉而多思"的诗法，和汉魏诗的"使吾志曲隐而自达"的诗法一样，都值得后人模拟。所谓"近代儒生"，就是指道、咸时期的宋诗派和"同光体"

---

① 大陆杂志社：《中国近代学人象传》，《近代中国史料丛刊》（第三编），（台北）文海出版社1971年版，第18页。

② 萧艾：《王湘绮评传》，岳麓书社1997年版，第237页。

③ 杨度：《杨度集》，湖南人民出版社1986年版，第615—616页。

④ 汪辟疆：《近代诗人述评》，《近代文学论文集》（诗文卷），中国社会科学出版社1984年版，第6页。

⑤ 钱仲联：《论近代诗四十家》，《当代学者自选文库·钱仲联卷》，安徽教育出版社1999年版，第411页。

⑥ 王闿运：《湘绮楼诗文集》，岳麓书社2008年版，第46页。

的诗人，他们和两宋诗人一样，是不把爱情写到诗歌中的，且不知道南朝的抒情诗只是寓言。

作为湖湘派学人，王闿运的诗歌受到王夫之的影响。他的诗歌中没有考据诗，也没有清人最喜欢作的题画诗。他虽经史功底深厚，却少有经史论学诗。诗歌很少有序，诗中极少夹注，不用僻典。

如果要说王闿运诗歌的学问化因素，只有两点：一是他的诗歌审美对汉魏六朝诗作了形而上学似的习取；二是他的一些诗歌体现出他深厚的国学功底。

现在先谈第一个问题，试看《生理篇拟曹子建体》：

> 生理各如寄，况我适异邦？宵寐且容席，朝坐亦对窗。风雨相荡迫，端居日匆匆。想望章赣波，浩浩自成江。精魂不可逾，怨彼往路穷。
>
> 往路何岧递，故乡郁霾氛。蛮越构祸端，矜戟乱边屯。永衡绝通轨，连岩上参云。征驹尚玄黄，揽辔悼悲辛。
>
> 悲辛复奚辞，我友在远方。远方何所恨，丧乱焉有常？婴世惧岐途，独愿恣徜徉。穷鱼失故渊，离兽走连冈。鸱鸮鸣庭树，腐鼠惊雏凤。举瞩无旧物，却曲悲楚狂。
>
> 楚狂犹能歌，鸣凤久已歇。商飚起中夏，庭树坠黄叶。殊音匪我亲，言发自玄慄。行行至穷巷，经日见鹑结。败坦塞曦阳，隙溜滴残阙。所遇增感哀，还归坐悲慑。
>
> 还归当语谁？新知近相从。惓惓握手欢，颇欲诉微衷。世俗匿深情，酬好变诚忠。居者复几人？行者扰转蓬。况此曀阴时，咫尺怨不逢。怅怅畴昔怀，仿佛呈音容。良会不可期，泻水徒西东。
>
> 西东会有时，人生信轻离。出门别亲旧，车马如云驰。白日照黄土，班马鸣回飔。高丘一登望，策辔临堂垂。平生自努力，慷慨有余思。谋身尚难工，宁暇及人为？感兹悟身世，已矣勿复疑。
>
> 无疑抚有忧，栖栖更何求？百年如转丸，独为智者愁。巧拙互穰穰，天命更相仇。彭殇本妄喻，何者谓蜉蝣。澄心念静理，岂不慕蚩周？投笔起彷徨，知我庶勿尤。①

所谓的“拟曹子建体”，是指模仿曹植《赠白马王彪》七章的形式，亦即诗法。曹诗为逐章蝉联的辘轳体。虽分七章，实为一篇，所以用这种首尾相衔

① 据《湘绮楼诗集》清光绪庚子东州精舍本。

的句式，使全篇一气连贯，表现出一种回环往复的音调美。王氏《生理篇》亦分七章，完全采用曹诗的形式。王闿运之所以要在形式上模仿曹诗，主要是内容上的需要。这种诗体，便于叙事、抒情、写景、议论。这一形式，也非曹诗首创，而是模仿诗经《大雅》中的《文王》和《既醉》。曹植此诗流传后，南朝刘宋的谢灵运两效其体，且有变化（一为《酬从弟惠连》，一为《登临海峤，初发强中作，与从弟惠连，见羊、何共和之》）。

王闿运认为模拟习得的出现是诗歌艺术合规律的发展。他说："诗法既穷，无可生新，物极必返，始兴明派，专事模拟。"这里要注意的是"诗法"，他所理解的"明派"模拟的只是诗法，亦即形式方面的模拟，与内容无关。也就是说，从格调上去模拟古人，表达的却是自己的思想感情。所以他主张："不失古格而出新意。"他认为："乐必依声，诗必法古，自然之理也。"他的理论是："欲已有作，必先有蓄，名篇佳制，手披口吟，非沉浸于中，必不能炳著于外。……古人之诗，尽善尽美矣，典型不远，又何加焉？"[①] 他以"乐必依声"为喻，"依声"即照谱唱，至于唱的内容，则不拘限。

王闿运诗宗汉魏六朝而反对宋诗，除了艺术旨趣上的考虑，还有政治、哲学上的原因。晚清陷于空前的外患内忧之中，极像两宋的积贫积弱，除了在政治上军事上力图自强，王闿运还企图在文学上追踪汉魏，以求振大汉之天声，因而鄙弃感情内敛而无雄飞壮志的宋诗。[②]

第二个问题是王闿运的一些诗歌体现出他深厚的国学功底。如《从大孤入彭蠡，望庐山作》：

> 轻舟纵巨壑，独载神风高。孤行无四邻，窅然丧尘劳。晴日光皎皎，庐山不可招。扬帆挂浮云，拥楫玩波涛。昔人观九江，千里望神皋。浩荡开荆扬，潨淙听来潮。圣游岂能从，阳岛尚嶕峣。波灵翳桂旗，仙客閟金膏。委怀空明际，傲然歌且谣。

在谈论这首诗时，王闿运说："俗人论诗，以为不可入经义训诂，此语发自梁简文、刘彦和。又云不可入议论，则明七子惩韩、苏、黄、陆之敝而有此说。是歧经史文词而裂之也。或不遵其言，又腐冗叫嚣而不成章。余幼时守格律甚严，矩步绳趋，尺寸不敢失。及后贯彻，乃能屈刀为镜，点铁成金。如此篇皋、潮二韵，是考据也。自秦以来，说九江者多误。断以《史记》庐山观九江，而《禹贡》大明。'江汉朝宗'之语，毛诗传谬说，而郑康成因之。宋

---

① 王闿运：《湘绮楼诗文集》（第五册），岳麓书社 2008 年版，第 188 页。

② 刘世南：《清诗流派史》，人民文学出版社 2004 年版，第 464 页。

儒好驳古人，独奉此为不刊之解，欲以戒强侯，惩荆蛮，迂诞甚矣！舜、禹至圣，岂欲荆人奉朝贡而预忧其不宗耶？且不颁为科条，而为隐语于报销册中，尤为可笑。故因以潮澴解之。江、汉盛涨，吴、越水乡，滔滔千里，海潮逆上，至于浔阳。言'孔殷'、'朝宗'者，告成功而防涌溃也。'阳鸟攸居'，亦不足记，圣帝圣相，何取于鸿雁之知时？此又儒生浅陋之见，故又释为阳岛。岛者，水中之山；阳者，水北之称。言江、汉安流，而江北山陵不复怀襄也。廿字中考证辩驳，从容有余，若不自注，谁知其迹？熔经铸史，此之谓也。"①

关于《禹贡》的"朝宗"、"孔殷"、"阳鸟攸居"和《诗·沔水》"沔彼流水，朝宗于海"，毛诗、郑笺及后诸儒解释皆有误，王闿运却用"昔人观九江，千里望神皋。浩荡开荆扬，潨淙听来潮"，把《禹贡》和《诗·沔水》这几句话解释得合情合理。对《禹贡》的"阳鸟攸居"也作了新解，同样平实合理。特别用五古形式来作考证，又做到了"以词掩意"，像他所说："若不自注，谁知其迹？"但王闿运绝不同于翁方纲等人的考据诗，他只是把考据的结论写入诗中，但绝不在诗中述说考据。

以王闿运为代表的这类"不专宗宋诗"的学人在诗歌创作中都有复古的倾向，唯因复古，故深得"三百篇"之旨趣，继承汉魏诗歌简古高澹之风，深知"诗者情而已，情不足者乃说理。理又不足者征典故"② 之端委，保持着古典诗歌的抒情言志的本色，守望着古典诗歌初始阶段的艺术堡垒。

---

① 王闿运：《湘绮楼诗文集》（第二册），岳麓书社2008年版，第43页。

② 江湜：《伏敔堂诗录》卷11，上海古籍出版社2008年版，第238页。

第六章　晚清传统学人之诗

古典诗歌作为中国古代文学中的主要抒情文体，经历了璀璨多姿而又波澜起伏的演变历程，发展到近代已是暮霭余晖，其自身对思想内容、功能体用以及艺术手法的“潜能发掘”也已趋于极致。近代诗坛的主体宋诗派高远的诗学理想和实际的创作缺陷，有力地说明了古典诗歌在清代以学问为诗的途径上难有新的拓展。他们提出恶熟恶俗的诗学主张，力图使学问与性情完美融合，使学人之诗与诗人之诗有机结合，试图超越清代前期宗宋诗派（尤其是浙派），但是他们的尝试和努力并没有取得成功，他们在实际创作中轻视诗歌的情感特征，大量以学入诗，诗歌成为他们阐发学问的工具，在语言形式上艰涩求新，将古典诗歌推上了艰僻险怪之路。

晚清前期，道咸宋诗派学人诚如陈衍所言，“道咸以来，何子贞（绍基）、祁春圃（隽藻）、魏默深（源）、曾涤生（国藩）、欧阳磵东（辂）、郑子尹（珍）、莫子偲（友芝）诸老，始喜言宋诗”①，“文端（祁隽藻）学有根柢，与程春海（恩泽）侍郎为杜，为韩，为苏黄，辅以曾文正、何子贞（绍基）、郑子尹（珍）、莫子偲（友芝）之伦，而后学人之言与诗人之言合，而恣其所诣”②。大体上说来，道咸宋诗派是延续翁方纲等人的诗路，偏向于以专门的考据之学入诗，且把考据学的思理方法引入诗歌写作之中。

光宣“同光体”派学人走的诗路则更近厉鹗等人的路子，喜用僻典，不用熟典，刻意避熟就生，具有强烈创新意识，反对模拟，用典琢字朝生、僻、怪、碎的方向发展。

由于时代的局限性，道咸宋诗派和“同光体”派学人这群比较正直的知识分子在思想上并未完全突破封建伦理道德的樊篱，竭力欲凭学术思想传统的经籍之光来挽救奄奄一息的清王朝。这样只是增添徒劳无功的叹惋，为自己在后人的眼中赢得保守落后的名声。他们也没能在古典诗歌学问化的路子中走出新径，只是在这条道路的尽头踩出了蜿蜒前伸的小道，虽使之又呈现出某些新的气象，实际上却是传统学人之诗的延续。钱仲联先生说：“清中期以考据为诗的诗风，这时（指晚清时期）却又以学人之诗、诗人之诗合而一之的面目

---

① 陈衍：《石遗室诗话》卷1，《陈衍诗论合集》，福建人民出版社1999年版，第6页。

② 陈衍：《近代诗钞序》，《陈衍诗论合集》，福建人民出版社1999年版，第875页。

重又出现于诗坛。"① 严迪昌先生说："晚清又复一度呈现的'学人诗'，只能说是一种回光返照式的现象，无论就文化背景或诗体自身的生命历程看，均属病态景象。"② 陈居渊也说："晚清祢宋诗学泛化，以考据入诗，重蹈'肌理'说的覆辙，成为传统诗学的绝响。"③ 这是很有见地的肯綮评价。

第一节　道咸宋诗派学人之诗概述

道咸宋诗派的主要作家大多为学有根基的汉学家或兼攻汉宋的学者。他们以朴学家兼诗人自居，如程恩泽、祁寯藻、郑珍、莫友芝、何绍基等都以学人兼诗人而称名于世。不过他们的朴学研究，就其总体而论，仍是遵循乾、嘉之学，可以说是乾、嘉之学的余绪，乃"前朝遗曲"。正是基于深厚的学术素养，晚清宋诗派的诗歌理论和诗歌创作必然选择走学人与诗人合一、学问与性情融合的道路。乾隆初年的方南堂在《辍锻录》中便有"诗人之诗"、"学人之诗"与"才子之诗"的区分，但有意识地以学人之诗来充实诗人之诗、解救才子之诗，是到了道、咸时期的宋诗派那里才明确提出的。④

程恩泽和郑珍的诗歌后有详论，下面简述一下祁寯藻、何绍基、莫友芝的诗歌。

祁寯藻官至体仁阁大学士，为学寝馈经史，钩玄抉微，学问淹通，考证赅洽。陈衍称他是"道、咸间巨公工诗者，素讲朴学，故根底深厚，非徒事吟咏者所能骤及"⑤。翁同龢称他"深于汉学，于宋儒之说，亦能条贯靡遗。不仅以词章考订见长也"⑥。祁诗"以学为诗"更多地体现了其文史嗜好和朴学趣味，如《战国策书后三首》、《读货殖传》、《观文信国公上包宏父劄子歌》、《福州督署观右旋白螺歌》、《题三百三十有士亭》、《题壹斋师饯书图》、《题张石洲烟雨归耕图》等诗，杂综文史，议论纵横，徐世昌所谓"论古述今，

---

① 钱仲联：《清代学风和诗风的关系》，《当代学者自选文库·钱仲联卷》，安徽教育出版社 1999 年版，第 159 页。

② 严迪昌：《清诗史》，浙江古籍出版社 2002 年版，第 725 页。"回光返照"的现象不只存在于古典诗歌当中，古典散文都出现了这种情况，胡适在《五十年来中国之文学》中就说过：曾国藩一去世，古文的命运就渐渐衰微下去了，曾派文人，郭嵩焘、薛福成、黎庶昌、俞樾、吴汝伦……都不能继续这个中兴的事业，再下去，更成了"强弩之末"了。这一度的古文中兴，只可算是痨病将死之人的回光返照，仍旧挽救不了古文的衰亡。

③ 陈居渊：《清代朴学与中国文学》，百花洲文艺出版社 2000 年版，第 5 页。

④ 钱仲联、严明：《沈曾植诗歌论》，《文学遗产》，1999 年第 2 期，第 96 页。

⑤ 陈衍：《石遗室诗话》，《陈衍诗论合集》，福建人民出版社 1999 年版，第 161 页。

⑥ 翁同龢：《翁文恭公日记》（同治三年七月二十七日），中华书局 1989 年版，第 342 页。

每关掌故"[①] 者；而《读本草》、《书太原段帖后》、《题说文解字大小徐本》、《题唐崇福寺陀罗尼幢》、《自题䙴䤴亭图》等诗，对所写对象探源溯流，追本逐末，精于考订；祁诗咏物，诸如时辰表、玉面狸、豆浆、豆渣等，都在其列，即如孙儿种痘，他还专写《痘歌付彭孙》，详考中国治痘方法的演变发展，并对病源作出推断，显示了朴学家的科学精神，堪称一部带韵的"治痘简史"。对事物的详细考索和分析条贯，朴学的精神和方法渗入诗歌而形成其学人之诗的特征——"证据精确，比例切当"[②]。有论者曰："祁文端为道咸间巨公工诗者，素讲朴学，故根底深厚，非徒事吟咏者所能骤及。常与倡和者，惟程春海侍郎，盖劲敌也。"[③]

何绍基、郑珍、莫友芝三人均出自程恩泽门下，他们不仅是晚清宋诗派的中坚，更是著名的朴学家，在经学、小学方面用力极深。

何绍基"通经史，精律算。尝据《大戴记》考证《礼经》，贯通制度，颇精切。又为《水经注》刊误。于《说文》考订尤深。诗类黄庭坚。嗜多石，精书法"（《清史稿》卷486）。他集学者、诗人、艺术家于一身。作为学者，他"嗣于经史、说文、考证之学嗜之日深，虽不废吟咏，非所专习也"[④]，主张广收博取，"地盘最要打得大"，"书卷议论，山水色相，聚之务多，贯之务通，恢之务广，炼之务重，卓之务特，宽作丈量，坚作筑畚，使此中无所不有，而以大气力包举之"[⑤]。何绍基非常重视经史之学，认为经史之学离不开考据，他在《与汪菊士论诗》中说："当读者何书？经史而已。六经之义，高大如天，方广如地，潜心玩索，极意考究，性道处固启发性灵，即器数文物，那一件不从大本原出来……故读经不可不考据，而门径宜自审处。恃孔、贾之符，倚程、朱之势，互相诽薄者，皆无与于圣经者也。子史百家，皆以博其识而长其气……知此意，则经史之学，可做成一贯矣。"[⑥]

何绍基"平日既肆力于经史百子，许郑诸家之学，其所为诗，不名一体，随境触发，郁勃横恣，非积之厚而能达其意所欲出者不能尔也"[⑦]。他认为博览经史，精湛考据有助于作诗，"作诗必须胸有机轴，气味始能深厚。然亦须读书。看书时从性灵上体会，从古今事理上打量……故诗文中不可无考据，却

① 徐世昌：《晚晴簃诗话》，华东师范大学出版社2009年版，第907页。
② 陈衍：《石遗室诗话》卷28，《陈衍诗论合集》，福建人民出版社1999年版，第382页。
③ 陈衍：《陈衍诗论合集》，福建人民出版社1999年版，第161页。
④ 何绍基：《何绍基诗文集自序》，《何绍基诗文集》，岳麓书社1992年版，第1页。
⑤ 何绍基：《与汪菊士论诗》，《何绍基诗文集》，岳麓书社1992年版，第821页。
⑥ 何绍基：《与汪菊士论诗》，《何绍基诗文集》，岳麓书社1992年版，第821页。
⑦ 朱琦：《使黔草叙》，《何绍基诗文集》，岳麓书社1992年版，第1079页。

要从源头上悟会。有谓作诗文不当考据者，由不知读书之诀，因不知诗文之诀也”①。“故其为诗也，广博衍奥，食顷数百言，不假雕琢，而浩气流行，充塞满楮”②。何绍基一欲师古而不俗，一欲变脱而发展，故其以学问求诗的不俗，以考据求诗的变脱，却导致了艰涩险怪、佶屈聱牙的艺术倾向。③

他的以学入诗主要体现在其金石考据诗中，可谓“钟彝奇字”、“发为韵语”之作。其作诗刻意追求力度，追求硬朗古拙的质感，如石鼓、石龟砚、瘗鹤铭、高君碑、龙香御墨、延年益寿瓦当、竟宁雁足灯等，一望其诗题，即觉铜锈斑驳，苔藓满目，充满荒寒古怪之意。如《石龟砚诗，为张石洲同年作》云“脉脉跂跂龟来前，其形盘姗质浑敦。世人见之笑怒嗔，你不放之莲叶间？或支床脚便睡眠，又可佩厕珞琚环。而顾令与书册邻，龙宾虎仆为因缘”（《东洲草堂诗钞》卷6）。何绍基的考据诗大都为古体长篇，有的前有长序，有时候自序的长度超过了诗，喧宾夺主，诗句后又有较多自注，如《题竟宁雁足灯款识拓本，为潘玉泉作》，“就‘足’、‘胥’二字义演成一篇”④，全诗仅117字而序文长达674字，约为诗的6倍，自注也颇多，有一条竟长达60字，如此一来诗歌倒成了考据文字的点缀。又如《竟宁铜雁足灯诗，用厉樊榭韵三首，寄六舟上人》（《东洲草堂诗钞》卷6），诗序近900字，考证雁足灯上铭文释义，并用诗歌辩驳厉鹗的观点，使这首诗学者气浓而诗味寡。

莫友芝出身经学世家，父亲莫与俦为嘉庆四年（1799）进士，曾任遵义府教授，“创祠汉三贤于学宫左，日以朴学倡其徒”，是当时西南著名的朴学家。家里藏书甚富，“入其室，陈编蠹简，鳞鳞丛丛，几无隙地。秘册之富，南中罕有其匹”（郑珍《郘亭诗钞序》）。《清史列传》卷69称莫友芝“少承庭训，会通汉宋两学，于苍雅故训、产经名物制度，靡不探讨，旁及金石目录家之说”。徐世昌《晚晴簃诗话》说他“经籍碑版，论定详审，开后来五十年风气。穿穴贯弗，多前辈所未逮”⑤。莫友芝喜治经，尤尊许、郑学，而长于史、地之学，曾应曾国藩之邀，在江南官书局校雠典籍十余年，所著《宋元旧本书经眼录》、《郘亭知见传本书目》等填补了目录学的空白，在中国目录学史上享有很高的地位。在当时学界，他与郑珍齐名，时称“郑莫”。翁同龢说他的诗“不失涪翁（黄庭坚）质厚为本家法”⑥。陈衍《石遗室诗话》说他的诗为学人之诗，长于考证。如《芦酒三首》是对杜甫《送从弟亚赴河西判

① 何绍基：《题冯鲁川小像册论诗》，《何绍基诗文集》，岳麓书社1992年版，第815页。
② 邹鸿逵：《使黔草序》，《何绍基诗文集》，岳麓书社1992年版，第1085页。
③ 任访秋：《中国近代文学史》，河南大学出版社1988年版，第109页。
④ 何绍基：《何绍基诗文集》，岳麓书社1992年版，第672页。
⑤ 徐世昌：《晚晴簃诗话》，华东师范大学出版社2009年版，第983页。
⑥ 钱仲联：《清诗事纪》，江苏古籍出版社2000年版，第9652页。

官》诗中“芦酒多还醉，宋庄綧鸡肋”的“芦酒”一词的考证。三首七律诗对芦酒的色、香、味进行了渲染。诗后附有近两千言的长注，考证了芦酒的名称、演变、酿造方法及各地怪异的风俗习惯。说事训诂，旁征博引，洋洋洒洒，显示了诗人的渊博。如《芦酒三首》（之二）：

> 烧瓮滴淋征岭表，谓居辰水钓藤先。
> 岂知瓶笛关西法，远绍炉篇粟米传。
> 多始醉人宜小户，歇难全美戒轻酮。
> 豪吞细吸从吾意，何事旗枪斗茗烟。
>
> （《郘亭遗诗》卷3）

通过阅读诗后注可知，诗中所谓的“烧瓮”即指酿酒的方法，“滴淋”则谓饮酒的方式，“钓藤”系芦酒别称。如果离开其诗后所注，则难以读懂。

《甘薯歌》（《郘亭遗诗》卷3）亦具有此种倾向，考证出甘薯本“黔南旧产”。诗中“后来图经从逸逋，汲绠渡海还生诬”句，即对明人徐光启《农政全书》的番薯“自海外窃取薯藤，纹入汲水绳中，渡海分植闽广境者”的辩误，数典溯源，论证甘薯本黔南旧产。他的《红崖古刻歌并序》（《郘亭遗诗》卷6），其诗前序有一千多字，叙述“贵州安顺府永宁州西北六十里诸葛营后山上”红崖石刻的概况，诗约八百字，句中又多夹小注征引旧籍甚至古文字，考证了石刻的缘起、内容、保护和文物价值。钱仲联先生说他是“以考据为诗之流习典型者”①。

莫友芝论诗重学，他在《巢经巢诗钞序》中说：“圣门以诗教，而后儒者多不言，遂起严羽‘别裁别趣，非关书理’之论，由之而弊竟出于浮薄不根，而流僻邪散之音作，而诗道荒矣。”又曰：“古今所称圣于诗，大宗于诗，有不儒行绝特，破万卷、理万物而能者邪?”赞扬老友郑珍“遍综洛、闽遗言，精研身考……于诸经疑义，抉摘豳通，及小学家书经发明者……才力赡裕，溢而为诗”。② 他认为儒家诗教本于宗经征圣；古今著名诗人都是学有根柢者，故其诗隽伟宏肆。

程、祁、何、郑、莫诸学人处“道咸以降，途辙稍变，言经者及今文，考史者兼辽、金、元，治地理者逮四裔，务为前人所不为。虽承乾嘉专门之学，然亦逆睹世变，有国初诸老经世之志”③。受时代和学风的影响，他们的

---

① 钱仲联讲述，魏中林整理：《钱仲联讲论清诗》，苏州大学出版社2004年版，第146页。

② 郑珍著，白敦仁注：《巢经巢诗钞笺注》附录，巴蜀书社1996年版，第1505页。

③ 王国维：《王观堂先生全集》（第三册），台北文华出版社1968年版，第1147页。

诗歌涉及实务之学，指擿时弊。在这一方面，他们与同时代经世派的诗歌是一致的，部分诗歌其实也就是经世之诗，他们自觉地将诗歌指向现实政治，关注国运民生。

第二节　首开道咸宋诗派学人诗风的程恩泽

程恩泽（1785—1837），字云芬，号春海，安徽翕县人。曾从经学家凌廷堪游，治汉学。嘉庆辛未进士。由翰林院编修历迁贵州学政、湖南学政，四川、广东主考，侍讲学士、内阁学士，官至户部侍郎。有《程侍郎遗集》十卷、《国策地名考》二十卷。

程恩泽学问广博，自经史至天文、地理、金石、书画、医算，无不涉及，尤精许氏《说文》。《清史稿》卷376称其“于六艺九流皆深思心知其意，天象、地舆、壬遁、太乙、脉经莫不穷究。谓近人治算，由九章以通四元，可谓发明绝学，而仪器则罕传，欲修复古仪器而未果。诗古文辞皆深雅。时乾、嘉宿儒多徂谢，惟大学士阮元为士林尊仰，恩泽名位亚于元，为足继之[①]”。

一、程恩泽的诗歌理论

程恩泽推崇“学人之诗”。就他而言，“学人之诗”包含四个层面的意思：一是就诗人自身而言，必须学问根柢深厚；二是引经史考据之学入诗；三是诗中多用经史典故，讲究字字皆有来历；四是论证确凿、洽切。

程恩泽认为学问与性情合一、考据与性情无碍。两者结合得好，反相得益彰。他的这一诗学思想集中体现在《金石题咏汇编序》中。他说：

> 或曰诗以道性情，至咏物则性情绌；咏物至金石，则性情尤绌。虽不作可也。解之曰《诗》、《骚》之源，首性情，次学问。《诗》无学问，则《雅》、《颂》缺；《骚》无学问，则《大招》废。世有俊才洒洒，倾倒一时，一遇鸿章巨制，则瞢然无所措。无它，学问浅也。学问浅，则性情焉得深厚？况吉金多三代物，其文字与经表里，可补经阙；乐石之最古者与金同，其文字与史表里，可补史阙。宋人弃训诂谈义理，自谓得古人心，不知义理自训诂出，训诂舛则义理亦舛，

① 赵尔巽：《清史稿·程恩泽传》，中华书局1977年版，第11576页。

> 又史传年月官系之紊，非碑石不能证，譬若群子姓议祖旧，忽引一数百岁人在侧，哑然指其妄，而议者纷纷退矣。然则吉金乐石有关于经史如此，宜自唐宋以来题咏不绝，至我朝尤盛也。况训诂通转，幽奥诘屈，融会之者，恍神游于皇古之世，亲见其礼乐制度，则性情自庄雅。贞淫正变，或出于史臣曲笔，赖石之单文只词，证据确然，而人与事之真伪判，则性情自激昂，是性情又自学问中出也。[①]（《遗集》卷7）

他的《癸巳类稿序》叙其友人俞理初（正燮）稿，极力主张学问，为学必“寝馈经史，旁通诸子百家九流”，考据当“征之于诸子百家九流，有时而穷，则援及释典道藏以为助”，只有这样，才能“引证赅洽”，“无一误事误言”[②]（《遗集》卷7）。在《潘少白文稿序》中他通过揄扬潘少白来表明学问对诗文的重要性，指出只有“负兼人才学与艺靡不通，足迹穷宇内，政事、人理、物情靡不达……探六经群史诸子百家之奥，涵泳得义理，损益得法度，出入得锋距”，才能“性情正，功力厚”（《遗集》卷7）。

总之，程恩泽将性情和学问视为诗歌创作的核心，认为古典诗歌的两大源头《诗经》、《离骚》就是以学问为诗的典范。“《诗》、《骚》之源，首性情，次学问。《诗》无学问，则《雅》、《颂》缺，《骚》无学问，则《大招》废”，以此来获得理论上的支持，并进一步指出性情对学问的依赖关系，“学问浅，则性情焉得深厚？”“性情又自学问中出”。无疑，在性情与学问的诗学二元价值论中，他更强调学问的价值。如果再看他在诗歌创作中的实践，首学问、次性情的价值观体现得愈加明显。

他认为义理是学问的核心因素，要明义理，必须通过考据；金石考据是考据中最可靠、最有价值的途径之一，“吉金多三代物，其文字与经表里，可补经阙；乐石之最古者与金同，其文字与史表里，可补史阙”。诗歌以学问为根基，就必须明义理，因而也就离不开考据；金石考据自然是诗歌内容的重要组成部分。《金石题咏汇编序》是自翁方纲后，考据诗派对自身诗学价值思考的又一篇重要的理论文献，体现了程恩泽作为汉学家的本色。

但程恩泽与清中叶时期以翁方纲等人为代表的考据诗派不同，他虽然十分重视学问在诗歌中的作用，甚至在创作中还表现出首学问、次性情的倾向，但他没有忘记性情是诗歌的本质特征之一，他在论诗时讲学问的重要性必然会提

---

① 程恩泽：《程侍郎遗集》，《续修四库全书》第1511册，上海古籍出版社2002年版。本文如没有另外注出，所引用程恩泽的诗文材料，皆出于此书。《程侍郎遗集》在本文中简称为《遗集》。

② 赵尔巽：《清史稿·程恩泽传》，中华书局1977年版，第11576页。

醒性情在诗歌中必不可少；在诗歌创作时大量引学入诗也没有忘记“诗思”。他没有把诗歌作成押韵的学术文章。在嘉、道诗坛上，他提倡的是学人和诗人合一的诗歌创作道路，与同时代的诗坛领袖祁寯藻桴鼓相应；何绍基、郑珍、莫友芝等近代大家都出自程恩泽门下，诗学直接受其熏染。程恩泽遂开晚清一代诗坛学宋的新风，故王揖唐曰：“有清一代诗体，自道咸而一大变，开山之功首推吾皖歙县程春海侍郎。”[①] 钱仲联称他在清代诗坛上能别拓疆宇，为道咸宋诗派之先导，其诗即陈衍所谓“合学人之诗与诗人之诗二而一之也”[②]。

二、程恩泽的学人之诗

程恩泽的诗歌主要收录在《程侍郎遗集》，共计四百余首。按诗歌的思想内容可将其分为友朋赠答诗、山水行役诗、怀古追思诗、金石书画题咏诗、民生疾苦诗五大类。

徐世昌《晚晴簃诗话》说程恩泽“覃研朴学、六书、训诂、九章、算术，皆好学深思……诗雄深博雅”[③]。他的诗歌生硬奥博，“多硬直处，而其力避凡庸，刻意新响”[④]，艰涩难读。郑珍有《留别程春海先生》诗，描述了程诗的风格：

我读先生古体诗，蟠虬咆熊生蛟螭。我读先生古文词，商敦夏卣周尊彝。其中涵纳非涔蹄，若涉大水无津涯。捣烂经子作醢臡，一串贯自轩与羲，下迄宋元靡参差。当厥兴酣落笔时，峭者拗者旷者驰，宏肆而奥者相随。譬铁勃卢铁蒺藜，戛摩撝搽争撑持。……[⑤]

程恩泽作为翁方纲的再传弟子，像翁氏一样喜以金石考据入诗。如他的《婕伃玉印诗》就是一首非常典型的金石考据诗：

截肪方寸腴可餐，缪篆鸟头纷屈盘。日华暎雪愁爚爁，点朱入肉红而殷。“婕伃妾赵”文四言，缠衣为婕称妇官。亦云倢伃纾舒安，大当以下推崇班。天水一姓三其鬟，钩弋高居尧母门。双燕飞啄仓琅

---

① 王揖唐：《今传是楼诗话》，辽宁教育出版社2003年版，第20页。

② 钱仲联：《道咸诗坛点将录》，《当代学者自选文库·钱仲联卷》，安徽教育出版社1999年版，第639页。

③ 徐世昌：《晚晴簃诗话》，华东师范大学出版社2009年版，第899页。

④ 由云龙：《定庵诗话》，钱仲联：《清诗纪事》，江苏古籍出版社1989年版，第8648页。

⑤ 郑珍著，白敦仁注：《巢经巢诗钞笺注》，巴蜀书社1996年版，第46页。

根。若云拳握玉钩阑，得无纤指亲控抟。金霞帐底月蛤团，得无擎此掌中看。夜光珠照肤体寒，得无佩此来珊珊。可怜姊妹承恩欢，父冯万金非赵曼。何如望气求河间，奇女子有黄云漫。时无昭仪位尤尊，金章紫绶同赐颁。此纽文采鸳鸯蟠，叩鸳无语深可叹。寻其流传自冰山，亦弃墨林紫桃轩，比来归龚复归潘。日千挼挲百循环，媚虹妩月秋宵干。想当印信初封完，婵娟烟视花破颜。无论锦带谁礳刓，总贮金屋珠奁端。三千年来数梁园，此尤芬逸夺季兰。愿将紫泥印千鐇，艳呼官氏留人寰。(《遗集》卷5)

诗描述了婕伃玉印颜色肉红，质地白润，上面用缪篆和鸟头刻有“婕伃妾赵”四个鲜红的朱砂字。接着解释了“婕”、“伃”两字的来历，“婕伃”作为女官衔始于汉武帝，直到汉武帝时始设昭仪之职，位在倢伃之上。婕伃玉印有可能为汉武帝的钩弋夫人所佩，但也有可能为汉成帝赵飞燕、赵合德姐妹所佩，（诗歌插叙了钩弋夫人和赵氏姐妹的传奇故事）不可确考。婕伃玉印在汉以后流传不知在何人之手，到明代为严世藩所珍藏，严家被抄后，印又落于明代收藏家项元汴之手，后又转入明代书画收藏家李日华之手。到清代为龚自珍所收藏，后又被潘德舆收藏。总之玉印被历代收藏家视为宝物，珍爱非常。在女官印中，梁王后玺算是稀世之宝，然而婕伃玉印名气还出于其上。

《谒明巩驸马墓作》也是一首典型的考据诗：

传言巩侯葬，近在南郭外。华表两僵仆，虎马兀相对。夜深翁仲语，听者一古桧。人悯忠节魂，樵牧戒侵害。粉侯英雄器，诗礼杂剑佩。巍峨凤皇楼，婉娈皇八妹。胸有经史腴，大义述一再。追尊建文谥，力救赵督败。其言虽未用，其舌今宛在。危乎甲申变，勋戚半驰背。贵主已前逝，子女计五辈。缚子女柩侧，从容理黄带。自拔干将锋，一划玉颈碎。杜门纵烈焰，生死结大块。贞风扬其灰，巧与宫火会。故应无仙蜕，藏在石郭内。此葬竟谁属，无乃衣冠代。惜哉碑字剥，似受斧斤疥。史藁与志异，吾欲攻诸稗。前者梅荣定，文武见梗概。同时万太傅，率子犯贼械。与侯相辉映，侯气益伟迈。我游柏冬日，肃肃下马拜。偶及笪桥事，吾友发深慨。归展侯大书，素壁倒金薤。(《遗集》卷4)

诗歌对北京永定门外一座传说是明朝驸马巩永固之墓进行考证。巩永固侍奉晚明永安公主，崇尚文学雅致，喜欢结交贤士大夫，深明大义，为人豪迈。

甲申年，李自成率军攻陷京都时，公主的灵柩尚在宫中大堂之上，巩永固以黄绳系其二女于公主灵前，纵火焚之，自刎而死。而巩永固所纵之火恰好与李自成军焚烧明代宫殿之火汇于一处，当是玉石俱焚，巩之尸首应化为灰烬，不可能得以保存。由于墓碑文字俱损毁而不可辨认，史载与方志记载各有出入，作者认为从野史稗传中倒有可能找到答案，并认为这座墓要么只是巩永固的衣冠冢，要么极有可能是与巩永固同样深明大义、节义昭传的明初驸马梅殷之墓。

程恩泽在诗中往往把述写学问与抒发性情有机地融合在一起。像《婕伃玉印诗》、《谒明巩驸马墓作》这样纯粹的考据诗在程氏的诗集中很少。由于程恩泽标榜学人之诗与诗人之诗合一的诗学观，故其考据诗与翁方纲的有所不同：即便是考据诗也写得富有形象性，显得有断制，鲜明地表明自己的看法，在考据中寄寓着对历史文化的感喟和对历史人物的褒贬。程恩泽一般不作专门的考据之诗，而是将考据穿插在其他吟咏的内容之中，或者是在友朋赠答诗、山水行役诗、怀古追思诗中渗入其他的学问，把学问与友情亲情、山水之趣、高古情怀结合在一起。

《橡茧歌》（《遗集》卷2）是一首鼓励贵州地区广植橡树养蚕致富的民生诗，还对这一地区少见的橡茧作了番考据："遵义野蚕成茧曰青棡茧，不知于古为何树也。癸未仲冬行部过长林间，叶焦茧劀矣。掇其实，知为栎斗，栎斗之子名橡。孙炎（笔者注：三国时著名经学家，曾师从郑玄）云：栎似樗。按：栎与樗迥别，不得以《尔雅》之'樗茧'当之。因字曰'橡茧'，作《橡茧歌》。"诗歌以亲身考证与《诗经》、《庄子》等古籍考证相结合，论证了作者的论断。

程恩泽的山水诗在记述的过程中结合山脉水文等地理历史因素的探寻、古迹文献的考证，对湖光山色不太在意，游感大多一笔带过。如《浯溪诗》（《遗集》卷1）本是首山水行役诗，作者在游兴之余，还不忘对这一带的碑刻进行一番考究，"寻其故基仍古先，壁字最著《中兴》镌。台、亭、溪以玉筋联，友让得宅留红笺。持正论文出真诠，此外黄、米俱腾骞。此外柳记殊怪祆，此外碎金兼断璇"。浯溪是唐代诗人元结隐居之地，他曾作《大唐中兴颂》，由颜真卿楷书而成，镌刻于江边，史称"摩崖碑"。除"摩崖碑"外，还有众多碑刻：季康用"玉箸篆"体为元结书《浯溪铭》；元结季子元友让后又重修其父旧宅浯溪亭，并作《复浯溪旧居》一诗；皇甫湜又用中楷书《浯溪诗》；北宋黄庭坚曾到浯溪，观摩崖石刻后，题诗曰《题浯溪崖壁》；米芾有《题摩崖诗》，几十里外的柳子庙内的三绝碑与这些碑刻遥相呼应，此外还有许多被侵蚀坏的断碑残碣。有了这些内容，就使得这首山水诗颇有彝鼎法物的金石之味。

他每到一处，首先吸引他的是当地的历史文化，而不是自然景观，他的山水行役诗可以看作文化之旅，显示了学人特有的兴致和情趣。如《易水感田光诗》（《遗集》卷5）是他在道光十四年（1834）奉旨去西陵查工，经过易水时想到战国末期燕国“节侠”田光的历史事迹，为了表达他的敬佩之情而作，易水一带的自然景观倒没有引起他的注意。《徐无山怀田议郎》（《遗集》卷5）则是他为了表达对曾隐居于徐无山的三国曹魏名士田畴的思念而作的，自然景观同样没引起他太多的注意。

再如《北湖怀古》：

> 松桂林中读书影，忽乘天风北度岭。居郴乃见月三彀，闻道猺獠泪如绠。李伯康至呼以博，张公子来拥其颈。北湖空阔云破碎，十万秋荷覆春荇。可怜壮齿三十八，照见平生已瘫痻。时时纵酒助谈谑，往往篇章出俄顷。不知贬斥塞衢路，但觉叉鱼满笭箵。伾文委琐不足计，梦得将至连州境。欲向同僚告目见，飓风掀屋蛊聚血。小人窃柄此当议，大贤被逐何其猛。岂真刘柳语有泄，故遣伾文怒加眚。是时朝宰半庸妄，谁谓先生骨独鲠。刘颇柳仆怫公直，公以直谴公则幸。长怀柳庚赴资邵，讵料刘郎过苏井。论宫市与论苛政，当时外议殊不省。要之公心比赤日，千里堕地犹耿耿。彼婉娈者畚箕口，使台中评不得逞。不独李实苦相厄，更遭使家抑不请。凭愚大笑居士木，乞雨来瞻女郎靓。……（《遗集》卷2）

这首诗是作者来到湖南郴州北湖，怀念韩愈曾在此泛舟叉鱼而作。韩愈于贞元二十一年（805）于阳山接朝廷指令，命他北上郴州待命，郴州刺史李伯康邀韩愈游赏北湖。诗歌以韩愈《县斋读书》、《八月十五夜赠张功曹》、《李员外寄纸笔》、《祭郴州李使君》、《郴口又赠二首》、《题木居士》二首、《郴州祈雨》、《柳子厚墓志铭》等诗文为依据，探究韩愈被贬的原因及其待命郴州时的行踪和心态；考证并驳斥了刘禹锡、柳宗元出卖韩愈，献媚王伾、王叔文的说法，指出韩愈被贬实由他“骨独鲠”，上书“论宫市与论苛政”所致；还提到当李伯康等正直之士谏议朝廷让韩愈回长安，却遭到湖南观察使杨凭等人的阻抑时，韩愈随遇而安，显示出坦荡的襟怀。由于作者对韩愈诗文集精熟，故考证起来毫不费力，能知人论世，言之有据，诗中的每一句都可在韩愈诗文集中找到证据，令人信服。可见程恩泽的考据功夫之深。

程恩泽是一个学识渊博的学人，他的诗歌中除考据诗外，还引其他学术入诗。《题周稺圭前辈金梁梦月词》（《遗集》卷6）是一组组诗，诗中纵述了宋元词发展衍变的历史，反映出其深厚的词学功底：

绿酒初尝元献醉，月华如练范公吟。由来将相兼才调，不是吴儿木石心。

高才延巳追端己，小令中唐溢晚唐。更用骚心写乐府，漫天哀艳李重光。

涩体清真掩抑弦，飞腾石帚五通仙。君能并作洪炉铸，更把余金范玉田。

镂云缝月具心裁，不是壮严七宝台。竹屋梅溪都抹倒，故应平睨贺方回。

平园大集冠中州，岂止蘋渔玉笛秋。十里珠帘千步柳，即论谈笑亦风流。

……

第一首用晏殊《清平乐》“绿酒初尝人易醉”和范仲淹《御街行》“月华如练，长是人千里”形象地概括了他们二人词的特点。第二首写冯延巳、韦庄、李煜三人的词风格大体一致，用词平易却饱含情感。第三首写周邦彦的词多拗调、涩体，姜夔的词清空疏淡，两者风格不同；张炎的词与周邦彦、白居易词又不相同。第四首写贺铸的词不同于吴文英“七宝楼台，眩人耳目”之词，也不同于高国观、史达祖之词，格调自高。第四首写元好问之词在金元时期独领风骚，冠绝一时。

《徐廉峰仁弟诗律精密，才笔华整，得唐贤三昧顷以问诗图相属，因取问唐贤意仿遗山绝句奉答，罣漏正不少也》（《遗集》卷5）则就唐代诗歌的衍变和发展作了整体勾勒，并精炼地评价了唐代著名诗人各自的特点，显示了其深厚的诗学功底。

《淮涨》（《遗集》卷3）、《澧州》等诗体现出程恩泽对中国的地理水文非常熟稔，所以能对如何治水防洪提出很有见地的看法，显示出其诗歌具有一定的经世特征。如《澧州》：

北枕涔与澹，南带澧若道。维西乱源汇，直络复横绕。东则江沱注，三派曲相抱。孤城面面水，浮动几一岛。当其夏秋涨，东下海灏溔。洞庭九州大，遍吸亦难饱。四水得所向，若子趋厥媪。岂料江沱至，神力龙夭矫。四水能弗斗，遇之竟弱小。况值圩堰阻，青青馥其稻。筑捍各竞峻，屹屹对厥堡。水怒不可泄，水径益以窅。一怒复再

> 怒，森然出鳞爪。啮堤更啮郭，其势便欲沼。……不与水争地，何患冯蠵翢，苟与水争地，荡决等振槁。城垣倘不守，田禾亦奚保。且闻上游塞，沙砾挟木草。深渠化浅涘，春泥壅秋潦。若使下游畅，一白湖天晓。（《遗集》卷2）

程恩泽诗歌好用典，这也是他腹笥便便的表现。如《咏史》：“刘尚师全覆，陈汤老据鞍。”（《遗集》卷2）刘尚即光武帝时的威武将军，曾进兵攻武陵夷，全军覆灭；陈汤是汉元帝时的干将，曾攻击匈奴郅支单于，对安定汉时边疆作出了贡献。《邱州道中》：“但使耕桑欢吠亩，不劳辞赋动江关。”化用杜甫《咏怀古迹》：“庾信平生最萧瑟，暮年诗赋动江关。”又如《题陈乃锡先生手稿应陈尧农吉士属》中之“却爱闭门陈正字”句，化自黄庭坚《病起荆江亭即事十首》之八：“闭门觅句陈无已，对客挥毫秦少游。正字不知温饱未，西风吹泪古滕州。”

程恩泽诗尚奇崛，求险深，忌熟避俗，故其用典既多且僻。如《邯郸怀古》：“苕花颜色梦中栽，锦瑟银筝绝可哀。岂有寿陵能学步，断无厮养解怜才。温明尚记萧王殿，歌舞难寻主父台。只有宫池旧眉影，夜深还化月钩来。”（《遗集》卷2）“寿陵（人）能学步”就是“邯郸学步”；“厮养解怜才”取意谢朓诗《咏邯郸故才人嫁厮养卒妇》；“萧王殿”即狱神庙，因为庙中所供奉的是萧何，故有此称。诗歌表达了对推行胡服骑射的改革者赵武灵王的伤悼之情。《邳州道中》：“树如客鬓凋疏早，路似人心坎壈多。”（《遗集》卷3）句中“坎壈”典出《楚辞·九辩》：“坎壈兮贫士失职而志不平。”《有感》“吃诟、离朱皆不得，却教象罔漫相求。”（《遗集》卷2）活用了《庄子·天地》之典：“黄帝游乎赤水之北，登乎昆仑之丘而南望，还归，遗其玄珠。使知索之而不得，使离朱索之而不得，使吃诟索之而不得也。乃使象罔，象罔得之。”《题陈西侯问津图三首》之二：“剧怜惊座通侯气，元是微云女婿才。”（《遗集》卷2）陈西侯乃吴山尊之婿，故用蔡绦《铁围山丛谈》载秦观婿范仲温自称“山抹微云女婿”事。

程诗用典多而僻，有时不得不自己注明。如《复叠前韵答春浦》（《遗集》卷3）：“春衣花集初成赋”，自注：“用谢庄事。”谢庄是南朝宋文学家，早慧，因赋《月赋》而著名。“貂帽人归久撒屯”，自注：“用王全斌事。”王全斌是北宋著名战将，乾德二年（964）冬率兵攻后蜀，这年冬天，京师下了大雪，赵匡胤亲自脱下自己的紫貂裘帽派人送给王全斌，王全斌十分感动，对蜀兵作战取得了决定性的胜利。《武胜阁》：“果然谈笑能捡贼，合向牛医酎一栝”（《遗集》卷2），自注：“黄叔度捡司马龙故事见《天禄阁外史》。”《天禄阁外史》有记汉末名士黄叔度不伤一民，不匮一库，智擒巨贼司马龙之事。《题李海·马风太守海上钓鳌图》“希有鸟拂大鹏翮，笑倒君家钓鳌客”（《遗集》卷2），自注：“太白有《大鹏遇希有鸟赋》。”

第三节 传统学人之诗最后一朵奇葩：郑珍的诗歌

郑珍，字子尹，贵州遵义人，清代道、咸年间著名学者。14岁受业于舅父黎恂，颇受沙滩黎氏家族文化浸染。20岁被选为拔贡，深受当时督学贵州的程恩泽的赏识，并从程恩泽问学。

郑珍承乾、嘉诸老余绪，服膺许、郑，尤精三《礼》、《说文》。其生平学术以精深见长，“盖经莫难于《仪礼》，婚丧尤人道之至重，则为《仪礼私笺》；古制莫晦于《考工》，则为《舆轮私笺》、《凫氏图说》；小学莫尊于《说文》，以段玉裁、严可均二家之说綦备，则为《说文逸字》、《说文新附考》；奇字莫详于郭忠恕《汗简》，而谬俗实多，则为《汗简笺证》；汉学莫盛于康成，则为《郑学录》。每勘一疑，献一义，刊漏裁诬，卓然俟圣不惑”[①]。郑珍的治学方法略近于“皖派”，实事求是，好学深思，不崇古，不自矜；每遇疑处，穷经究委，旁参曲证，精思审慎，论之有据。

张舜徽《清人文集别录》云：“郑珍著述虽不甚多而甚精。”郑珍在经学、小学方面的成就尤受到学术界推重，李慈铭说：“子尹《经说》虽只一卷，而精密贯穿，尤多杰见。”[②] 其小学著作考证专力，精审切当，补正前人之失颇见功力，如《说文新附考》就徐铉备附于《说文解字》的四百余个所谓汉以后新出现的“俗字”，一一考证其演变原委并解释字义，成就远过于当时声名卓著的段玉裁与钮树玉。《清史稿》卷482《本传》称之曰：“反复杂绎，用力尤深。”

郑珍抱不世之才，治学于偏隅之地，焚膏继晷，皓首穷经，笔耕不辍，“著述精富”，“学术醇备”。[③] 与莫友芝同时崛起于贵州学界，并称“西南两大儒”。

郑珍“学擅专门，诗本余事，然心境与世运相感召，遂不觉流露于文字

---

① 黎庶昌：《郑征君墓表》，《巢经巢诗钞笺注》，巴蜀书社1996年版，第1472页。

② 李慈铭：《越缦堂读书记》，上海书店2000年版，第1217页。

③ 郑知同：《敕授文林郎征君显考子尹府君行述》，《巢经巢诗钞笺注》，巴蜀书社1996年版，第1483页。

间也”[①]。他在《吉堂老兄示所作〈鹿山诗草〉题赠》（后集卷5）中说：“由来研经徒，吟咏非所暇。”莫友芝在《巢经巢诗钞序》中曾断言：“论吾子平生著述，经训第一，文笔第二，歌诗第三。而惟诗为易见才，将恐他日流传，转压两轴耳。”郑珍以诗歌闻名于世，他的学术造诣反而不为后人所共知，岂因其诗作成就过大欤？岂因其诗作成就不应如此之大欤？

郑珍诗“溯骚赋、汉、唐而下诸名大家，弥集不窥”[②]，兼有屈原的瑰伟宏肆、杜甫的沉郁顿挫、李白的豪放旷达、韩愈的傲倔雄奇、白居易的平易自然、李贺的诡奇峻峭、苏轼的横放恣肆、黄庭坚的生新瘦硬，尤以杜、韩、苏、黄的影响为深。然郑珍“才大学博，无所不能，无所不敢，纵肆变化处多耳”[③]，能以深厚的学问功底突破前人藩篱，自成一家，陈衍在《近代诗钞序》中评之道：“窃谓子尹历前人所未历之境，状人所难状之状，学杜、韩而非摹仿杜、韩，则多读书故也，此可与知者道耳。”

郑珍诗才富赡，横绝一代，“屹然为道、咸间一大宗”[④]。赵恺在《巢经巢诗钞跋》中说：“先生经术居国史，《儒林传》已为定论。而诗之名满天下，上颉杜、韩、苏、黄，下颃朱、王。”著有《巢经巢诗钞》前集九卷、后集六卷、外集一卷，有诗歌九百余首，对近代诗坛影响很大，“近人为诗，多祧唐而祖宋，号为步武黄、陈，实则《巢经》一集，乃枕中鸿宝也”[⑤]，“同光体诗人张学人之诗与诗人之诗合一之帜，力尊《巢经巢诗》为宗祖”[⑥]。

任访秋先生说：“道、咸年间的宋诗运动呈现出双向的美学发展趋向：一是循着宋诗派理论的基本指向，追求艰涩勾棘的学人风度；二是顺乎诗歌发展的总趋势，以清新俚俗而富有生气的语言，着力表现诗人的自我，追求独特的诗人风格。这两种美学追求是互相排斥的，但它们又同时并存于中期宋诗派的几乎每一位诗人的创作之中。”[⑦] 这句话很适合郑珍。郑珍的诗歌从内容上看主要有六大主题，一是亲情诗，二是山水景物诗，三是忧时悯乱诗，四是战火流离诗，五是怀古咏物诗，六是学问考据诗。他的亲情诗、山水景物诗、忧时悯乱诗、战火流离诗“清新俚俗”，平易好读；他的怀古咏物诗和学问诗则大

---

① 汪辟疆：《汪辟疆说近代诗》，上海古籍出版社2001年版，第10页。郑珍在《诸生次昌黎〈喜侯喜至〉诗韵，约课诗于余，和之》（《巢经巢诗钞笺注》前集卷7）说：“作诗诚余事。”

② 郑知同：《敕授文林郎征君显考子尹府君行述》，《巢经巢诗钞笺注》，巴蜀书社1996年版，第1477页。

③ 钱仲联：《梦苕庵诗话》，《民国诗话丛编》第六册，上海书店2002年版，第310页。

④ 陆夔龙：《遵义郑征君遗书序》，《巢经巢诗钞笺注》，巴蜀书社1996年版，第1518页。

⑤ 陆夔龙：《遵义郑征君遗书序》，《巢经巢诗钞笺注》，巴蜀书社1996年版，第1518页。

⑥ 钱仲联：《当代学者自选文库·钱仲联卷》，安徽教育出版社1999年版，第406—407页。

⑦ 任访秋：《中国近代文学史》，河南大学出版社1988年版，第114—115页。

多“艰涩勾棘”，奇奥渊懿。

郑珍的学问诗主要是咏物诗和金石考据诗，“此类诗在子尹全部诗八百九十六首中，约占十分之三四”[①]，这些诗攀奇逐奥，以奇崛文字题咏金石书画，考证名物制度，吟咏奇花异木。汪辟疆说他“学术淹雅，诗则植体韩、黄，典赡排奡，理厚思沈”[②]，翁同龢说他的诗“简穆深厚”（《巢经巢诗钞序》），陈夔龙说“奥衍渊懿”（《遵义郑征君遗书序》），陈衍说“生涩奥衍”（《石遗室诗话》），陈柱说“深厚渊奇”，黄万机说“淳博峭丽”[③]。一些诗句如“黯淡滩头凤凰鷇”（《五盖山砚石歌》）[④]、“易妇教人作田翁，瀛洲乃有高阳公”（《书子何藏明周东村竹林七贤图后》）、“卿赐无嫌邓取梁”（《题唐鄂生藏东坡马卷真迹》）、“斯实柳和郑妩媚”（《与赵仲渔婿论书》）令人费解，而“深夜能陪敕赐丑，荒山暗老石经叉”（《凉夜》）至今还无人可解。[⑤]

一、郑珍学人之诗的体现

（一）化经学章句入诗

郑珍的诗歌没有专门的篇章阐述经学，然而经学典籍字句在他诗歌中如天女散花，随处可见，征引不见生硬搪塞的窘迫，而是顺手拈来，随意驱遣，毫不费力。与一般撦扯经学章句迥乎不同，非经学大师无以至此。

郑珍长于礼学研究，他的诗歌以三《礼》章句入诗尤多。《彬之虫次程春海恩泽先生韵》云：“圣王除狸物，赤犮有专职”，“更以蜃灰水，洒彼屋与隙。”诗意及文辞源自《周礼·秋官·赤犮氏》：“掌除墙屋，以蜃炭攻之，以灰洒毒之。凡隙屋，除其狸虫。”《高斋》：“牧牛溪上路，迎虎社边村。”“迎虎”源自《礼记·郊特牲》：“古之君子，使之必报之。迎猫为其食田鼠也；迎虎，为其食田豕也。迎而祭之也。”《才儿生去年四月十六少四十日一岁而殇，埋之栀冈麓》：“木皮五片付山根，左袒三号怆暮云。昨朝此刻怀中物，回首黄泥斗大坟，”“左袒”源自《礼记·檀弓下》：“延陵季子适齐，于其反也，其长子死，葬于嬴、博之间。即封，左袒。右还其封，且号者三，曰‘骨肉归复于土，命也。若魂气则无不之也，无不之也’，而遂行。”《玉蜀黍

① 钱仲联：《梦苕庵诗话》，《民国诗话丛编》（第六册），上海书店 2002 年版，第 405 页。

② 汪辟疆：《汪辟疆说近代诗》，上海古籍出版社 2001 年版，第 10 页。

③ 黄万机：《论郑珍诗歌的艺术风格》，《苏州大学学报》1987 年第 3 期，第 70 页。

④ 本文如没有另外注出，所引用郑珍的诗歌，皆出自郑珍：《巢经巢诗钞笺注》，巴蜀书社 1996 年版。

⑤ 白敦仁：《巢经巢诗钞笺注前言》，《巢经巢诗钞笺注》，巴蜀书社 1996 年版，第 27—28 页。

歌》："不然亦拂芝盖摩鸾和，""职方五种载周官，较之尧称百谷已无多，""鸾和"源自《周礼·夏官·大驭》："凡驭路仪，以鸾和为节。""职方"源自《周礼·夏官·职方氏》："河南曰豫州，……其畜宜六扰，其谷宜五种。"

郑珍对《诗经》章句的引用也十分普遍。《芝女周岁》："所幸越七日，先生尔如达，"直接化用《大雅·生民》中的"先生如达"。《留别程春海先生》："非病夸毗即戚施，黄钟一振立起察，""夸毗"源自《大雅·板》"无为夸毗"。又如《闲眺》："台笠家家饷，比邻处处烟，""台笠"源自《小雅·都人士》"台笠缁撮"。《晦雨》："肯怨行多露，度阡还破庐，""多露"源自《召南·行露》"畏行多露"。《屋漏诗》："伊威登础避昏垫，湿鼠出窟摩须髯。""伊威"源自《豳风·东山》。

其他如《正月陪黎雪楼恂舅游碧霄洞》："钟鼓千羽帔，又杵臼磨砉。"句意及文辞化用《尚书·大禹谟》中的"舞千羽于两阶"和《易·系辞》中的"断木为杵，掘地为臼"。《酷暑黎柏容兆勋内兄斋中》："喝死书生一芥耳，嗟哉禾黍关痌瘝。""痌瘝"化用《尚书·康诰》："恫瘝乃身。"《五月一日祀唐孙华原先生》："丹榴照茅屋，精意荐洗腆。长筵坐二老，甘味分寸脔。"诗句化用了《尚书·酒诰》："厥父母庆，自洗腆，致用酒。"

（二）以考据入诗

郑珍考据诗的内容包括古物名考据、金石考据和文物考据诗三类。

1. 古物名考据诗

《玉蜀黍歌》就是非常典型的一首：

> 濒湖能知蜀黍即木稷，不识玉黍乃是古来之木禾。我生南方世农圃，能究原委如星罗。此谷从何来？远在稷皤以前艺岷嶓。昆仑山高一万一千里，五寻之谷修峨峨。灵井灌根地力厚，自然能没九橐驼。鸾凤戴盾日栖啄，文树圣木连枝柯。开明兽北接六诏，此谷远映西洱波。神禹所见益所记，西经具在言岂讹。滇黔旧是海内西南陬，土宜千古无殊科。只今弥望满山谷，长稍世干平坡陀。猴狨夜盗啸俦侣，乌鹊昼衔防网罗。一茎数苞略同橥，粟亦无皮差类稞。椶笋脱绷鱼弩目，鲛胎出骨蜂露窠。落釜登盘即充腹，不烦碓磨箕箍箩。有时儿女据觚叫，雪花如指旋沙鬲。忆昔周穆宾王母，八骏远从西极过。尔时此谷定入尚方馔，不然亦拂芝盖摩鸾和。我读《竹书》又知更名为苔堇，其时见之黑水阿。黑水今在云南中，益见我言非炙輠。上古地广谷类亦多种，天降地出知几何。职方五种载《周官》，较之尧称百

谷已无多。木禾自是梁益产，远与蒟酱惊黄皤。周公歌豳道方物，体从刊落非刻苛。《尔雅》半成秦汉人，道里隔绝安知他。自通夜郎略邛僰，伏猪名乃传清河。景纯博物昧形状，目所未见难尽诃，亦如九谷中有粱与菰，南人未闻名者徒摩挲。滇黔山多不遍稻，此丰民乐否即瘥。尔来穇茧盛溱播，程乡帛制传牂牁。织人夜食就省便，买此贵于秔米瑳。民天国利俱在此，无人考论理则那。他年南方谁作木禾谱，请补嵇含旧状歌此歌！

诗人为证明"玉黍乃是古来之木禾"，征引《汉书·地理志》、《山海经·海内西经》、《唐史·南诏传》、《穆天子传》、《竹书》、《周礼·职方氏》、《广雅·释草》等多种古籍以及张衡的《思玄赋》，从正面说明玉黍（木禾）在古书中早有记载；接着又分析了《诗经·豳风》中的方物没有提及，《尔雅》博物没有记载玉黍（木禾）的原因，对西晋嵇含《南方草木状》也没有记载深表遗憾；还穿插了古代神话传说以及现实农家生活情景。整首诗旁征博引，华丽富赡，几乎全为议论，实是学问之诗、才力之诗。这样的鸿篇巨制，不免自矜才气，确实难脱佶屈聱牙之嫌。

《四月八日，门生馈黑饭，谓俗遇是节家家食此，莫识所自，余曰此青精饭也，作诗示之》也是通过《登真秘诀》、《本草纲目》、《通雅》、《杜诗》等典籍考证青精饭的来由及烹制工艺的衍变，以及食用青精饭的好处。

2. 金石考据诗

郑珍对金石颇有嗜好，"少年嗜古心胆雄，余力颇喜欧赵风"（《检藏碑本，见莫五昔为〈汉宜禾都尉李君碑考释〉并诗，次其韵》），故金石考据是其诗歌中的重要内容。

《腊月廿二日遣子俞季弟之綦江吹角坝取汉卢丰碑石，歌以送之》记载汉碑的典籍和厥略，并推断綦江吹角坝之碑必是典籍所载的《汉夜郎碑》、《姜维碑》和《江州邑长卢丰碑》之一，继而据拓本和典籍论证《汉夜郎碑》、《姜维碑》和《江州邑长卢丰碑》实指一碑，详尽分析了一碑三名的原因。《寄仲渔大定，属访〈济火碑〉》讲述了听友人讲述却未能亲见的济火碑的概况，认为碑上内容足以补《三国志》的厥漏，兼及叙述了黔地其他两处石刻——《卢丰碑》和红崖石刻的金石价值。《安贵荣铁钟行》勾勒了明代水西土司安氏家族的兴衰史，同时又考辨了夷官的名称异同。

3. 文物考据诗

《文待诏凤砚并序》为遵义太守平翰考证了他所得明代文徵明的"凤兮"砚辗转流传的历史，以及文徵明另两只"流晖"砚和"高斋"砚现今归落之处。《梦砚歌为唐子方方伯赋》借唐子方所得梦砚概述了晚明陈邦彦誓死抗争的民族气节以及唐子方的家族史。《题唐鄂生藏东坡马卷真迹》考证了《东坡书马券》的价值、券之由来以及黄庭坚跋缺失的原因。

（三）以史学入诗

郑珍许多诗篇表现出他深邃的史家眼光。《竹王墓》以历史唯物主义的眼光批驳了关于竹王离奇的传记传说，“初时天启一州主，必有奇雄传似续。世久莫复识根原，遂缘竹姓谓天育。人非血气焉从生，盘瓠虽奇种犹畜”，尤其显示出他精审史学眼光的是他指出了《史记》和《汉书》中也有一些错误和离奇的记载，他大胆指出：“常志传讹范沿谬，故是迁固为实录。”《书子何藏明周东村竹林七贤图》联系历史上诸多人物指出像王戎等虽有美名却行为恶劣的大有人在。

郑珍还有些史学诗篇反映出他广博的史学知识。《题〈北海亭图〉》以明代鹿善继为中心，概述了晚明忠贤与魏忠贤阉党的斗争历史以及明清民族争战的历史，并纠正了北海亭之掌故传记中的错误。《书明孙文正公五律四首墨迹后》概论晚明孙承宗的卓绝才能及其在晚明历史上的地位，《读〈始皇本纪〉》历数秦始皇所遭大劫，大难不死。

（四）以其他学术入诗

《夜起》：“人生千岁要有死，百年况是风中灯。须臾清境偶然得，众人入梦谁当争。苏张恍惚在人世，但看藻荇仍纵横。”表现出出世入世、与世无争、无为清静、随遇而安的老庄思想。《乐府一首》：“召父杜母，民之父母。能为父母，能事父母。谁非人子，谁为孝子。惟大君子，不愧为子。以君臣伦，及父子伦。嘉其清德，褒其先人。子则尽礼，臣则克勤。孝哉事亲，钦哉事君。”表达了他的程朱理学思想。

《题莫郘亭藏文衡山西湖图》：“我闻世间所藏明圣湖，钦山十册千载无。暗门古墨久萧瑟，何人更睹争标图。石翁写尽湖上山，至今散在东西都。孤山卷子好雄逸，旧观记与江门俱。停云馆主又入石翁室，北董南邢俱不如。”历数西湖名画家马远（钦山）、刘松年（暗门）、张择端（画有《西湖争标图》）、沈石田（石翁）、文徵明、董其昌及邢侗，可见其学问之渊博。《黄爱庐郡守出所藏方正学、文衡山、董思白、黄石斋手书诸卷，鉴别皆真迹也》：“方黄岂是鸣书人，今观文董亦不踰。乃知纷纷寡人者，正坐胸无千卷储。田歌自古非田夫，知书莫知不善书。”《与赵仲渔婿论书》提出了人品正则书法端以及书法当借真气以运之的书法思想，数历代书法大师张旭、李斯、程邈、欧阳询、颜真卿、蔡邕、崔瑗、钟繇、韦诞、蒙恬（按诗中出现顺序）等，纵述了从蔡邕的“九势”、“笔论”，到李斯的《笔妙》，再到蒙恬的《笔经》的历代书法理论，概述了韩方明、陆希声的笔法理论，以及张从申、冯侃、韩方明、李少卿、包世臣等人的握笔之法，从而体现出他在书画等方面的造诣及其书画思想。

《携诸生游卧龙冈，饮抱膝亭》叙述了古州城（今贵州榕江县）的名胜古迹、水文地理、历史文化，显示了郑珍对黔地地理方志了如指掌；《浯溪游》显示了他对湖南祁阳一带的地理方志非常熟稔。

《玉孙种痘》先叙晋葛洪《肘后备急方》、宋闻人规《痘诊论》、钱乙《小儿药证直诀》等古籍对痘疹的记载，再考叙了“食母秽说”、“时疾说”、“淫火说”、“孕期同房说”等痘疹病因，可作古医文看。《彬之虫次程春海恩泽先生韵》可作古代关于蚊虫的类书来看。

（五）以奇字异文入诗

郑珍在文字训诂方面的造诣很深，其师程恩泽曾劝勉他说：“为学不先识字，何以读先秦两汉之书？”郑珍遂邃心于《苍》、《雅》之学，他不无自负地说道“我为许君学，实自程夫子。忆食石鱼山，笑余不识字。从此问铉锴，稍稍究《滂喜》，相见越七年，刮目视大弟。为点《新附考》，诩过非石氏”（《王个峰言某友家有〈说文〉宋刻家，亟属借至，则明刻李仁甫〈韵谱〉也，书凡二函，皆锦赗金签，极精善，细审》），“北海（郑玄）无细漏，南阁（许慎）有独采”（《集郘亭、莒升、鄂生、黄子寿编修及同儿食，欣然有作》）。

他的一些咏物诗中关于事物的古名及诠释，许多直接来自文字训诂典籍。《瘿木诗》中作者从《尔雅》、《说文解字》、《广雅》、《释文》等文字学经典中介绍了众多与“瘿木”相关的字、词。他对诗中的一些僻字，有时不得不自注其意，如《浯溪游》“当日能皝皝死阿麽，乃见天王下殿走”句中的“皝”，郑珍自注：“皝即昏，次山创此字谥隋炀帝（炀帝小字“阿麽”）。”《经行一路，皆地广大而民稀且穷，官斯士者自中原来，对此荒荒，靡不愁郁，期满秩迁去，将终不能富庶也，慨然山行》“豬皆名海占膏腴”句中的“豬”，郑珍自注曰：“豬，蓄水也。”《次坡公斗老诗韵贺子行弟生子》中的“今来官镇远，离家昨复初”，自注曰：“复昨，见《尔雅音义》。”

郑珍诗中生僻之字也显示出他文字学方面的功力，“通古经训诂，奇字异文，一入其诗，古色斑斓，如观三代彝鼎”（陈田《黔诗纪略后编》）；如“谽谺见巨口，俯瞟吓焉退。定魂下窅寙，窔寱半明晦。一謦欬啸呼，响砰磅礚磞”[①]（《正月陪黎雪樵舅游碧霄洞》）；如“暗潮瀇瀇逾岭南，毕弗凸透五盖山，雷硼电礋蓄蟾鸹，白虎固抱黄金耽。呜刏咽䝼堕臧谷，夜半无人玉灵哭”[②]（《五盖山砚石歌赠曾石友钰刺史》）；如《玉蜀黍歌》中出现了“荅堇”（谷种）、“伏猪”（木禾）、“邛僰”（少数民族名）等词。这些生僻字都是描述性意象，诗人凭着字形的怪僻和字音双声、叠韵的拗口，使读者在观形感声中有着一定的阅读障碍，从而产生某种峭折险崛的感受。

（六）大量用事用典

如《有感二首》之二：

> 太祝瞎无翳，仲车聋有灵。海澄何日见，世议皱眉听。烽火通龙国，楼船断鲒亭。黄头方选壮，鸡肋愧刘伶。

全诗共8句，却用了7个典故。非通经博识者不能深解其意。再如《明日同人过话山堂，次莫五韵》共46句，却用了30个典故，用典之频繁实为罕见。“郑珍读书既精且博，当其下笔，百家众流之书自然奔赴腕底，诗人但取适意，初非有意用事，与人为难，然其难自在，或非诗人初意也。”[③]

郑珍许多看似清新平易之诗，其中却蕴涵了学问典故，只是化用得好，与诗歌内容结合得浑然一体，不太露“奇奥渊懿”之貌，有深言浅说之味。钱仲联先生说郑珍的诗“以功力深湛为特色”，“而非金石学家诗”[④]。如他的《抽厘哀》：

> 东门牛截角，西门来便著。南门生吃人，北门大张橐。官格高悬字如掌，物物抽厘助军饷。不论儳欻十取一，大贾盛商断来往。一叟担菜茹，一叟负樵苏。一妪提鸡子，一儿携鲤鱼。东行西行总抽取，未及卖时已空手。主者烹鱼还瀹鸡，坐看老弱街心啼。噫吁嚱！贸束布者不能得一匹赢，售斗盐者亦不得赢一升。厘金大抵恃商贩，欲入闭门焉可行。村民租铢利有几？何况十钱主簿先奉己。纵得上供已微矣，乃忍饲尔饿豺以赤子。害等邱山利如米。呜呼！贯率、括率有时

---

① 郑珍：《正月陪黎雪樵舅游碧霄洞》，《巢经巢诗钞》前集卷1。

② 郑珍：《五盖山》，《巢经巢诗钞》前集卷1。

③ 白敦仁：《巢经巢诗钞笺注前言》，《巢经巢诗钞笺注》，巴蜀书社1996年版，第27页。

④ 钱仲联讲述，魏中林整理：《钱仲联讲论清诗》，苏州大学出版社2004年版，第82、84页。

可暂为，盍使桑儿一再心计之。(《巢经巢诗钞》后集卷5)

“傀”，行商税；“絘”，住商税，见《周礼·地官·廛人》：“廛人，掌敛市絘布、缌布、质布、罚布、廛布。而入于泉府。”郑玄注云：“布，泉也。郑司农云：‘絘布，列肆之税布。’杜子春云：‘缌，当为傀，谓无肆立持者之税也。’”“菜茹”，蔬菜的总称，《汉书·食货志上》：“菜茹有畦。”颜师古注：“茹，所食之菜也。”“樵苏”，原为砍柴割草，此处指柴草，《史记·淮阴侯列传》：“樵苏后爨。”“租铢”，以钱代实物纳税，见《汉书·食货志下》：“除其贩卖租铢之律。”颜师古注：“租铢，谓计其所卖物价，平其锱铢而收租也。”“十钱主簿”，指贪官污吏，见《魏书·宋宝传》：“庆智为太尉主簿，事无大小，得物后判，或十数钱，或二十数钱，府中号为‘十钱主簿’。”“贯率括率”，指苛捐杂税，见《唐会要》卷88《榷酤》：“元和六年，北兆府奏榷酒钱，除出正酒户外，一切随两税青苗儿据贯均率，从之。”这是“贯率”；《通鉴》卷284《后晋纪》：开运元年四月辛酉，“大理卿张仁愿为括率使，至兖州，赋缗钱十万。”这是“括率”。“桑儿”，对桑弘羊的蔑称，借指当时聚敛之臣，见《汉书·食货志下》：“弘羊，洛阳贾人子，以心计，年十三，侍中。”“心计”，本指心算，此谓深思熟虑苛捐杂税的危害性。他的这类诗歌体现出古典主义与批判现实主义在一定程度上的结合，但由于其为彰显学术涵养和恪守儒家诗教，使得诗歌经典学术味重，淡化了批判现实主义的色彩。

二、学人之诗的学术意识和学术精神

作为学人，郑珍表现出高度自觉的学术意识，表明了自己的学术宗旨和治学风范。他直接继承了顾炎武的“经学即理学”的思想，批评了宋明以来空疏的经学风气。他说：“世儒谈六经，孔子手删正。安知口所读，皆属康成定。念昔诸大师，鞠躬守残剩。微公集厥成，吾道何由径。众流汇北海，乃洗秦灰净。师法千年来，儒者各涵泳。未闻道学名，自见忠孝竞。程朱应运生，力能剖其孕。格致岂冥悟。祖周实郊郑。俗士不读书，取便谈性命。开卷不识字，何缘见孔孟。颓波及前明，儒号多佛性，季世略稽古，小悟非大醒。”(《招张子佩》)

他肯定了清代学人学问精深渊博，治学严谨，考证溯源，一脉相承，“绝学兴皇朝，谈经一何盛。顾阎实开宗，醇博亦莫更，后起复宏畅，贾孔妒且敬。近来经韵翁，照古有全镜。帝遣明六书，群硕莫敢诤。更得卢王辈，精识邈乎夐。顾惟十数公，烂诵不计乘。其于汉前籍，字字经鞫证。精能固殊尤，细心亦天性。直耸高密堂，上与日月并”（《招张子佩》）。多次旌扬清学的奠基人物顾炎武、阎若璩、胡渭、江永、戴震等人，“我朝盛明经，诸老起接舆。阎胡奋前茅，江戴持中权。六经有实义，大师非汉偏。皇皇一代学，足破诸子禅”（《乡举与燕上中丞贺耦庚先生》），“石君伟人古名相，稚存晓岚真学宗。柢今不独少此老，见者亦止三数公。春海丈人在南岳，昔年剪烛谭群雄。恨我不见王怀祖，复不及睹覃溪翁”（《郡教授独山莫犹人先生七十六寿诗》）。

郑珍在进行诗歌创作时，仍保持着严谨不苟的学人本色，体现出其治学的精神和方法。

（一）作诗如治学，显示了学人的严谨与精审

由于学人之诗是由学人这种理性的主体所创作的，他们在诗歌创作时会不自觉地融入其学术意识和学术精神。郑珍在进行诗歌创作时就保持着谨严不苟的学人本色。所吟咏的如果是实物，他会尽量深入其地进行考察；如果是典籍记载，他会查遍可得的图籍资料，力求元元本本，殚见洽闻。“用事精切，不可移易”（白敦仁语，见《巢经巢诗钞笺注前言》），务求神理相通，分寸悉合。

（二）以诗述学，显示了学人学问的精深与渊博

郑珍许多诗篇阐释了他的专门之学，显示了他诗中之学的精深。郑珍“读书既精且博，当其下笔，百家众流之书自然奔赴腕底”（白敦仁语，见《巢经巢诗钞笺注前言》），他不仅频繁用典，而且数典连用，典中有典。

（三）不事藻绩，显示了学人之诗的质实沉厚

学人之诗重意不重辞，遣词造句往往显得朴拙无华，不似诗人之诗灵巧秾丽，而是黜风云月露之态，趋向质朴厚重的审美特征。如郑珍的《黄焦石》：“后园黄焦石，厥癞如虾蟆。古柏覆其顶，苍苔布其窊。石脚何所有，纂纂懋木瓜。石缝何所有，黄黄蘹香花。初来治兹圃，地瘠不可铧。辛勤我母力，十年拥粪渣。不知鎡几锄，硌确化为畬。秋分摘番椒，夏至区紫笳。小满拔葱蒜，端阳轩头麻。头上覆尺巾，细意毫不差。时来憩石上，汗沘慈色加。指麾小儿女，亦学事作家。观之不如意，复起为补苴。旧时值坐处，尘涴风与爬。尔来三四年，荒翳藏蛇蛙。独拨莽中觅，陨涕至日斜。”诗中的“窊”（wā）、“畬”（shā）、“笳”（qiá）、“苴”（zhā）看似当地的方言土语，实则选用这些字是因为它们古音韵可通押，由此可见郑珍深厚的文字音韵功底，他的诗歌确实是“以功力深湛为特色”[1]。莫友芝赞之曰：“彼持别材、别趣，取一字一句较工拙者，安足以语此哉？……以视近世日程月课，楦酿篇牍，自张风雅者，其贵贱何如也。”[2]（《巢经巢诗钞序》）

（四）经纬万端，显示了学人的经世情怀

与诗人之诗相比，学人的经术之心使他们的诗歌更关注现实，更注意发挥诗歌的社会功能，以显示他们“初志岂诗人”或“耻为文人”的理想情怀。郑珍就在诗歌中再三表明了自己的经世之志，“男儿生世间，当以勋业显。埋头事章句，小夫已翦翦。何况夸文词，更卑无可善”（《樾峰次前韵见赠兼商辑郡志奉答》）。正是在经世济用思想的影响下，他用诗篇阐述了自己经世之策，例如，他曾为使家乡贵州摆脱贫穷、发展经济，在诗中提出三策：《黎平木赠胡生子何》提出黔地必须从农耕转向林业，发挥地区优势，才能守土致富，“我生为遵人，独作树木计”；《厓堑口》提出贵州要开山辟岭，改善交通状况，才能与外商平等交易，繁荣贵州经济，“一朝会平荡，茶盐得通易”；《遵义山蚕至黎平，歌赠子何》详述桑蚕之业，认为养蚕业“金帛满山那苦贫”，贵州养蚕业可以遵义为中心，在黔地其他地方推广。

三、根柢于学的诗学观

郑珍特别重视诗人的根柢学问和积理养气。他说：“才不养不大，气不养不盛，养才全在多学，养气全在力行。学得一分即才长一分，行得一寸即气添一寸。此事真不可解。故古人只顾学行，并不去管才气，而才气自不可及。所谓源泉混混也。如日光，如剑割云开。”[3] 认为学、行是才气的根源。他认为可以从生活和书籍两个方面对诗人性情进行陶冶（养气），深入生活，增加阅历，“历练骏骨阅山川”（《追寄莫五北上》）；多“读书”以“养气”，他在《论诗示诸生时代者将至》中说：“固宜多读书，尤贵养其气。气正斯有我，学赡乃相济……又看蜂酿蜜，万蕊同一味。”两条途径同时并进，相得益彰。

郑珍认为学问与诗歌是相辅相成的，书读得多，诗作自然功力深厚。他在《书柏容存稿》中说：“不废读书真有益，尔来自比少作厚。知君学养再十年，定视今兹又刍狗。”在《吉堂老兄示所作〈鹿山诗草〉题赠》中说：“兹事诚

---

① 钱仲联讲述，魏中林整理：《钱仲联讲论清诗》，苏州大学出版社2004年版，第82页。

② 郑珍著，白敦仁注：《巢经巢诗钞笺注》，巴蜀书社1996年版，第1505页。

③ 郑珍：《跋内弟黎鲁新〈慕耕草堂诗钞〉》，《巢经巢文集》卷5，《续修四库全书》第1534册，上海古籍出版社2002年版，第368页。

小技，亦从学养化。世有昆岷源，江河自输写。”形象地把诗歌与学问比作流与源的关系。在《诸生次昌黎〈喜侯喜至〉诗韵，约课诗于余，和之》中说：“作诗诚余事，强外要中歉。膏沃无暗檠，根肥有新艳。”形象地把诗歌与学问比作枝叶与根柢的关系。在《留别程春海先生》一诗中更直陈学问与诗歌的关系：

> 捣烂经子作醯醬，一串贯自轩与羲。……鸡林盲贾为所欺，传观过市群伙颐，厚颜亦自居不疑。间有大黠奋厥衰，鼎未及扛膑已危。其腹不果则力羸，其气不盛则声雌。固宜宛转呻念尸，非病夸毗即戚施。……

这是一篇充满学术气味的诗歌评论。他主张诗歌须植根于经史，提倡诗人要多读书，要有广博的知识。空疏不学，枵腹为诗，必然导致诗歌气息孱弱，萎靡不振。

郑珍还有个更生动的比喻说明学问在诗歌中的作用：“要装盖个作么款式，断要仿照古人规模。规模固百般巧变，终是离砖瓦、枋片、颜料、油漆一点不得，则多读多看书其要也。”[①]（《跋内弟黎鲁新〈慕耕草堂诗钞〉》）郑珍把作诗比作盖房子，认为在“规模”上可借鉴、学习古人，但必须腹中有学问（砖瓦、枋片、颜料、油漆）才盖得出来。

四、学人之诗的奇葩

莫友芝在《巢经巢诗钞序》中说：“古今所称圣于诗，大宗于诗，有不儒行绝特、破万卷、理万物而能者邪？吾友郑君子尹，自弱冠后，即一意文字声诂，守本朝大师家法以治经。于前辈述作，爱其补苴昔人罅漏者多，又病其或不免杂博横决，乃复遍综洛、闽遗言，精研身考，以求此心之安。静涵以天地时物变化之妙，切证诸世态古今升降之故，久之涣然于中，有确乎不可拔者。其于诸经疑义，抉摘whole通，及小学家书经发明者，已成若干编。而才力赡裕，溢而为诗，对客挥毫，隽伟宏肆，见者诧为讲学家所未有，而要其横驱侧出，卒于大道无所抵牾，则又非真讲学人不能为。彼持‘别材’、‘别趣’，取一字一句较工拙者，安足以语此哉？……不肯以诗人自居，当其兴到，顷刻千言；无所感触，或经时不作一字。又脱稿不自收拾，子弟钞存十之三四而已。而其

① 郑珍：《巢经巢文集》卷5，《续修四库全书》第1534册，上海古籍出版社2002年版，第368页。

盘盘之气，熊熊之光，浏漓顿挫，不主故常，以视近世日程月课，楦酿篇牍，自张风雅者，其贵贱何如也？”莫友芝这段话指出了郑珍学人之诗的特征：第一，郑珍是位学问宏富而又精审的学人，“儒行绝特、破万卷、理万物”，不仅继承了乾、嘉学者治学严谨的精神，而且在学术能“补苴昔人罅漏”，疏浚其杂博；第二，郑珍学擅专门，诗有余绪，“才力赡裕，溢而为诗”，诗歌是其学问的自然发露，是其学之别体；第三，郑珍诗歌非学究之诗和道学家之诗，没有板滞和迂腐，学问道理自在其中却能以才情驱学；他的诗歌更不是学识浅薄的诗人之诗，只能在字句上雕琢折腾；第四，郑珍不囿于一家一派，而是综合百家，自成其诗。

郑珍精于考据，但他的诗与乾、嘉考据家之诗不同，“妙能赤手白战，不借五七字为注疏考据尾闾之泄也”①。郑孝胥说他“郑君朴学仍能诗，瘦硬偏工兼淡妙”（《黎受生遗郑子尹书四种及〈巢经巢诗钞〉》）。郑珍与同时代的程恩泽、祁寯藻、何绍基、莫友芝等人也有不同，程、莫等人“于笔墨力求名贵，用思太深，避常太甚，笔墨之痕时有未化，故落纸更无潦草率易语，而短处即因此见之”（郑珍《郘亭诗钞题识》），他们以学问为诗的习气比郑珍要重，性情才气又不及郑珍。钱仲联先生在《论近代诗四十家》比较了郑、莫两诗人后说：“清诗三百年，王气在夜郎。经训一菑畲，破此南天荒。莫五与齐名，才薄难雁行。”“子尹诗盖推源杜陵，又能融香山之平易、昌黎之奇奥于一炉；而又诗中有我，自成一家面目。……莫友芝与之齐名，但《郘亭诗》多以考订议论为诗，虽有山水及旅程之作，亦学古来化，非子尹之比也。”②陈衍也说：“子尹精经学小学，子偲长于史地之学。二人工力略相伯仲，子尹诗情尤挚耳。”③ 郑知同在《慕耕草堂诗钞序》中说：“独山莫子偲先生寓居遵义，与家君交数十年，皆以诗名驰天下，而其宗旨不可强同。家君之为诗，才高学富，兴致勃不可遏，摅辞奇杰宏肆，不假雕锼，自得天趣；而先生独取深厚沉密，以冥思搀精胜。故欲学步家君，非兼其才其学，虽貌为之，莫由似者，至今继响无人，而先生犹可踵迹也。”序中所说比较含蓄地道出了两人诗歌的差距：郑诗天趣自然，自出机杼；莫诗冥思锤想，诗从书出。别立机杼者处处生机；诗以从书出者难免晦涩。

以学问入诗到底好不好，这必须由诗歌的阅读欣赏者来评定，如果只是普通的阅读者，诗歌学问化程度深了，他们读不懂，诗歌就失去了存在的价值和意义。但如果是学识渊博的读者，诗歌做得太“浅”了，他们会觉得不耐读，

---

① 钱钟书：《谈艺录》（补订本），中华书局1984年版，第177—178页。

② 钱仲联：《当代学者自选文库·钱仲联卷》，安徽教育出版社1999年版，第406—407页。

③ 陈衍：《近代诗钞述评》，《陈衍诗论合集》（上册），福建人民出版社1999年版，第879页。

如同吃了个泡泡糖；只有典雅而有书卷气的诗歌，他们才觉得有味，如同嚼橄榄一样。这就是为什么翁方纲等人的诗歌让人生厌，而袁枚的诗歌也遭人嗤点。如何兼顾普通读者和学识渊博者的感受呢？在清代众多诗人中郑珍是能将两者处理得较好的佼佼者之一——普通的读者可以在其中找到性情上的共鸣，学识渊博者可以领略到诗中有学的滋味。

总而言之，郑珍作为学者的“才、学、识”与作为诗人的“审美直观”在诗歌中得到了较完美的结合。他的诗歌具备了“诗之兴”与“学之理”的双重内涵。陈柱《答吕生芳子论诗书》认为郑珍的诗歌“天人交至，诗人之诗兼学人之诗者也……自宋以后，已无人能及者”①。陈田在《黔诗纪略后编》中说：“余尝论次当代诗人，才学兼全，一人（郑珍）而已。”尤其是他诗歌中的平易自然、机趣时见的诗风在清代学人之诗中难觅其俦。钱钟书说：“（郑珍）妙能赤手白战，不借五七字为注疏、考据尾闾之泄也。”② 钱仲联说：“子尹诗之卓绝千古处，厥在纯用白战之法，以韩、杜之风骨，而傅以元、白之面目，遂开一前此诗家未有之境界。”③ 白敦仁《〈巢经巢诗钞笺注前言〉》中说：“（郑珍的诗）不同于翁方纲之流的‘叶韵的考订文’，子尹的诗，即使是最沉闷的题材，也有一股活气和亮色，有一种‘盘盘之气，熊熊之光’”，“郑珍的诗歌有生新奇奥、力辟陈常一种，然论其全貌，自当以清真朴厚，妙于白战者尤见家常；至其诙谐幽默、机趣横生之妙，亦当特为表出。”这是对郑珍诗歌精辟的见解。

胡先骕《读郑子尹〈巢经巢诗钞〉》云：“独郑珍子尹卓然大家，为有清一代冠冕。纵观历代诗人，除李、杜、苏、黄外，鲜有能远驾乎其上者。”④ 梁启超云：“子尹诗为能自辟门户，有清作者举莫及。”⑤ 吴敏树说：“子尹诗笔横绝一代，似为本朝人所无。”⑥ 近人赵香宋也以“绝代第一”⑦ 许之。钱仲联云：“郑子尹诗，清代第一。不独清代，即遗山、道园亦当让出一头地。世有知音，非余一人私言。”⑧ 这些评论反映出清代诗学一直追求的性情与学问合一、诗人与学人合一的诗学理想在学人兼诗人的郑珍身上得到了完美体现。清代众多学人之诗，在述学的同时能融入性情，注意以灵趣润饰，难有出

① 贵州人民出版社编：《贵州三十年文艺评论选》，贵州人民出版社 1979 年版，第 215 页。
② 钱钟书：《谈艺录》（补订本），中华书局 1984 年版，第 177—178 页。
③ 钱仲联：《梦苕庵诗话》，《民国诗话丛编》（第六册），上海书店 2002 年版，第 401 页。
④ 牛仰山：《中国近代文学论文集》（概论·诗文卷），中国社会科学出版社 1988 年版，第 496 页。
⑤ 梁启超：《梁启超学术论著集》（文学卷），华东师范大学出版社 1998 年版，第 502 页。
⑥ 赵恺：《巢经巢诗钞跋》，《巢经巢诗钞笺注》，巴蜀书社 1996 年版，第 1525 页。
⑦ 白敦仁：《巢经巢诗钞笺注前言》，《巢经巢诗钞笺注》，巴蜀书社 1996 年版，第 1 页。
⑧ 钱仲联：《梦苕庵诗话》，《民国诗话丛编》（第六册），上海书店 2002 年版，第 398 页。

郑珍诗之右者。清代诗歌学问化之路经过众多诗人、学人的闯荡探索，到晚清已成圆熟的状态。中国古典诗坛向来有如许缺憾，“于诗外别无专门学术也。若学术可称，而诗又为余事；且以学赡而累及于诗者”①，郑珍在晚清诗坛的崛起恰能填补这一缺憾。

第四节　传统学人之诗的绝调：沈曾植的诗歌

沈曾植，字子培，号乙庵，晚号寐叟，浙江嘉兴人，我国近代少有的在国内外都有影响力的著名学者。沈氏邃于旧学，“鹤头书好闭门居，欹枕探经落蠹鱼”②，经、史、音韵训诂、西北舆地、南洋地理、佛、道、医、古代刑律、版本目录、书画、乐律，无不精通。王国维对他的学术面目作了基本的勾勒：“少年固已尽通国初及乾、嘉诸家之说；中年治辽、金、元史，治四裔地理，又为道、咸以降之学，然一秉先正成法，无或逾越。其于人心世道之汙隆，政事之利病，必穷其源委，似国初诸老；其视经史为独立之学，而益探其奥窔，拓其区宇，不让乾、嘉诸先生；至于综览百家，旁及两氏，一以治经、史之法治之，则又为自来学者所未及”③。国外许多汉学家如日本那珂通、藤田丰八、内藤虎次郎，法国伯希和都闻声倾慕，谒谈相契。俄国卡伊萨林为其作《中国大儒沈子培》一书，日本西本省三为其作小传（钱仲联语，见《沈曾植集校注前言》）。“俄国哲学家克塞林伯爵东来访道，自矢心如白纸，不存纤毫成见，至沪，因介得见先生，反复问难，卒之衷心倾服，以为得未曾有。”④

从晚清学术发展来看，道、咸以降学术由乾、嘉经史考据之学蜕变为今文经学和边疆史地、甲骨文字之学，今文经学有龚自珍、魏源、康有为、梁启超等人，边疆史地、甲骨文字之学则有罗振玉、王国维等人；孙诒让、程恩泽、郑珍、莫友芝等人仍继承乾、嘉经史考据学余脉。沈曾植一方面继承了乾、嘉以来的音韵训诂、典章制度等考据之学，另一方面又能跨入新拓展的西北地理，辽、金、元史及甲骨文等学术，是清代学术之集大成者，胡先骕《海日楼诗集跋》称他为“清同、光朝第一大师，章太炎、康长素、孙仲容、刘左庵、王静安先生未之或先也”，赞之曰：“先生之学，海涵地负，近世罕匹。”⑤

---

① 汪辟疆：《汪辟疆说近代诗》（吴蔡小笺），上海古籍出版社2001年版，第17—18页。

② 汪国垣：《光宣诗坛点将录》，《民国诗话丛编》（第五册），上海书店2002年版，第332页。

③ 王国维：《沈乙庵先生七十寿序》，《王观堂先生全集》（第三册），台北文华出版社1968年版，第1147页。

④ 胡先骕：《海日楼诗集跋》，《沈曾植集校注》，中华书局2001年版，第23页。

⑤ 胡先骕：《海日楼诗集跋》，《沈曾植集校注》，中华书局2001年版，第23页。

沈曾植致力于学术研究，诗歌仅其余事而已，“偶有所感，辄缀数言”[①]（沈曾植《苻娄庭漫稿自序》）。然学问富赡而溢为声诗，其诗歌是典型的学人之诗。“沈曾植的学人之诗，表现在其诗融通经学、玄学、佛学等思想内容以入诗，表现在腹笥便便，取经史百子、佛道二藏、西北地理、辽金史籍、金石篆刻、医药等方面的奥语奇词以入诗，他的学问积累深厚，又能融会贯通，发之于诗，从而形成了奥僻奇伟、沉郁盘硬的风格。”（钱仲联《沈曾植集校注前言》）

一、引学术入诗

沈曾植的学人之诗首先表现在他能融通“经学、玄学、佛学等思想内容以入诗”，即以专门之学入诗。

沈曾植认为诗歌与经史佛道之学是相通的，如他以唐诗为例，指出诗歌与绘画、佛学相通，“吾尝论诗人兴象与画家景物感触相通。密宗神秘于中唐，吴、卢画皆依为蓝本。读昌黎、昌谷诗，皆当以此意会之”[②]；他又以宋诗为例，指出诗歌与史学相通，“以事系日，以日系月，史例也。宋人以之治诗，而东坡、山谷、后山之情际，宾主历然，旷百世若披帷而相见。彼谓诗史，史乎史乎”[③]！

他在《与金甸丞太守论诗书》[④] 中说：

> 记癸丑同人修禊赋诗，鄙出五古一章，樊山五体投地，谓此真晋宋人诗，湘绮毕生，何曾梦见？虽谬赞，却惬鄙怀。其实只用皇疏《川上章》义，引而申之。湘绮虽语妙天下，湘中《选》体，镂金错采，玄理固无人能会得些子也。

王闿运诗宗汉魏六朝，其诗在选辞设色、风调音节、对举铺叙、渲染修饰上学汉魏六朝诗人，可谓惟妙惟肖，足以乱真。然沈曾植认为王闿运只得魏晋六朝诗人的“皮相”，其诗虽如“晋宋人诗”语言隽妙，但他不通玄学，对汉魏六朝诗人蕴藉在诗中的玄理几乎没有领会到。沈曾植本人精通玄学，所写的玄理之诗，樊增祥读后，钦佩不已，以为“真晋宋人诗，湘绮毕生，何曾梦

---

① 沈曾植著，钱仲联点校：《沈曾植集校注》，中华书局2001年版，第11页。

② 沈曾植著，钱仲联辑：《海日楼札丛海日楼题跋》，辽宁教育出版社1998年版，第264页。

③ 沈曾植著，钱仲联辑：《海日楼札丛海日楼题跋》，辽宁教育出版社1998年版，第268页。

④ 钱仲联：《沈曾植未刊遗文》，《学术集林》卷3，上海远东出版社1995年版，第116—117页。

见”。沈氏这段话着意点出了学术思想对诗歌内在的支撑作用。沈氏又说：

在今日，学人当寻杜、韩，树骨之本；当尽心于康乐、光禄二家（自注：所谓字重光坚者）。康乐善用《易》，光禄长于《诗》（自注：兼经纬）。经训菑畬，才大者尽容耨获。韩子因文见道，诗独不可为见道因乎？

他以具体的事例论证了“以经通道，文道合一”① 的诗文创作观，指出诗人只有把诗学与经学、玄学等专门之学打通，学有根柢，诗作才能因诗见道。

作为大学者，沈曾植的学人之诗首先表现在引学术思想入诗，体现出他“因诗见道”的诗学思想，这是他的“学人之诗”与同时期的陈三立、郑孝胥、陈衍等“同光体”派“诗人之诗”不同的地方。钱仲联先生说：“‘同光体’诗人，只有沈曾植是著名的学人”②，“（沈曾植）才是道道地地的‘学人诗人之诗二而一之’者的现身说法，而‘同光体’诗人却不足以语此的……个别作者如陈衍，虽也博览经史，毕竟只是诗人、古文家，是《文苑传》中人物”③。沈曾植的“学人之诗”不只有“诗人之诗”一样的用事用典，其诗歌创作体现出他“因诗见道”的诗学思想，而且融会了相关的学术思想内容。学术修养、文化意识及时代情境等因素促成他以集大成式的魄力融诗、学于一炉，并趋于向精、深、广的方向发展。他的许多诗作反映了他的学术思想。如《病僧行》（《海日楼诗注》卷3）体现出他认为有世间法而后有出世间法，针砭僧徒不识世间心，故无法从世间心转向出世间心的佛学思想。《病山示我〈醫医篇〉，喜其怪伟，属和一章》（《海日楼诗注》卷7）对中国历代以来的诸医家医书进行考订，完全可作为一部医学史来研读，诗中以气论“荣卫”，驳斥专以“卫属气”、“血属荣”的谬见，可为医理研究方面提供参考。《六月十二日山谷生日，超社第七集会于泊园，观余所藏宋本山谷内集任注，各和集中七古韵一首，用浯溪诗韵》、《傅沅叔得北宋本〈广韵〉于厂肆，泽存堂祖本之祖也，为题四绝》、《积畲观察以所藏〈常丑奴墓志〉索题此志平生凡再见，皆羽琌山馆物也，覃溪极称此书为欧法，今拓泐浅无以证之，意世间尚当有精拓本》、《题知不足斋钞校本棠阴比事二首》等体现出沈曾植在古籍版本方面的造诣，他澄清了前人的误说，比勘版本的异同与优劣，还原了相关版本

---

① 钱仲联：《钱仲联自传》，巴蜀书社1993年版，第8页。

② 钱仲联：《论同光体》，《当代学者自选文库·钱仲联卷》，安徽教育出版社1999年版，第199页。

③ 钱仲联：《清代学风与诗风的关系》，《当代学者自选文库·钱仲联卷》，安徽教育出版社1999年版，第160—161页。

的本来面目。《题唐子畏雪景》评价唐寅之画，别具只眼；《题宋芝山晴江列岫图卷三首》批判麓台、石谷、南田末派之失，体现出他对绘画艺术的精深研究。

沈曾植还认为诗歌应能通古今之变，通人伦政事之得失，实际上就是提出诗歌必须发挥社会政治功能，表现儒者图谋天下、审定号令、深虑远图的经世情怀。他说："夫所谓雅人者，非即班孟坚鲁诗义'《小雅》之材七十二，《大雅》之材三十二'之雅材乎？夫其所谓雅材者，非夫九能之士，三代之英，博闻强识而让，敦善行而不怠之君子乎？夫所谓深致者，非夫函雅故，通古今，明得失之迹，达人伦政事，文道管而光一是乎？"① （《瞿文慎公止庵诗序》）他的《送伯愚赴热河》、《简黄公度》、《入城》、《南皮公青山大阅偕节庵往观》、《南皮公霜郊校射即席赋呈》、《寄陈伯严》等表现了他的旷世情怀和经世之术，围绕着如何实现富国强兵，把救危之术、济世之策用诗歌的形式"撰写"了出来。

二、引学术用语、奥语奇词入诗

沈曾植力求诗歌摆脱平庸滥俗，欲洗髓伐毛，蓄蕴奥义而"寄托遥深"，分别从思想内容的形而上和用事用典的形而下两方面奠定了他学人之诗的范式。就形而上而言，就是以学术代替诗人的直观经验，突破传统诗学中"言志"和"缘情"的主导性模式，把"情"、"志"提升为以理性和逻辑为体、知识学问为用的新型艺术品，以便既能全方位地调动其博鸿的学术资源，又能顺应其隐约委婉的表达方式的要求；就形而下而言，即学者的典故术语取代了诗人轻灵巧语并成为文本中最重要的诗歌语言。

沈曾植的学人之诗还表现在以"经史百子、佛道二藏、西北地理、辽金史籍、金石篆刻、医药等方面的奥语奇词以入诗"。他不是有意在诗中杂拉生词，炫学矜奇，而是在完全通融了学术之后，不自主地将其中的学术用语、典事奥语引入诗作之中，运用自由，毫无滞涩之感，完全是其深厚学术功底的自然发露。

由于他能将诸多学问通融汇合，他的诗中往往会出现以经史佛道、金石考据、地舆方志、医学农学等诸多学术术语同时入诗的情况，真是包罗万象，沈博奥邃。学术术语已成为他诗歌语言的重要组成部分，但这与刻意堆垛生词硬语迥乎不同，非学术大师无以至此。下面仅引他《病山示我〈翳医篇〉喜其怪伟，属和一章》中的一小节加以说明：

---

① 钱仲联：《沈曾植海日楼佚序》，《文献》，1991 年第 1 期，第 171 页。

……医术始黄帝，神仙能养生。厥流托方技，劂典先群经。燕齐迂怪人，悲愤思飞腾。仲景厨及流，不依刘景升。大慈启金匮，善救苏灾眊。黄公北山隐，思邈终南迎。剑首吷隋唐，刀圭战魑灵鬼。……（《海日楼诗》卷7）

“医术始黄帝，神仙能养生。厥流托方技，劂典先群经”，语出《汉书·艺文志》关于《黄帝内经》和方技典籍的论述。“燕齐迂怪人，悲愤思飞腾”，上句出自《史记·封禅书》：“而海上燕、齐迂怪之方士，多来言神仙矣。”下句出自曹植《仙人篇》：“飞腾踰景。”“仲景厨及流，不依刘景升”，见《名医录》和《后汉书·刘表传》，刘表为荆州刺史后，任命张仲景为长沙太守。“大慈启金匮，善救苏灾眊”句中的“大慈”意出《大智度论》：“大慈与一切众生乐，”“金匮”即张仲景所撰的《金匮要略》三卷。“黄公北山隐，思邈终南迎”意出文中子《中说》：“子谓北山黄公善医，先寝食而后针药。”《旧唐书·孙思邈传》：“思邈以王室多故，乃隐居太白山。”“剑首吷隋唐，刀圭战魑灵鬼”，“剑首吷”语出《庄子》：“吹剑首者，吷而已矣。”“刀圭”语出《抱朴子》：“服之三刀圭，三尸九虫，即皆消坏。”

这首诗被王国维称为“杰作”，串联了一系列史学、地舆学、医学以及道佛之学之典故术语，澜翻不穷，迥出蹊径。辞艰句奥给读者解读造成了难以忍受的障碍，真可谓“雅尚险奥，聱牙钩棘”①。

沈曾植的诗歌喜融合数典，典中有典。如《国界桥》中“修多罗说家常语，冥漠君为化乐身”（《海日楼诗》卷7）句系融合数典而成。“修多罗”出自《大智度论》，指诸经中直说者；“家常话”源自杨潜《云间志》中《聪道人灵鉴塔铭》：“（仰德聪）结庐畲山之东峰，有二虎大青小青随侍。有造之者，见挂一书梁间，问之，曰：‘如人看家书一遍，即知其义，何见读为?’”“冥漠君”用谢灵运《祭古冢文》：“冢有二棺，刻木为人，既不知其名字远近，故假为之号，曰‘溟漠君’云尔。”“化乐身”出自《起世经》：“化乐天身长八由旬。”

沈曾植诗歌最让人难以明晓的是大量以佛典道藏入诗。张尔田说：“沈寐叟邃于佛……三洞之籍，神经怪牒，纷纶在手，而一用以资为诗。”② 汪辟疆说：“（其诗）贯穿百代，奥衍瑰奇，尤喜摭佛藏故实，融铸篇章，一篇脱手，见者知其宝而不名其器。”③胡先骕本欲称赞他的诗歌，却不经意间点出了他大量运用佛典道藏给读者造成的滞塞，“先生（指沈曾植）学问奥衍，精通汉、

① 徐珂：《清稗类钞》（第八册），中华书局1986年版，第3961页。

② 沈曾植著，钱仲联点校：《沈曾植集校注》，中华书局2001年版，第1页。

③ 汪辟疆：《汪辟疆说近代诗》，上海古籍出版社2001年版，第28页。

梵诸学……其诗本清真，但以攟拾佛典颇多，遂为浅学所訾病”[①]。如《西摩路》（《海日楼诗》卷5）一诗中：“欣然名字即，已释尘沙凝。老母米潘因，晚华曼陀姿。”前两句意为天台宗化法四教：藏、通、别、圆；又分为六即，所谓理即、名字即、观行即、相似即、分证即、究竟即。后两句中的“老母”用《大智度论》典；“曼陀”即曼陀罗，梵语音译词，佛教中的圣洁之花，《法华经》载佛说法时，曼陀罗花自天而降，花落如雨。由云龙说沈曾植的诗精深沉郁、晦僻不可时特意标出这两句，“老母米潘因”一语，由氏更是百思不得其解。[②] 再如《病僧行》云：“苏迷庐山芥子小，石女行歌木儿笑，岚风撼松藤臬臬。”（《海日楼诗》卷3）“苏迷庐山”、“芥子纳须弥”都源自《维摩诘所说经》。“石女”句暗用《本嵩华严七字经题法界观三十门颂》：“岭上木人叫，溪边石女歌。”“岚风”句暗用《大宝积经》：“此三千大千世界，为毗岚猛风之所吹坏，一切散灭，无有遗余。”三句用典都用“故事之语意，而不显其名迹”。

三、学人之诗的极致

前面说过中国古典诗歌从民间集体创作时代进入文人个体创作时代后，始终存在一个“学问化”过程，这一过程与诗歌的“性情化”处于一个共时性的平行状态。单就古典诗歌“学问化”过程本身而言，它又处于一个历时性的演进状态，即这一过程并不是某一时期、某个流派所体现出来的片断性现象，而是伴随着古典诗学历程强弱参差地形成一个持续性过程，基本趋向是以踵事增华的方式由弱渐强。

处于晚清时期的沈曾植将清代学人以学问为诗引向更险更僻的路数，他的诗歌不仅有深奥的学术思想，而且“僻典奥语，层见叠出，不加详注，很难索解”（钱仲联《沈曾植集校注前言》）。在他的诗中，古典诗学中兴象、气韵等审美内涵退居其次，传统士大夫抒情言志的雅致越来越接近于一种纯粹的学术趣味。他“以六籍百氏、叶典洞笈为之溉，而度材于绝去笔墨畦町者，以意为輗而以辞为辖，如调黄钟，左韶右濩，如朝明堂，尧醴舜醺，谲往诡今，蹠瘁擿窳”[③]，引学问入诗力求开拓出新，除了全面驱动其心智，从典籍书本的字里行间仔细搜寻前人遗漏的点点滴滴以为诗料外，还大量引入释典，释典中又取其中的僻典，此前的学人虽也引释典入诗，但远不如他顺手拈来，频频调用。

① 沈曾植著，钱仲联点校：《沈曾植集校注》，中华书局2001年版，第23页。
② 由云龙：《定庵诗话》卷下，《民国诗话丛编》（第三册），上海书店2002年版，第584页。
③ 沈曾植著，钱仲联点校：《沈曾植集校注》，中华书局2001年版，第14页。

沈曾植的诗歌可以说达到了中国古典诗歌以学问入诗的巅峰状态，造“学人之诗”之极[①]，此前此后都没有人引学问入诗如此之深、如此之繁、如此之僻。沈诗的笺注者钱仲联先生深有体会地说沈氏“是近代学者中知识最广博的一人”[②]，注其诗“难度超过了任何一位大家名家的专集”[③]。沈曾植在以学问为诗的这条创作之路上作了艰苦的探索，他融涵学理、广征典籍的做法是以调动传统学问各门类的知识来扩张诗体的表现力的。但这样的诗歌性情不足，学理有余；但见其“学境”，少见“意境”。

与沈曾植同为“同光体”派魁杰的陈三立说沈氏“于学无所不窥，道箓梵筴，并皆究习。故其诗沈博奥邃，陆离斑驳，如列古鼎彝法物，对之气敛而神肃。盖硕师魁儒之绪余，一弄狡狯耳，疑不必以派别正变之说求之也”[④]，“子培（即沈曾植）诗多不解，只恨无人作郑笺了”[⑤]，认为其诗歌中的学问过深过僻，于己几乎成为玩弄学问的游戏，于人则无从解读其诗意。其诗“钩章棘句，僻涩聱牙……使读者悄然而不怡”[⑥]（《小草堂诗集序》），“人读之，舌挢不下，几不能句”[⑦]（《嘉兴沈乙庵先生学案小识》）。虽在学风浓厚的光宣诗坛，“宗乙庵（即沈曾植）者绝无。有之，仅一金甸丞蓉镜，亦不过得其一体，岂以其包涵深广，不易搜穷故耶”[⑧]；虽学识渊博的同辈学人，也“时时钦其宝，莫名其器”[⑨]，“睨之背芒，慄不敢近”[⑩]，更不用说普通的读者了。学人之诗发展到此已是高处不胜寒了。

晚清诗坛尽管因经世派诗人、维新派诗人和革命派诗人的创作而显示出生机，但诗坛的主体还是学人之诗或带有学人之诗特征的诗人之诗，沈曾植的诗歌只是其中最典型的代表之一。这些诗歌深受乾、嘉以来朴学风气的影响，与现实生活联系不紧密，缺乏活泼的气息，颇有彝鼎法物之味；学问化因素太重，显得艰涩古奥，读懂已令人费尽心思，遑论得到审美的愉悦。这实际上表现了古典诗歌发展到近代后期，日趋雅致深奥而走入象牙之塔的绝路，基本丧失了清新朴实的天然之风，学问化长期累积起来的负面影响使古典诗歌的生息气脉已经折耗殆尽，诗人们纷纷寻求资书炫博这一褊狭之路，也是在自掘坟墓。

---

① 马亚中：《中国近代诗歌史》，台湾学生书局1992年版，第394页。

② 钱仲联：《钱仲联自传》，巴蜀书社1993年版，第26页。

③ 钱仲联：《钱仲联自传》，巴蜀书社1993年版，第16页。

④ 沈曾植著，钱仲联点校：《沈曾植集校注》，中华书局2001年版，第18页。

⑤ 汪辟疆：《汪辟疆说近代诗》上海古籍出版社2001年版，第331页。

⑥ 陈衍：《陈衍诗论合集》，福建人民出版社1999年版，第1074页。

⑦ 卞孝萱、唐文权：《民国人物碑传集》卷6，团结出版社1995年版，第447页。

⑧ 钱仲联：《梦苕庵诗话》，《民国诗话丛编》（第六册），上海书店2002年版，第205页。

⑨ 陈衍：《石遗室诗话》卷26，《民国诗话丛编》（第一册），上海书店2002年版，第355页。

⑩ 沈曾植著，钱仲联点校：《沈曾植集校注》，中华书局2001年版，第14页。

第七章　晚清学人的经世之诗

乾隆之世，清王朝在达到繁盛的顶峰之后逐渐走向下坡。到道光时期，封建统治已是危机四伏，处于风雨飘摇之中。内则灾獘频年，吏治腐败，国库空虚；外则列强觊觎叩关，海患日急，封建阶级中的开明有识之士对社会危机惶惶不安，逐渐失去了无征不信、引经据典的雅致，积极探求解决社会危机的切实可行的办法，他们既反对汉学家们寻章摘句、烦琐考证、脱离实际、厚古薄今的风气，也反对宋学家们空谈义理、潜修心性、不问国计民生、不能解决现实问题的做法。他们主张“经世致用”，“以经术为治术”，力图从旧学中找寻匡救的药方，解决实际问题，即兴利除弊、强国御侮。于是学风由乾、嘉时期的崇实求证、考据训诂转向了近代的经世致用、崇变求新。

受之影响，近代诗风也为之一变。陈衍说：“道光之际，盛谈经济之学。未几，世乱蜂起，朝廷文禁日弛，诗学乃兴盛。”[①] 由云龙也说：“道咸以来，国事日非。非讲求经世之学，不足以济时；非主张变通之道，不足以应用。于是今文之学兴，公羊三世之学说盛。其时之学者，如龚定庵、魏默深辈，皆今文学家，喜谈经济。而其诗亦皆廉悍坚卓。”[②] 他指出危机变乱渐兴，政治相对宽松，近代具有新思想的学人的学术风向发生了转变，已远离乾、嘉朴学的轨迹的事实。相应地，他们的诗歌无论从思想内容还是艺术风格来看，都有别于乾、嘉时期的学人之诗，为古典诗歌注入了新的活力，近代诗坛呈现出新的气象，故汪辟疆说：“有清一代诗学，至道咸始极其变，至同光乃极其盛”[③]，“大抵怵于世变，思以经世之学易天下，及余事为诗，亦多咏叹古今，指陈得失。或直溯杜公，得其沈郁之境；或旁参白傅，效其讽喻之体。故比辞属事，非学养者不至，言情托物，亦诗人之本怀”[④]。

---

① 陈衍：《近代诗学论略》，《陈衍诗论合集》，福建人民出版社 1999 年版，第 1085 页。

② 由云龙：《定庵诗话》卷上，《民国诗话丛编》（第三册），上海书店 2002 年版，第 563 页。

③ 汪辟疆：《汪辟疆说近代诗》，上海古籍出版社 2001 年版，第 1 页。

④ 汪辟疆：《汪辟疆说近代诗》，上海古籍出版社 2001 年版，第 40 页。

第一节　学之别体，诗之新声：论龚自珍的诗歌

最先感觉到大清帝国繁盛的表面下潜藏着巨大危机的是龚自珍。

龚自珍，字瑟人，浙江仁和人。“生平著作等身，出入于九经、七纬、诸子百家，自成一家。”（《清史列传》卷73）“其为学，务博览……熟习掌故，通蒙古文，长于西北舆地，旁逮诸子、道释、金石、术数，莫不贯通”[①]。魏源说他“于经通《公羊春秋》，于史长西北舆地。其为文以六书小学为入门，以周、秦诸子吉金乐石为崖郭，以朝章国故、世情民隐为质干，晚犹好西方之书，自以为造深微云”[②]。梁启超说他“小学多得自段氏（玉裁），而经义则挹庄（存与）、刘（逢禄）；又好治史，憙章实斋学，言六经皆史；又学佛，欲排禅宗，衍教下三家”[③]。他不但继承了清初顾炎武等人“经世致用”的精神，也推扬其“博学崇实”的学风，“天下山川形势，人心风气，土所宜，姓所贵，皆知之。其于言礼、言兵、言政、言狱、言掌故、言文体、言人贤否，如言其家事”[④]。

尽管龚自珍以诗鸣于近代，但无论是从志趣来看，还是从学术著作与诗集厚重的对比来看，他首先是个学人，然后才是个诗人，他以经世之学为平生志业，诗歌创作对他来说仅是余事。

一、“学之别体”

龚自珍相当一部分诗歌是作为其“学之别体”而存在的。在龚自珍的学术中最突出的是他的今文经学和佛学。他的诗歌也明显地体现出这两种学术思想。

龚自珍继承了刘逢禄等人的今文经学，“端门受命有云礽，一脉微言我敬承。宿草敢祧刘礼部（逢禄），东南绝学在毗陵”[⑤]（《己亥杂诗》第59首，《己亥杂诗》以下简称《己》）。“从君烧尽虫鱼学，甘作东京卖饼家。”（《杂诗，己卯自春徂夏，在京师作，得十有四首》其六）他的诗歌体现了今文经

---

① 支伟成：《清代朴学大师列传》，岳麓书社1986年版，第397—398页。

② 魏源：《定庵文录序》，《魏源集》，中华书局1976年版，第239页。

③ 梁启超：《清代学术概论》，中国人民大学出版社2004年版，第115页。

④ 龚自珍：《尊史》，《龚自珍全集》，上海人民出版社1975年版，第80—81页。本章后面引用该书只在正文中简单注出，该书简称《全集》。

⑤ 本文引用龚自珍诗歌未注明出处者，均来自《龚自珍全集》，上海人民出版社1975年版。

学主要的思想：

第一，继承《公羊传》的“三世”说与《周易》变通观，以“三世”之说申述嘉道之世正值“万马齐喑究可哀”（《己》第125首）、“忽忽中原暮霭生”（《杂诗，己卯自春徂夏，在京师作，得十有四首》）之衰世，提出“杠破期门佽飞胆”（《己》第45首）、“不拘一格降人才”（《己》第125首）等大胆变革社会政治的主张。

第二，继承了《公羊传》对《春秋》“大一统”，“圣无外，天亦无外”，四海本是一家的思想，“黔首本骨肉，天地本比邻。一发不可牵，牵之动全身。圣者胞与言，夫岂夸大陈？四海变秋气，一室难为春。宗周若蠢蠢，嫠纬烧为尘”（《自春徂秋，偶有所触，拉杂书之，漫不诠次，得十五首》其二），“麟生凤降岂有种？况乃一家中国犹弟兄”（《汉朝儒生行》）。

龚自珍用力于佛甚勤，修纂佛学典籍多部。平时努力思索着佛经的真义，往往“闻茶沸声，披衣起，菊影在扉，忽证法华三昧”（《己》第78首后注），甚至在旅途中也修持不断，“车中三观夕惕若，七藏灵文电熠若。忏摩重起耳提若，三普贯珠累累若”（《己》第22首）。

龚自珍的佛学归宗于哲学思辨极为丰富的天台宗，天台宗的“一心三观”、“一念三千”、“三谛圆融”、有情无情等教义激起了龚自珍心底的默契与共鸣，他希望通过天台宗等佛学参透人生的价值，所以他许多诗歌直接阐述了天台宗的教义。“如何从假入空法？君亦莫问我莫答。若有自性互不成，互不成者认佛刹”（《己》第161首），阐发了天台宗“从假入空”和“互相遍应”的理论。“空观假观第一观，佛言世谛不可乱。人生宛有去来今，卧听檐花落秋半”（《己》第226首），阐发了天台宗《修习止观坐禅法要》中“观心”修炼过程的三个阶段以及三种时间观。“吟罢江山气不灵，万千种话一灯青。忽然搁笔无言说，重礼天台七卷经”（《己》第315首），阐发了天台宗无言心悟之至境的思想。

至于他诗歌中引用释典，真如天女散花，随处皆是，令人眼花缭乱。如《西郊落花歌》：“先生读书尽三藏，最喜维摩卷里多清词。又闻净土落花深四寸，冥目观赏尤神驰。西方净国未可到，下笔绮语何漓漓。”短短几句就用到了《维摩诘所说经》、《璎珞经·普称品》、《大乘义章》、《妙法莲华经·化城喻品》等佛学经典。

龚自珍其他方面的学术在其诗歌中都有反映。“孝子忠臣一传成，千秋君父名先裂”（《呜呜硁硁》）、“三策天人礼数殊，公孙相业果何如”（《读〈公孙弘传〉》）、“读到嬴刘伤心事，误渠毕竟是锥刀”（《己》第15首）等体现出他在史学方面“诵史鉴，考掌故，慷慨论天下事”（张维屏《国朝诗人征略》）的造诣；《周信之明经中孚手拓吴兴收藏家吴晋宋梁四朝砖文八十七种见贻，赋小诗报之》、《以奇异金石文字拓本十九种寄秦编修恩复扬州，而媵以诗》体现出他在金石学方面“征文考献陈礼容”的成就；“碧纱橱护阿芙蓉”（《己》第85首）句中“阿”字之考证，“三秋不陨芙蓉马”（《己》第223首）句中“马”字之考证可反映出他在文字学等方面的素养；“麟趾褭蹄式可寻，何须番舶献其琛”（《己》第118首）、“不行官钞行私钞，名目何人饷史家？（《己》第119首）”、“琼林何不积缗泉？物自低昂人自便”（《己》第175首），体现出其货殖思想。

作为一个学人，龚自珍的诗歌表现出强烈的学术史意识。《自春徂秋，偶有所触，拉杂书之，漫不诠次，得十五首（其四）》对诸子争鸣和儒学独尊提出了自己的看法；“崛起有人扶左氏，千秋功罪总刘歆”（《己》第57首）阐述了他对刘歆兴《左氏春秋》的总体评价；《常州高材篇，送丁若士》详细梳理了清代常州学派的源流支脉；“一脉灵长四叶貂，谈经门祚郁岧峣。儒林几见传苗裔？此福高邮冠本朝”（《己》第148首）概述了高邮王氏学派的宗支等。《己亥杂诗》从第47首开始叙述自己从事校雠之学到第82首叙研习天台宗佛典（中间有断隔），用25首诗歌集中回顾了自己的学术生涯和著述，俨然撰写了一部自身的学术史。

二、“诗之新声”

龚自珍的诗歌有着异于传统诗歌的新质，体现出哲人的眼光和志士的情怀。

（一）龚自珍的诗歌具有超前的时代敏感性

嘉、道时期，天朝大国的彩釉早已皲裂剥落，危机四伏。清朝统治者却依然寻欢作乐、醉生梦死而不知觉悟，“秋气不惊堂内燕，夕阳还恋路旁鸦”（《逆旅题壁，次周伯恬原韵》）。即使是士人阶层也较少有人觉察到隐藏在帝国根基深处的危机，许多诗人要么以盛世之音、高格朗调颂扬文治武功，粉饰出盛世圣主的一派兴旺；要么吟咏风月，表现出太平之世下的悠然自得，“其时所传之诗亦唯颂谀献媚，或徜徉山水，消遣时序，及寻常应酬之作”①，“辞多愉悦，异时讽诵，了无动人”②。龚自珍以时人少有的犀利眼光和锋锐的思想，成为时代“知几其神”的敏感者，诚如梁启超所言：“举国醉梦于承平，

① 柳诒徵：《中国文化史》（下册），中国大百科全书出版社1988年版，第731页。

② 汪辟疆：《汪辟疆说近代诗》，上海古籍出版社2001年版，第6—7页。

而定庵忧之，蔑然若不可终日，其察微之识，举世莫能及也。”[①] “观理自难观势易，弹丸累到十枚时”（《己》第19首），他犀利地指出清王朝已到了“岌岌乎皆不可以支月日”的境地；“浩荡离愁白日斜”（《己》第5首）、“白日西倾共九州”（《怀沈五锡东、庄四绶申》）道出了大清王朝江河日下，晚景已现。

（二）龚自珍的诗歌具有思想启蒙性

在古典诗歌中，抒发“个性解放”的诗人经常被当作王朝衰败或士风败坏的替罪羊而受到攻击，如明代公安“三袁”等人被认为是“误国”的罪魁祸首，清代袁枚被认为是“无耻妄人，以风流自命”[②]（张学诚《札记》）。所以在正统诗歌中的抒情言志大都是被压抑而严重内敛的“温柔敦厚”、“不伤不怒”的货色，即便是遭到诋斥的“三袁”和袁枚等人的诗歌基本上还停留在“一己”、“一人”的情欲之中。龚自珍诗歌不仅表现出对自由个性真挚的追求，“何如一意求精诚？……白日青天奋臂行”（《呜呜铿铿》），更启迪着人们对封建礼教的重新思考。《反祈招》借周穆王西游的故事曲意表达了追求“白云满家，褰其异花”自由壮彩的人格，绝不“慕虚名”而死守忠孝节义；“田横五百人安在，难道归来尽列侯”（《咏史》），更是点醒了士人不要蒙惑于功名仕禄的说教之中。

（三）龚自珍的诗歌勇于冲破言禁，敢于言人所不敢言

尽管在龚氏之前已有不少诗人如黄景仁、宋湘、黎简、舒位、王昙、恽敬等在诗歌中触及清王朝腐朽衰败的现实，但都远不如龚氏诗歌中批判锋芒之犀利。而当时绝大多数诗人或慑于文字狱的淫威，或不便多言以免遭忌而妨碍升迁之路，多作些无关痛痒的文字，“避席畏闻文字狱，著书都为稻粱谋”（《咏史》）。龚自珍耻“将此骨媚公卿”（《己》第101首），虽多次因忤触时忌欲戒诗却屡屡破戒，把矛头直指清朝统治者的高层，指陈他们把持国家大权，却碌碌无为、钩心斗角，“金粉东南十五州，万重恩怨属名流。牢盆狎客操全算，团扇才人踞上游”（《咏史》）。《伪鼎行》敢借国之重器“鼎”形象地揭露了统治集团中所谓重臣权相貌似谦恭，实则拙劣丑恶、昏庸腐朽的本质。这种论调非龚子不能道，何等泼辣大胆、痛快淋漓。

---

① 梁启超：《清代学术概论》，中国人民大学出版社2004年版，第115—116页。

② 张舜徽：《清人笔记条辨》，中华书局1986年版，第117页。

（四）龚自珍的诗歌不满足于对危机隐患的表层描述，力图表达解决问题的办法

心忧天下是我国古典诗歌一个源远流长的传统，从屈原、杜甫到陆游、辛弃疾，忧患意识无不是其诗歌表现的一个重要内容，但龚自珍的忧患意识“不停留在感性的情绪体验而深切人事物的底蕴，抉示其‘理’”，“又能将所悟知之‘微’，即某种‘先兆’梳理条辨成文，以谋补政救弊，振颓起衰于溃散倾败之前”[①]。他认为社会“万马齐喑”的根本原因是作为社会的中坚士人被严重压抑，有识之士对当世弊病只能“姑将谲言之，未言声又吞”，“东云露一鳞，西云露一爪”（《自春徂秋，偶有所触，拉杂书之，漫不诠次，得十五首》），更谈不上奋发有为。“一睨人材海内空”的主要原因是腐朽的人才选拔制度催生出来的所谓人才不具栋梁之资，只有蒲柳之质，“谁肯栽培木一章？黄泥亭子白茅堂。新蒲新柳三年大，便与儿孙作物梁”（《己》第24首）。广大百姓屠牛弃耕、背井离乡是因为沉重的租税和繁重的劳役，“国赋三升民一斗，屠牛那不胜栽禾”（《己》第123首），“只筹一缆十夫多，细算千艘渡此河”（《己》第83首）；鸦片屡禁不止乃因为官僚甘于其利，层层设置保护伞，暗地帮助毒品走私，“津梁条约遍南东，谁遣藏春深坞逢？不枉人呼莲幕客，碧纱橱护阿芙蓉”（《己》第85首）。针对种种危机，他欲以今文经学和实务之学加以解决，“药方只贩古时丹”（《己》第44首），“经济文章磨白昼”（《又忏心一首》）。

三、近代学人之诗的开创者

龚自珍是近代典型的诗情洋溢的学人，他可以在学术和诗艺中自由交替进行。他在经学、佛学、史学、文字学、金石学、地舆学等方面有着相当广博的知识，因此他在诗文创作时能以才运学，驱学自如。蒋湘南对他由衷地钦佩，“文苑儒林合，生平服一龚”（《书龚定庵主政文集后并怀魏默深舍人》）。

作为学人，他的诗歌继承了乾、嘉以来学人之诗的传统，“肯肩朴学胜封侯，五经烂熟家常饭”（《己》第303首），他非常重视学问对诗歌的根柢作用：

> 诗必有原焉，《易》、《书》、《诗》、《春秋》之肃若泬若，周秦间数子之缜若峍若……于是乃放之乎三千年青史之言，放之乎八儒、

---

① 严迪昌：《清诗史》，浙江古籍出版社2002年版，第1015页。

三墨、兵、刑、星气、五行，以及古人不欲明言，不忍卒言，而姑猖狂恢诡以言之之言，乃亦摭证之以并世见闻，当代故实，官牍地志，计簿客籍之言，合而以昌其诗，而诗之境乃极。则如岭之表、海之浒，磅礴浩汹，以受天下之瑰丽，而泄天下之拗怒也，亦有然。（《送徐铁孙序》）①

他认为诗人应该熟悉《易》、《书》、《诗》、《春秋》和周秦间诸子典籍，证以当代社会现实中的政治、经济、地舆、典制等，酝酿于心，合以为诗。

诗歌根柢于学并不等于在诗歌中堆砌学问，诗人可以从古今学问中切入（“善入”），但不能被学问所牢笼（“善出”），要有自己的思想情感，正如他在《尊史》中所言：

何者善入？天下山川形势，人心风气，土所宜，姓所贵，国之祖宗之令，下逮吏胥之所守，皆知之。其于言礼、言兵、言政、言狱、言掌故、言文体、言人贤否，如其言家事，可谓入矣。……何者善出？天下山川形势，人心风气，土所宜，姓所贵，国之祖宗之令，下逮吏胥之所守，皆有联事焉，皆非所专官。其于言礼、言兵、言政、言狱、言掌故、言文体、言人贤否，如优人在堂下，号咷舞歌，哀乐万千，堂上观者，肃然踞坐，眄睐而指点焉，可谓出矣。②

就是说，一个人如果对天下山川形势、人心风气、地理人文环境、国家政策法令、官吏职责这些大事熟悉得如言家事，就叫“善入”了。把握了这些根本大事，又能通过思考形成自己独立的看法，有自己的断制，如同堂上观戏又能评戏，就叫“善出”了。

龚自珍引学术入诗，不同于老辈学者的诗为学作，而是着意发挥诗歌的政治功能，欲仿“秋雨文园客，身是赀郎有谏书”（《读公孙弘传》），“诗成侍史佐评论”（《夜直》）。他鄙视庾信等人只会作凄凉的词赋，“烈士暮年宜学道，江关词赋笑兰成”（《己》第221首），更不欲学马端临、郑樵等人撦扯典故，“文章合有老波澜，莫作鄱阳夹漈看”（《己》第76首）。作为经世学者，他不仅仅是“劬于经史篆籀之学，识力解深。诗亦奇境独辟”（榴芳《无题诗话》）③，其诗歌所表现出来的新质也不能简单地“视为晚明以来文学新思想在

① 龚自珍：《龚自珍全集》，上海人民出版社1975年版，第165—166页。
② 龚自珍：《龚自珍全集》，上海人民出版社1975年版，第80—81页。
③ 钱仲联：《清诗纪事》，江苏古籍出版社1989年版，第9582页。

朴学家诗歌创作中的复活”①。他要求诗歌能够救弊起衰，能够表达经世致用的雄心壮志，“耻于蛟龙竞升斗，一编聊献郑侨书”（《己》第140首），“我有阴符三百字，蜡丸难寄惜雄文”（《己》第87首）。

而且乾、嘉老辈学者作诗“素卑近”，不作“惊世骇俗”之语，龚自珍作诗则“欹斜谑浪”，不肯“守默守雌”而屡“劳上相损宵眠”（《释言四首》之一）。嘉庆二十二年（1817），龚自珍曾以诗、文集各一册请教“吴中尊宿”王芑孙，王氏复书虽赞其诗文“见地卓绝，扫空凡猥，笔复超迈，信未易才也”，然又善意劝诫他诗歌当“和其声以鸣国家之盛，天下之字多矣，又奚取于至不祥者而以名之载！至于诗中伤时之语、骂座之言，涉目皆是，此大可也……甚至上关朝廷，下及冠盖，口不择言，动与世忤，足下将持是安归乎”，“窃谓士亦修身慎言，寡过而已，文之佳恶，何关得失，无足深论”（张祖廉《定庵先生年谱外记》）②。王氏的复信从侧面反映了龚自珍的诗歌与传统学人之诗又一分野之处。

在嘉道诗坛上，龚自珍最具备诗人的资质。他“乐亦过人，哀亦过人”（《琴歌》），情感强烈而持久，“来何汹涌须挥剑，去尚缠绵可付箫”（《又忏心一首》）。他尊情任性，“歌泣无端字字真”（《己》第170首），敢于在诗歌中表达自己的真情实感，“心迹尽在是，所欲言者尽在是，所不欲言而卒不能不言者在是，所不欲言而竟不言，于所不言求其言亦在是。要不肯寻扯他人之言以为己言”③（《书汤海秋诗集后》）。

而他匡时济世之心和民胞物与之情始终处于“《天问》有灵难置对，《阴符》无效勿虚陈”（《秋心》其二）的压抑状态。于是“寥落文人命，中年万恨并”（《乙酉十二月十九日，得汉凤纽白玉印一枚，文曰缇伃妾赵，既为之说载文集中矣，喜极赋诗，为寰中倡。时丙戌上春也》）的牢骚，“相彼鸾与凤，不栖枯枝松”（《自春徂秋，偶有所触，拉杂书之，漫不诠次，得十五首》（其一））的清高，“貂毫署年年甫中，著书先成不朽功”（《能令公少年行》）的才华，“障海使西流，挥日还于东”（《自春徂秋，偶有所触，拉杂书之，漫不诠次，得十五首》）的豪迈，使得他敢于言前人所未曾言之语，发时人所不敢发之论。

无论是与乾、嘉耆宿相比，还是与同时代的诗人相比，龚自珍的诗歌高标特出，一改乾、嘉以来雍容和缓的盛世之音，扰乱了传统诗歌惯有的雅正之

① 陈居渊：《清代朴学与中国文学》，百花洲文艺出版社2000年版，第4页。
② 龚自珍：《龚自珍全集》，上海人民出版社1975年版，第684页。
③ 龚自珍：《龚自珍全集》，上海人民出版社1975年版，第241页。

声。赞之者认为他“诗亦以霸才行之”①（李慈铭《越缦堂诗话》），谩骂者认为他“恢奇鬼怪，殽乱聪明子弟，如聚一丘之貉，篝火妄鸣，为详为制，至于亡国。声音之道，不可不正也”②（李详《拭觚》）。

近代诗坛分为流向不同而影响很大的两股诗潮，一是“学人之诗”，一是“志士之诗”③，龚自珍的诗歌兼两者而有之。学之别体是其学人之诗的学术特征，他与侈言性灵、率易为诗的随园派末流大不相侔；诗之新声是其志士之诗的时代特征，他与耽于诗艺和学问的宋诗派旨趣颇异。他的诗歌总体上反映出近代一部分人“忧时之彦，恒致意经世有用之学，思为国家致太平，及此意萧条，行歌甘隐，于是本其所学，一发于诗，而诗之内质外形，皆随时代心境而生变化”④。

第二节 “裨益经济，关系运会”：论魏源的经世之诗

魏源，字默深，又作默生，湖南邵阳人。少时究王阳明之学，尤好史。嘉庆十九年（1814），以拔贡入都，复从胡承珙问汉儒学，从姚学塽问宋儒学，又别受公羊学于刘逢禄，师古文辞，则与董桂敷、龚自珍相切劘。道光二年，举顺天乡试，时贺长龄为江苏布政使，延之助辑《经世文编》，由是留心经世时务之学。青年时期，魏源欲挽救社会危机，把主要精力用在“河、漕、盐、兵”四大政上，谋求国家富强的出路，其后更多地侧重研究“边疆”防务与开发。最后，在民族危机的关键时刻，忧愤忧恩，倾全力研究海防，探索国家强盛兴旺之路，走上了一条致力于国家富强的经世之路。

魏源在《皇朝经世文编五例》中明确揭示了经世学者的两大主张，这就是：其一，当代之典制及其历史沿革“盖欲识济时之要务，须通当代典章，欲通当代之典章，必考屡朝之方策”⑤。倡导以经学经世、以史学经世和以子学经世，尤其是经学经世的思想观使他服膺今文经学。在魏源眼里，今文经学中的“微言大义”、不拘于一字一句训诂的活泼学风恰好符合了他的“经世”之愿望，“以《周易》决疑，以《洪范》占变，以《春秋》断事，以《礼》、《乐》服制兴教化，以《周官》致太平，以《禹贡》行河，以《三百五篇》

① 孙文光、王世芸：《龚自珍研究资料》，黄山书社 1984 年版，第 86 页。

② 钱仲联：《清诗纪事》，江苏古籍出版社 1989 年版，第 9584 页。

③ 张炯等：《中华文学通史》（第五册），北京华艺出版社 1999 年版，第 115 页。

④ 汪辟疆：《汪辟疆说近代诗》，上海古籍出版社 2001 年版，第 9—10 页。

⑤ 魏源：《魏源集》，中华书局 1976 年版，第 160 页。本节所引用的材料，如没有特意注出，皆出自该书。

当谏书，以出使专对，谓之以经术为治术。曾有以通经致用为诟厉者乎[①]”（《学篇九》）。其二，重功效与实际“治术”，而决不可如宋学所主张的那样，把治国平天下简单视为修身养性的内圣之学的延长，诚所谓：“盖土出禾，禾出米，米成饭，而耕获舂炊，宜各致其功，不可谓土能成饭也。脉知病，病立方，方需药而虚实补泻宜各通其变，不得谓一可类推也。”[②] 实际上就是主张“以经术为治术”，注重现实。他认为研究学问要联系与国计民生有用的问题，以起到济世救时的功效，即“以实事程实功，以实功程实事”[③]（《海国图志序》）。他在《皇朝经世文编》公开宣布“道存乎实用”，“经世以表全编”[④]。

但清朝政府恪守古制，遵循祖宗家法，与经世务实格格不入。于是魏源强调要“因时致变”、“变古愈尽，便民愈甚”，必然是强调事功，即“以实事求事功、以实功从实事”[⑤]（《道光丙戌海运记》）。魏源强烈呼吁变法，“天下无数百年不弊之法，无穷极不变之法，无不除弊而能兴利之法，无不易简而能变通之法”[⑥]（《筹鹾篇》）。他认为“三代以上，天皆不同今日之天，地皆不同今日之地，人皆不同今日之人，物皆不同今日之物”[⑦]（《默觚下·治篇五》）。

魏源的经世思想与龚自珍是一致的，两人对晚清以来由乾嘉考据向经世致用的学风的转变起到了重大作用，世称“龚魏”。他们指斥乾嘉考据学末流的名物训诂，“无一事可验诸治”（《学篇九》）；指斥空谈心性的宋学末流，“无一事可效诸民物”（《治篇一》）[⑧]。就思想深度而言，魏源的学术思想比龚自珍更扎实、具体，可以说进一步丰富了经世致用的内容。当代史学家齐思和先生早年时说：“晚清学术界之风气，倡经世以谋富强，讲掌故以明国是，崇今文以谈变法，究舆地以筹防边，皆魏氏倡导之，或广大之。”[⑨]

魏源在鸦片战争前后创作的许多诗歌集中反映了他的这些经世思想。他许多诗篇不仅勇于揭露和批判社会弊端，而且能够在批判的基础上提出改革社会的主张，用诗歌来指陈当时急务，提出应对方略。他的这些“经世诗”同龚自珍的诗歌相比，尽管对文化反思的深度有所不及，但其现实性、切实性、时代感都要胜过龚诗。比较全面地反映了作为思想家的魏源思想的敏锐、深邃，

---

① 魏源：《魏源集》，中华书局1976年版，第24页。
② 魏源：《魏源集》，中华书局1976年版，第160页。
③ 魏源：《魏源集》，中华书局1976年版，第208页。
④ 魏源：《魏源集》，中华书局1976年版，第158页。
⑤ 魏源：《魏源集》，中华书局1976年版，第414—418页。
⑥ 魏源：《魏源集》，中华书局1976年版，第432页。
⑦ 魏源：《魏源集》，中华书局1976年版，第47页。
⑧ 魏源：《魏源集》，中华书局1976年版，第36页。
⑨ 齐思和：《魏源与晚清学风》，《魏源思想研究》，湖南人民出版社1987年版，第67页。

作为改革家的魏源的远见卓识，完全可以同他的经世著述相参证。林昌彝赞扬道：“默深所为诗文，皆有裨益经济，关系运会，视世之章绘句藻者相去远矣。”①

一、有关鸦片战争的策论诗

1840 年，西方列强携带鸦片，用坚船利炮轰开了清政府闭关锁国的大门，东南半壁江山惨遭蹂躏。对此，魏源认为是奇耻大辱，痛心疾首，作《寰海》前十章、《寰海》后十章两组组诗专言鸦片战争时期战事的失利与教训。如《寰海》前十章第二首一方面表明诗人严惩吸食鸦片者，以此禁绝烟毒的思想：“但须重典惩群饮，那必奇淫杜旅獒”；一方面又表明他学习外国、变革图强和慎选将才的思想，“欲师夷技收夷用，上策惟当选节旄”，也就是他在《海国图志》中提出的“师夷长技以制夷”的思想。第四首则紧承“上策惟当选节旄”一句，讽刺清廷用人不当、赏罚不明，认为正是朝廷的“功罪三朝云变幻，战和两议镬冰汤”才造成用人方面的前后乖谬，导致战争失利。第五首仍承前而言，一再讥刺清廷用人如同儿戏，弃用堪当大任的林（则徐）、邓（廷桢），重用颟顸无能的琦善之流，“但师卖塞牛僧孺，新换登坛马服君”。第九首揭露抨击广州将军奕山屈辱求和、媚敌卖国的丑行，“城上旌旗城下盟，怒潮已作落潮声”，“全凭宝气销兵气，此夕蛟宫万丈明”。认为正是在投降派奕山的主持下，广州军民的抗英战争才会从高潮走向低潮。

《寰海》后十章作于道光二十二年（1842），时值《南京条约》签订前后。面对抗英战争的失败，诗人更为冷静地去思索其中成败得失的经验教训。《寰海》后十章所反映出来的思想和见解比《寰海》前十章更深刻，更具启发性。第一首是诗人对清政府和战之策的全面反思：“争战争和各党魁，忽盟忽叛若棋枚。流攻浪款何如守，筹饷筹兵贵用才。”批评大臣们在和战问题上不顾大局，而是党同伐异，各持一端，使得朝廷在和战问题上举棋不定，时而与外夷订立盟约，时而又宣布开战。由于筹划不当，举止失措，攻是“流攻”，款是“浪款”。诗人认为，如何选用真正的人才对战争的胜负起着关键的作用。第四首：“小挫兵家胜负常，但须整旅补亡羊。鏖军周处罴当道，倡走荀林马乱行。白面军中谁羽扇，华灯盾鼻又封章。重颓赤帜骄夷帜，更使江防亟海防。”诗人认为，我国军队虽打了败仗，但胜负乃兵家常事，只要整顿军旅、振作士气，就“亡羊补牢，未为晚也”。最怕的是军心涣散，挫己之锐气，长

---

① 林昌彝：《射鹰楼诗话》卷 2，上海古籍出版社 1988 年版，第 36 页。

敌军之威风。同时提醒当权者在稳固海防的同时要加强江防，防止外夷攻入内河，威胁腹地安全。第九首的前四句议论时风："曾闻兵革话承平，几见承平话战争"，感叹清朝承平日久，国人偷乐成习，谈起战争莫不草木皆兵、谈战色变；"鹤尽羽书风尽檄，儿谈海国婢谈兵"，以这种心态应对战争是极为不利的。

《都中吟》第四首："筹善后，筹善后，炮台防江防海口。造械造船造火攻，未敢议攻且议守。船炮何不师夷技，惟恐工费须倍蓰。江海何不严烟禁，惟恐禁烟激边衅。为问海夷何自航？或云葱岭可通大西洋；或云廓尔喀印度可窥乌斯藏；或云弥夷佛夷鄂夷辈，思效回纥之助唐；或云诸国狼狈叵测可不防，使我议款议战议守无一臧。呜呼！岛夷通市二百载，茫茫昧昧竟安在？题本如山译国书，何不别开海夷译馆筹边谟。夷情夷技及夷图，万里指掌米沙如。知己知彼兵家策，何人职司典属国。"这也是魏源对鸦片战争失败教训的总结，同时有针对性地提出了强国固边的策略：一是加强炮台修建，"炮台防江防海口"；二是自强以前，对外夷的基本策略应以积极的防守为主，"造械造船造火攻，未敢议攻且议守"；三是知悉夷情，师夷技以制夷，"夷情夷技及夷图，万里指掌米沙如"；四是严扼江海通道，断绝鸦片的源头，不要怕因此而引起战争。

鸦片战争的直接导火索是鸦片。魏源深刻揭露了鸦片对大清臣民的戕害："不知何国香风过，醉我士女如醇醲。夜不见月与星兮，昼不见白日，自成长夜逍遥国。长夜国，莫愁湖，销金锅里乾坤无。溷六合，迷九有，上朱邸，下黔首。彼昏自痼何足言，藩决膏殚付谁守。语君勿咎阿芙蓉，有形无形𤺥则同。边臣之𤺥曰养痈，枢臣之𤺥曰中庸。鹦鹉儒臣巧学舌，库臣阳虎能窃弓。中朝但断大官𤺥，阿芙蓉烟可立尽。"（《江南吟》）一幅烟雾弥漫、日月无光、天地昏黑的图景，再加上人心萎靡、吏治腐化的现状，真是令人触目惊心。诗人提出要禁绝鸦片，主要的措施还在于"中朝但断大官𤺥"，认为只要断绝朝中大臣的吸食，"阿芙蓉烟可立尽"。《秋兴》第三首同样表现了诗人对鸦片害国的关注，反映鸦片输入导致白银外流，"大漏卮兼小漏卮"，"大漏卮"喻指英夷的鸦片贸易致使中国的白银大量外流；"小漏卮"喻指当时的大小官吏借鸦片买卖使金银财宝源源不断地滚入个人的口袋。"海若蚊宫奔贝族，河宗宝藏积冯夷"导致了清政府面临严峻的财政危机。

二、有关国计民生的政论诗

清王朝延伸到道光、咸丰年间，封建制度的腐朽性、反动性日渐暴露出来，社会黑暗、政治腐败日渐突出。魏源以极大的勇气、敏锐的目光、尖利的言辞给予了揭露和抨击，并积极呼吁变革，提出了一系列的纠治方案。他在《北上杂诗七首同邓皋孝廉》第三首中大声疾呼“何不借风雷，一壮天地颜”，切盼通过改革，使沉痼的国势再焕生气。《秋兴》第四首则直接抒发改弦更张、变革图强的豪情壮志，“但有公厨总聚膻，断无百载不更弦”。

1844 年，魏源入京参加进士试，目睹当时政治的种种弊病，写下政治讽喻诗《都中吟》十三首。第一首抨击了清政府的科举等级制度，“书小楷，诗八韵，将相文武此中进”，仅凭着一篇小楷体书写的八股文、一首八韵诗这样的“雕虫”小技来选拔人才，怎么能选拔到真正有“屠龙”之术的人才。封建吏制等级森然，“官不翰林不谥文，官不翰林不入阁”。一旦国家有难，庸才何堪大任，“昨日大河决金堤，遣使合工桃浪诗。昨日楼船防海口，推毂先推写檄手”。第二首指陈清廷为补财用之不足，竟大开捐纳之例。金钱可以买官，国家的选官用人制度还有什么尊严可言？而且捐纳一开，还会导致贪赃枉法、贿赂公行的恶性膨胀。对此，魏源深感扼腕之痛：“吏兵例，户工例，茧丝牛毛工会计，全恃舞文刀笔吏。”在捐纳制度下胥吏弄权，为所欲为，“缺可补，可不补；级可去，可不去，翻手覆手敢予侮，能令公喜令公怒”，甚至刑部的官职都可以捐纳：“府吏胥徒非世业，谁道尽握六官法。若言部胥不可捐，何故刑部胥无权。”第三首直言当时开科取士、开捐纳官的弊病，“数开科，数开捐，开科遴选为得士，开捐输粟为助边”，开科本是为了得士，开捐是为了助边，结果呢？“借问开科得何士，项槁盐车悲騄駬”，“借问开捐何所润，中外度支财益罄”，诗人的结论是“开科开捐两无益”。鉴于此，诗人主张废弃当时的开科取士制度和捐纳制度，建议“何不大开直言之科筹国计，再开边材之科练边事”，特设直言科来网罗筹划国家大计的人才，特设边材科以发现守边固防的人才。他坚信“市骨招骏人才出，纵不拔十得五终得一”，只要朝廷真心对待人才，人才总会有的。

当时的淮北盐务虽屡经整顿，却仍是私盐泛滥，政府的盐税收入日渐减少，一些掌管盐务的官员却中饱私囊、徇私舞弊。诗人在《江南吟》第六首中揭露了私盐泛滥、官员中饱私囊的情况：“缉私盐，缉私盐，改捆先治场私源。七斤豫章八斤楚，不改恐致官私嫌。改捆愈多私愈深，即挖官包作私用。岸费愈增本愈稠，川粤潞私四面周。何况银价日高抵岑楼。”诗人提出解决问题的办法是：“曷运场私敌邻私，倍盐贱销两获算”，“温州郡守师票盐，商民歌咏官府嫌”，即增加盐的投入量，以薄利多销的方式来稳定盐价；推行票盐制，加强食盐生产和销售的计划性。诗人认为推行上述二法，不仅盐商高兴，而且“利民利国徒鸡廉”（诗人在江苏布政使贺长龄幕中时，曾参与整顿盐务，提出票盐之法使盐运大畅，革除了多年积弊）。

又如漕运问题，运河是清代南北水路运输的主要通道，既关系着整个京城的粮食供应，也关系着运河两岸民众的生计。他的《江南吟》第五首即对漕运予以关注，一是指出漕运的弊病，二是提出革除积弊的办法。“漕艘来，漕艘来，如山如屋如风雷，千艘辟易何雄哉！入闸闸为阻，千夫万夫挽邪许；入运运为胶，微蜀湖田泽雁号。我闻漕艘丈尺有成规，受五百石无差池。水力船力胜米力，何事礧砢穹窿为？私货愈多费愈重，徒供仓吏闸夫用。”漕运之弊在于船只太大、数量太多，超越了运河的负荷，解决的办法是“病漕病河兼病民，何如改小一帆送”，即改大船为小船。其具体设想是“战舰苦瘦，粮艘苦胖；战舰苦窳，粮艘苦滥。曷移战舰作粮艘，更改粮艘修战舰”，即将作战的小船改作运粮之船，而将运粮的大船改作战船。这的确是一个两全其美的办法，既方便了漕运，又增加了战舰的吨位，增强了军队的战斗力（魏源曾作《筹漕篇》提出改革漕运的对策）。

长江的水利与水患问题也是当时朝廷的急务。长江中下游十年九灾，两岸百姓苦不堪言。他的《洞庭吟》以主客问答的方式行文，用事实驳斥了将洞庭水灾归咎于天降祸殃的说法，认为原因在于“水钟三湘失七泽，自古沧桑多变易”，“荆州九穴十三孔，今惟二穴余皆壅。地不让水水争地，仰盂受灌建瓴涌。沿湖圩田岁增岁，曲防壑邻占地利。何况老林秦蜀开，下游沙塞洲渚洄。更加夏汛蛟水至，万马孰御风涛雷。呜呼！八百里湖十去四，江面百里无十二，安能塞川川不溃？”归纳起来，原因有如下诸端：一是人与水争地，大肆围湖造田、垦滩造田，造成受水面积少，水道不畅；二是森林采伐过多，造成严重的水土流失，以致淤塞河道；三是雨季集中，洪峰过大。解决的办法是：“九穴须复九江初，七泽仍请云梦渚，以川还川湖还湖，那患阴阳妨噏嘘？”即恢复河道和水泽，退耕还湖。以诗歌形式分析洞庭湖一带水患形成的原因，提出根除水患的措施，在历史上这种情况是不多见的。魏源曾作《湖广水利论》，分析长江水患形成的原因，提出根治水患的办法与措施，可与该诗相互印证。

魏源的经世之诗显示出以下三个特点：

（1）他的经世诗不仅显示了他的实务之学，而且也显示了他“欲通当代之典章，必考屡朝之方策”的学问功底。他总是联系历史上曾发生的类似的事件，或历史上曾出现的类似的人物，借古讽今，以古喻今，纵横议论。如《寰海》第四首以周厉王时的荣夷公，周幽王时的虢石父，宋高宗时的汪伯彦、黄潜善等奸佞小人喻指清廷中的权奸穆彰阿、琦善等，而以西汉初年匡扶社稷的忠臣绛侯周勃、颍阴侯灌婴喻指林则徐、邓廷桢等有功之臣。第五首再次讥讽清廷用人如同儿戏，不用林、邓，而用颟顸无能的琦善之流，“但师卖塞牛僧孺，新换登坛马服君”。《寰海》后十章第一首“漫言孤注投壶易，万古澶渊几寇莱”，借北宋寇准在对辽之战中于小胜之后与辽签订“澶渊之盟”的史实来正告当权者不可孤注一掷。《都中吟》抨击了清廷的捐纳制度导致卖官鬻爵、贪污腐化，他不禁想起汉代清正、廉洁的汲黯、张汤，“任法任人孰操券，请看汲黯张汤传”。读其诗，感觉到他以一种深沉的历史眼光透视古今之变局。他的经世诗是史家之诗，也是政治家之诗。

（2）他的经世诗不仅揭露了现实的黑暗腐朽，批判了一班祸国殃民之辈，而且对时局所面临的种种危机提出了自己的看法，指明了解决问题的方法。他的诗歌不同于当时一般诗人仅停留于悲愤和失望，而是表现了学者敢于面对现实，敢于为“天下师”的胆略、才能和眼光，这正是他的经世诗难能可贵之处。

（3）他的经世诗可以看作他经世学术之别体，他的经世之诗是他通过理性的思考，把学术思想加以情感化、形象化，并用诗歌的形式“撰写”出来。如为了总结鸦片战争失败的沉痛教训、指陈方略得失，他撰写了具有很高历史价值的长篇纪实文章——《道光洋艘征抚记》，对鸦片战争的全过程作了全景式的记载。上篇主记广州方面的战争，下篇主记淞沪方面的战争。如果说《道光洋艘征抚记》偏重客观记事，议论成分不多，未能展开作者对此役的认识和看法，那么他的《寰海》前十章、后十章及《秦淮灯船引》诸篇则不仅可与《道光洋艘征抚记》相互印证，还在更大的视角上反映了诗人对此战前因后果的认识、战和攻守得失的评价、用人是非功过的褒贬，并由此涉及影响此战胜负其他因素的指评。只是诗歌简要精炼，语气激烈，其学术论文则阐释深刻，见解明晰。再如他的《江南吟》完全可同他的《默觚·治篇》、《筹漕篇》等相参看。

第三节　鸦片战争时期经世派的策论诗[①]

这一时期，除了龚自珍、魏源，张际亮、林昌彝、包世臣、蒋敦复、郑观应、张穆、姚莹、汤鹏等人都以经世致用为己任。魏源与龚自珍是同一时期公羊学派的著名学者，在经世与求变的学术观上互引为知己。魏源“经济、经

---

① 这一节所引用的诗并不全是道、咸时期的学人之诗，旨在显示经世思潮影响下的一代诗风。为了论说的完整性，前面已论述过的龚、魏之诗不加回避。

学、史学，独创一家”[①]，龚自珍赞之曰：“读万卷书，行万里路；综一代典，成一家言。”[②] 魏源著有《书古微》、《诗古微》，努力发掘今文经学，以救时弊。“《诗古微》何以名？曰：所以发挥齐、鲁、韩三家《诗》之微言大义，补其罅漏，张皇其幽眇，以豁除《毛诗》美、刺、正、变之滞例，而揭周公、孔子制礼正乐之用心于来世也。”[③] 他还力图恢复诗教传统，把文学引向经世致用的途径，并主张作诗有“三要”——“厚”、“真”、“重”，“厚”即“肆其力于学问性情之际，博观约取，厚积薄发，所谓万斛泉源也”[④]。他认为“经天纬地之文，由勤学好问之文而入”[⑤]。包世臣曾说：“士者事也，士无长事，凡民事皆士事也。”[⑥] 把研究和解决现实问题看作知识分子的任务，这一见解显然和那些专钻故纸堆、只热衷于考据的考据学者迥然不同。林昌彝治经精博，著有《三礼通释》等；尤留心时务，鸦片战争爆发，著《平夷十六策》及《破逆志》，林则徐认为是“真救世之书，为有用之作。其间规划周详，可称尽善”（《家文忠公少穆宫傅书》，《射鹰楼诗话》卷首）。姚莹“弱冠时即以经世自任”，“为学体用兼备，不尚空谈”，“学问优长，所至山川形势，民情得弊无不悉心讲求，故能洞悉物情”[⑦]。汤鹏“慨然有肩荷一世之志”（姚莹《汤海秋传》），周济也是“少与同郡李光洛、张君琦、泾县包君世臣以经世学相切靡，兼习兵家言，习击刺骑射；至是益交江淮豪士，互较所长，尽通其术，并详训练营阵之制”[⑧]。他们对关系国计民生的漕运、盐课、治河都表现出深切的关注，力矫时弊，砥砺才志，留心时务，将今文经学和实学知识融为一体，开辟了经世致用的一代学风，形成一个主张改革图强、救衰拯危的经世群体——经世派。

道、咸时期的经世派呈现出六个特点。一是社会基础广泛，有朝廷权臣、地方大员、中下级官吏，也有布衣之士，形成颇有影响的经世思潮；二是继承和发扬清初顾、王、黄“经世”、“务实”的学风，“留心时务”、“擅经济才”，不喜空谈，身体力行，学以致用；三是他们不是以实务之学为谋生之路，而是以匡扶天下为己任，治世济民，实是近代实业救国的先驱；四是他们

① 袁嘉谷：《卧雪诗话》卷2，《民国诗话丛编》（第二册），上海书店2002年版，第320页。

② 徐珂：《清稗类钞·著述类》，中华书局1986年版，第3749页。

③ 魏源：《诗古微序》，《魏源集》，中华书局1976年版，第119页。

④ 魏源：《简学斋诗集题辞》，《魏源集》，中华书局1976年版，第230页。

⑤ 魏源：《默觚·学篇二》，《魏源集》，中华书局1976年版，第8页。

⑥ 包世臣：《赵平湖〈政书〉五篇叙》，《艺舟双楫》卷10，《传世藏书》（集部诗文评论3），海南国际新闻出版中心1996年版，第3304页。

⑦ 姚莹：《十幸斋记》，《东溟文后集》卷9，《近代中国史料丛刊续辑》（第52册），（台北）文海出版社1983年影印本，第894页。

⑧ 魏源：《荆溪周君保绪传》，《魏源集》，中华书局1976年版，第236页。

有比较清醒的头脑，看到了社会存在的严重危机，敢于冲破禁锢，揭露时弊，倡导变革；五是他们不满足于时人共有的仇洋御侮的民族意识，而是积极寻求解决问题的办法，那就是如何才能抵挡住像洪水猛兽般涌来的鸦片，如何阻击乘着铁轮、携着钢枪大炮的外国侵略者；六是他们首先是学者，苦心经营的是经术之学，然后才是诗人，行有余力才从事诗文创作，他们“以经济之学相尚，不甚为韵语，故世亦罕称其诗”[①]，其中有一部分人甚至“目睹夫时危国病，非实学无以济急，几将尽绝读诗作诗之观念，以趋专途”[②]。

当清王朝由盛转衰、腐化加剧、危机四伏的时候，西方新兴的资本主义国家却在突飞猛进地强盛起来，他们霸气流溢，野心勃勃，终于毫不犹豫地将舰队开进了古老中国的海湾，鸦片战争爆发了。面对千古未有之民族危机，经世派拂袖而起，以士大夫固有的社会责任心来解除当前国家民族所遇到的危难。鸦片战争时期经世派的实务之学主要包括四个方面的内容：讥切时政，诋排专制，倡言变法；研讨漕运、盐法、河工、农事等大政；探究边疆史地以筹边防，“谈瀛海故实”以谋御外；变一味考辨古史为纂修当代史。[③]

受这股经世学风的影响，他们掀起了不同于前朝的近代经世诗风，张际亮说：“学者贵会通，通于诗者通于政。”[④] 他们的诗歌揭露了侵略者的残暴，反映了战乱给人民带来的痛苦，讴歌了为国捐躯的忠勇将士，但这并不是经世派诗歌的主要特征，这些内容在过去任何一个民族矛盾激化的时期，都会有类似的内容反复出现。鸦片战争前后的诗歌普遍具有仇洋爱国的情绪，经世派诗歌中有，保守派诗人的诗歌中有，甚至妥协派诗人的诗歌中也有。

经世派诗人不屑于“春夜伤心坐画屏”（龚自珍《夜坐》），“相对新亭空洒泪”[⑤]（孙义钧《读史杂感》），无奈地悲慨战争。在实务之学的影响下，他们要求诗歌也应倡言变法；讥切时政，诋责官僚集团腐朽无能；“谈瀛海故实”以谋御外，消弭烟患，抵御外患。这才是这一时期经世派诗歌的主要特征。

经世派诗人强调诗歌首先要“经世”、“务实”，以文学的方式表现了他们的经世情怀和经世之术。因此他们在这一时期的诗歌针对性强，有深刻的思想性和强烈的现实性，凡不关时局、不谈海患之诗都被搁在一边，围绕着如何消除烟患、如何打击侵略者，把救危之术、制敌之策用诗歌的形式“撰写”

---

① 海纳川：《冷禅室诗话》，《民国诗话丛编》（第二册），上海书店2002年版，第701页。

② 吴宓：《吴宓日记》（第一册），北京三联书店1998年版，第406—407页。

③ 冯天瑜、何晓明：《中华文化史》，上海人民出版社1990版，第932—936页。

④ 张际亮：《答姚石甫明府书》，《张亨甫全集》卷3，同治丁卯春刊本。

⑤ 阿英：《鸦片战争文学集》，北京古籍出版社1957年版，第64页。本章后面引用该书只在正文中简单注出，该书简称《文学集》。

出来。

魏源就从政治的高度指出了禁绝烟患的根本措施，“中朝但断大官刖，阿芙蓉烟可立尽”（《阿芙蓉》）。面对列强的船坚炮利，要挽救颓废之势，只有“师夷长技以制夷”，选派人员到外国学习，“周礼刑书周诰法，大宛苜蓿大秦艘。欲师夷技收夷用，上策惟当选节旄”（《寰海》十章）。他总结了清朝海防纰漏百出、首尾难顾的教训，认为清朝水师的布置极不合理，重海防而轻河防，“滃州绝地海天涯，不与前朝版籍偕。那用敌人归郓邑，更分兵力守珠崖。金汤分踞三方垒，斧钺森严十二牌。但识守江贤守海，何虞骚浙更骚淮”（《秋兴》后十首）。必须尽快加以改变，“更使江防亟海防”（《寰海》后十章），才能改变不利的战局。

从战略的制定到战术的运用，他们提出了许多克敌制胜之法。面对战争失利，军不堪战，人心动摇的现状，他们指出中国幅员辽阔，民心可信，民力可用，只要善于筹划，必定能打败侵略者，“忠义乃在民，苟禄亦可耻。古人重召募，乡团良足倚。剿抚协机宜，猖獗胡至此？我朝况全盛，幅员二万里，岛夷至幺幺，沧海眇稊米，庙堂肯用兵，终当扫糠秕”（朱琦《感事》）。他们认为一些地方割据武装作战骁勇，足以挡敌，又有杀敌立功之心，可以招抚，让其为国出力，“制敌当以奇，攻毒从其类。巨盗招使降，结之以恩义。大府跃马来，群酋皆罗拜。谓公能用我，奋勇当一队”（朱琦《纪闻八首》）。

侵略者长于火器，必须避敌所长，因地制宜，尽量利用有利的地形地势，使敌人炮火的威力无法施展，躲开炮火，短兵相接，“溃乱知何因，猥云炮猛利。我思炮所施，岂在肘腋地。先登苟共争，短兵杂相继。谁能十步内，轰击不自避。下吴想开平，竹端布交系。炮来随低昂，破之固有计”（陆嵩《感事》）。多采用突袭战，用火攻法烧毁敌舰，“我苟聚精锐，仓卒乘三更，上流复纵火，巨舰焚纵横，何难尽厥类，歼戮空城垌”（陆嵩《有问贼中事者，诗以答之》）。敌军长于水战，我方要尽力避免水上作战，诱其登陆，围而歼之，“敢抛水棚舍飞舻，百里往还胜可图。空炮悬樯方弃远，包原背陉合摧枯。青塘韦粲沈渊易，赤壁周瑜纵火无”（孙义钧《读史杂感》）。“出水鲸鲵困，登山虎豹雄。用长先诱敌，得势乃论功”（黄燮清《闻浙抚督师海上》）。也可采用骄兵法，“重颓赤帜骄夷帜”（《寰海》后十章），趁其麻痹轻敌之时一鼓而击之。

他们分析了清朝军队战斗力不强的窳症，指出招募征调良莠不齐、缺乏管理和训练的士兵，结果不是驱民至死，就是纵兵为患、临战怯阵、自乱阵脚，危害不浅，“官兵调不足，下令团乡民。乡民习耰钼，那解刃杀人。应募但游手，本皆椎埋伦。卒闻贼船至，四散奔郊村。因之恣淫掠，荼毒耳忍闻。其中狡黠徒，更利奸夷银。倒戈或前导，溃乱先官军。诛之不胜诛，痛矣将谁论”（陆嵩《感事》）。

黄爵滋在友人即将带兵出征之际，就行营的筹划和管理向他提出了应注意的问题和应遵循的原则，“庙堂夫何为，吁咈咨皋禹。何以决难壬，何以符乐胥？何以绝因循，何以戒莽卤？何以贱金银，何以足仓庾？何以减征调，何以息疾苦？上断下必行，内安外自御。惟动而不居，惟静而有所。惟恒以为规，惟一以为矩”（《海防篇赠臧牧庵从军行一百韵》）。朱琦寄诗给在台湾率军抗英的姚莹，要他注意内乱，防止奸民与英军内外勾结，滋生祸害，“木冈环乱山，野番恒杂处。奸民恣劫略，蛇豕纷蟠踞。滋蔓当预图，番夷渐归附。内乱苟不生，外寇岂足惧”（《纪闻八首》）。贝青乔看到外敌火器之利，建议我方也要多用杀伤震慑力大的大炮，才足以与之抗衡，“千斤重拽佛朗机，破敌全凭一震威”（《咄咄吟》）。

鸦片战争结束后，经世派在痛叹之余，以深远的眼光指出，侵略者贪婪之心绝对不会满足，割地赔款换不到永久的和平，必须积极备战，切不可陶醉于眼前暂时的平静，“魏绛和戎岂息兵，君看唐汉最分明，匈奴累岁窥秦塞，回纥频番逼渭城。自古鬼方须挞伐，即今王土尚承平。素馨落尽花田在，蛋户休悲战鼓声”（张际亮《传闻广》）。

近代经世派不同于乾嘉学者，他们学术的最高理念是“学为政本”或“通经致用”，采取了“天下兴亡，匹夫有责”的人生价值观，具有“为帝王师”或“匹夫而为百世师”的生命豪气。他们诗歌中的学问从古典诗歌的经史考据、用事用典转向务实之学、有用之学，他们把如何消除烟患、如何打击侵略者，以及救危之术、制敌之策应用于诗歌之中，体现出近代诗歌学问化之路从传统深奥的经史之学转向与时事紧密相连的实学，可以说传统诗歌更多的是关注学问中形而上的文化层面，经世派诗歌看重学问中形而下的术数层面。同样是以学入诗，传统诗歌偏重于学理的阐述，近代诗歌偏重于学术的运用。

第四节 洋务派学人的经世思想诗

清王朝延亘到近世，内忧外患交相侵逼，如同一座根基已坏的大厦，“更历千岁，瓦毁墁坏，榱栋崩折，非不枵然大也，风雨猝集，则倾圮必矣”！天下士子或“然酣嬉鼾卧，漠然无所闻见；或则睹其危险，惟知痛哭，束手待毙，不思拯救；又其上者，补苴罅漏，弥缝蚁穴，苟安时日，以觊有功”[①]。

曾国藩[②]、郭嵩焘、张之洞等洋务派学人当然属于第三类士人。他们于“清季政治为新旧递嬗之际，亦新旧交争之际，学术同然，新机不可不启，旧统不可不存，乃克变而不失其正”[③]，于是“启沃君心，恪守臣节。力行新政，不悖旧章”[④]，希望施展“经世之略”，实现“利济之志”，为内外交困的封建统治阶级出谋划策、排忧解难。钱基博说：“曾国藩、左宗棠、郭嵩焘，一代名臣，声施四海”，“通经欲以致用。”[⑤] 他们主张“今日而言治术，则莫如综核名实；今日而言学术，则莫若取笃实践履之士。物穷则变，救浮华者莫如质”[⑥]，无论学术治术，都要讲求实际、注重实践。

但是，当涉及如何经世、用什么经世以及经世的内容与方向等问题时，曾国藩等洋务派学人与稍前的龚自珍、魏源等经世派有明显的区别。例如：

（1）是“借经言政”还是“恪守程朱”。龚自珍、魏源等人引经据典，是为了“以经术作政论”，“讥切时政”[⑦]；对经书的解释并不严格要求符合经典本意，在一定程度上还可根据需要而任意发挥。曾国藩等人以理学为经世之具，同时竭力主张要恪守“仲尼之本旨”，“恪守程朱”，不掺私见，对古人经书不能妄加评论。

（2）是“言利”还是“向义”。龚自珍、魏源等进步思想家的经世致用思想体现出功利主义和实用主义价值观，他们提出“道存乎实用”[⑧] 的原则，他们的各项具体主张也是围绕国计民生而展开的。曾国藩等人体现出重“道义”、轻“功利”的传统价值观，“功利”必须以不违“伦纪”为前提，虽然他们也论及国计民生之实务，如盐、槽、赋税、兵制、河工等，但这些实务都被作为“经世之礼”的附属物，是服从于“礼治”这个中心的。

（3）是“验于今”还是“证诸古制”。龚自珍、魏源等在“经世之学”中反对拘守古代典制，大胆地主张“不必泥乎经史”[⑨]，他们的经世思想表现

---

① 梁启超：《梁启超文集》，北京燕山出版社 1997 年版，第 3 页。

② 以曾国藩为首的洋务派成员主要有军政高参李鸿章、左宗棠、李元度、刘蓉、郭嵩焘、王闿运；有湘军悍将曾国荃、彭玉麟、罗泽南；有洋务班底丁日昌、李善兰、徐寿、容闳；有文员荟萃莫友芝、“曾门四弟子”等。

③ 徐世昌：《清儒学案》，中华书局 2008 年版，第 7191 页。

④ 李伯元：《南亭笔记》，江苏古籍出版社 2000 年版，第 204 页。

⑤ 钱基博：《湖南近百年学风》，岳麓书社 1985 年版，第 6 页。

⑥ 曾国藩：《复贺耦耕中丞》，《曾文正公书札》卷 1，《续修四库全书》第 1538 册，上海古籍出版社 2002 年版，第 2 页。

⑦ 梁启超：《清代学术概论》，中国人民大学出版社 2004 年版，第 196—198 页。

⑧ 魏源：《魏源集》，中华书局 1976 年版，第 158 页。

⑨ 龚自珍：《龚自珍全集》，上海人民出版社 1975 年版，第 117 页。

出厚今薄古的特点，曾国藩等人则主张今事必须验诸“古礼”而不差，“证诸古制而不谬”[①]，表现出厚古薄今的特点。

所以，道、咸年间出现的经世思潮存在着两个具有不同思想内容、特点和发展趋势的思想流派：一是龚自珍、魏源等人打着今文经学旗号的经世派思想，要求变革、发展，着眼于国计民生问题，追求“富强”实效的经世内容，他们的经世思想符合时代精神；一是曾国藩等人打着理学旗号的经世派思想，以“复礼”为目的，着眼于解决威胁封建统治的“世道人心”问题，致力于“礼治”秩序稳固。他们的思想中也有注重和解决社会实际问题的合理性因素，表现出有限的进步性。[②]

两派经世思想的不同在他们的诗歌中也有所体现。

一、曾国藩的经世思想诗

曾国藩，字伯涵，一字涤生，湖南湘乡人。《清儒学案》称其“自为经生，研求宋儒诸学，洎通朝籍。覃精义理，兼事考据，深究古今兴衰治乱，慨然有澄清天下之志。……（其）经济本于学问，每建一议，策于受事之始，及其成功，一如所言。求才若渴，加以陶镕，中兴名臣将帅，泰半出于所荐拔而造就之。服膺儒先，躬行实践，省察克治，首重不欺。论学兼取汉、宋之长，要之致用。发为文章，起衰载道”[③]。

曾国藩面对风雨飘摇中的大清帝国欲力挽狂澜。作为晚清一代巨儒，他认为振衰起弱的途径应从学术人心入手，力图将学术与治术、事功贯通起来，《清史稿》也云“国藩事功本于学问”[④]。但他并不沉溺于心性之谈，而是着意于实行、实功、实用。他一再强调，无论是治学还是治国，都必须“不说大话，不说空名，不行驾空之事，不谈过高之理”[⑤]。他的诗歌中也体现出他的这些思想。

曾国藩的一些诗歌揭示出清王朝的种种社会危机和衰败之象。如《咏史五首》（《诗文集》卷1）[⑥]：“功高而不赏，谣诼来青蝇。吴起泣西河，伏波触炎蒸。长城讫自坏，使我涕沾膺。”表达了清朝政府内部矛盾重重，互相攻

---

① 曾国藩：《劝学篇示直隶弟子》，《曾国藩文集》，北京海潮出版社1988年版，第87页。

② 汪林茂：《曾国藩经世思想初探》，《浙江学刊》，1992年第1期第124—125页。

③ 徐世昌：《清儒学案》，中华书局2008年版，第6791页。

④ 曾国藩：《曾国藩诗文集》（附录三），上海古籍出版社2005年版，第482页。

⑤ 曾国藩：《曾国藩日记》，京华出版社2000年版，第64页。

⑥ 曾国藩：《曾国藩诗文集》，上海古籍出版社2005年版。本文如没有另外注出，所引用曾国藩的诗文材料，皆出于此书。《曾国藩诗文集》在本文中简称为《诗文集》。

讦，互相倾轧，陷害忠良，自坏基业。“长星十丈余，白日堕霾雾。翾飞逐醪毂，燕雀尔何哄?”痛惜贤良之臣被逐被害，而操纵大权、炙手可热的一班人物却得意忘形；“万物盗天地，岂况鼠在仓。木大忽颠揭，所食与俱亡。”指出贪污腐化成风，动摇了国家根本；“人心有激宕，天意方澒洞。无辜或于罹，有罪覆解纵。九关森虎豹，阔越不可讼。”哀叹政治的黑暗与腐朽，人们不堪忍受，只能奋起反抗；就在国内千疮百孔之时，西方侵略者携带着鸦片，以铁舰大炮轰开了中国的大门，国人惨遭蹂躏，“逆夷昔烂漫，兵甲御南东。杀人饲蛟鳄，大海为之红”（《送黎樾乔侍御南归六首》，《诗文集》卷3）。

他的一些诗歌表达了学问离开实用，就是无用之学；士人如“通经不达时”，就是腐儒的思想，“迂腐讥《渊骞》，空疏讪商偃。前者激波澜，后者恣斗很”（《丙午正月二日作》，《诗文集》卷3）。他耻于徒事辞章之学，“镌章琢句寻常事，激烈心情绝可怜。今日词臣段颇牧，古来豪士出幽燕。……莫藉文章追往哲，要凭肝胆报皇天”（《书边裒石诗集后二首》，《诗文集》卷4）。他甚至有点偏激地说：“男儿读书良不恶，乃用文章自束缚。……丈夫求志动谓莘，虫鱼篆刻安足尘！贾马杜韩无一用，岂况吾辈轻薄人”（《感春六首》，《诗文集》卷3）。他希望天下士人能潜下心来，研求实务之学，“廿年深究齐民术，一卷新呈水利书”（《送唐镜海先生九首》，《诗文集》卷4）。

曾国藩的诗歌与清代传统的学人之诗相比，呈现出两个不同的特点，一是以专门学术入诗的情况很少，尤其是乾、嘉诗人最喜欢的金石考据诗在他的诗歌里极少见（翻阅他的诗文集，仅有一首考据诗《太学石鼓诗》，一首述学诗《题俞荫甫群经平议诸子平议后》）。这说明他的诗已不同于乾、嘉学人之诗，表现出向抒情言志的方向回归的倾向，以学人身份作诗人之诗。二是他的诗歌阐发了经世思想，却不像经世派诗歌阐述经世的具体方案、方法和途径，也没有经世派诗歌的谯怒疾呼之音以及随之而来的匆忙、率易、肤浅、粗糙的缺陷，他的诗歌具有政治家雍容不迫的特征。

二、郭嵩焘的经世思想诗

郭嵩焘，字伯琛，号筠仙，湖南湘阴人。光绪初，召授兵部左侍郎，充总理各国事务大臣，出使英、法两国，以病乞归。尝以海外诸国非挞所及，当深思因应之宜，力戒宋、明纷呶，以弭近忧，而宏远谟。其与外人交，一持公诚，屏矜气，归于和，剂于应，辩难者仍直争，西人咸敬服焉。光绪十七年（1837）卒于家，年七十四。在里主讲城南书字兼思贤讲舍，启迪后进如不及，尤以扶植善类、奖拔孤寒为己任，学者称养知先生。[①]

郭嵩焘的洋务思想是他经世思想的主要内容。他对魏源《海国图志》赞不绝口，称其“考览形势，通知洋情，以为应敌制胜之资。其论以互市、议款及师夷人长技以制夷”。郭嵩焘处理洋务力求“通古今之变，尽事理之宜”（《彭笙陔〈明史论略〉序》，《文集》卷6）[②]，他清醒地看到“与洋人交涉已成终古不易之局”（《致沈幼军制军》，《文集》卷11），中国应该知情、顺势、依理来处理外交事务。所谓“情”，就是实事求是地考察洋情、掌握洋情，“能知洋情，而后知所以控制之法，不知洋情，所向皆荆棘也”[③]。他认为“夷人之变，为旷古所未有”[④]，因此与这样的对手打交道，必须谨慎从事，“处之不得其法，则议论繁多，变故滋生，往往小事酿成大事，易事变成难事，以至贻累无穷”[⑤]。所谓“势”，是指世界和中国的基本形势，以及根据客观形势所应采取的策略方针，“势者，人与我共之者也。有彼所必争之势，有我所必争之势，权其轻重，时其缓急，先使事理了然于心”[⑥]。郭嵩焘吸取历朝经验，强调审度国势在对外交涉中的重要性，“中外之相制，强则拓地千里，可以战，可以守，而未始不可以和……计战与和二者，因时度势，存乎当国者之运量而已”[⑦]。所谓“理”，就是按条例规则办事，以理待人，“理者，所以自处者也。自古中外交兵，先审曲直。势足而理固不可违，势不足而别无可恃，尤恃理而折之”[⑧]。郭嵩焘指出在对外交涉中，必须考求“事理”，可以理折服洋人，维护国家权益，因为“夷狄之民，与吾民同”。在“情”、“势”、“理”兼顾的情况下，郭嵩焘提出了和平外交的方针。

郭嵩焘慨然有用世之心，“片云飞堕楚册孤，尽有游谈佐庙谟。白日当关骄卧虎，西风横笛感啼鸪。树榆何必输安国，细柳宁闻任亚夫？历代规模谁得失，空传怀疏起雄图”，“麒麟高阁妙图形，端拱甘泉接万灵。兵甲再施元圣略，车书一轨百年型。宋明局势真旋踵，董贾经纶欲哄廷”（《苦雨四首》，《诗集》卷11）。“张骞持节出河源，一见端应胜万言。空使徐严夸论策，几闻颇牧静边藩？幅员茫昧成窥井，风雨栖迟好闭门。百尺高松无恙在，只应长对

---

① 徐世昌：《清儒学案》，中华书局2008年版，第7007—7008页。

② 郭嵩焘：《郭嵩焘诗文集》，岳麓书社1984年版。本文所引用郭嵩焘的诗文材料，如没有特意注出，皆出自该书。《郭嵩焘诗文集》简称《诗集》，出自《文集》的下文均简称为《文集》。

③ 郭嵩焘：《郭嵩焘日记》卷3，湖南人民出版社1982年版，第11页。

④ 郭嵩焘：《郭嵩焘日记》卷1，湖南人民出版社1981年版，第404页。

⑤ 郭嵩焘：《郭嵩焘奏稿》，岳麓书社1983年版，第359页。

⑥ 郭嵩焘：《郭嵩焘奏稿》，岳麓书社1983年版，第359页。

⑦ 郭嵩焘：《郭嵩焘日记》卷1，湖南人民出版社1981年版，第393页。

⑧ 郭嵩焘：《郭嵩焘奏稿》，岳麓书社1983年版，第359页。

阮公论”（《和眉生见赠四首》第二首，《诗集》卷11）。

他对清朝政府的外患有着清醒的认识，“两载悉西虏，悬军碣石开。虎狼深内地，鱼鸟上边台”（《寄唐孝廉治江南》，《诗集》卷2），“旅獒不入王都贡，坐见烟尘四海青”。他尽管提出了和平外交的思想，但是对清政府一味妥协西方侵略者表示担忧，对热衷于妥协的误国之臣十分不满，“和戎魏绛岂疏虞”，“复道金缯归浩劫，枉从狐鼠乞残生”，“森严门限谁摧坏”（《出都杂感》，《诗集》卷2）。战败之后，他认为必须吸取过去疏于防备、临敌惊慌失措的教训，以警醒的语气说：“今日当关戈甲偃，补牢虽晚未嫌迟”（《丰乐镇书壁六首》，《诗集》卷2）。“灌门一夜千樯集，螟驾白浪高崔嵬。岛夷贡纳阻一水，崖水荡荡谁所开。岂无牧令驱除力，征兵十道何有哉！海门烽火诸城逼，当官惨淡无颜色。庙堂深意且招徕，逡巡恣彼窥门阈。雕弓锁甲足侯要，小邦亦古子男国。万一天纲有凋瘵，君须走马前杀贼”（《送吴英樾之官浙江》，《诗集》卷4）。并对防御提出了自己的看法，“昔游越嶲间，西师难初构。灌门事反复，熛至帆樯凑。转深掠崖山，石火裂穹岫。更闻闽与粤，万舶奔飞溜。昭昭睹天狼，有弧不及彀。须防章武郡，中国屏藩旧。廪廪河东公，屹立慑强寇”（《寄呈陆方伯建瀛》，《诗集》卷3）。他指出要加强长江口及京津等要害地区的防卫，以防事发突然，措手不及。

他认为在当前敌强我弱的情况下，以容忍为要，不宜和他们开战，只有待日后强大了，才能对西方侵略者强硬，“岛夷有要约，朝野气徒结。阴谋展时日，濡忍用此诀。冥行四十年，国耻谁能雪？建武运中兴，北庭请诣阙。班掾议酬答，稿草并论列。岂无应对才，发言能屈铁”（《苦雨四首》，《诗集》卷11）。对外政策的制定要深谋远虑，不能迂腐呆板，“西法争新巧，深机在远交”（《左恪靖侯挽词》，《诗集》卷14）；必须“端须持尺寸，权量及琐屑。宁为世俗訾，或幸资补缀”（《颜贞女诗》，《诗集》卷14）。

郭嵩焘对内乱也有很清醒而又深刻的认识，尤其是针对太平军起义的原因及镇压措施，他提出了自己的看法，认为弊政多端、民不聊生是太平军起义的根本原因：“汉家稗政固多端，祸起黄巾一局残。江路经年犹燕处，钟山终古失龙蟠。枕戈有暇筹防御，厝火何人策治安？君看烽烟传小警，长途飞檄浩漫漫。”指责一些地方官没有吏治理财之能，徒知搜刮民脂民膏来完成国家赋税，致使百姓无法安生：“诏书宽大惜黎元，谁识军兴耗费烦？经国要谙《盐铁论》，拜官先失政刑源。锥刀析利徒为扰，闾里输忠未敢论。他日庙谟诛卜式，论才终愧汉公孙。”他认为朝廷要招募的不是不顾大局、拥城自保者，而是敢于出击、为国建功者：“婴城苏峻原无策，临敌王恢亦是才，要识奔堤缘蚁穴，岂闻下诏觅龙媒”（《感事四首》，《诗集》卷5）。痛斥不知国之安危、一味献媚取宠者，“交口诵升平，人人尽伊吕。刘向条灾异，鉴往如列炬。转石与拔山，持论徒毛举”（《苦雨四首》，《诗集》卷11）。

郭嵩焘主张培养新式人才，以实学取代虚文。他鉴于“捐例广开，人尚虚浮，士鲜实学”，呼吁“方今要务，莫急于崇尚实学，振兴人文”①。他对清政府的官吏任用选拔制度颇为不满，认为如此选拔出来的人只会摆架子，只会争吵空谈，拿不出切实可行的办法，“人才奔凑千途进，世局喧阗一曲终。意气凌人真作剧，抟沙斗草走村童”（《和眉生见赠四首》之二，《诗集》卷11）。他认为仕途之人，才干须能治理社会，能经营一方，“古之求仕人，实资驾御才”（《送王待聘归湘乡兼寄曾九弟国荃》，《诗集》卷4）。如果没有经天纬地之才学，纵功名有成，也是迂腐懦弱之人，“丈夫不学纵横术，掇拾卿相疗寒饿”（《胡云璈〈屺瞻图〉》，《诗集》卷3）；“世俗急荣名，空腹如瓠壶。徒闻磊落士，皓首笺虫鱼。虽得一命荣，讵使心胆舒”（《不洪君题其大父吴兴守〈著书图〉》，《诗集》卷4）。他痛批空谈误国之人，“读书不适用，不如手一壶。哆口陈危言，徒为史传巫”（《程定甫先生〈秋夜读书图〉次王益吾韵》，《诗集》卷14）。他看不起徒事辞章之学的人，“只如文章一小伎”，“谁能探本笃经术”（《送汪太史廷儒使毕还朝》，《诗集》卷3）。赞扬了“或叙经典，或明政术”的学者，“王符高论在，或许续《潜夫》”（《奉简陈信州五首》，《诗集》卷3），“王符近有《潜夫论》，与子同为磊落人”（《与黄太史彭年》，《诗集》卷4），“读书用世政须此，莫倚著述藏名山”（《王君〈读书图〉陆员外钟汉属作》，《诗集》卷4），“生平一寸心，六经手耘锄。博采经济资，泛滥晁董余。断断陈水利，足备河渠疏”（《为洪君题其大父吴兴守〈著书图〉》，《诗集》卷4），“纵横王会图中见，天下车书自一家”（《赠越南使臣阮臣儒夫侍郎》，《诗集》卷11）。尤其是国家民族处于危难关头，更应讲求拯世救危之策，而不是空谈，“时艰文学论盐铁，生计人家树薤榆”（《次韵魏粥峰见赠二首》，《诗集》卷14）。

郭嵩焘的诗歌总体上呈现出传统学人之诗转向“新版”学人之诗的过渡状态。他的诗歌不具有乾、嘉学人之诗的风貌，在他的诗集中没有纯粹的学问诗，只有《邹见岳太仆〈嘉靖壬戌会试朱卷〉诗为邹资山作》（《诗集》卷10）、《河伯潭》、《磊石山》（《诗集》卷13）等几首学问化程度较深的诗。他说：“予自三十六七以来，遂废诗文之业，盖谓今之诗文者，徒玩具耳，无当于身心，无裨于世教，君子固不屑为也。”（《诗集》自序）这固然是传统学人轻视诗文的观点，但也体现出他的经世思想。

---

① 郭嵩焘：《郭嵩焘奏稿》，岳麓书社1983年版，第283页。

1877年，郭嵩焘被清政府任命为驻英法公使。然而身处异国的他并没有被异域文化所吸引，诗集中没有一首反映近代西方社会科学和自然科学、民主制度和历史文化的诗歌，只有两首描写异国的景物诗：“客行国万八千里，忽忽移居咫尺间。天地容身无碍小，人禽争食只求顽。九衢车马奔成海，万户云烟叠似山。小作迁家高处住，支窗容我一开颜。”（《移居》，《诗集》卷12）“细碎风声昨夜闻，晓寒轻幌缀冰纹。鸠呼日出朝烟湿，鹊踏枝翻细雨纷。忽忆妙高峰顶雪，招来岳麓寺前云。殊方岁晚真无奈，取次颠狂借酒醺。”（《早起见雪喜而作》，《诗集》卷12）这说明郭嵩焘的诗学思想和视野还远没有跨入“新世瑰奇异境生，更搜欧亚造新声”的“新版”学人之诗的行列中。

三、张之洞的经世思想诗

张之洞，字孝达，号香涛，直隶南皮人。《清儒学案》称他“实事求是，师汉儒；检束身心，师宋儒。尝谓先博后约之教，孔、孟所同，故鸿才硕学，博术群书，而宅中官运亨通正，操履笃实，终身不懈”，“合汉、宋、中、西，以求体用兼备之学。规模闳远，轨辙可循，虽时势所趋，未必尽如其志，守先待后者，所当奉为龟鉴也”①。

张之洞早年以清流派自居，“志士岂自见，动与艰危寻。竹箭无曲枝，卷葹多苦心。白日有覆盆，刳肝诉九阍，虎豹当关卧，不能遏我言”（《送冯竹儒焌光赴湖北入益阳胡抚部幕》，《诗集》卷1）②。他对晚清天灾兵燹相乘的时局深有感触，“赵北方忧水，河阳尚用兵”（《南归道中作，时怀庆被困，讷督部尔经额恩、尚书华胜、饮差保托、将军明阿李抚部僡合兵援之》，《诗集》卷1）。对国人耽于安乐、无视危机、文恬武嬉、腐败丛生、终成大乱深表忧虑，“刁调青蘋末，终致沙石飞。嵬骇金堤高，安知蚁穴危。清晏五十年，养此氓蚩蚩。文吏吾公醉，武卒市人嬉。江南信可哀，河北守者谁？势欲括赤县，与之作潢池”（《哀时》，《诗集》卷1）。对西方列强的入侵，清政府怯弱无能，一味妥协担心不已，“海水群飞舞蜃螭，甘泉烽火接令支。牟驼一旅犹言战，河上诸侯定出师，地孽竟符苍鸟怪，天心肯使白龙危？春秋王道宏无外，狭量迂儒那得知”（《海水》，《诗集》卷1）。

张之洞早年属于援引经旨，放言高论，不免流于空疏的清流派，中年以后转变为师夷长技、实业救国的洋务派。有两个因素促成了他的转变：一是任山

① 徐世昌：《清儒学案》，中华书局2008年版，第7191—7193页。

② 张之洞著，庞坚校点：《张之洞诗文集》，上海古籍出版社2008年版。本文所引用的张之洞的材料，如没有特别注出，皆引自此书。《张之洞诗文集》在本文简称为《诗集》。

西巡抚时接触了李提摩太，二是甲申战后被坚船利炮打醒。如果说前者是引子，那么后者就是关键。对于张之洞思想上的这一巨大转变，其幕僚辜鸿铭分析得非常透彻：

> 当时济济清流，犹似汉之贾长沙、董江都一流人物，尚知六经大旨，以维持名教为己任。是以文襄为京曹时，精神学术无非注意于此。即出膺封疆重任，其所措施亦犹是欲行此志也。洎甲申马江一败，天下大局一变，而文襄之宗旨亦一变，其意以为非效西法，图富强，无以保中国；无以保中国，即无以保名教。①

中法战争期间，他负责筹饷购械，捉襟见肘，艰难万端，深刻体味到了仰人鼻息的艰难：

> 去年各省设防以来，所购军火不下数百万金，而良粗不齐，且损重费；甚至居奇抑勒，借口宣战，停运截留，种种为难，令人气沮；其运脚、保险、行用等费扣至四五成不等。仰人鼻息非长策。(《筹议海防要策折》)②

张之洞的洋务思想在他的《连珠诗》里有所体现，第二十六首云：

> 乞火不如取燧，寄汲不如凿井。求己胜仰人，劳暂逸乃永。婴儿在人掌，待乳存徼幸。贫士衣中珠，未索自不省。世人志在偷，不好精进猛。齐景但出涕，赵孟惟顾景。亦如士为学，剽窃非修绠。谋国计久长，岂得饰清净。国与天地立，众醉须独醒。吾闻周易象，自强为要领。(《诗集》卷3)

袁昶谓此章乃“言天积气而成刚，士积精而自强，国积贤而道昌。必终日乾乾，终夕惕惕，以自强不息为要领，然后可与图治”③。意在强调自强的重要性。前文提到中法战争时，张之洞负责购买洋枪洋炮，受人制约，每多掣肘，正如婴儿在人掌，有没有奶喝自己说了不算。所以张之洞强烈地感受到国家要强大，靠外来的援助是不可能的，“求己胜仰人”，要靠自己的努力去获

---

① 辜鸿铭：《张文襄幕府纪闻》，《辜鸿铭文集》（上），海南出版社1996年版，第419页。
② 苑书义等：《张之洞全集》卷11，奏议十一，河北人民出版社1998年版，第308页。
③ 张之洞：《广雅碎金》附录，水明楼刊本。

取自己想要的东西。每个人，每个国家都有潜在的能量，就像贫士衣中之珠，而如何利用衣中之珠来致富，就要戒除懒惰之心，从根本做起，勤为砥砺，以长久为计，那么终会有所成。

《连珠诗》第十四首：

越人衣文蛇，代马依北风。习俗尚各别，礼乐岂苟同。声教化所始，非类神所恫。病吟不改舄，囚操不移钟。文轨古自一，皮卉今交通。胡缨与蕃乐，汩乱安所终？物曲虽博取，王制乃常宗。许孱乘荆车，鲁殃作楚宫。读书叹微管，适野忧其戎。能严内外辞，方有膺惩功。吾闻白太傅，华声讽乐工。(《诗集》卷3)

袁昶谓："此章言《小雅》道缺，四裔交侵，外侮之来，乃内蠹有以召之。"其实这首诗表达了张之洞对待西学的态度，即"中学为体，西学为用"的思想。"物曲虽博取，王制乃常宗"，谓可以学习外夷的器物，不能学习他们的文化。"许孱乘荆车，鲁殃作楚宫"，谓学习外来事物如果丧失自我，化于夷而不能化夷，必会带来祸患。张之洞还认为要尽快培养精通洋务的人才，熟悉国外情况，才能更好地与西方列强沟通，"故知能道胜要盟"（《赠日本长冈护美三首》，《诗集》卷4）。

张之洞反对空谈，强调要有真才实学，经世济用，"士贵知道要，不在夸多通"（《连珠诗》，《诗集》卷3），"空谈吏治兔园流"（《唐明皇》，《诗集》卷4）。士人当求济世之学，读经世之书，"问君据案读何书？乃是黄帝太公之阴符。神州如沸何人责？作此寂寂真非夫。既不羡贱儒科名吓腐鼠，复不为才人诗酒斗龙虎。纤美仪容何害崔伯深，纵横大略谁识陈同甫"（《卯金子行赠姊夫刘伯洵》，《诗集》卷1）。他看不起徒事辞章的文人，"宋玉景差无学术，仅传词赋丽千秋"（《屈大夫祠》，《诗集》卷2），"亦如文章士，苦心自抽缫。究竟归幻灭，何补人一毫。造幽和已滑，极绚精必遥。人赏等玩物，不尝如风飘。老聃薄虚车，扬雄悔刻雕。空怜投溷贺，复笑秋虫郊"（《连珠诗》，《诗集》卷3）。

他所景仰的古人都是些经世韬略之士，如"辞达风清两义均，轻缣大练济时臣"（《读史绝句二十一首》，《诗集》卷4）的张九龄、"手扶日月起泥涂，刀笔谁能薄吏胥？坐拥神皋建宗稷，先争始计在图画"的萧何、"一椎已竭孤臣力，三略终成帝者师"的张良、"少学申商强受经"的晁错、"定策功高"（《咏古诗》，《诗文集》卷9）的霍光。肯定了当世身怀韬略的人，如赞扬喜好讲求兵事的吴子珍"文澜不取归熙甫，兵略时同魏默深"（《挽同年吴子珍》,《诗集》卷1);表彰对内精于吏治,对外能出谋划策的袁昶“七国连兵径叩关,知君却敌补青天。千秋人痛晁家令,能为君王策万全”,“民言吴治无双,士道文翁教此邦”(《过芜湖吊袁沤簃四首》,《诗集》卷4);旌扬颇有韬略的柯逊庵“不辞霜鬓与灰心,庙略坚强挽陆沉”(《六十九岁生日,柯逊庵中丞赋诗为寿,惭惶感叹,奉答二首》,《诗集》卷4)。

他所作的《连珠诗》(《诗集》卷3)是其经世诗最集中的表现。

第一首言当政者如无远虑,必有近忧,“贤惜没世名,圣为百世谋。宣尼日栖皇,公旦思绸缪。天高可倚杵,海深或断流。阳乌畏仰射,六鳌防垂钩。吾闻尧与舜,日为天下忧”。袁昶谓:“此章戒处高位者,无事时盘游怠敖,必至于酿乱。故明君良相常制治于未乱,曙戒于几先。”①

第二首谓国家选取人材要以德为先,品节败坏的人为害性愈大,“相士贵取节,非谓根本伤。菀集枯则背,饥萦饱且飏。其始受操纵,其终不可量”。

第十首劝当政者去严刑而从简政,“作圣容为本,用晦明之符。坐照有心镜,象罔得玄珠。隋文好聪察,肘腋忘独孤。怀君辨白马,无救国为墟。王道如春台,亡国如秋荼。法烦乱愈生,徒快巧吏胥。救国且不给,安问宏远谟。吾闻史公书,汉兴由破觚”。

第十一首告诫当政者以勤政为本,耽于宴乐必将不思进取,“酖毒生宴安,善心出劳苦……吾闻周公旦,无逸戒圣主”。

第十五首认为国家用人必须谨慎稳当,切不可重用空谈无当、纸上谈兵者,“耕当问奴,织当问婢。兵系国存亡,将系民生死。书生好大言,法吏多吝鄙。刘秩陈陶覆,吴隐广州委。谡才蹶街亭,琦贤挫好水。军容唐掣肘,言路明阒市。罢镇归郡县,宋气不能起。能兼文武才,翁归世无几。老马识径途,老卒知营垒。吾闻汉高皇,哀歌思猛士”。

第十八首言当政者当剿抚并用,恩威相加,刚柔相济,“君子有卷舒,帝王有弛张。南越绥以柔,匈奴克以刚。李煜驯而灭,仲谋抗而王。度德为进退,相时为行藏。洪范陈皇极,极以中为纲。吾闻孙思邈,智行兼圆方”。

第二十五首言当政者应用人不疑,疑人不用,“三人成市虎,一里能挠椎。习非可胜是,志士之所悲。无端亦无末,徒以戾俗訾。蒙深谁能击?复穷凶在迷。黠者诈不汗,愚者悍不思。饱食百无事,但为哆口箕。既有盈箧谤,岂无投杼疑。可使童生角,能变素为缁。以此理乱枢,供彼谈笑资。任贤贤必摇,举事事必隳。讹言既莫惩,国事遂阽危。不信嘀嘀多,救药无所施。吾闻《小弁》篇,君子舒究之”。

---

① 张之洞:《广雅碎金》附录,水明楼刊本。

第二十七首言当政者当有容纳百川的胸怀，使天下之民各得其所，“良医之门多病人，隐栝之门多曲木。能者用其能，老死犹不足。龙蛇尧阶儆，跖盗孔门育。天意主仁闵，圣政哀惸独”。

第二十八首言当政者要恩义并施，宽严有度，“不聪不明，不能为王；不痴不聋，不能为公。家国虽有别，恩义贵得中。正位称严君，嘻嘻以吝终”。

第二十九首言当政者贵在才无大小，能人尽其用，用尽其能，“造父无马无所见其能，羿无矢无所见其巧。不患国无人，有贤不知宝。有不得其用，用不尽其道。掣肘作书难，狐搰成功少。廉颇弃异邦，乐毅不自保。信陵徒饮酒，屈原空起草。虞卿著书穷，荀况作赋老”。

第三十一首言当政者平时要广施仁政，惠及万民，才能国治民安，祸乱不生，“王道利万民，惟在因自然。吏良若慈父，不必读法烦。政平若雨泽，不必煦沫怜。劝桑拔民茶，劝农蹊民田。清丈夺民时，青苗贷民钱。水利拂民俗，保甲扰民眠。不见仓箱溢，但闻冠盖喧。冤狱不能察，罪人施蒲鞭。寇兵不能御，乱后埋伤残。堤防不早筑，灾后施粥饘。有司书上考，闾里减炊烟。虽或胜贪饕，实足长巧奸。吾闻刘子政，去害马自全”。

第三十二首言当政者要克己勤俭，清心寡欲，“人君思恤民，莫如先寡欲。鷇食与鹑居，镇以无名朴。汉文履革舄，宋仁惜羊肉。所省能几何？克己为化俗。务观民废业，贵珍吏贪黩。木铎何人听？戒石何人读？夜饮国失日，求仙巫蛊伏。上好下必甚，有如景响速。谅哉为君难，不得稍快足。无怪石户农，甘心辞黄屋。吾闻唐开元，身瘦天下福”。

张之洞的诗歌虽然出现了积极的经世思想，但与同时代的维新派学人之诗大相径庭。这从以下两个方面表现出来：

一是晚清以来，随着国门的被迫打开，一些前所未见的新鲜事物纷至沓来，同时一些新名词也随之而来。于是，很多诗人笔下纷纷出现新名词。即使如陈三立这样的旧派诗人，其《散原精舍诗》中也出现了大量的新名词，比如“安得神州兴女学，文明世纪汝先生”①（《视女婴入塾戏为二绝句》）、“家庭教育谈何善，顿喜萌芽到女权”②（《题寄南昌二女士》）等。至于“诗界维新”派中的人物如黄遵宪等，其笔下新名词之多更是难以统计。陈三立、黄遵宪都曾在张之洞幕府中任职，但张之洞为诗丝毫没有沾染这一风气，从来没用使用过新名词。张之洞提倡雅正，在他看来用这种新名词是不雅的。从汪辟疆《记张之洞》中可以看出他对新名词的态度：

① 陈三立：《散原精舍诗文集》，上海古籍出版社 2003 年版，第 8 页。
② 陈三立：《散原精舍诗文集》，上海古籍出版社 2003 年版，第 87 页。

易实甫亦文襄所赏，朝夕进见，靡会不从，后以奉命拟文稿，中颇用新名词，文襄大怒，戒从官："以后易来谒，毋得通报。"其喜怒有如此者。文襄奖新学，而喜旧文。又一日见一某君拟件，顿足骂曰："汝何用日本名词耶?"某曰："'名词'亦日本名词也。"遂不欢而散。①

张之洞的诗歌中有"中学为体，西学为用"的意识，他于西学并非全然外行，未曾涉猎，其诗歌却极力排斥西学，即使诗笔涉及域外，如《俄国太子来游汉口，飨燕晴川阁，索诗索书，即席奉赠》、《希腊世子》、《赠日本长冈护美三首》、《送沈乙庵上节赴欧美两洲二首》等，也依然不见域外思想。这种诗如果是黄遵宪等人写起来，肯定是驰骋西学，满纸新名词。

二是张之洞的思想秉承传统的儒家思想，对有悖于儒学的"新学"难以接受，在《学术》一诗中他写道："理乱寻源学术乘，父雠子劫有由来。刘郎不叹多葵麦，只恨荆榛满路栽。"并自注道："二十年来，都下经学讲《公羊》，文章讲龚定庵，经济讲王安石，皆余出都以后风气也。遂有今日，伤哉!"(《诗集》卷4)这决定了他的诗歌不可能突破传统诗歌的畛域。

---

① 汪辟疆:《汪辟疆说近代诗》，上海古籍出版社2001年版，第168页。

第八章 晚清“新版”学人之诗

第一节 晚清新版“学人之诗”概述

中国近代知识分子依其产生来源可分为两大类型。一类由传统士大夫营垒中分化而出，这一类占近代知识分子的绝大多数；另一类则基本上由新的资本主义文化培育而成，这一类在近代知识分子中为数不多，本文不作详细讨论。

由传统士大夫营垒中分化而出的士人，自光绪中期资产阶级维新派出现在政坛以后，影响进一步扩大。道、咸时期，以龚自珍、魏源为代表的今文经学和实务之学对近代思想文化产生了较大影响。维新变法运动的领导者梁启超在《论中国学术思想变迁之大势》中回顾当时的情况说：“数新思想之萌蘖，其因缘固不得不远溯龚、魏，而二子皆治今之学……而我思想界亦自兹一变矣。”[①] 他又在《清代学术概论》中说：“晚清思想之解放，自珍确与有功焉。光绪间所谓新学家者，大率人人皆经过崇拜龚氏之一时期。”[②] 梁氏之师康有为于光绪十六年（1890）与四川公羊学专家廖平相晤，深受启发，想借今文经学以议政，告门人陈千秋及梁氏以孔子改制之旨，以西欧进化论学说与常州今文学说相杂糅。

近代中后期的学术除了受道、咸时期今文经学和实务之学的影响，最大的影响还是来自于西学东渐。所谓“西学”，即西方自然科学和社会科学的总称，主要是指文艺复兴以来以科学与民主为基本精神的资本主义上升时期的欧美文化。

首先，以马礼逊为代表的西方传教士揭开了近代西学东渐的序幕，他们一方面言传身教西方近代的思想文化，另一方面又设立出版机构，如上海的墨海书馆、广学会等，出版中文书籍和期刊，在宣扬宗教之余，还介绍了世界历史、地理、政治、经济等方面的知识。这些在今天看来很一般的知识性的介绍，在当时却是十分新鲜和吸引人的，它们不仅受到一般人的欢迎，就连当时

---

① 梁启超：《论中国学术思想变迁之大势》，《清代学术概论》，中国人民大学出版社 2004 年版，第 116—117 页。

② 梁启超：《论中国学术思想变迁之大势》，《清代学术概论》，中国人民大学出版社 2004 年版，第 197 页。

的大学者魏源、徐继畬、梁廷楠等人在他们编著的《海国图志》、《瀛寰志略》、《合省国说》中也多次引用了这些书籍中的资料，康有为、梁启超、章太炎、黄庆澄等对伟亚力与李善兰合译的《谈天》赞不绝口。

西方传教士的出版机构中有许多中国学者直接参与了西书的译印工作，如李善兰、王韬、张福僖、管嗣复等，带动了中国人成立自己的译书机构（如上海江南制造局翻译馆），译印西方著作。中国人自己设立的译印机构基本上摆脱了神学的阴影，学术性的目的得到加强，陈洙在《江南制造局译书提要》中将他当时所收的160种译书分成24类，这24类包括史志6种、政治3种、交涉7种、兵制12种、兵学21种、船政6种、学务2种、工程4种、农学9种、矿学10种、工艺18种、商学3种、格致3种、算学7种、电学4种、化学8种、声学1种、光学1种、天学2种、地学3种、医学11种、图学7种、补遗2种、附刻10种。①

其次，随着科举考试于1905年被废止，全国主要城市都建立起了新式学堂，许多学子离开旧的私塾转而接受新学，教学内容从四书五经逐步转向了新式的自然科学和社会科学，从封闭式教学逐步转向开放式教学。19世纪60年代，北京、上海、广州同文馆相继设立，标志着中国新式学校得到了统治阶级的认可，新式学堂正式跻身于中国教育机构的行列，并培养出了一批新式学校的人才。下面是1879年京师同文馆所公布的课程表：

> 首年：认字写字，浅解辞句，讲解浅书。
> 二年：讲解浅书，练习文法，翻译条子。
> 三年：讲各国地图，读各国史略，翻译选编。
> 四年：数理启蒙，代数学，翻译公文。
> 五年：讲求格物，《几何原本》，平三角，弧三角，练习译书。
> 六年：讲求机器，微积分，航海测算，练习译书。
> 七年：讲求化学，天文历算，《万国公法》，练习译书。
> 八年：天文测算，地理金石，《富国策》，练习译书。②

从这个课程表可以看出，尽管当时同文馆以外语学习和翻译为重，但还要学习自然科学、历史地理和法学之类的功课，这是中国引进西学的一种方式。

此外，北京、上海、广州同文馆还翻译了许多西书，如北京同文馆就翻译了二十多种西书，其中比较重要的有丁韪良译的《万国公法》、汪凤藻译的

---

① 熊月之：《西学东渐与晚清社会》，上海人民出版社1994年版，第500页。
② 陈景康，陈洙：《江南制造局译书提要》，宣统元年七月铅印本。

《富国策》、德贞译的《全体通考》、俄文馆学生译的《俄国史略》等。这些译著对于介绍西方自然科学和法律、史地知识有着不可忽视的意义。西书的影响不局限于同文馆内的学生，还影响了馆外的社会有识之士，拓宽了西学在中国的影响范围，一定程度上来说比同文馆实施新式教学意义更大。1896 年，梁启超在上海任《时务报》主笔时遍读各地译出的西书，撰《西学书目表》。该书分三卷，上卷为西学诸书，包括算学、重学、电学、化学、声学、光学、汽学、天学、地学、全体学（人体学）、动植物学、医学、图学等十三类；中卷为西政诸书，包括史志、官制、学制、法律、农政、矿政、工政、商政、兵政、船政等十类。下卷为杂类之书，包括游记、报章、格致等三类。他在该书的序言中说："今以西人声光化电农矿工商诸学，与吾中国考据词章帖括家言相较，其所知之繁与简，相去几何矣。……故国家欲自强，以多译西书为本；学子欲自立，以多读西书为功。"认为"中国考据词章帖括家言"根本救不了国，国家要自强，学子要自立，必须多译、多读西书。

再次，近代一系列抵抗外侵的战争无不以失败告终，引起了士人对西学的注目与思考。鸦片战争中国失败，内忧外患，社会危机加深，历史的进程要求学者把视线从古代典籍的训释转移到社会现实中来，并提出挽救社会危机的方案与对策。面对这种现实，长于对儒家经典爬梳考据的乾嘉汉学，其实证精神只能面对文献与古代语言，"载籍极博欠格致，空谈腔子常惺惺"（陈衍《审言见示论诗之作次韵奉答》），对挽救民族危机、实现变革图强显得捉襟见肘，无能为力，遂逐渐走向衰落，时代呼唤新的学风出现。甲午中日战争又以中国惨败而告终，堂堂的"天朝上国"竟败于"蕞尔岛类"，而且败得如此惨重，《马关条约》订得那样苛刻，国人为之震怒，亡国的阴影笼罩在人们的心头。清王朝已臻难以为继的地步，从最高统治者至其中枢机构，以及作为封建统治支柱的海陆两军等官僚机构，莫不于此战中暴露了衰朽的本质。瓜分豆剖的惨祸、亡国灭种的危机沉重地压在中华民族的头上，激起了普遍而强烈的社会愤怒。国人对日本以及欧、美帝国主义国家是既愤恨又惊慕，欲驱除却还想看个明白。于是眼光长远的学人开始了对西学的探索，开始阅读有限的西学著作。梁启超在回忆早前接触西学时说："我们当时认为，中国自汉以后的学问全要不得的，外来的学问都是好的。……既然外国学问都好，却是不懂外国话，不能读外国书，只好拿几部教会的译书当宝贝，再加上我们主观的理想——似宗教非宗教、似哲学非哲学、似科学非科学、似文学非文学的奇怪而幼稚的理想。我们所标榜的'新学'，就是这三种原素混合构成的。"①

---

① 梁启超：《亡友夏穗卿先生》，《梁启超全集》，北京出版社 1999 年版，第 5207—5208 页。

最后，留学生和出国人员成为西方学术传入中国的桥梁，特别是旅日华人（自甲午战争失败后，中国留日学生与年激增，到1905年达到高峰）。1898年维新变法失败后，众多的维新人士流亡海外，日本一跃成为维新舆论中心。加之日文易识、易学、易译，这一切促成了日文书翻译的热潮，许多西学书籍由此而从日文译本转译过来。旅日华人除了自身浸染西学，学成回国后又影响着周围的一大批人，而且他们创办了出版机构，大量印译西方学术著作。

随着中西文化交流的发展，人们逐渐认识到，西方的强大并不全在坚船利炮，更重要的是他们先进的社会制度、民主政治，以及与之相关的法律、教育、哲学等社会科学。因此，学术交流的方向从过去宗主大国的“送去主义”逐步转向落后弱国的“拿来主义”。梁启超在总结当时中国士大夫接受西学的过程时说：“自甲午之前，我国士大夫言西法者，以为西人之长，不过在船坚炮利、机器精奇，故学之者亦不过炮械船舰而已。此实我国致败之由也。乙未和议成后，士大夫渐知泰西之强，由于学术。”[①] 他把中国近代学习西方的过程概括为三个时期：第一个时期，“先从器物上感觉不足”；第二个时期，“是从制度上感觉不足”；第三个时期，“便是从文化根本上感觉不足。”[②] 这三个时期，即由器物层面到制度层面，再到文化层面，既是国人在对西学认识上由表层逐渐深化的过程，同时也是西学东渐影响中国文化的主要内容和阶段。[③]

西学东渐也深深影响着中国诗学。徐世昌在《晚晴簃诗汇序》中说：“海通以后，闻见日恢。三山引舟，八纮置驿。倚衡奉使，梦咏波涛。人境羁宾，集开世界。兰阇唱诺，瘉埜谐声。槎路低徊，莼斋珥笔。能言四裔，散见诸家。兴寓竹枝，目营卉服。辅轩游履，极迹区寰。据实摭华，敻焉博物。诗境之新，又其一也。”站在时代前列成为西学东渐弄潮儿的首先是资产阶级维新派，黄遵宪（后有详论）、康有为（后有详论）、梁启超（后有详论）、谭嗣同、严复等维新派学人之诗最早引入西方的新事物、新现象、新思想、新学说，成为中国古典诗歌眺望世界的第一扇窗户。

谭嗣同曾以30岁为界，把他之前研究的中国传统之学称为“旧学”；之后研究的学问称为“新学”，所谓新学就是接受西学以后所研究的学问。30岁这年，他研读了广学会的许多书籍，开始接触西学。他在《仁学界说》中说：“凡为仁学者……于西书当通《新约》及算学、格致、社会学之书。”又说：“格致即不精，而不可不知天文、地舆、全体（生理学）、心灵（心理学）四

① 梁启超：《戊戌政变记》，《梁启超全集》，北京出版社1999年版，第194页。
② 梁启超：《五十年中国进化概论》，《梁启超全集》，北京出版社1999年版，第4030页。
③ 王兵：《试述西学对晚清诗界革命的影响》，《中国韵文学刊》，2007年第3期，第62页。

学，盖群学群教之门径在是矣。”① 谭嗣同的著述《仁学》正如他自己所说：“冲决利禄之网罗，冲决俗学若考据若词章之网罗，冲决伦常之网罗，冲决天之网罗……然既可冲决，自无网罗；真无网罗，乃可言冲决。”② 该书基本体现出他的“新学”思想，将科学、哲学、宗教冶为一炉，其中所论国家起源及民治主义，实是当时维新派的根本信条。“其尽脱旧思想之束缚，戛戛独造，则前清一代，未有其比也”③。

谭嗣同认为“学诗宜穷经，方不为浮词所囿”④。他的诗不仅国学功底深厚，“且喜摭西事入诗”⑤，只可惜英年早逝，其“所谓新学之诗，寥寥极希”。

严复“以精英文名当世，潜心于国学，四部罔不探讨，于子学尤深”⑥，亦通晓西学，他认为西学可以启迪民智，消除愚昧落后，改变人们的精神状态。人们的精神状态改变了，发愤自强，变法图新，中国就可以得救。他在《译〈天演论〉自序》中说：

> 近二百年，欧洲学术之盛，远迈古初，其所得以为名理、公例者，在在见极，不可复摇。……风气渐通，士知弁陋为耻，西学之事，问途日多。然亦有一二巨子，訑然谓彼之所精，不外象、数、形下之末，彼之所务，不越功利之间，逞臆为谈，不咨其实。讨论国闻，审敌自镜之道，又断断乎不如是也。

严复认为西学的精华不仅仅在于船坚炮利和机器制造，而主要在于其思想学说、科学方法及先进的社会制度。他希望通过自己译介的西书，一方面纠正人们对西学精华的误解，另一方面也帮助国人正确了解西学。他说：“复今者勤苦译书，羌无所为，不过悯同国之人于新理过于蒙昧，发愿立誓，勉而为之。”⑦ 他先后翻译了赫胥黎的《天演论》、亚当·斯密的《原富》、斯宾塞的《群学肄言》、约翰·穆勒的《群己权界论》和《名学》、耶方斯的《名学浅说》、甄克思的《社会通诠》、孟德斯鸠的《法意》等八大“学理邃赜之书”，对西学传入中国作出了很大贡献。胡先骕说他“洞悉宗邦利病原，老怀悲闵

---

① 谭嗣同：《谭嗣同全集》（增订本）（下册），中华书局1981年版，第293页。

② 梁启超：《清代学术概论》，中国人民大学出版社2004年版，第211页。

③ 梁启超：《清代学术概论》，中国人民大学出版社2004年版，第212页。

④ 王逸塘：《今传是楼诗话》，《民国诗话丛编》（第三册），上海书店2002年版，第262页。

⑤ 汪国垣：《光宣诗坛点将录》，《民国诗话丛编》（第五册），上海书店2002年版，第352页。

⑥ 陈衍：《石遗室诗话续编》卷6，《陈衍诗论合集》（上册），福建人民出版社1999年版，第678页。

⑦ 严复：《与张元济书》，《严复集》（第三册）（书信），中华书局1986年版，第527页。

世无伦。未须天演开宗派，要向群经起国魂”①。梁启超说：“侯官严几道复，译赫胥黎《天演论》、斯密亚丹《原富》等书，大苏润思想界。”② 并作诗赞道：“哲学初祖天演严，远贩欧铅搀亚椠。合与莎米为鲽鹣，夺我曹席太不廉。”（《广诗中八贤歌》）

严复的一些诗作反映了他的“西学”思想：

一十九祺初告终，抟抟负地趋大同。神机捭阖纵变化，争存物竞谁为雄。至人先天不滞物，高下体合同张弓。心知斯民致仁寿，何徒食苦师蓼虫。大哉培根氏告我，观物见道冥纤洪。三王五帝各垂法，当其时可皆为功。蚩蚩之氓俾自主，如适洲渚浮艨艟。及其时过仍墨守，无益徒使百弊丛。矧兹天意存混一，异类殊俗终棣通。是时闭拒议自守，何异毛毳当炉烘。履而后艰常智耳，既惩夕省庸非懵。四万万人皆贵种，遂使奴隶神将恫。所以百千亿志士，欲持建鼓挝顽聋。贤愚度量几相越，听者一一褎耽……③

诗中指出世界纷攘变化、“争存物竞”，肯定了古之圣贤适时而变、顺应天下，故能垂拱而治，批评了顽固不化、死守祖宗成法的“顽聋”之辈。

孔门说人性，愚智都三科。其才可为善，著论先孟轲。至今二千载，为说弥不磨。脱若荀卿语，黔首长荐瘥。人当自相食，白骨高嵯峨。岂能若今者，治化方纷罗。以兹推人理，前路知无他。日去禽兽远，用礼贵能和。人皆得分愿，后舞间前歌。自由复平等，一一如卢梭。所忧天演途，争竞犹干戈。藉云适者存，所伤亦已多。皇人未受谷，荆棘悲铜驼。黄炎日以远，涕泪双滂沱。④（《畴人》）

诗歌表明作者希望人类社会遵循的是孔孟之道和资产阶级启蒙思想家卢梭等提倡的自由、平等、博爱思想，而不是荀子的性恶论和赫胥黎的进化论思想。

严复虽然介绍了赫胥黎的进化论思想，但他对社会如此发展深感悲观，甚

---

① 吴宓：《吴宓诗话》，商务印书馆2005年版，第205页。

② 梁启超：《论中国学术思想变迁之大势》，《清代学术概论》，中国人民大学出版社2004年版，第124页。

③ 转引自梁启超：《饮冰室诗话》，《梁启超学术论著集·文学卷》，华东师范大学出版社1998年版，第348页。

④ 严复：《严复集》，中华书局1986年版，第400页。

至对进化论思想表示怀疑。他还认为自己介绍赫胥黎的进化论思想意义不大。他在诗中慨叹道：

哲学虽成究何用？徒取造化穷根荄。天演亦何与汝事，吊诡转使人愁猜。[①]（《侯生行》）

汰弱存强亦不能，可怜横草尽飞腾。十年生聚谈何易，遍选丁男作射弸。（《何嗣五赴欧观战，归出其纪念册子索题，为口号五绝句》之三）

……世界总归强食弱，群生无奈渴兼饥。茫然欲挽羲和问，旋转何年是了期。[②]（《日来意兴都尽，今日涉想所至，率然书之》）

短垣外缭绕，广袤十里强。网罗极飞走，动植各有疆。仲春遘时雨，蜀黍亦插秧。伟哉造化力，长养赅百昌。生理谅在兹，谁谓劣者亡。吾闻古禊事，所以祓不祥。微生逢揖让，岂复忧祸殃。门户在胶漆，荆棘成康庄。宇宙亦已广。形骸恣放浪。[③]（《癸丑上巳梁任公禊集万生园，分韵流觞曲水四首》之二）

维新派在开展维新改良的政治活动初期接触到了西学，但很肤浅。这种学风对诗界的影响就是"新学诗"的出现。梁启超先生说："当时所谓的新诗者，颇喜挦撦新名词以自表异……提倡之者为夏穗卿，而复生亦綦嗜之……苟非当时同学者，当无从索解，盖所用者乃《新约全书》中故实也……此类之诗，当时沾沾自喜。然必非诗之佳者，无俟言也。"[④] 他们在诗歌中大量引用"喀私德"、"巴力门"、"冰期"、"巴别塔"等外来（音译）词，这是"新版学人之诗"之始作俑者，他们以《格致》、《圣经》、西洋历史典故作诗料，将新名词入诗。如谭嗣同的《金陵听说法》：

而为上首普观察，承佛威神说偈言。
一任法田卖人子，独从性海救灵魂。
纲伦惨以喀私德，法会感于巴力门。
大地山河今领取，庵摩罗果掌中论。

---

① 严复：《严复集》，中华书局1986年版，第370页。

② 严复：《严复集》，中华书局1986年版，第393页。

③ 严复：《严复集》，中华书局1986年版，第381页。

④ 梁启超：《饮冰室诗话》，《梁启超学术论著集·文学卷》，华东师范大学出版社1998年版，第374—375页。

（注：喀私德，指印度古代之阶级种性；巴利门，指英国议院，均取其音译。）

夏曾佑的《无题》：

冰期世界太清凉，洪水茫茫下土方。
巴别塔前分种教，人天从此感参商。

再如夏曾佑的《赠任公二首》（选一）：

冥冥兰陵门，万鬼门如蚁。
质多（即撒旦）举只手，阳乌为之死。

这些诗歌“喜摭拾本西籍名词，入诸韵语，名为开新，实则浮浅生硬”①，较喜撦扯獭祭传统诗歌，艺术上确无高下可言，梁启超甚至说谭、夏之诗“其语句则经子生涩语、佛典语、欧洲语杂用，颇错落可喜，然已不备诗家之资格”（《汗漫录》）。但从创新方面而言，这些新名词代表着一种新文化、新思想、新材料，使得古典诗歌由本土而开始面向世界，给沉闷的诗坛带来了一股清新之气，或者可以这样说，谭嗣同、夏曾佑等人为了突破古典诗歌的藩篱，不惜以牺牲诗歌的艺术特征为代价，大力提倡创作“新诗”。尤其是谭嗣同，为宣传西学而刻意作“新诗”，据梁启超回忆：“复生本甚能诗者，然三十以后，鄙其前所作为旧学。晚年屡有所为，皆用此新体。”（《汗漫录》）

随着维新派对西学认识的深入，特别是他们被迫流亡海外，耳濡目染后，对西学见解逐渐加深，“畴昔所未见之籍，纷触于目，畴昔所未见之理，腾跃于脑，如幽室见日，枯腹得酒”（梁启超《论学日本文之盗》）。同时他们周围的羽翼还有在19世纪末离开大陆的留洋学人。西学已成为中国的新学，浸润于西学之中的学人成为中国新一代学人的范式，而且他们当中许多人“劬学甚笃，诗工最深，惜为文所掩”②，以诗歌鼓吹新知也是逻辑必然。基于对前期“新学诗”的批评和纠治，以旧风格含新意境达到了一个新的高度，进入了“新派诗”阶段。

他们的诗歌“以经世致用为心，以变革一切为志，写新事，讲新知，用

① 汪辟疆：《汪辟疆说近代诗》，上海古籍出版社2001年版，第43页。

② 汪辟疆：《光宣诗坛点将录》（评严复），《汪辟疆说近代诗》，上海古籍出版社2001年版，第114页。

新典，创新体"[①]，"新世瑰奇异境生，更搜欧亚造新声"（康有为《与菽园论诗兼寄任公孺博曼宣》），引西学及西方文史典故入中国旧体诗，由于这是在中西文化交流和冲突的大背景下进行的写作，因而其意义绝不仅限于抒发一种"独在异乡为异客"的游子乡愁，而是对中西文化的历史、现状、未来的感性体验与学理之思考。尽管他们仍以旧体诗这种传统形式写作，但其中所表现的现代眼光和思想情感却是先前所没有的。他们不但意识到在政治、经济、文化等方面要敢于引进西方文明，就是诗歌也要向西方看取，梁启超说："故今日不作诗则已，若作诗，必为诗界之哥伦布、玛赛郎然后可。犹欧洲之地力已尽，生产过度，不能不求新地于阿米利加及太平洋沿岸也。欲为诗界之哥伦布、玛赛郎，不可不备于三长：第一要新意境，第二要新语句，而又须以古人之风格入之，然后成其为诗。……宋、明人善以印度之意境语句入诗，有三长俱备者，如东坡之'溪声便是广长舌，山色岂非清净身'，'夜来八万四千偈，他日如何举似人'之类，真觉可爱。然此境至今日又已成旧世界。今欲易之，不可不求之于欧洲。欧洲之意境语句，其繁富而玮异，得之可以陵轹千古，涵盖一切。"[②]

"新派诗"引西方新事物、新现象、新学说入诗主要表现为：

（1）引入西方民主政治思想。如蒋观云的《卢骚》赞美了法国资产阶级思想启蒙家卢梭的思想："世人皆欲杀，法国一卢骚。民约倡新义，君威扫旧骄。力填平等路，血灌自由苗。文字收功日，全球革命潮。"[③] 梁启超的《举国皆敌我》倡言要敢于接受西方的民主科学思想，"世非混浊兮不必改革，众安混浊而我独否兮，是我先与众敌，阐哲理指为非圣道兮，倡民权谓曰畔道"[④]。陈三立的《靖庐书所见》指出民主自由制度造就了西方各国的强盛："民有智力德，昊穹锡厥美。振厉掖进之，所由奠基址。列邦用图存，群治抉症痞。雄强非偶然，富教耀历史。"[⑤]

（2）引入西方近现代自然科学思想和发明。他们的诗"差能说西洋制度名物，掎摭声光电化诸学，以为点缀"[⑥]。如文廷式的《夜坐向晓》："遥夜若难明，他洲日方午。一闻翰音啼，吾岂愁风雨！"把东，西两半球昼夜相反的"新"知识引入诗中。严复《何嗣五赴欧观战归，出其纪念册子索题，为口号

---

① 吴孟复：《别才非学最难凭——略谈清代的诗风与学风》，《明清诗文论文集》，江苏古籍出版社1986年版，第22页。

② 梁启超：《夏威夷游记》，《梁启超全集》，北京出版社1999年版，第1219页。

③ 钱仲联：《中国近代文学大系·诗词集》，上海书店1991年版，第876页。

④ 梁启超著，汪松涛注：《梁启超诗词全注》，广东高等教育出版社1998年版，第92页。

⑤ 陈三立：《散原精舍诗文集》，上海古籍出版社2003年版，第28页。

⑥ 钱钟书：《谈艺录》（补订本），中华书局1984年版，第24页。

五绝句》第三首曰：“洄漩螺艇指潜渊，突兀奇肱上九天。长炮扶摇三百里，更看绿气坠飞鸢。”[①] 言欧洲之战有潜艇、飞机、炮弹、毒气弹，杀人之剧远胜于冷兵器。

（3）引入国外的风景名胜和风土人情。黄遵宪的诗歌“开卷盖如入文明之国，至其境而耳目益新，抵其都市，游历宫廷，过其府舍，无一不新者。察之，则政政毕立，而创因见焉；事事毕举，而疏密见焉。即其治象，其国度之高下，可得而言矣”[②]。他的《日本国志》诗对日本“民俗、物产、国政、人才，瞭如豁如，如家人子自道其家人生产也”[③]。康有为“戊戌遘祸，遁迹海外，五洲万国，靡所不到，风俗名胜，诧为咏歌”（《南海先生诗集自序》），他有大量诗篇描绘了欧洲名胜名都。潘飞声出南洋，泛印度，渡红海、地中海，入罗马之国，登瑞士之门、波臣所宫、鬼母所宅，皆汇行卷，所作诗歌具浓厚的异域风情。

（4）引入西方历史文化。梁启超的许多诗歌赞美了海外他国的思想家、科学家、艺术家，如《举国皆敌我》：“君不见苏格拉底瘐死兮，基督钉架，牺牲一生觉天下！以此发心度众生，得大无畏兮自在游行。”[④] 再如他的《广诗中八贤歌》：“哲学初祖《天演》严（严复），远贩欧铅挽亚椠。合与莎米（谓莎士比亚与米儿顿）为鲽鹣，夺我曹席太不廉。”[⑤] 黄遵宪的《日本杂事诗》等详细介绍了日本的历史，特别详细描述了日本维新派通过武装暴动推翻了幕府的腐朽统治而走上改革图强之路。王国维则将叔本华、康德等人的哲学、美学思想引入诗学研究和诗歌创作之中。

（5）引入反映外国思想文化的词汇用语。所用的新词汇大致可以分为四类：一是天演名词，如竞争存、劣败、竞存、竞生存、天演、争存理、竞争、物竞、劣灭优兴、竞争以存立、强者生存弱者仆；二是社会科学名词，如自主权、合群、自由、共和、平权、代表、奴仆性、专制、群公义、主权、民权、国权、联邦、尚武、平等、独立、民主、革命、党派、群力、热潮、民约、男女平权、政府、冒险、自立、铁血、国防、公理、团体、智种、目的、精神、世纪、宗教、社会、思想、文明、消息、学科、脑性、野蛮、哲学、基础、智力、交通、脑筋、法律、问题、过渡、哲学家、进化、归纳、学会；三是自然科学名词，如以太、无机、日力、格致、思力、光力、爱力、微生物、磁铁、

---

① 严复：《严复集》，中华书局 1986 年版，第 403 页。

② 丘逢甲：《人境庐诗草跋》，《人境庐诗草笺注》，上海古籍出版社 1981 年版，第 1088—1089 页。

③ 康有为著：《日本杂事诗序》，陈永正编注《康有为诗文选》，广东人民出版社 1983 年版，第 370 页。

④ 梁启超著，汪松涛注：《梁启超诗词全注》，广东高等教育出版社 1998 年版，第 92 页。

⑤ 梁启超著，汪松涛注：《梁启超诗词全注》，广东高等教育出版社 1998 年版，第 71 页。

铂金、浮力、电火、视差；四是人、物专名，如拿破仑、华盛顿、哥仑坡、释迦牟尼、耶稣、谟罕酞德、苏格拉、卢骚、卢孟、太平洋、亚欧、欧美、远东、北极、南极、澳大利、俄罗斯、亚剌、埃及、渡兰、哥士、欧洲、东亚、麦西、黑海、北美洲、支那、赤道、雪梨、希腊、星球、恒星、行星、半球、铁道、火车、电线、汽笛、梳会、科葛米纳、芦丝、俾士麦克、玛志尼、圣军。①

以新学入诗，反映西方新事物、新世界的作品，大量存在于以维新派为代表的诗界革命同人的集子里。黄遵宪之友胡曦所作《火轮船歌》为七古长篇，比黄遵宪咏轮船、火车、电报、照相的《今别离》要早16年。许承尧的《疑庵集》中有《言天》诗，论光线同一、原质同一、灵魂同一之理，《灵魂》则谈论脑的作用。樊增祥的部分诗作反映了西方新学说，同时也以新名词入诗，如"世界竞争天择少，虚空圆转地球多"（《续咏柳絮》之五），"国际尽多中立地，个人都入自由天"（《倒叠前韵》）。文廷式的《谈仙诗》论"木乃伊"等保存尸体不朽之理，他还有《俄罗斯大彼得》、《法兰西帝拿破仑第一》、《美利坚总统华盛顿》，又有五绝《夜坐向晓》，表达对西方政治的向往，以及以先知觉后知为己任的心志，既有新理想，又融进了新的科学知识。夏敬观有《今子夜歌》、《自虹桥路驰车西新泾，遂登疗养院楼》、《杂兴五首》、《夜起闻罗马钟声》等作品写新文明、新事物。总之，这一派士人低者"喜摭拾西方史实、科学名词，融铸篇章，矜奇眩异"，高者则能"融铸中西哲理，运陈入新，风格不失其旧，思致务极其新"②。

还要说明的是早在诗界革命以前就已经出现了以国外新事物入诗的情况。明末清初，随着海外文明的渗透，国人开始了对西方的关注，有些诗人已开始在诗中讴歌那些新异事物，如屈大均在《澳门》六首中描写过外国人的生活，还写到了望远镜。而康熙朝诗人孙元衡的《赤嵌集》、尤侗的《外国竹枝》对海外风土物产的描写尤为广泛。后来阮元也写过《望远镜中看月》，表现了他对近代天体知识的了解。胡天游还写过《海贾篇》，叙写了海上通商。而舒位则写过《鹦鹉地球歌》，描写了想象中的澳大利亚风光。但这些早期写海外新事物的诗歌是在用诗歌"志怪"，还不具备学理意识，不能与维新派的新学诗相提并论。

朱自清先生说："近代第一期意识到中国诗该有新的出路的人要算是梁任公、夏穗卿几位先生。他们提倡所谓'诗界革命'；他们一面在诗里装进他们

---

① 李开军：《"诗界革命"创作中的"新名词"及其对古典诗歌创作的影响》，《甘肃社会科学》，2001年第1期，第19页。

② 汪辟疆：《汪辟疆说近代诗》，上海古籍出版社2001年版，第43页。

的政治哲学，一面在诗里引用西籍中的典故，创造新的风格。”① 严迪昌先生说他们的诗歌读起来仍有种以“‘新学’入诗，是学人诗新版本的感觉”②。

第二节 黄遵宪首辟境界的“新学”诗

黄遵宪，字公度，广东嘉应人。1876年中举人，第二年就随何如璋出使日本。1882年，奉命赴美国任旧金山部领事。1889年，随薛福成出任英、法、意、比四国大臣，黄遵宪任驻英二等参赞。1891年，离英赴新加坡做总领事。1894年甲午战争爆发，为张之洞奏调回国。

他这近二十年的外交生涯“周历大地，略佐使轺，求百国之宝书，罗午旁魄，其故至博以滋”（康有为《日本杂事诗叙》），使黄遵宪较早、较多地受到了海外文化的影响，加深了对世界形势和资本主义社会的了解，饱尝异国的自然风光，领略到了西方光辉的历史文化、文明的政治制度以及先进的科学成就，形成了比较开阔的世界性眼光。他接触了日、美、法、英各国政治制度，尝“取卢梭、孟德斯鸠之说读之，知太平世必在民主也”，因此主张“奉主权以开民智，分官权以保民生，乃其成功，则君权民权，两得其平”。所谓民权，实际就是绅权。他的维新途径是以一省为全国倡，官僚与士绅相结合，培养人才以救时艰，所以他赞同康有为变法之说。但他又以为“顿进难求速效，不若用渐进法”，“使群治明而民智开，民气昌，然后可进以民权之说”，“至于议院之开高，今日尚早尚早也”。又因为“身在宦途，尤畏弹射”，于时论稍激进的“亦以为骇说”；以为救死之方“当避其名而行其实”。这些主张显然是资产阶级的改良思想。但其晚年的政治思想还是随着客观形势的发展而发展，对革命也不是绝对排斥，甚至说“再阅数年，加富尔变而为玛志尼，吾亦不敢知”③ 了。

黄遵宪的学术著作以《日本国志》最为有名，是他苦心经营之作。全书共四十卷，为典制体的日本史。他想通过此书叙述日本明治维新“百务并修，气象一新”的现实，给清政府的改良提供借鉴。全书分国统、邻交、天文、地理、职官、食货等十二志，详今略古，记述了日本历史的沿革及明治维新。征引资料丰富，采书二百余种，是当时中国人所撰日本史中最为全面、最为翔

① 朱自清：《秋草清华》，延边人民出版社1996年版，第394页。

② 严迪昌：《清诗史》，浙江古籍出版社2002年版，第1080页。

③ 钱仲联：《人境庐诗草笺注前言》，上海古籍出版社1981年版，第3页。本章后面引用该书只在正文中简单注出，该书简称《笺注》。

实的一部史书，对研究和了解日本的历史有重要的价值。在书中他对好谈古义的保守思想进行了批判，认为“检昨日之历以用之今日则妄，执古方以药今病则谬”（《自叙凡例》），主张学习西方的自然科学来发展民族工商业。他看到中国“君尊而民远”，“竭天下以奉一人”（卷17《食货志》）的封建制度弊病，主张学习西方资产阶级的“民主”政治制度。在军事上，面对西方“列国弱肉强食”虎视眈眈的局面，认为“非练兵无以弭兵，非备战无以止战”（卷21，《兵志》），主张建立强大的国防力量，以抵御资本主义势力的侵略；在文化上主张改革文体，普及文化，“欲令天下之农工商贾妇女幼稚，皆能通文字之用”（卷33，《学术志》）。此书体现了黄遵宪的资产阶级改良思想，为后来戊戌变法的出现奠定了基础。①

在其他学术思想方面，他也有不少新的见解。论宋学、汉学，认为宋人义理、汉人考据都是无用之学。论保存国粹，认为“中国旧习，病在尊大，病在固蔽，非病在不能保守”。论孔教，认为“儒教不过九流之一，可议者甚多”，而劝梁启超“倡方排击之无害”，反对康有为之尊孔子为教主。他主张向西方学习，借西学以强国，“近年欧罗巴，兵法盖无匹。广轮四海图，上下千年籍。择长以为师，悉命他人译”（《陆军官学校开校礼成，赋呈有栖川炽亲王》，《笺注》卷3）。在《罢美国留学生感赋》中，诗人又提出“欲为树人计，所当师四夷”（《笺注》卷3），更表现了诗人开放的意识。这比起魏源“师夷长技以制夷”的主张又有了明显的进步。他心目中的强国蓝图是：“攘夷复尊王，佥议以法治。立宪定公名，君民同一体……无复容帝制，举世趋大同。”（《病中纪梦述寄梁任公》，《笺注》卷11）这些进步思想在当时中国明显带有近现代化的超前性。

黄遵宪是一个具有新思想的学者型诗人。梁启超说他是“彼其恸心营目憔形，以斟酌损益于古今中外之治法，以忧天下，其言用不用，而国之存亡，种之主奴，教之绝续，视此焉，吾未见古今之诗人能如是也”（《人境庐诗草跋》，《笺注》第1086页）。钱仲联先生在《梦苕庵诗话》中也说：“今日浅学妄人，无不知称黄公度诗，无不喜谈诗体革命。不知公度诗全从万卷中酝酿而来，无公度之才之学，决不许妄谈诗体革命。”②

康有为在《人境庐诗草序》中说：“公度生于嘉应州之穷壤，游宦于新加坡、纽约、三番息士高之领事官，其与故国中原文献，至不接也。而公度天授英多之才，少而不羁，然好学若性，不假师友，自能博群书，工诗文……及参日使何公子峩幕，读日本维新掌故书，考于中外之政变学艺，乃著《日本国

① 李光春：《清代学人录》，辽宁大学出版社2001年版，第472—473页。

② 钱仲联：《梦苕庵诗话》，《民国诗话丛编》（第六册），上海书店出版社2002年版，第291页。

志》，所得于政治尤深浩。及久游英、美，以其自有中国之学，采欧、美人之长，荟萃融铸而自得之，尤倜傥自负，横览举国，自以无比。而诗之精深华妙，异境日辟，如游海岛，仙山楼阁，瑶花缟鹤，无非珍奇矣……自是久废无所用，益肆其力于诗。上感国变，中伤种族，下哀生民，博以寰球之游历，浩渺肆恣。”吴宓说他“不特以诗见长，其人之思想、学识、怀抱、志趣，均极宏伟，影响于当时者甚大”①，又说他：“精力弥满，能古今中外之故。大而政治宗教，小则民俗琐事，莫不熟知深解，取用入诗。故其诗材料精宏，新颖充实……洞明世界大势，先机察变，爱国保种。”② 汪辟疆说他乃“识时之彦，历聘远西，于欧美政制学术，并能洞照本原，学裕才高，一时无偶，所撰《日本国志》、《日本杂事诗》，有良史之才，备輶轩之采”③。

总而言之，黄遵宪是一个具有超前眼光的“新一代”学者，他“识度越寻常”，仅以余事写诗（致仕前尤其如此），然即便如此，其诗歌“殚究事物，神解独具；摆落世眼，心光湛然”，可作“论世之学”④ 看。

一、以“新学”入诗

黄遵宪很早就表露出与一般学者诗人不同的眼光。如他认为汉学、宋学脱离社会现实，在解决实际问题上缺乏手段和方法，因而价值不大；汉学、宋学仅仅是三教九流中的一支，不必给予神圣的地位；甚至对备受尊崇的汉学和宋学抱有怀疑甚至贬抑的态度。他早期的诗歌再三表达了这些观点。如《感怀》第一首：

> 世儒诵诗书，往往矜爪嘴。昂头道皇古，抵掌说平治。上言三代隆，下言百世俟。中言今日乱，痛哭继流涕。摹写车战图，胼胝过百纸。手持井田谱，画地期一试。古人岂我欺，今昔奈势异。儒生不出门，勿论当世事。识时贵知今，通情贵阅世。……（《笺注》卷1）

又如《感怀》第四首：

> 洎乎许郑出，褎然万人杰。宋儒千载后，勃窣探理窟。自诩不传

① 吴宓：《吴宓诗话》，商务印书馆2005年版，第100页。
② 吴宓：《吴宓诗话》，商务印书馆2005年版，第206页。
③ 汪辟疆：《汪辟疆说近代诗》，上海古籍出版社2001年版，第41页。
④ 徐仁铸：《人境庐诗草跋》，《人境庐诗草笺注》，上海古籍出版社1981年版，第1087页。

学，乃剽思孟说。讲道稍僻违，论事颇迂阔。万头趋科名，一意相媚悦。……儒于九流中，亦只一竿揭。矧又某氏儒，途径各歧别。均之筐箧物，操此何施设？大哉圣人道，百家尽囊括。至德如渊骞，尚未一间达。区区汉宋学，乌足尊圣哲。毕生事钻仰，所虑吾才竭。（《笺注》卷1）

再如《杂感》其一：

……欲读古人书，须识古语古。唐宋诸大儒，纷纷作笺注。每将后人心，探索到三五。性天古所无，器物目未睹。妄言足欺人，数典既忘祖。燕相说郢书，越人戴章甫。多歧道益亡，举烛乃笔误。（《笺注》卷1）

他正是通过冷静而理性的思考，在面对清政府内外交困、中华民族面临亡国灭种的危机时，觉得只靠传统汉宋之学，不可能解决问题，于是把眼光移向境外，关注西方列强的强国富国之路，试图从中找到治国之方。他的诗歌“吟到中华以外天”［《奉命为美国三富兰西士果（按，即三藩市）总领事留别日本诸君子》，《笺注》卷4］，力图通过对西方诸国的自然景观、人文名物、历史文化、社会制度等“新异”事物的介绍，开阔民众狭窄封闭的眼光，唤起民众的危机意识和变法自强的紧迫感，“到此法不变，终难兴英贤”（《述怀再呈霭人樵野丈》，《笺注》卷2），表现出他焦灼殷切的爱国忧国之情。

黄遵宪的诗歌“其取材，以群经三史诸子及许、郑诸注为辞赋家不常用者。其叙事，以官书会典、方言俗谚及古人未有之物、未辟之境，举吾耳目所亲历者，皆笔而书之”①。与晚清众多诗人相比，他的诗歌最有特色的地方就是“古人未有之物、未辟之境”，“他独有的是写新事物、自然科学、外域等各方面的东西”②，“海外闻见，抉择尤精。其为诗也，独莹心灵”③。陈三立说他“驰域外之观，写心上之语”，“出其余技，乃近大家，此之谓天下健者”④（《人境庐诗草跋》）。丘逢甲说《人境庐诗草》：“四卷以前为旧世界诗，四卷以后乃为新世界诗。茫茫诗海，手辟新洲，此诗世界之哥伦布也。变旧诗国为新诗国，惨淡经营，不酬其志不已，是为诗人嘉富洱；合众旧诗国为一大

① 黄遵宪：《辛亥初印本跋》，《人境庐诗草笺注》，上海古籍出版社1981年版，第1091页。
② 钱仲联讲述，魏中林整理：《钱仲联讲论清诗》，苏州大学出版社2004年版，第6页。
③ 徐仁铸：《人境庐诗草跋》，《人境庐诗草笺注》，上海古籍出版社1981年版，第1086页。
④ 黄遵宪著，钱仲联注：《人境庐诗草笺注》，上海古籍出版社1981年版，第1083页。

新诗国，纵横捭阖，卒告成功，是为诗人中俾思麦。为哥伦布，伟矣！足以豪矣！而究非作者所自安。第此世界，能为嘉富洱、为俾思麦，乃竟仅使为诗世界之嘉富洱、俾思麦……天耶人耶?”①（《人境庐诗草跋》）他抱“别创诗界”的信念，认为“诗虽小道，然欧洲诗人出其鼓吹文明之笔，竟有左右世界之力”（《人境庐诗草笺注》卷首），开创了晚清诗界新局面，把西方的政治思想、历史文化、人文景观写入诗歌，给人耳目一新的感觉，他在晚清诗界真如开辟新大陆的哥伦布，或是使意大利独立的嘉富洱。

（一）以近代地理学及其他自然科学入诗

黄遵宪的诗体现了近代地理学观念，对以“我”为中心妄自尊大的天朝大国情结予以坚决否定，“休唱攘夷论，东西共一家。……万方今一概，莫自大中华”（《大狱四首》，《笺注》卷2），“环顾五部洲，沧海不可隔。函关一丸泥，势难复闭壁”（《陆军官学校开校礼成赋呈有栖川炽仁亲王》），“昔日同舟多敌国，而今四海总比邻。更行二万三千里，等是东西南北人”（《奉命为美国三富兰西士果总领事留别日本诸君子》，《笺注》卷4）。他指责愚昧无知和夜郎自大者：“芒芒九有古禹域，南北东西尽戎狄。岂知七万余里大九洲，竟有二千年来诸大国”（《感事三首》，《笺注》卷6），“又天可汗又天朝，四表光辉颂帝尧。今古方圆等颅趾，如何下首让天骄”（《赠梁任父同年》，《笺注》卷8），中国之外还有许多具有悠久文明历史的国家，他们并非“夷狄”。诗人又清醒地指出：当今世界，弱肉强食，中国岌岌可危，不正视现实就有亡国灭种的危险。他警告一些顽固派：“鄂罗英法联翩起，四邻逼处环相伺。着鞭空让他人先，卧榻一任旁侧睡。古今事变奇至此，彼已不知宁勿耻”（《感事三首》，《笺注》卷6）。诗人完全摆脱了所谓华夷之界，站在世界潮流的前列，用一种开阔的世界性眼光和意识来批评旧士大夫许多虚妄骄矜的世俗陋见。

《以莲菊桃杂供一瓶作歌》一诗表达了诗人的希望：随着世界各民族、各国的发展，我们的祖国应该是“尔时五羊仙城化作海上山，亦有四时之花开满县”（《笺注》卷7），以及他所希望的将来的世界“黄白黑种同一国”，“众花照影影一样，曾无人相与我相”，“传语天下万万花，但是同种均一家”，成为各种族、各民族平等和睦相处的大同世界。表达了一种新思想、新观念，抒发了诗人一种四海一家的开放意识，一种携手共进的理想。

黄遵宪的《今别离》其四将东、西半球昼夜相反之新知识与男女相思之

① 黄遵宪著，钱仲联注：《人境庐诗草笺注》，上海古籍出版社1981年版，第1088页。

情结合起来，别开生面，独具韵味，是“以旧风格含新意境”的典范之作，陈三立推其为“千古绝作”。

> 汝魂将何之？欲与君追随。飘然渡沧海，不畏风波危。昨夕入君室，举手搴君帷。披帷不见人，想君就枕迟。君魂倘寻我，会面亦难期。恐君魂来日，是妾不寐时。妾睡君或醒，君睡妾岂知？彼此不相闻，安怪常参差。举头见明月，明月方入扉。此时想君身，侵晓刚披衣。君在海之角，妾在天之涯。相去三万里，昼夜相背驰。眠起不同时，魂梦难相依。地长不能缩，翼短不能飞。只有恋君心，海枯终不移。海水深复深，难以量相思。(《笺注》卷6)

地理学中昼夜相反这一现象，对当时中国绝大部分国民来说是个新知识。诗人以此写男女相思，不仅带有中西文化交融的特色，而且构思新颖。《八月十五夜太平洋舟中望月作歌》在对月思乡的咏叹中也表达了东、西昼夜有别、地大如圆的“新”现象：

> 举头只见故乡月，月不同时地各别。即今吾家隔海遥相望，彼乍东升此西没。嗟我身世如转蓬，纵游所至如凿空。……九州岛脚底大球背，天胡置我于此中？(《笺注》卷5)

黄遵宪的诗歌也以近代其他自然科学或发明入诗。如他《以莲菊桃杂供一瓶作歌》：“……即今种花术益工，移枝接叶争天功。安知莲不变桃、桃不变为菊，回黄转绿谁能穷？化工造物先造质，控抟众质亦多术。安知夺胎换骨无金丹，不使此莲、此菊、此桃万亿化身合为一。众生后果本前因，汝花未必原花身。动物植物轮回作生死，安知人不变花、花不变为人。六十四质亦么么，我身离合无不可。质有时坏神永存，安知我不变花、花不变为我。……”梁启超评价说：“半取佛理，又参以西人植物学、化学、生理学诸说，实足为诗界开一新壁垒。”①

（二）以近代社会科学入诗

最具有代表性的是黄遵宪的《锡兰岛卧佛》：

---

① 梁启超：《饮冰室诗话》，《梁启超学术论著集·文学卷》，华东师范大学出版社1998年版，第357页。

……噫嗟五大洲，立教几教皇？惟佛能大仁，首先唱天堂。以我悲悯心，置人安乐乡。古分十等人，贵贱如画疆。惟佛具大勇，自弃铜轮王。众生例平等，一律无低昂。罪畏末日审，报冀后世偿。佛说有弥勒，福德莫可当。将来僧祇劫，普度胥安康。此皆大德慧，倾海谁能量。古学水火风，今学声气光。辩才总无碍，博综无不详。独惜说慈悲，未免过主张。臂称穷鸽肉，身供饿虎粮。左手割利刃，右手涂檀香。冤亲悉平等，善恶心皆忘。愈慈愈忍辱，转令身羸尪。兽蹄交鸟迹，一听外物戕。人间多虎豹，天上无凤凰。虎豹富筋力，故能恣强梁。凤凰太文彩，毛羽易摧伤。惟强乃秉权，强权如金刚。吁嗟古名国，兴废殊无常。罗马善法律，希腊工文章。开化首埃及，今亦归沦亡。念我亚细亚，大国居中央。尧舜四千年，圣贤代相望。大哉孔子道，上继皇哉唐。血气悉尊亲，声名被八荒。到今四夷侵，尽撤诸边防。天若祚中国，黄帝垂衣裳。浮海率三军，载书使四方。王威镇象主，鬼族驯狼朊。归化献赤土，颂德歌白狼。共尊天可汗，化外胥来航。远及牛贺洲，鞭之如群羊。海无烈风作，地降甘露祥。人人仰震旦，谁侮黄种黄？弱供万国役，治则天下强。明王久不作，四顾心茫芳。(《笺注》卷6)

诗中阐发佛教教义，叙说宗教与政治的相互影响，纵横恣肆，博奥奇谲，广征博引，堪为洋洋大观。梁启超高度评价该诗歌可作为印度近史、佛教小史、地球宗教论、宗教政治关系说来读。[①] 在诗歌最后作者感慨，面对弱肉强食、武力相争的现代社会，佛教“普度众生”、“大德大慧”的教义也无能为力，甚至显得迂拙，“独惜说慈悲，未免过主张。臂称穷鸽肉，身供饿虎粮。左手割利刃，右手涂檀香。冤亲悉平等，善恶心皆忘。愈慈愈忍辱，转令身羸尪。兽蹄交鸟迹，一听外物戕。人间多虎豹，天上无凤凰。虎豹富筋力，故能恣强梁。凤凰太文彩，毛羽易摧伤。惟强乃秉权，强权如金刚”，反映出黄遵宪作为近代学人独特的眼光和深邃的洞察力。

（三）以他国历史文化入诗

黄遵宪在《日本杂事诗》修订本自序中说：“论者或谓日本外强中干，张脉偾兴……余所交多旧学家，微言刺讥，咨嗟太息，充溢于吾耳。虽自守居国不非大夫之议，而新旧同异之见，时露于诗中。及阅历日深，闻见日拓，颇悉

① 梁启超：《饮冰室诗话》，《梁启超学术论著集·文学卷》，华东师范大学出版社 1998 年版，第 334 页。

穷变通久之理，乃信其改从西法，革故取新，卓然能自立……嗟夫！中国士夫，颇见狭陋，于外事向不措意。今既闻之矣，既见之矣，犹复缘饰古义，足已自封，且疑且信；逮穷年累月，深稽博考，然后乃晓然于是非得失之宜，长短取舍之要，余滋愧矣！”（《〈日本杂事诗〉自序》，《笺注》附录一）足见他写海外事，不是“志怪”，而是带着启蒙新民的意识，用诗歌来阐述穷则变、变则通的世界进化的道理。

黄遵宪以西方诸国（尤其是日本）之史为鉴，反复说明通过“变”，弱国能成为强国；向他国学习，弱国才能成为强国。《西乡星歌》歌颂了日本西乡隆盛等维新派通过武装暴动推翻了幕府的腐朽统治，日本从此走上维新之路，一派蒸蒸日上的气象，“尊王攘夷平生志，联翩三杰同时起。锦旗遥指东八州，手缚名王献天子。河鼓一将监众军，中宫匡卫罗藩臣。此时赤手同捧日，上有一人戴旒冕，是为日神之子天帝孙。下有八十三州地，满城旭彩辉红轮。乾坤整顿兵气息，光华复旦歌维新”（《笺注》卷3）。《樱花歌》述说日本幕府统治时期花天酒地、骄奢淫逸、醉生梦死的生活状况，“千金万金营香巢，花光照海影如潮。游侠聚作萃渊薮，真仙亦迷脂夜妖。……十日之游举国狂，岁岁欢虞朝复暮。承平以来二百年，不闻鼙鼓闻管弦。呼作花王齐下拜，至夸神国尊如天。当时海外波涛涌，龙鬼佛天都震恐。欧西诸大日逞强，渐剪黑奴及黄种。芙蓉毒雾海漫漫，我自闭关眠不动。一朝轮舶炮声来，惊破看花众人梦。我闻桃花源，洞口云迷离，人间汉魏了不知；又闻净土落花深四寸，每读《华严》经卷神为痴。拈花再作开耶姬，上告丰苇原国天尊人皇百神祇。仍愿丸泥封关再闭一千载，天雨新好花，长是看花时”（《樱花歌》，《笺注》卷3）。这里表面上看来是写日本幕府后期的历史，实际是借以描述清朝道、咸年间世统治者的真实心态；暗寓日本也曾有过一段昏聩时期，只要变革图强，窳弱的局面完全可以扭转。得出的结论就是“滔滔海水日趋东，万法从新要大同”，“尧天到此日方中，万国强由法变通”（《己亥杂诗》，《笺注》卷9）。

（四）以西方英雄人物或历史名人入诗

黄遵宪通过愐怀西方历史人物的事迹勋业，旨在唤起一种刚豪之气，一种开拓进取的勇士精神，一种领先世界文明的情怀。在《西乡星歌》中他赞美了日本西乡隆盛“嵚崎磊落”、“发扬蹈厉”、勇于反抗的英雄之气（《笺注》卷3）；在《近世爱国志士歌》中，他歌颂了蒲生秀实、林子平、梁孟纬、吉田矩方、僧月照等人在反对幕府、倡导维新时舍身报国的精神，“卒以成中兴之业，维新之功”（《笺注》卷3）。

在《感事三首》中，他赞扬了哥伦布勇于探索世界新埠，并发现了新大陆的贡献，“可伦比亚尤人豪，搜索大地如追逃。裹粮三月指西发，极目所际惟波涛。行行匝月粮且罄，舟人欲杀鬼夜号。忽然大陆出平地，一钓手得十五鳌。即今美洲十数国，有地万里民千亿”（《笺注》卷6）。在《己亥杂诗》中他赞美了拿破仑冲击欧洲封建制度的英豪之举，“生是天骄死鬼雄，全欧震荡气犹龙。世间一切人平等，若算人皇只乃公”（《己亥杂诗》，《笺注》卷9）。

在《己亥杂诗》中他赞美了美国第一任总统华盛顿，“一夫奋臂万人呼，欲废称臣等废奴。民贵遂忘皇帝贵，莫将让国比唐虞”。在《纪事》中他借华盛顿之理想表达了自己对中国乃至世界未来的期待，“吁嗟华盛顿，及今百年矣。自树独立旗，不复受压制。红黄黑白种，一律平等视。人人得自由，万物咸遂利。民智益发扬，国富乃倍蓰”（《笺注》卷4）。

（五）以西方异国风光、民俗人情入诗

黄遵宪诗集“开卷盖如入文明之国，至其境而耳目益新，抵其都市，游其宫廷，过其府舍，无一不新者。察之，则政政毕立，而创因见焉；事事毕举，而疏密见焉。即其治象，其国度之高下，可得而言也”①。

他出使日本多年，日本是他最熟悉的外邦，略依国势、天文、地理、政治、文学、风俗、服饰、技艺、物产等内容为次第而写成大型组诗《日本杂事诗》，“游扶桑之都，迈武门之酷炎，美维新之昌图，嘉高蒲之秀烈，庶王朱之令模。其于民俗、物产、国政、人才，瞭如豁如，如家人子之自道其家人产也”②，可与他的《日本国志》相参证。他自己也说：“余于丁丑之冬，奉使随槎。既居东二年，稍与其士大夫游，读其书，习其事。拟草《日本国志》一书，网罗旧闻，参考新政，辄取其杂事，衍为小注，串之以诗，即今所行《杂事诗》是也。”（《日本杂事诗自序》，《笺注》附录一）

他在《人境庐诗草》中也有许多篇章叙写日本。《樱花歌》叙写在日本街头赏花的场景，写出了富有诗意的异国风土人情：

> 鸧金宝鞍金盘陀，螺钿漆盒携巨罗。伞张蝴蝶衣哆啰，此呼奥姑彼檀那，一花一树来婆娑。坐者行者口吟哦，攀者折者手挼莎，来者去者肩相摩。墨江泼绿水微波，万花掩映江之沱。倾城看花奈花何！人人同唱樱花歌。（《笺注》卷3）

《都踊歌》记录了日本民众“七月十五至晦日，每夜亘索街上，悬灯数

① 丘逢甲：《人境庐诗草跋》，《人境庐诗草笺注》，上海古籍出版社1981年版，第1089页。
② 康有为：《日本杂事诗序》，《康有为诗文选》，广东人民出版社1983年版，第567—570页。

百。儿女艳装靓服为队，舞蹈达旦，名曰都踊"，甚至是日本的街头小吃，他也写得兴味盎然，"薄薄樱茶一吸余，点心清露芙蕖。青衣擎出酒波绿，径尺玻璃纸片鱼"（《不忍池晚游诗》，《笺注》卷3）说的是东京街头的樱茶和纸片鱼。

1884年美国总统选举，时任清朝驻旧金山总领事的黄遵宪曾写《纪事》一诗以记其事。不仅写出美国总统选举的盛大豪华的场面气氛，而且记录了竞争的激烈，且屡有丑闻发生。

他在任新加坡领事时所作的《新嘉坡杂诗十二首》，记述新加坡地理、历史、风俗、人情、物产、饮食、服饰等。其中第十首就记载了新加坡的物产：

> 舍影摇红豆，墙阴覆绿蕉。问山名漆树，计斛蓄胡椒。黄熟寻香木，青曾探锡苗。豪农衣短后，遍野筑团焦。（《笺注》卷7）

《番客篇》中详细叙述了南洋的婚礼习俗、人们的创业史以及当地华人的情状。

在他笔下有苏彝士河的宏伟："万国争推东道主，一河横跨两洲遥。破空椎凿地能缩，衔尾舟行天不骄。"（《苏彝士河》，《笺注》卷6）"一刀截断大河横，省却图南六月程。"（《己亥杂诗》）有伦敦弥漫数十日的大雾："芒芒荡荡国昏荒，冥冥蒙蒙黑甜乡。""时不辨朝夕，地不识南北。离离火焰青，漫漫劫灰黑。""出门寸步不能行，九衢遍地铃铎声。"（《伦敦大雾行》，《笺注》卷6）还有高耸入云的巴黎铁塔："拔地崛然起，峻峥矗百丈。自非假羽翼，孰能蹑履上？""一览小天下，五洲如在掌。"（《登巴黎铁塔》，《笺注》卷6）

黄遵宪的这些诗歌用的虽然仍是中国古典诗歌的体式，但因为他写的是域外的事物，奇思妙想，令人向往，使这部分"新意境"之作具有诱人的艺术力量。

（六）以近代新名词、术语入诗

黄遵宪的诗中有不少新名词，如《罢美国留学生感赋》、《纪事》、《今别离》、《感事》、《以莲菊桃杂供一瓶作歌》等都是善用新名词的成功例子，所用新名词多系舆地、人物以及近代海外文明产物，也有少量社会科学和自然科学术语和概念，如"留学生"、"地球"、"赤道"、"国会"、"殖民地"、"总统"、"校长"、"合众"、"共和"、"自由"、"平等"、"五洲"、"同种"、"美利坚"、"耶稣"等。他诗中绝大多数新名词用得较自然，显得比较和谐，不像谭嗣同、夏曾佑诗中的新名词那样生搬硬套，令人无从索解。这些"新名词”的涌现既是不得不如此的时势的逼迫，同时也是学术进步本身的要求。[①]

二、“新版”学人之诗的胎具

黄遵宪的诗歌在近代有很大的影响，他是个积极的维新主义者，是近代维新派的主将，他的诗因其广泛的社会交往而广为人知，传播甚远。

他敢于以西学新知入诗，“用今人所见之理、所用之器、所遭之时势，一寓之于诗。务使诗中有人，诗外有事”[②]，本着“我手写我口，古岂能拘牵”（《杂感》，《笺注》卷1）的精神，其意境让人耳目一新，诗歌语言可雅可俗，无所拘束，官书会典、口语方言，凡“切于今者”多方采用，深受读者的喜爱。

黄遵宪以西方新的学识入诗，由于他深知诗歌的艺术特征，“吾论诗以言志为主体，以感人为用。孔子所谓兴于诗，伯牙所谓移情，即吸力之说也”[③]，他继承《诗经》的比兴传统，没有把诗歌写成介绍西方风土人情、名物制度的押韵文体，而是经过精心剪裁，熔铸成篇。他在诗界革命中之所以取得了比谭嗣同、夏曾佑甚至康有为、梁启超更大的成就，“关键就在于夏、谭企图割断与中国古典诗歌的一切联系，表现为传统虚无主义……黄则采取了正确对待遗产的态度，做到了‘以旧风格含新意境’”[④]。他为自己诗集《人境庐诗草》所作的序中说：“士生古人之后，古人之诗号专门名家者，无虑百数十家，欲弃去古人之糟粕，而不为古人所束缚。……尝于胸中高一诗境，一曰，复古人比兴之体；一曰，以单行之神，运排偶之体；一曰，取《离骚》乐府之神理而不袭其貌；一曰，用古文家伸缩离合之法以入诗。”由于他的诗从中国传统文化中生发出来，以至于倾向于保守的诗人（如“同光体”诗人）也对他的诗赞赏有加。

梁启超评价黄遵宪在近代诗坛的地位时说：“公度之诗，独辟境界，卓然自立于二十世纪诗界中，群推为大家，公论不容诬也。”[⑤] 此论并非过誉阿谀之辞。但也应看到黄遵宪的诗歌从严格意义上来说还只是以西方新的学识入诗，与后来精通西学的王国维等人相比，他对西方文化的渊源、西方学理的精髓的理解和把握还缺乏深度，因而他的诗与王国维等人的新学诗相比，即使没

① 王国维：《论新学语之输入》，《王国维文集》卷3，中国文史出版社1997年版，第41—42页。

② 黄遵宪：《黄遵宪全集》，中华书局2005年版，第1582页。

③ 黄遵宪：《黄遵宪全集》，中华书局2005年版，第457页。

④ 刘世南：《清诗流派史》，台北文津出版社1995年版，第581、588—589页。

⑤ 梁启超：《饮冰室诗话》，《梁启超学术论著集·文学卷》，华东师范大学出版社1998年版，第352页。

有九溪十八涧与三峡水之别[①]，差距也是明显存在的。尽管如此，他的诗歌为后来“新版学人之诗”的成熟起到了“导夫先路”的作用。

第三节 康有为的“新声”诗

康有为，字广厦，号长素。变法失败后，易号更生，广东南海人。初从番禺简凤仪（朝亮）受经，继从祖父赞修学诗文。后又执贽于同邑朱九江（次琦）之门，“九江之理学，以程、朱为主，而间采陆、王”，又主“济人经世”（梁启超《南海康先生传》）。后入西樵山，居白云洞，专讲道、佛之书，舍弃考据帖括之学，一意“养心”；又哀物悼世，慨然以经营天下为志，取《周礼》、《王制》、《太平经国书》、《文献通考》、《经世文编》、《天下郡国利病全书》、《读史方舆纪工要》，“博通经史，好公羊家言”（《清史稿》卷473）。“游香港，猎西书，以为西人治国有法度”；“游京师，经上海，益购西书以讲求。……还乡居澹如楼，上自婆罗门，旁收四教，兼为算学，涉猎西书”，“冥思于经籍中觅取变法根据，鉴于今文经学之能经世致用，非常异义之论，于是发古文经之伪，明今学之正。……拟藉今文经学议政。……由其弟子梁启超之介，获读严译《天演论》，以为眼中未见此等人，于是以西洋进化论学说与常州今文经学说相糅，撰著中遂有进化论内容，《孔子改制考》、《礼运济》是也。……上书统筹全局（《上清帝第六书》），并进呈自著《日本变政考》暨英人李提摩太所译《泰西新史揽要》、《列国变通兴盛记》、《列国岁计政要》诸书”（汤志钧《戊戌变法人物传稿》）[②]。

概而言之，康有为的学术创新主要有两点：一是“以改制言《春秋》”，二是“以三世言《春秋》”。“改制之义立，则以为《春秋》者，绌君威而申人权，夷贵族而尚平等，去内竞而归统一，革习惯而尊法治”；“三世之义立，则以进化之理，释经世之志，遍读群书，而无所于阂，而导人以向后之希望，现在之义务”[③]。

康有为“生平学术不以诗鸣，徒以境遇之艰屯，足迹之广历，直有抉天心、探地肺之奇，不仅巨刃摩天也”[④]。1898年秋，戊戌变法失败，康有为逃亡海外，由香港而日本，由日本而东南亚，再至欧美诸国，足迹遍及亚、欧、

① 钱钟书：《谈艺录》（补订本），中华书局1984年版，第347页。
② 钱仲联：《清诗纪事》，江苏古籍出版社1989年版，第13874—13876页。
③ 梁启超：《清代学术概论》，中国人民大学出版社2004年版，第118页。
④ 汪国垣：《光宣诗坛点将录》，《民国诗话丛编》（第五册），上海书店2002年版，第367页。

非、美四大洲，有诗为证：“大地环三周，四洲足曾履。那岌日不落，北极看叆饩。游三十一国，行六十万里。”（《开岁忽六十篇》，《康有为全集》卷13）近代诗论家陈衍说：“自古诗人足迹所至，往往穷荒绝域，山川因而生色。更千百年成为胜迹，表著不衰。……中国与欧美诸洲交通以来，持英荡与敦盘者不绝于道。而能以诗名者，惟黄公度。其关于外邦名迹之作，颇为伙颐。而南海康长素先生以逋臣流寓海外十余年，更多可传之作。”① 康有为这样的海外经历给他的诗歌带来了前所未有的域外内容。他自序其诗云：“及戊戌遘祸，遁迹海外，五洲万国，靡所不到。风俗名胜，托为咏歌。”他在十多年的海外生活中，每到一处参观游览，考察国政民俗，都一一笔之于诗，写下了大量的异国风光诗，描绘了许多世界风物民俗。这些异国风光诗的内容主要有以下五个方面：

一、以海外异国风光民俗入诗

诗人很善于抓住各地风光的特点加以描绘：多瑙河畔的花树长堤、瑞典风光秀丽明媚、埃及滚滚的流沙、苏拉派亚（印度尼西亚）的火山，还有那银装素裹的北冰洋，海洋上飘浮的琼楼玉宇般的冰山，以及那岌岛日不落的奇景……一幅幅的图画，有的淡如素描，有的浓如油画，还有的像立体浮雕，读后令人神往。譬如诗人笔下的瑞士湖山之胜：

> 碧松遍山草芊芊，碧绿丘壑白峰峦。山巅成千湖，明漪动紫澜。小湖柳漪波，荡桨饶风烟。大湖数百里，诸渚侵其间。虹桥苔砚间绿阑，万千楼阁枕湖干。抗山架壑高下繁，白塔红亭冠山巅。水榭林屋隐涧泉，汽船翻浪穿湖边。铁轨穴隧上山巅，欧洲诸国程途便。……（《瑞士国在阿尔频山中，湖山之胜为天下第一》，《康集》卷7）②

瑞士景色秀美，风光绮丽。它的南部被阿尔卑斯山所盘踞，山顶白雪皑皑，山坡草木葱郁。由于冰川作用，瑞士国内冰碛湖广布，万千楼阁，坐落在湖岸，湖光山色，美丽如画。白塔红亭，罗布山巅。诗人以他轻灵的画笔，为国人描绘了这座因风景优美而著名的城市。

诗人写挪威的自然风光尤具特色：

---

① 陈衍：《石遗室诗话》卷9，《民国诗话丛编》（第一册），上海书店2002年版，第125页。

② 本节所引用康有为的诗歌，如没有特别注出，均引自《康有为诗集》（文中简称为《康集》），《康有为全集》（第十二集），中国人民大学出版社2006年版。

挪威好山水，欧洲最有名。迤逦五千里，岛屿亿兆京。岛颠皆带雪，岛脚皆插冰。或簇如楼阁，或飐如幢旌；或拥如人马，或列如队伍；或卓如笔竿，或掉如龙鲸。终年长白头，万古浸水晶。苍苍百万岛，海中立亭亭。北极那岌岛，南边丹墨城，汽舟左右望，绵亘七日程。盛夏冰海开，汽舟乃纵行。衣影吸其绿，万碧浸波澄。舟穿众岛中，奇怪争逢迎。辟道如江湖，忘在海中经。窅窅岩壑秀，茫茫云烟溟。海山只苍苍，天风但冷冷。白日出无没，梦魂光且轻。……(《泛那威寻北冰海，纵观山水，维舟七日，极海山之大观》，《康集》卷10)

该诗描绘了挪威独特的风光：海岸线长而曲折，沿海岛屿极多，有此岛屿在北极圈内，岛上终年冰雪，银装素裹，千姿百态。尤其有趣者，诗中记载了那岌岛日不落的情况："白日出无没，梦魂光且轻。"诗人在《携同璧游挪威北冰海那岌岛颠，夜半观日将下而忽升》（《康集》卷10）题下自注云："时五月二十四日，夜半十一时泊舟登山，十二时至顶如日正午，顶有亭，饮三边酒，视日稍低如暮，旋即上升，实不夜也。"诗云："是夜夜半神鬼通，干端坤倪飚吁吁。霱气忽开晶光铺，杲杲旭暾红轮扶。飚登云端披绛襦，光芒万种照寰区。羲和无功后羿诛，额手仰天皆大呼。"这种极昼现象在中国是看不到的。

位于北美大陆板块交接处的落基山，诗人去过三次，他认为此山是西半球最为雄奇的山。"石壁峭削立积铁，危嶂侵云横天曲"，将落基山险峻挺拔的英姿展现在读者眼前，重峦叠嶂似乎插入云霄，将天幕从中横断，气势雄伟。"室盖亭亭出麾幢，帐幕森森劈斧钺。忽各万马拥旌旗，衔枚疾走不可说"，山中郁郁葱葱的林木仿佛是严阵以待的军队，威严肃穆，山风吹来，好像是急行军般急急切切，只听见一阵行动的脚步声而没有人说话，让人顿觉紧张。登上山顶，"高高灯摩上帝座，去天尺五扪星澈。顾盼大地弹丸圆，蹩踏五洲大陆烈。左提太平洋汤汤，右弄大西洋浪浪"（《三过落机山放歌》，《康集》卷8）。仰头望天上，仿佛触手可及天帝的宝座，低头看大地，不过弹丸大小，似乎一脚踩下去五洲大陆随时都可能塌陷。左边是太平洋的波涛，右边是大西洋的海浪，天地寰宇之尽收眼底。

在康有为的海外诗中，还有一部分是描写名胜古迹的。匈牙利首都标德卑士（今译为布达佩斯）地夹多瑙河，有数十里长堤。康有为面对这座小城时诗兴大发：

道路广以洁，楼阁丽灯迷。滔滔多饶河，花木夹长堤。铁桥连锁之，山水泻清辉。堤长廿余里，士女相扶携。岛园红素开，湖舫青白低。电灯如月照，车马如龙飞。议院与王宫，壮丽河东西。夜游百戏园，灯火亿万枝。游牧琵琶声，佳人红玉肌。信哉古郑卫，游乐人不疲。从今欧土国，后作胜前徽。逆想百年后，迷楼与天齐。（《匈牙利标德卑士京华丽冠各欧国，其地夹多饶河，长堤廿余里，电灯铁几，车马如织，士女相携，园林精妙，好乐似巴黎。匈人本游牧，善为乐声，故小国僻壤有此瑰异也》，《康集》卷7）

先进的物质文明把小城装点得如梦如幻，白天河堤与花木相映成趣，铁桥与山水似乎融为一体，河堤上男女携手而游，往来如织；夜晚则被电灯照得如月圆之夜，车马往来如飞驰的蛟龙般迅速。他游丹墨，看到“电车驰骤电灯明，丹墨重游更有情。百万人家成乐国，公园游冶六街平”（《游丹墨诗》，《康集》卷7）。丹墨小国，物质文明高度发达，作者在这里看到理想国度的雏形，不禁心中欢喜。电车飞驰，电灯把夜照得像白天一样明亮，人民安居乐业，没有纷争。游览瑞典，看到“环湖据岛开都会，汽舫湖桥处处通。瑞典百千万亿岛，楼台无数月明中”（《瑞典京士多贡据海岛为之，天下所无》，《康集》卷7)。“瑞典公园奇丽绝，海波都会互回环。金银宫阙排云里，缥缈林亭出世间”（《瑞典京士多贡之思间慎公囿，据海岛为之，环大数里，半枕湖波，绕以百千楼阁，电灯万亿，百戏纷纭，光景奇丽，为地球公园第一。与女同璧频游》，《康集》卷7）。电灯将瑞典诸岛点缀得如同白昼，而在作者看来，海山之中的数千岛屿仿佛云中楼阁，金碧辉煌令人神往。海岛中缤纷散落的诸岛被汽船联通在一起，建起了现代化的繁华都市，诗人流露出的还有对西方发达科技的赞叹。

其他如《罗马访四霸遗迹》（《康集》卷7）、《游拖咳悟洞》（《康集》卷10）、《登巴黎铁塔顶，与罗文仲、周国贤饮酒于下层酒楼高三百尺处，凭阑四顾巴黎放歌》（《康集》卷7）、《开罗外访金字陵》（《康集》卷11）、《游德国波士淡旧京诸宫苑，于阿朗苏利宫前睹天仪五事，盖吾京师观象台仪器，元太史郭守敬制也。昔曾摩挲，不意绝国重抚之，感怀故国，泪下沾襟，乃作长歌》（《康集》卷7）、《游丹墨诗》（《康集》卷7）。这类诗篇不仅可以开拓人们的视野，更重要的是通过领略西方悠久的历史文化和近代文明，有助于增进国人对西方历史文明的了解，从而消除由封闭所造成的偏见。

康有为的诗歌还描绘了一些风物民俗和现代文明图。开罗妇女蒙面纱、戴鼻环的妆饰：“女子黑纱常蔽面，最怜额鼻着黄铜。”（《游埃及开罗京》，《康集》卷11）耶路撒冷犹太人“哭墙”的宗教仪式是如此情状：“……筑者所罗门，于今三千年。城下聚男妇，号哭声咽闻。日午百数人，曲巷肩骈连。凭壁立而啼，涕泪涌如泉。惨气上九霄，悲声下九渊。始疑沿具文，拭泪知诚悬。”（《耶路萨冷观犹太人哭所罗门城壁，男妇百数，日午凭城，泪下如縻，诚万国所无也。惟有教有识，故感人深远。吾念故国，为之怆然》，《康集》卷11）此外，还有印度民间除夕拜婆罗门的宗教仪式（《重九登山坠马，适遇村人拜婆罗门》），满的加罗（今译作摩纳哥）的大赌场人头攒动（《满的加罗国在法之南，临地中海，地势类香港，南北八法里、东西十法里而自立。一切无税，惟税博进，故欧洲贵族、美富人咸来避寒。宫室服馔，歌乐妓曲皆号全欧第一，人称乐土，诚大地异境也》，《康集》卷9）……

在威士潘学校，他看到了学生做操时的整齐阵容，歌曰：“列帐松阴荷枪守，巡行肃整耐苦疾。组练三百白如雪，花旗前行铙乐发。炮队轰峰震雷霆，烟雾塞天翻地脉……武备乃是文明具，连年变法岂不知?”（《游威士潘兵学样视操》，《康集》卷8）美国军队纪律严明，整齐肃静，操行演练令人叹为观止，炮声轰鸣震慑得山川大地都在颤动，简单演练都已经震慑四方，更何况对峙战场上?

康有为的这些诗歌介绍了世界各地的风俗民情，对当时的国人来说，如同一个观察世界的万花筒。

二、以西方先进的科学发明入诗

康有为在漫游各国时，还记述了资本主义国家的科学发明和艺术成就。诗人描写了汽船、军舰、火车和蒸汽机的神速与威力，赞美了资产阶级的文学艺术，歌颂了科学、文化名人（瓦特、康德和拉斐尔等）。与古典诗歌相比，他的诗呈现了崭新的内容。譬如他写轮船：

> 渡海至锡兰，巍巍睹巨舰。楼观四五层，俯临沧波澹。惊飞上云表，鹏翼九天鉴。其长六十丈，洞廊窗深堑。千室以容客，弘廓尤泛滥。重过一万吨，结构森惨淡。巨浪拍如山，邈若蚍蜉撼。惊波了无觉，蹈海若枕簟。信兹楼舰力，能敌海石陷。昔称万斛船，北人信不敢。今乃廿倍过，后者应难勘。浮海突奇峰，岛屿筑天堑。眼前突兀见此船，海不扬波无险探。（《锡兰乘孖摩拉巨舰往欧洲，新睹巨制，目为耸然，得诗一章》，《康集》卷7）

《巴黎登汽球歌》云：

超超乎我今白日上青天。杳杳乎俯视地上山与川。身轻浩荡入云雾，脚底奇特耸峰峦。巍楼峻宇如蚁穴，车驰马跃似蚁旋。千尺铜楼宇内高第一，下览若插尖笔端。大道荡荡转羊肠，幺么牌坊拿破仑。青丘绿壑大如掌，乃是卅里裒伦大公园。……我幸得时一升天，天上旧梦犹迷蒙。(《康集》卷7)

对轮船、气球的描写在今天看来也许并不新奇，但在当时，对于一般的中国读者，却令人耳目一新。

康有为对蒸汽机的改进者瓦特作了热情的礼赞，他有《游苏格兰京噫颠堡，见创汽机者华忒像，感颂神功，不可忘也》云：“汽机创自英华忒，水火相推自生力。汽船铁轨自飞驰，缩地空天难推测。万千制造师用之，卷翻天地先创极。……游苏格兰见公像，惟公赐我生感激。巧夺造化代天工，制新世界真大德。华忒生后世光华，华忒未生世暗塞。美哉神功在地球，永永歌颂我心恻。”(《康集》卷7)康有为把瓦特的发明创造与世界的文明、人类的幸福联系起来，足可说明康有为对这位发明家的敬仰和崇拜，同时也反映了康有为思想中对资产阶级先进科学技术的欣羡和向往。

康有为还写有《阅兵讫，夜乘汽舟自哈顿河归纽约，月色微茫，此福尔敦创汽舟首行之地。夜阑，看月感赋》(《康集》卷8)，歌颂了美国工程师富尔顿，“先我生世五十年，神工首出功难磨”，“自有富尔顿，遂缩大地若堂坊”，“百年世界大进化，万载无此大块新文章”，赞美之意，溢于言表。诗人身居国外，耳濡目染，深感现代科学进步之迅速，向西方学习之信念益坚。

三、以西方进步的、优秀的文学艺术入诗

他十分称赞英国、法国的戏剧艺术，这方面他写了《伦敦观剧，有作海山仙女，幽逸如〈离骚〉、〈九歌〉者。昔士卑亚曲多有之，令人超超作出世想》(《康集》卷11)、《巴黎观剧，易数曲，各极歌舞之妙》(《康集》卷9)，叙说剧中罗马城头的月色，泰摆（现译台伯）河边的波涛以及海山、月宫、仙女，利用电灯变幻，布景极富真实感。这种以近代自然科学成就（如电灯、音响）为手段的舞台艺术是中国传统戏剧所未有的，从作者对布景的评价“气象逼真，感人之深，欲叹观止”来看，康有为对这种舞台艺术是颇为称道的。诗人还赞美了16世纪文艺复兴时期的画师拉斐尔的绘画艺术：“拉飞尔画

非人力，秀韵神光属化工。太白诗词右军字，天然清水出芙蓉。”（怀意大利拉飞尔画师得绝句八首，《康集》卷7）诗人以李白的诗、王羲之的字与拉斐尔的画作比，足见他对这位意大利画家的评价之高。

四、以西方社会现状入诗

康有为通过对西欧诸国长期的、多方面的考察，在资本主义社会高楼大厦、灯红酒绿、轻歌曼舞的背后看到了平民百姓的痛苦与穷困。

《自法之南行六解》（《康集》卷9）写出了法国劳动人民生活的贫困，也反映了当地百姓的贫困情况“自法之南，屋矮地污。墙或及肩，贫多役夫。草具牛衣，马牛其躯”（《波多为法南大都会，以葡萄酒名，今人家廿余万，屋旧道污，民贫俗敝矣。夜大雪，饮酒看剧，歌甚佳》，《康集》卷9）。康有为又写到当时实际上已沦为美国殖民地的墨西哥人民的贫穷：“地赤不毛怜石国，民贫无屦拥寒毡。”（《游墨西哥》，《康集》卷8）该诗题下自注云：“税重民贫，天寒皆无衣褐，以毡贯颈。”康有为的诗歌还揭示了资本主义社会贫富不均和阶级对立的现象。如他游西班牙，在富丽堂皇的迦怜拿六故回宫外，发现了一个贫民窟，诗云：“驱车环山道曲拳。蒺藜遍冈地窟联，以木柱巅穴居颛。上开中溜光下穿，崖壁巉岩住稳遍。一二几桌曲以刓，床灶同处眠食便。乱舞僛僛红黄缠，赤足绕车乞争先。或盗客物慎防旃，无一识字类野蛮。形如鹿豕可悯怜，久居名都化不迁。吁嗟欧人之文明兮，乃都会有陶穴之野番！”（《游迦怜拿六故回宫迦蓝罢犇出，览宫外气他那人居》，《康集》卷9）

康有为对西方社会的历史也有所思考。如《巡览全美毕，将游巴西，登落机山顶放歌七十韵》中云：“欧陆德法与意奥，千年雄争兵气缠。相吞相害千百里，凯歌高奏称霸尊。师丹焚杀数十万，所得有几何惨旃。拿破仑志一欧土，万战不就身窜国犹偏。岂若俄辟鲜卑地，英攫澳洲、印度与加拿大焉。葡班地小迫于海，注意新地开最先。只今国弱地频削，散布全美皆其孙。万年英班必不灭，以种遍地皆根萌。古今国势可以鉴，勿争朝市弃荒原。”（《康集》卷8）

康有为的这些诗似乎在对西方社会贫穷、饥饿、战乱以及贫富分化进行思考，这体现了他作为思想家的自觉性。诗中慨叹的“税重民贫”、“吁嗟欧人之文明兮，乃都会有陶穴之野番”、“古今国势可以鉴，勿争朝市弃荒原”体现出他深沉的思索和迷茫。

五、以西方新名词入诗

如感慨法国国王路易十四，他用了“阶级”、“公产”、“宪法”、“民权”等名词渲染了法国资产阶级革命的思潮；他认为嘉富洱为欧洲第一人才，“革命民主论纷纭，独以尊王违俗说”；悲悯拿破仑英雄末路的“滑铁卢”之役；赞叹拉斐尔开辟画界“新纪元”；称赞哥伦布“科学、天算、医学皆精真”。

康有为所引用的这些新名词已不仅仅是作为改革旧体诗歌的语言而存在，更是康有为对西方政治和文明追求的体现。

康有为的海外诗描写了异国的风光，记述了世界各国的名胜古迹、风土人情，赞扬了资产阶级优秀的文化艺术和先进的科学发明，从内容上看，这方面的题材在中国古典诗歌中是少有的。另外，康有为作为“诗界革命”时期新诗派的一位重要诗人，他的某些诗作也确实体现了梁启超所标榜的所谓“以旧风格含新意境”。康有为颇自负地说：“新世瑰奇意境生，更搜欧亚造新声”、“意境几于无李杜，目中何处着元明”（《与菽园论诗兼寄任公、孺博、曼宣》，《康集》卷 11），而最能体现这一特色的是他在戊戌之后的海外诗。[①] 康有为的海外诗有意识地向国人介绍他在域外所见到的这种新思想、新意境、新风貌，以及他所描绘的瑰丽的形象，使当时的国人感到新奇，欲以此作为打开国人封闭的心灵、眺望外面世界的一个窗口，正如他女儿康同璧跋其集所言：“采风问俗而外，多借引列强新进之思潮，以唤起国人之迷梦。”[②] 这与“挦撦新名词以自表异”和写海外新事物以“志怪”自是不同。

第四节　梁启超的欧西政治文化诗

梁启超，字卓如，又字任公，广东新会人。年轻时曾治戴、段、王之学。后师从康有为，潜心于公羊学，同时又和他所接受的西方资产阶级进化论有机地结合在一起。1896 年，他发表了《变法通议》，阐述了他的学术思想，文章指出：“变者，古今之公理。”认为无论是自然界还是人类社会都是不断变化的，他通过许多事实说明“上下千岁，无时不变，无事不变”，变革是“天演界中不可逃避之公例”（《变法通议》序）[③]。正是基于这样的认识，他提出

① 郭延礼：《论康有为的海外诗》，《东岳论丛》，1984 年第 12 期，第 64—69 页。

② 康有为：《康有为全集》（第十二集），中国人民大学出版社，2006 年版，第 135 页。

③ 梁启超：《梁启超全集》，北京出版社 1999 年版，第 10 页。

“革命为今日救中国独一无二之法门”（《释革》）[①]。并全面提出变法的主张，“归于废科举兴学校；亦时时发‘民权论’，但微引其绪，未敢倡言”[②]。其中着重谈到“变法之本，在育人才，人才之兴，在开学校，学校之立在变科举，而一切要其大成在变官制”（《变法通议》）[③]。

戊戌政变后，梁启超逃亡日本，他在对戊戌变法失败的原因进行深刻的反思后，遂把维新改良活动的重点放在传播西方文化的精神层面，他说：“求形质之文明易，求精神之文明难。精神既具，则形质自生；精神不存，则形质无附。”[④]（《国民十大元气论·叙论》）他希望“合泰西各国学术思想于一炉而冶之，以造成我国特别之新文明，以照耀天壤之一日”[⑤]。为了传播西方文化精神，他介绍了亚里士多德、柏拉图、苏格拉底的希腊古典政治学与哲学，康德的德国古典哲学，霍布斯的国家学说，斯宾诺莎的无神论，卢梭的社会契约论，休谟的不可知论，培根的经验论和归纳法，笛卡儿的理性主义，哥白尼的日心说，达尔文的进化论，孟德斯鸠的法权学说，边沁的功利主义，瓦特、牛顿、富兰克林的发明创造，介绍的主要著作有《霍布斯学案》、《斯片挪莎学案》、《卢梭学案》、《近世文明初祖倍根笛卡儿之学说》、《法理学大家孟德斯鸠之学说》、《天演学初祖达尔文之学说及其传略》、《论泰西学术思想变迁之大势》、《进化论者颉德之学说》、《亚里士多德之政治学说》等。梁启超使西方的政治、哲学、法理、文化在中国得到广泛传播，为宣传西学作出了巨大的贡献。[⑥]

梁启超虽师从康有为，却与康氏的思想学说分歧较大。如康氏“好引纬书，以神秘性说孔子”，梁氏不以为然；梁氏“日倡革命、排满、共和之论”，康氏“深不谓然，屡责备之”；康氏“大倡设孔教会，定国教、祀天配孔诸议，国中附和不乏”，梁氏不以为然；康氏言必托古，梁氏认为诸事都托古，“则思想终无独立自由之望”。于是“康梁学派遂分”[⑦]。

梁启超变革思想对其诗学的影响便是“诗界革命”口号的提出。他在戊戌维新之前就提出了“诗界革命”的口号，并与维新派人物进行“新学之诗”

---

① 梁启超：《梁启超全集》，北京出版社1999年版，第759页。

② 梁启超：《清代学术概论》，中国人民大学出版社2004年版，第205页。

③ 梁启超：《梁启超全集》，北京出版社1999年版，第15页。

④ 梁启超：《梁启超全集》，北京出版社1999年版，第267页。

⑤ 梁启超：《论中国学术思想变迁之大势》，《清代学术概论》，中国人民大学出版社2004年版，第85—86页。

⑥ 郭延礼：《近代西学与中国文学》，百花洲文艺出版社2000年版，第50—54页。

⑦ 梁启超：《清代学术概论》，中国人民大学出版社2004年版，第204—209页。

的实践。后来，他针对初期“新学诗”“挦扯新名词以自表异”[①]的幼稚，提出“过渡时代，必有革命。然革命者，当革其精神，非革其形式。……若以堆积满纸新名词为革命，是又清朝政府变法维新之类也。能以旧风格含新意境，斯可以举革命之实矣”[②]。在《夏威夷游记》中，他就“诗界革命”提出了比较具体的意见：“余虽不能诗，然尝好论诗。以为诗之境界，被千余年来鹦鹉名士（余尝戏名辞章家为‘鹦鹉名士’，自觉过于尖刻）占尽矣，虽有佳章佳句，一读之，似必某集中曾相见者，是最可恨也。故今日不作诗则已，若作诗，必为诗界之哥伦布、玛赛郎然后可。犹欧洲之地已尽，生产过度，不能不求新地于阿米利加及太平洋沿岸也。欲为诗界之哥伦布、玛赛郎，不可不备三长：第一要新意境，第二要新语句，而又须以古人之风格入之，然后成其为诗。”[③]从他的诗集来看，“新意境”很大部分内容就是欧西政治文化思想，“新语句”主要是来自近代社会科学、近代自然科学以及欧西语句。梁启超以新意境入诗多为引欧西政治文化思想以及政治文化史入诗，他希望通过这一途径，向国人灌输近代思想文化，造就社会舆论，形成一股生机勃勃的社会风气，“新义凿沌窍，大声振聋俗。数贤一振臂，万夫论相属。人才有风气，盛衰关全局”[④]（《寄穰公同年》），“誓起民权移旧俗，更研哲理牖新知”（《自励二首》）。

梁启超独特的经历和广博的“域外”学识，是同时代许多专业诗人无法望其项背的。他把这些阅历、学识与他的诗歌作品熔为一炉，使得他的作品呈现出一种异样的光彩。

一、进化论思想

严复翻译了赫胥黎的《天演论》后，在近代中国学术思想界引起了很大的震撼，激发了有识之士极大的危机意识。梁启超深受进化论思想的影响，并在诗歌中多处介绍、宣传这一思想。

如在《从军乐》中，梁启超多次表达了国势盛衰兴替的进化论思想，“世界上，国并立，竞生存”，“弱之肉，强食之，岁靡宁”。在长篇古体诗《二十

① 梁启超：《饮冰室诗话》，《梁启超学术论著集·文学卷》，华东师范大学出版社1998年版，第374页。

② 梁启超：《饮冰室诗话》，《梁启超学术论著集·文学卷》，华东师范大学出版社1998年版，第376页。

③ 梁启超：《梁启超全集》，北京出版社1999年版，第1919页。

④ 本章凡引用梁氏诗歌没有特意标出者，皆出自汪松涛编注的《梁启超诗词全注》，广东高等教育出版社1998年版。

世纪太平洋歌》中，作者从生物界的进化谈起，“此虫他虫相阅天演界中复几劫，优胜劣败吾莫强。主宰造物役物物，庄严地土无尽藏”。再过渡到人类社会，人类文明发祥于四大文明古国；后由于“群族内力逾扩张”，地中海文明崛起，取代了四大文明古国；此后“愈竞愈剧愈接愈厉”，大西洋文明取代地中海文明处于人类文明的领先地位。接着谈到时下西方列强强盛，“今日民族帝国主义正跋扈，俎肉者弱食者强，英狮俄鹫东西帝，两虎不斗群兽殃；后起人种日耳曼，国有余口无余粮，欲求尾闾今未得，拼命大索殊皇皇；亦有门罗主义北美合众国，潜龙起蛰神采扬，西县古巴东菲岛，中有夏威八点烟微茫，太平洋变里湖水，遂取武库廉奚伤；蕞尔日本亦出定，座容卿否容商量”。最后得出结论：“我寻风潮所自起，有主之者吾弗详，物竞天择势必至，不优则劣兮不兴则亡。”联想到中国正在遭受西方帝国主义国家的蹂躏，“物竞天择、适者生存，优胜劣汰、弱肉强食”这些进化论思想唤起了民族的危机感。

二、争取民族独立和自由的思想

梁启超认为一场革命（改良）运动要取得成功，必须先有思想指导。思想在前，行动在后，才不会盲目，欧美资产阶级革命运动就是最好的例证，“孕育今世纪，论功谁萧何？华拿总余子，卢孟实先河”（《壮别二十六首》）。尔后，还必须对民众进行思想启蒙，发动民众，得到民众的支持和参与，才可能成功。1903 年五月，他游览波士顿民兵武装反对英国殖民军的奔勾山遗址，“凭吊感慨，不能自禁”，写下了一首古风体的长诗：“生命固所爱，不以易自由。国殇鬼亦雄，奴颜生逾羞。当其奋起时，磊落宁他求？公义之所在，赴之无夷犹。……谓是某英雄，只手回横流。岂识潜势力，乃在丘民丘。千里河出伏，奔海不能休。三年隼不鸣，一击天地秋。获实虽今日，播种良远繇……益信树人学，收效远且遒。”（《奔勾山战场怀古》）他认为争取国家的独立须以思想为先导，以武装斗争为后盾。他在游览北美波士顿倾茶事件的地点时，写道“雀舌入海鹰起陆，铜表摩挲一美谈”（《游波士顿居民抛弃英茶处，口占一绝》），赞扬美国以此役得十三省之独立以及美国独立运动中所体现出来的战斗精神，“寻思百廿年前事，穆穆神山不可望。拼死军前化猿鹤，岂闻闾左有蜩螗。成功自是人权贵，创业终由道力强”（《美国国庆，成诗二章》）。

梁启超关于争取民族独立和自由的思想并非是甘地式的温和非暴力不合作思想，而是倾向于武装革命的思想，他认为欧洲现代史就是一部用“铁血”换来文明与民主的历史，“年来志气尚峥嵘，欲絜民权朝玉京。君看欧罗今世史，几回铁血买文明”（《和吴济川赠行，即用其韵》）。

三、学术兴国的思想

梁启超认为一个国家的兴衰与该国的学术风气是紧密相关的，经世务实的学术风气可以强国，空疏务虚的学术风气只会弱国误国，他通过中国过去与现在学术风气的对比、中国与日本学术风气的对比作了生动的说明：

> 我昔读《易》稽先德，孔制作者唯圣王。范金合土揉斫木，其人皆配明皇帝。羲绳燧燧神农药，黄帝舟车尧垂裳。民到于今受其赐，《考工》所记尤周详。郑刀宋斤鲁之削，燕函粤铸各有良。轮舆筑冶凫橹段，鲍鞾韦裘钟匡慌。卓哉王官守之世，命氏以艺千禩章。司徒颁职十有二，生饬化敛材用昌。是皆以道寓诸器，其时海外犹荒荒。所以水火金木修，百物效灵民乐康。
>
> 后不师古斫大横，学非所用汉汔唐。愈精愈虚竞南宋，及今风气空言张。艺事摈不与士齿，有若羸股肱出乡。食之者众生者寡，士大夫皆鼠盗仓。仓米有几鼠无算，海西胡贾来衔樯。挟技百幻劚造物，一一铢寸基学堂。我以拙胜与之遇，彼譬则车吾譬螳。
>
> 或云东方性鲁素，阖胡日本今国强？竭来日本十二年，所与接构目辄瞠。当世若数善述巧，此邦无与抗颜行。日琢群楮乱真叶，尽羿之道孔穿杨。德成而上吾未知，形下惟器信所长。昨游故京访红叶，取次观艺穷诸坊。峨冠主人最好客，免冠揖我谓我臧。捐麾群季各率职，偻俯导历数广场。百品部居不杂厕，动植矿力电声光。有如置我七宝地，所触尽璆玕琳琅。魂魂昆昆铸禹鼎，九牧所象物在旁。自言创业在厥考，立今上指四十霜。始辟圭窦躬操作，昔昔锻灶如嵇狂。今役僮手指三千，奚翅一日成七襄。屡渡西海赴竞技，累累锦标旌国光。即今大国厉学官，家寖有塾党有庠。百凡讲堂所用器，往往供亿劳梯航。
>
> 导客有失恕非礼，我闻未竟悲我乡。目力耳力今犹古，原绕原鲜固有常。力不出身货弃地，厥咎皆坐无纪纲。下伤新步后四国，上悲绝业坠百王。作诗既以谢主人，亦用痦口警我氓。（《游日本京都岛津制作所，赠所主岛津源藏》）

梁启超认为中国古时学术“生饬化敛材用昌”，“百物效灵民乐康”，以经世务实为本，便于生民的生产与生活，国力也随之昌盛。汉唐以后，学术渐染虚浮空谈之风，摈除艺事，空谈性理，于是财物匮乏，人浮于事，国力空虚。西方国家则重器物之学，精研入微，国力日益强大。这是中外国力相差甚殊的一个主要原因。或有人说中国落后是由于东方人种秉性鲁钝，梁启超以同为东方人种的日本为据进行反驳，日本国力强盛，在很多方面甚至超过了欧美列强，其根本原因在于日本学术风气等同甚至优于西方学术风气。他通过亲自考察而得到的雄辩事实反驳了西方人种谬论，并指出中国非整治学术人心而不能强国。

四、世界各国文明史

1911 年，康有为从欧美各国回到日本，带来了游历时所得的文物古董，梁启超作长诗《南海先生以漉士金字陵铜俑、舍卫佛讲堂幡、雅典陶尊、邦渒僵石、耶路撒冷群卉图见赠，赋谢》，吟咏了文物古董所属国的文明史。如据埃及的金字陵铜俑写道："先仓圣生不计年，埃及鸟迹肇书契。其王取精强魂魄。锢山为椁不辞泰。水银之海金凫雁，土花滋养成深翠。尔来发冢遭群儒，匣襦往往出人世。"拈出埃及古代文明的象征——文字和金字塔；据雅典陶尊写道："希腊膛怒当波斯，敌军百万一夜碎。九流道术盛雅典，巧朘物华起人伪。义尊偶寄陶穴风，画像已肖武陵制。"写出了希波之战中希腊人的勇敢以及希腊文明的繁盛；据邦渒僵石写道："罗马宅邑火山麓，四征八讨气横厉。当时盛美今谁见？乐苑驰道识一二。千年动灰护严城，百俗侏 离列层隧。自有髑髅语掌故，不假舆服搜图志。"写意大利古城庞贝毁于维苏威火山大爆发，但由于被火山灰掩埋，街道房屋保存比较完整，随着考古发掘再度浮现出来，为了解古罗马社会生活和文化艺术提供了重要资料；据舍卫佛讲堂幡、耶路撒冷群卉图写道："泰东之西泰西东，舍卫迦南两灵地。世尊唯心帝子血，示现皆为一大事。布金园中花雨深，十万天龙共游戏。只金阎浮金色收，夜夜风幡说三昧。景教流行张大秦。坏土哀耗沦非类。三百年间十字军，草木萧椮挟兵气。"以传奇的笔法写出了佛教至今仍旧兴旺，几乎同时兴起的景教却因伊斯兰教的兴起和十字军东征的失败而衰微。

五、近代欧洲战争史

1914 年，梁启超写成《欧洲战役史论》，又作长诗《甲寅冬，假馆著书于西郊之清华学校，成〈欧洲战役史论〉，赋示校员及诸生》，概述了近现代欧洲战争史：

其时天降凶，大地血正喋。蕴怒夙争郑，导衅忽刺歙。……贾勇羞目逃，斗智屡踵蹑。遂令六七雄，傞舞等中魇。澜倒竟畴障，天坠真己压。狂势所簸薄，震我卧榻鼾。未能一丸封，坐遭两黥挟。

“蕴怒夙争郑，导衅忽刺歙”说的是奥地利吞并塞尔维亚的波斯尼亚、赫斯戈维纳二州后，奥地利大公费迪南夫妇出巡而遭塞尔维亚人刺杀，引发奥地利对塞尔维亚宣战，第一次世界大战爆发了。“贾勇羞目逃，斗智屡踵蹑。遂令六七雄，傞舞等中魇。澜倒竟畴障，天坠真己压”说的是战争范围越来越大，德、奥、土结为同盟国，英、俄、法、中、意等则为协约国，在广大战场上像中了魔一样斗智斗狠，你死我活，整个世界失去了控制。“狂势所簸薄，震我卧榻鼾。未能一丸封，坐遭两黥挟”，指中国夹在德、日两个帝国主义国家之间，国民饱受战争之苦。作者叙述这段战争史，目的是要告诫国人勿忘这段历史，奋发图强，才能免受帝国主义的欺凌，“相期共艰危，活国厝妥帖”。

六、引欧西、日本近代杰出人物入诗

梁启超也会把欧西、日本近代的杰出人物写入诗中。这些人物或为资产阶级启蒙思想家，或为资产阶级革命家，或为争取民族独立与自由的领导人物，或为近代自然科学重大成就者，或为探索人类文明作出杰出贡献者。如“天骄长政国，蛮长阁龙洲”，自注云：“日本昔有田长政者，流寓暹罗，后竟执其政。”“哥仑布，日本人译之为阁龙。”“华拿总余子，卢孟实先河”，“华”即华盛顿，“拿”即拿破仑，他们分别领导了美国独立运动和法国近代资产阶级民主革命；“卢”即卢梭，“孟”即孟德斯鸠，近代资产阶级民主思想的启蒙者。“变名怜玛志，亡邸想藤寅”，“玛志”即“玛志尼者，意大利三杰之一，二十年流亡于外，屡变其名”；“藤寅”即日人吉田松阴，梁启超自注云：“早年因与同志结漫游，逃亡其邸，被削籍。”（以上皆引自《壮别二十六首》）此外他颂扬的还有莎士比亚（“合与莎米为鲽鹣”，《广诗中八贤歌》）和苏格拉底（“苏格拉瘐死兮”，《举国皆我敌》）等人。

梁启超赞叹最多的是日本明治维新中的杰出人物，他们崇高的志节、不朽的功业令他钦佩不已。他认为中国国情与日本相当接近，国人若有这些人的，中国的维新事业也会成功：

却读东史说东故，卅年前事将毋同。城狐社鼠积威福，王室蠢蠢如赘痈。浮云蔽日不可扫，坐令蝼蚁食应龙。可怜志士死社稷，前仆后起形影从。一夫敢射百决拾，水户萨长之间流血成川红。尔来明治新政耀大地，驾欧凌美气葱茏。旁人闻歌岂闻哭，此乃百千志士头颅血泪回苍穹。吁嗟乎！男儿三十无奇功，誓把区区七尺还天公。不幸则为僧月照，幸则为南洲翁。不然高山、蒲生、象山、松荫之间占一席，守此松筠涉严冬，坐待春回终当有东风。(《去国行》)

日本在幕府统治时期吏治腐败，大小幕府拥权自重，国家形将分崩离析，其情形同中国戊戌变法前一样。但僧月照、南洲翁、高山、蒲生、象山、松荫等仁人志士，通过流血牺牲，带领广大民众进行倒幕运动，实行维新改革，使日本面貌焕然一新，国势蒸蒸日上，甚至凌驾于欧美之上。

梁启超将这些人物引入诗中，是因为这些人代表着一种时代精神，是梁启超理想人物的化身，他希望通过向国人介绍这些杰出人士来提升民族的精神情操。

七、以国外的自然人文景观入诗

梁启超流亡在外十多年，期间游历很多国家，但他的国外游历诗比康有为要少得多，而且即使有这方面的诗歌，往往也是大笔描写几句后，马上转入感想和议论。如《车行落机山中口占》：“四月犹为踏雪游，光明世界入双眸。山灵知为谁辛苦，如此华年也白头。”前两句写景，后两句应是借山自况。再如《游华盛顿纪功碑》：“琼楼高处寒如许，俯瞰鸿蒙是帝乡。十里歌声春锦绣，百年史迹血玄黄。华严国土天龙静，金碧山川草木香。独有行人少颜色，抚阑天末望斜阳。”前六句描写实景与抒发联想并存，后两句马上写到自己思国、爱国、强国之志。《咏落机山温泉》其二：“泻潭飞瀑何太急，栖壑片云长自闲。安得风尘弃我去，年年携酒看青山。”《游芝加高华盛顿公园》：“黑风吹浪鱼龙舞，白日沉天鹰隼豪。何意迷漫金粉地，登楼犹见广陵涛。”都是前两句写景，后两句马上写自己忧思难忘，无法醉心于山水之间。只有晚年旅欧途中所作的《锣伽岛》、《锣伽岛山行即目》、《苏彝士河》等几首比较集中地写出了当地的自然人文景观，但这样的诗歌在他诗集中是很少的。

八、以欧西新语句入诗

梁启超诗中的欧西语句确实不同于诗界革命前期“挦扯新名词以自表异”，他要通过诗歌传播西方思想学说，但在古典诗歌传统的语言库中找不到相应的语词来表达，只能借用来自欧西、日本的意译词甚至是音译词。他欲借语言构成成分的变革，进而达到突破中国古典诗歌表达上的桎梏。但“新名词”必须与诗歌内容有机融合在一起，不能强硬地搪塞，他说：“今见其（郑西乡）近作一首……全首皆用日本译西书之语句，如共和、代表、自由、平权、团体、归纳、无机诸语皆是也。吾近好以日本语句入文，见者已诧赞其新异；而西乡乃更以入诗，如天衣无缝。”① 他采用的新语句与要表达的新思想已不是体用关系，而是有机融合在一起。这些新语句已经内化为他诗歌语言体系之中不可分割的部分。

梁启超诗歌中用得最频繁的新语句主要是近代西方的政治文化术语，如“誓将适彼世界共和政体之祖国，问政求学观其光”（《二十世纪太平洋歌》），“难呼精卫仇天演”、“凌弱媚强天梦梦，自由平等性存存。每惊国耻何时雪，要识民权不自尊”（《书感四首，寄星洲寓公，仍用前韵》），“民权初发轫，王会至成图”、“夙有澄清志，咸明自主权”、“文明原有价，责任岂容宽”、“何物相持赠，民权演大同”（《留别澳洲诸同志六首》），“科学思想寻厥源，文明吾最先。嗟我子孙遗传继续乃祖之光荣”（《皇帝歌四章》），“五千年来文明种，神裔君传统。二十世纪大舞台，天骄君承宠。国民分子尽人同，责任君惟重。于乎！眇眇一少年，中国主人翁”（《结业式四章》）。

梁启超倡导诗歌要有新意境，要用新语句，就是要以近代进化论思想、科学自由民主思想构筑新学诗的内核，以新的语言词汇来营造新学诗的载体，对当时的诗界革命具有很强的指导性意义，并形成了一个颇具声势的新派诗潮流。

第五节 王国维的欧西哲理诗

新版“学人之诗”的出现是在诗界革命前后，一直延绵下来，到20世纪前后出现了王国维、陈寅恪、刘师培、马一浮、萧公权、钱钟书等几位中西文化学术贯通的学者时，晚清学人之诗又出现了自我转变甚至是超越。鉴于本书的研究视野定位于有清一代诗歌，这里只讨论王国维的学人之诗。

一、现代学术的开山——王国维

王国维，字伯隅、静安，号观堂、永观，近代中国著名学者。生平著述多

① 梁启超：《夏威夷游记》，《梁启超全集》，北京出版社1999年版，第1919页。

达62种，批校的古籍逾200种。

王国维前期治哲学、美学、词学、戏曲史，后期（1912—1927）治古文字、古音韵、古器物、经史考据等古学史。甲午之役后他开始接触“新学”，康德和叔本华的哲学著作成为他“新学”的启蒙读本，“始读汗德之《纯理批评》，至《先天分析论》，几全不可解，更辍不读，而读叔本华之《意志及表象之世界》一书。叔氏之书思精而笔锐，是岁（1903年，笔者注）前后读二过。次及于其《充足理由之原则论》及其文集等，尤以其《意志及表象之世界》中《汗德哲学之批评》一篇为通汗德哲学之关键。至29岁（1905年，笔者注）更返而读汗德之书，则非复前日之窒碍矣。嗣是于汗德之《纯理批评》外，兼及其伦理学及美学。至今年（1907年，笔者注）从事第四次之研究，则窒碍更少，而觉其窒碍之处大抵其说不可持处而已”。除了康德和叔本华的著作，他还广泛阅读了其他西方学者的著述，如“翻尔彭之《社会学》，及文之《名学》，海甫定之《心理学》，……读巴尔善之《哲学概论》，文特尔彭之《哲学史》，……此外如洛克休蒙之书，亦时涉猎及之”①。他是近代中国最早深入研究西学且中学、西学皆通的学者。

马亚中在《中国近代诗歌史》中指出：

> 中国之接受海外新文化的影响，是沿着宗教→自然科学→社会科学→文学艺术这样一条线索逐步扩展开来的。在戊戌以前侧重于宗教和自然科学，戊戌以后由社会科学逐步扩大到文艺……与此相适应，各种人才的成熟也是沿着这一条线索，一阶段一阶段地，一批一批地逐步扩展开来。戊戌前后出现的“先行”人物大多侧重于社会科学领域，严复、章太炎就是如此。诗界革命派也侧重于社会科学方面的宣传……当新一代在他们的启蒙之下成长起来，并扩大到接受海外文学影响的时候，原先的启蒙导师却开始失去青春的活力，为自己所建造起的文化体系、知识结构所规范。②

王国维正是在维新派启蒙下成长起来的新一代的代表。陈寅恪说王国维的学术“不仅在能承续先哲将坠之业……尤在能开拓学术之区宇，补前修所未逮，故其著作可以转移一时之风气而示来者以轨则也”（《〈王静安先生遗书〉序》），“入洛才华正妙年，渡江流辈推清誉。闭门人海恣冥搜，董白关王供讨求。剖别派流施品藻，宋元戏曲有阳秋。……大云书库富收藏，古器奇文日品

① 王国维：《静安文集续编·自序一》，《王国维文集》卷3，中国文史出版社1991年版，第471页。
② 马亚中：《中国近代诗歌史》，台湾学生书局1992年版，第551—552页。

量。考释殷书开盛业，钩探商史发幽光”[①]。刘梦溪曾指出：“中国现代学术发端的时间，应为十九世纪和二十世纪之交；标志是承认学术具有独立之价值，并在研究中开始吸收西方现代的观念和方法；代表人物是严复、梁启超、王国维等，而尤以王国维扮演着现代学术开山祖的角色。”[②]“中国传统学术向现代学术转变是一个相当长的历史过程。……这其间诞生了一批无论学识累积还是文化担当力都堪称一流的大师巨子，他们既是传统学术的承继者，又是现代学术的奠基人。王国维是他们之中最具代表性和最杰出的一个。……在传统学术走向现代学术的路途中，举凡一些关节点上都印有静安先生的足迹”[③]。

在刘梦溪先生看来，王国维在以下几个方面对中国现代学术的建立奠定了基础：第一，由于中国传统学术向现代学术转移，是与引进、吸收、融解外来的学术思想分不开的。在这点上，王国维是个先行者，是最早觉醒的中国人之一……王国维对西方学术思想的涉猎、吸收、介绍，在清末民初学者群中，是站在前沿的。第二，王国维不仅是西方学术思想的积极介绍者，又是运用西方学术思想解释中国古典的躬行者。第三，王国维在吸收西学的同时，他的学术思想又是坚实地建立于中国传统学术思想的基地之上的。……传统学术的所谓文史之学，王氏在现代学人中是最富根柢的一个。他的学问之路是由新而旧，而结果是旧而弥新。[④] 他所独诣的学术特点是“取外来之观念与固有之材料互相参证”[⑤]。

可以说，王国维对于西方文化的了解范围之广和理解之深，超越了他那个时代的同辈学者。而他深厚的中西学术素养让他无可争议地占据了中国近现代转型时期的学术制高点。[⑥]“其学术世界之洪波涬潫、光风霁月，则莫测其弘深瑰丽，显示了真正学术大师之‘大’、哲匠之‘哲’、巨灵之‘灵’”[⑦]。

---

① 吴宓：《吴宓诗话》，商务印书馆2005年版，第194—195页。

② 刘梦溪：《传统的误读》，河北教育出版社1996年版，第78页。

③ 刘梦溪：《传统的误读》，河北教育出版社1996年版，第105页。

④ 刘梦溪：《传统的误读》，河北教育出版社1996年版，第105—125页。

⑤ 蒋寅：《金陵生小言》，广西师范大学出版社2004年版，第38页。

⑥ 范方俊：《近现代之交的中国诗学转型与王国维的学术使命》，《人文杂志》，2010年第1期，第119页。

⑦ 姚淦铭、王燕：《王国维文集·前言》，中国文史出版社1991年版，第1页。

二、王国维根柢于传统之学的诗歌

王国维早年和中年以后①诗歌根基于传统之学。尽管他早年所写的诗歌现在只能找到广受赞誉的《咏史二十首》，但大体可反映出王国维早期诗歌创作还是走传统学人之诗的老路。总揽《咏史二十首》，可以看作是他以诗歌体裁阐述他的古史研究。这组诗歌再现了以汉族为主的我国古代文明发展史，其中包括汉族与诸兄弟民族的关系史，生产、战争、交通、商业往来，以至思想、宗教诸方面的历史。上下五千年，纵横几万里，以二十首、五百六十字尽之，此当属一种尝试，然亦可见少年王国维对“史”的浓厚兴趣与“通古今而观之”的巨大概括能力与艺术魄力。② 试看其中几首：

第四首：“澶漫江淮万里春，九黎未格又苗民。即今魋结穷山里，此是江南旧主人。”史载舜“践帝位三十九年，南巡狩，崩于苍梧之野”（《史记·五帝本纪》）；禹即位“十年，东巡狩，至于会稽而崩”（《史记·夏本纪》）。王国维看出，“南巡狩”、“东巡狩”，皆针对“三苗”而发，务在以武力驱压土著苗民，使之远奔南方，借以稳固占据中原的炎黄族的统治地位。而传统史家把“三苗”当作“三凶”之一，舜禹以德“抚”之云云，实不足凭。于此可见王国维读史，并不随声附影，而是持着一种客观的、近乎科学的求“真”态度。

第十一首：“慧光东照日炎炎，河陇降王正款边。不是金人先入汉，永平谁证梦中缘?”按《后汉书·西域记》记天竺国曾云：“世传（汉）明帝梦见金人，长大，顶有光明，以问群臣。或曰：西方有神，名曰‘佛’，其形长丈六尺而黄金色。帝于是遣使天竺，部佛道法，遂于中国图画形象焉。”范晔以及梁僧慧皎在《高僧传》中的同类记载都有意无意突出佛的灵应。而王国维认为明帝继光武中兴之后，国力颇盛，其时西域诸国、西南夷诸族，或“遣子入侍”，或先后“贡献”。而“金人”或其摹像极有可能随此类“贡献”而

---

① 根据王国维诗风的转变，笔者拟作如下界定：王国维早年以1898年为界，此前为早年，诗歌根柢于传统之学。1898年（22岁），王国维离开家乡海宁到上海《时务报》做文书校对工作，缘罗振玉之力，进入东文学社，通过日籍教师藤田丰八、田冈佐治二君，王国维间接得知康德、叔本华哲学。从1903年起，王国维开始阅读康德、叔本华之著述，其诗歌创作明显受叔氏哲学和美学思想的影响。王国维中年以1912年（36岁）为界，他先前曾说：“人能于诗词中不为美刺投赠之作，为使隶事之句，不用粉饰之字，则于此道已过半矣。”（《人间词话》卷上五七）然辛亥革命后的诗篇，不乏投赠之作，诗中隶事之句亦复不少，尤其是咏诗诸什，几乎篇篇皆有寄托，皆含讽刺（见萧艾：《王国维诗词笺校》，湖南人民文学出版社1984年版，第53页），则其诗风又一大变矣。

② 佛雏：《王国维诗学研究》，北京大学出版社1999年版，第383—384页。

流入。明帝“梦中”之“缘”，不在无边佛法，而在当日民族交往的现实，还原了历史的本来面目。

第十五首：“江南天子皆词客，河北诸王尽将材。乍歌乐府兰陵曲，又见湘东玉轴灰。”此诗咏南北朝事。“江南天子”指萧纲、萧绎以至陈叔宝之流，“河北诸王”指如苻坚、高欢、宇文泰之辈。前者翩翩公子，翰林词客，以酣歌恒舞为能事。后者鹰扬虎视，横槊疆场，各具命世胆略。两者气象迥异。“兰陵曲”者，“北齐兰陵王长恭，才武而貌美，常著假面以对敌。尝击周师金镛城下，勇冠三军，齐人壮之，为此舞以效其指挥击刺之容，谓之《兰陵王入阵曲》”（《旧唐书·音乐志》）。“湘东玉轴灰”者，指梁萧绎焚书事，“萧绎据有江陵，遣将破平侯景，收文德（殿）之书及公私典籍重本七万余卷，悉送荆州。故江表图书因斯尽萃于此矣。及周师入郢，绎悉焚之于外城，所收十才一二”（《隋书·牛弘传》）。

第十六首：“晋阳蜿蜿起飞龙，北面倾心事犬戎。亲出渭桥禽颉利，文皇端不愧英雄！”指唐高祖李渊曾“北面倾心”，“称臣于突厥”，武德九年八月，唐太宗刚登基，颉利可汗率突厥十万余骑来犯，进至渭水桥之北。太宗“自出玄武门，与高士廉、房玄龄等六骑径诣渭水上，与颉利隔水而语，责以负约，颉利愧而退兵。后颉利复背盟，贞观四年，李靖大破突厥颉利可汗于阴山，‘俘颉利送京师’”（《通鉴纪事本末》卷28）。

同时诗中透露了作者论史时极为重视考古发现，所谓地下材料之当留心。尤其是第七首（“谁向钧天听乐过，秦中自古鬼神多。即今诅楚文犹在，才告巫咸又亚驼”）尤足觇王国维的金石考据之学，以“诅楚”石刻与《列子》“钧天听乐”事互证，而得“秦中自古鬼神多”的结论，即“地下”与“纸上”相结合。

王国维这二十首仍未摆脱旧史学（以帝王将相为主干）、旧诗学（以人伦教化为依归）的总的规范。王国维大抵也以“少作”之故轻之，一首也不曾选入他后来自选的《静安诗稿》（这跟他接触康德、叔本华美学后，审美观点起了很大的变化，自不能分开①）。这一时期他还是将诗人、诗学研究者、古史学研究者等几个身份融于一身，没有溢出晚清的学人之诗学研究和诗歌创作的途辙。如作于1913年的《咏史五首》，借古讽今，讽刺袁世凯窃取清帝之位。第一首要旨在一“禅”字，认为袁氏“自非舜禹功，漫侈唐虞禅”，即使清帝逊位，他也不当继统。第二首泛论英雄人物当以恩泽天下为志，由此评判袁世凯远不及曹操，曹操犹有自知之明，以汉相终其身。第三首借历史上的枭

① 佛雏：《王国维诗学研究》，北京大学出版社1999年版，第384页。

雄讥讽袁氏麾下皆虎狼之辈。第四首通论历史，认为善于处理华夷关系者，惟李世民耳，实则抨击当局对外政策失当。最后一首借历史上无节气之文人嘲骂袁氏御用文人之可恶，亦复可怜。

再如作于1913年的《癸丑三月三日京都兰亭会诗》：

……昔人论书以势名，古文篆隶各异型。千年四体相嬗代，唯尽其势体乃成。汉魏之间变古隶，体虽解散势犹未。波磔尚存八分法，茂密依稀两京制。墓田数帖意独殊，流传犹出山阴摹。永和变法创新意，世间始有真行书。由体生势势生笔，书成乃觉体势一。相斯小篆中郎隶，后得右军称三绝。小楷法度尽黄庭，行书斯帖具典刑。草书尺牍尚百数，何曾一一学伯英。后来鲁公知此意，平生盘礴多奇气。大书往往爱摩崖，小字麻姑但游戏。真行巨细无间然，先后变法王与颜。坐令千载嗟神妙，当日只自全其天。

这一段完全可称为王国维之“书法论”，纵论中国书法的变迁：从汉魏古隶（八分法）始，汉字发生了根本性的变化。李斯之小篆，钟繇之楷书，王羲之之行书，张伯英与颜真卿之草书，黄庭坚之小楷，足以成为中国书法史上变迁的标志。

再如作于1912年左右的《题敦煌所出唐人杂书六首》，对藏于英国伦敦博物馆的敦煌莫高窟唐人写本残卷一一加以考订，概述其中“敦煌户籍”、《大云经疏》、《云谣杂曲子》、《秦妇吟》、《地藏菩萨画像》的历史文化价值。

三、王国维融欧西哲理入诗

王国维是最早运用西方哲学、美学观点和方法剖析、评论中国古典文学的学人。其学人之诗的特征不在于引中国传统之学入诗，而在于引西学入诗，为中国诗歌别开一新境。王国维较早地接触了西方的哲学、美学[①]，“于西人所谓哲学家之书，极喜浏览”[②]（袁祖光《绿天香雪簃诗话》）。罗振玉资助他留学日本，使他对近代资本主义社会的制度和文化有了相当的了解：他对日本之君主立宪制推崇备至，誉为宇内第一；对资本主义社会学术言论自由深表向

① 《读史二十首》（之三）中云：“憯憯生存起竞争，流传神话使人惊”，王国维诗词笺注者萧艾认为这句诗（特别是“生存”“竞争”四字）可以明证王国维从甲午中日之战后开始接触新学，初至上海即受达尔文进化论学说之洗礼。

② 钱仲联：《清诗纪事》，江苏古籍出版社1989年版，第14926页。

往，“人生兵死亦由命，可怜杜口心烦伤”（《送日本狩野博士游欧洲》）。随着他对西学研究的深入及文学思想的进一步成熟，他的诗歌不同于黄遵宪、康有为等人的直接引西方名胜古迹、历史人物、制度文化以及学术思想入诗，而是化欧西哲理入诗。“这一转变的关键就在于跟西学特别是康、叔哲学美学的接触，并且几乎达到耽溺的程度。”[①] 他大量阅读西人著述，其诗学思想和诗歌创作明显受他们哲学和美学思想的影响。对此钱钟书先生作过分析：

《杂感》云：“侧身天地苦拘挛，姑射神人未可攀。云若无心常淡淡，川如不竞岂潺潺。驰怀敷水条山里，托意开元武德间。终古诗人太无赖，苦求乐土向尘寰。”此非柏拉图之理想，而参以浪漫主义之企羡乎？《出门》云：“出门惘惘知奚适，白日昭昭未易昏。但解购书那计费，且消今日敢论旬。百年顿尽追怀里，一夜难为怨别人。我欲乘龙问羲叔，两般谁幻又谁真。”此非普罗太哥拉斯之人本论，而用之于哲学家所谓主观时间乎。“百年顿尽”一联……静安标出“真幻”两字，则哲学家舍主观时间而立客观时间，牛顿所谓“绝对真实数学时间”者是也。句如“人生过后唯存悔，知识增时转益疑”，亦皆西洋哲学常语。[②]

在西方诸多哲人中，对王国维影响最大的无疑是叔本华。王国维在其文集《自序》（作于1905年）中云：“余之研究哲学始于辛（丑）壬（寅）之间（1901—1902）。癸卯（1903）春，始读汗德（按即康德）之《纯理批评》（按，即《纯粹理性批评》），苦其不可解，读几半而辍。嗣读叔本华之书而大好之。自癸卯之夏以至甲辰（1904）之冬，皆与叔本华之书为伴侣之时代也。其所尤惬心者则在叔本华之知识论……”[③] 在《叔本华像赞》中他颂扬叔氏“天眼所观，万物一身。搜源去欲，倾海量仁”，说自己“愿以千复，奉以终身”[④]。叔本华的思想在他诗歌中主要表现在四个方面。

第一，王国维许多诗歌中蕴涵着叔本华的悲观哲学，一言以蔽之曰“极深之悲观主义”[⑤]，哀声成为他诗歌中的主旋律。

余家浙水滨，栽桑径百里。年年三四月，春蚕盈筐筐。蠕蠕食复息，蠢蠢眠又起。口腹虽累人，操作终自己。丝尽口卒瘏，织就鸳鸯被。一朝毛羽成，委之如敝屣。嗤嗤索其偶，如马遭鞭棰。呴濡视遗

---

① 佛雏：《王国维诗学研究》，北京大学出版社1999年版，第393页。
② 钱钟书：《谈艺录》（补订本），中华书局1984年版，第24—25页。
③ 王国维：《王国维文集》卷3，中国文史出版社1997年版，第469—471页。
④ 王国维：《王国维文集》卷3，中国文史出版社1997年版，第313页。
⑤ 缪钺：《诗词散论》，陕西师范大学出版社2008年版，第85页。

卵，怡然即泥滓。明年二三月，亹亹长孙子。茫茫千万载，辗转周复始。嗟汝竟何为？草草阅生死。岂伊悦此生，抑由天所畀？畀者固不仁，悦者长已矣。劝君歌少息，人生亦如此！[1]

这首诗以蚕喻人，对受生存意志驱使而盲目地生生息息的人世作了悲悯而无可奈何的描述，很能代表王国维的悲剧人生态度。

又如《平生》云：

平生苦意挈卢敖，东过蓬莱浴海涛。何处云中闻犬吠，至今湖畔尚乌号。人间地狱真无间，死后泥洹枉自豪。终古众生无度日，世尊只合老尘嚣。[2]

诗歌借秦时卢敖避难隐遁，说明人世争斗不已，永无安宁之日，无处可以躲避世间悲苦。

第二，他的诗歌大发感慨：有生即是痛苦，人生不过是摧折损耗自身的过程，“一日战百虑，兹事与生俱。膏明兰自烧，古语良非虚”[3]（《偶成》）。人生即使有快乐，快乐亦尽为幻觉；欲求解脱人世之苦，而解脱亦终不能得，“……中夜搏嗜欲，甲裳朱且殷。凯歌唱明发，筋力亦云单。蝉蜕人间世，兀然如泥洹。此语闻自昔，践之良独难。厥途果奚从，吾欲问瞿昙”[4]（《偶成》其二）。

从这些诗歌可以看出王国维“对人生问题殆无日不萦系脑海中。兰膏自煎，蚕茧自缚，迄无宁静时。后此，更日益堕入悲观哲学泥沼中不能自拔矣”[5]。其《书古书中故纸》云“书成付与炉中火，了却人间是与非”[6]，隐含毁灭此生无复顾惜之意，可看出他悯生悲世，早存厌世之心[7]。

第三，叔本华认为人生既已为痛苦，故贵求解脱。解脱有久、暂两种，暂时之解脱为沉浸于艺术之中（永久之解脱则为灭绝意欲）。王国维在诗中也表达了这种思想，如他的《坐致》云“坐致虞唐亦太痴，许身稷契更奚为？谁

---

① 王国维：《王国维文集》卷1，中国文史出版社1997年版，第254页。
② 王国维：《王国维文集》卷1，中国文史出版社1997年版，第255页。
③ 王国维：《王国维文集》卷1，中国文史出版社1997年版，第251页。
④ 王国维：《王国维文集》卷1，中国文史出版社1997年版，第251页。
⑤ 萧艾：《王国维诗词笺校》，湖南人民文学出版社1984年版，第19页。
⑥ 王国维：《王国维文集》卷1，中国文史出版社1997年版，第248页。
⑦ 缪钺：《诗词散论》，陕西师范大学出版社2008年版，第89页。

能妄把平成业，换却平生万首诗”①，《拼飞》云：“欢场只自增萧瑟，人海何由慰寂寥。不有言愁诗句在，闲愁哪得暂时消”②，《书古书中故纸》云“昨夜书中得故纸，今朝随意写新诗。长捐箧底终无恙，比入怀中便足奇。黯淡谁能知汝恨，沾涂亦自笑余痴”③。

他的一首词《浣溪沙》也表达了这个意思：

掩卷平生有百端，饱更忧患转冥顽。偶听啼鴂怨春残。坐觉无何消白日，更缘随例弄丹铅。闲愁无分况清欢。④

第四，叔本华认为人生万象处于时间、空间的障隔，真相不复可睹，故仅仅成为虚幻的、梦一般的存在，他反复阐述过“梦”与“现实生活”两者可分又不可分。王国维对“人间”与“梦”的区分，也正如此。“耳目不足凭，何况胸所思。人生一大梦，未审觉何时。相逢梦中人，谁为析余疑”⑤（《来日》之二），“百年顿尽追怀里，一夜难为怨别人。我欲乘龙问羲叔，两般谁幻又谁真”⑥（《出门》）。作者虽生活于现实之中，却有“浑似置身梦中意味”⑦。

王国维诗中悲世悯生、深婉怆楚之作甚多，当然可以看作是对中国古典诗歌中悲慨人生之作的继承和吸收，但不可否认同样受西方悲伤人生哲学观（尤其是叔本华的学说）的影响。而且，他能把西方有关这方面的哲学思理写入诗歌之中，深刻清新，别开境界，这不能不说是王国维对中国诗歌的贡献。缪钺先生对此高度赞扬：“王静安以欧西哲理融入诗词，得良好之成绩，不啻为新诗试验开一康庄。静安学术贡献，举世推崇，其诗才实亦甚卓，所作量虽少而质则精，领异标新，未容忽视。”⑧

四、王国维天然韵成的诗学理想

王国维作为近代的大学者，他的诗不是天然韵成，而是很有根柢，但他把

---

① 王国维：《王国维文集》卷1，中国文史出版社1997年版，第258页。
② 王国维：《王国维文集》卷1，中国文史出版社1997年版，第251页。
③ 王国维：《王国维文集》卷1，中国文史出版社1997年版，第248页。
④ 王国维：《王国维文集》卷1，中国文史出版社1997年版，第239页。
⑤ 王国维：《王国维文集》卷1，中国文史出版社1997年版，第253页。
⑥ 王国维：《王国维文集》卷1，中国文史出版社1997年版，第257页。
⑦ 萧艾：《王国维诗词笺校》，湖南人民文学出版社1984年版，第31页。
⑧ 缪钺：《诗词散论》，陕西师范大学出版社2008年版，第87页。

天然韵成作为诗歌理想的审美规范。即使要引入学问，也得如盐化水——化学理和意境入诗。他虽对近代大学者沈曾植的学问表示由衷的钦佩，但对他诗歌中大量引用佛典道藏、奥词僻语的做法并不赞成，认为这造成了诗歌的“晦涩难解”①。

叔本华曾说：“每一个具有美的和丰富的心灵的人，总是用一种最自然的、直接的和单纯的方式来表现他自己。”相反，“心灵的贫乏、混乱，思想的邪谬，则要用种种极其矫揉造作的表现方式和词语的极其晦涩的形式来装饰他自己，以便在艰深而夸诞的措词中，遮裹住那些纤小的、琐屑的、味同嚼蜡的或者平庸的思想”②。受之影响，王国维也表达了反对在诗歌中显才露学的思想，他在1898年至1912年的诗歌创作中忠实地贯彻了这一诗学思想（中年后的诗歌创作却未能贯彻这一思想）。

他衡量诗（词）坛大家的标准之一就是“不使隶事之句，不用粉饰之字”（《人间词话》卷上），多次表达了对诗（词）中摆弄学问很不以为然，认为这易伤意境，又不免“作态”，非“大家数”；使用“代字”、“隶事”，乃“意不足”、“语不能妙”的表现：

> 词忌用替代字。美成《解语花》之“桂华流瓦”，境界极妙。惜以“桂华”二字代“月”耳。梦窗以下，则用代字更多。其所以然者，非意不足，则语不妙也。盖意足则不暇代，语妙则不必代。此少游之“小楼连苑”、“绣毂雕鞍”所以为东坡所讥也。③（《人间词话》卷上第34条）
>
> 沈伯时《乐府指迷》云：“说桃不可直说破桃，须用‘红雨’、‘刘郎’等字。咏柳不可直说破柳，须用‘章台’、‘灞岸’等字。”若惟恐人不用代字者。果以是为工，则古今类书具在，又安用词为耶？宜其为《提要》所讥也。（《人间词话》卷上第35条）
>
> 人能于诗词中不为美刺投赠之作，为使隶事之句，不用粉饰之字，则于此道已过半矣。④（《人间词话》卷上第57条）
>
> 以《长恨歌》之壮采，而所隶之事，只“小玉双成”四字，才有余也。梅村歌行，则非隶事不办。白、吴优劣，即于此见。不独作

① 王国维：《王国维全集·书信》，中华书局1984年版，第112页。

② ［美］叔本华著，［英］哈尔登、坎普译：《意志和表象的世界》卷1，1907年伦敦版，第296页。

③ 王国维：《人间词话》，上海古籍出版社1998年版，第8页。

④ 王国维：《人间词话》，上海古籍出版社1998年版，第14页。

诗为然，填词家亦不可不知也。[1]（《人间词话》卷上第58条）

美成词多作态，故不是大家气象，若同叔、永叔，虽不作态，而"一笑百媚生"矣。此天才与人力之别也。（《人间词话》附录25）[2]

王国维认为造成意境"隔"的原因之一是词人一味追求用典使事，以显示其才学。"砌字"、"垒句"，以致词意晦涩难懂。这显然与王国维立足于"境界"说，推尊元曲"语语如在目前"，主张"最自然之文学"，提倡写词"不隔"，反对"隔"的观点是一致的。周邦彦、吴文英等人，片面追求形式工巧，用典使事，或雕琢堆砌，或因袭陈言，词意晦涩难明，当然受到了王国维激烈的批评。

五、王国维诗歌在晚清"新学"诗中的意义

梁启超评价维新派诗人以西学入诗时说："其所谓欧洲意境语句，多物质上琐碎粗疏者，于精神思想上未有之也。虽然，即以学界论之，欧洲之真精神、真思想尚且未输入中国，况于诗界乎？"[3] 他认为维新派诗中之西学还停留在器物层面，未能深入西方思想文化之内核，且琐碎粗疏，缺乏系统性和条理性。继续完成这一任务的是紧随其后的王国维，马亚中说："宣、民之际，早先的诗界革命派诗人并没有继续前进，相反还有所后退。而在文艺理论方面，西方的美学观点也开始在悄悄地渗透进来。其中以王国维对西方哲学、美学的研究最为深入，并达到了融会贯通的境界。"[4]

王国维以西方学理入诗，表明"学人之诗"在传统学术范畴内的拓展已达到了圆熟的程度，不得不将视野延伸至"海外"，唯有将眼光转向西方学术文化，才能有新的创新，才能走出传统学人之诗藩篱的笼罩，才能为学人之诗输入新的血液，延续它的生命。从中国诗歌史来看，凡能开新境而扬光辉者，多赖他山攻错之益。有佛教的输入，始有以佛入诗和以佛喻诗，中国诗歌由此而进入新的境地。晚清西学东渐，其仪态万方，又远过于印度佛说，蜕故变新，于是出现了"新学诗"，中国诗歌又别开一大新境地。王国维智力澄明、思想颖锐，对西方哲理敏于承受，善于消化。其诗心"如具灵光，各种学术，经此灵光所照，即生异彩"。他诗中之学的内容及其处理诗中之学的艺术能力

---

① 王国维：《人间词话》，上海古籍出版社1998年版，第15页。

② 王国维：《人间词话》，上海古籍出版社1998年版，第74—75页。

③ 梁启超：《夏威夷游记》，《梁启超全集》，北京出版社1999年版，第1219页。

④ 马亚中：《中国近代诗歌史》，台湾学生书局1992年版，第552页。

异于晚清诸家，“所作不为海日楼之艰僻，勿同程春海以来所谓学人之诗者”①。

钱钟书先生把他与稍前的引西学入诗的黄遵宪的诗歌作了比较：“（公度诗）差能说西洋制度名物，掎摭声光电化诸学，以为点缀；而于西人风雅之妙、性理之微，实少解会。故其诗有新事物而无新理致，……盖若辈之言诗界维新，仅指驱使西故，亦犹参军蛮语作诗，仍是用佛典梵语之结习而已。”②“余称王静安以西方义理入诗，公度无是，非谓静安优于公度，三峡水固不与九溪十八涧争幽冷也。”③ 意谓王国维和黄遵宪在诗歌艺术上无优劣之别，但王国维的西学与黄遵宪相比，要深邃得多，他能从文化心理上把握西方，而黄遵宪更多的是对西方制度和风土的了解，因而王国维的“学人之诗”更能从深层次的文化心理上反映西方。

钱钟书先生又把他与同时期颇能诗的学人严复作了比较：“严几道号西学巨子，而《愈壄堂诗》词律谨饬，安于故步；惟卷上《复太夷继作论时文》一五古起语云：‘吾闻过缢门，相戒勿言索’，喻新句贴。余尝拈以质人，胥叹其运古入妙，必出子史，莫知其直译西谚 Il ne faut pas parler de corde la maison d’ un pendu 也。”“点化镕铸，真风炉日炭之手，非‘喀司德’、‘巴立门’、‘玫瑰战’、‘蔷薇兵’之类，恨全集只此一例。其他偶欲就旧解出新意者，如卷下《日来意兴都尽，涉想所至，率然书之》三律之‘大地山河忽见前，古平今说是浑圆。偪仄难逃人满患，炎凉只为岁差偏’；‘世间皆气古尝云，汽电今看共策动。谁信百年穷物理，反成浩劫到人群。’直是韵语格致教科书，羌无微情深理。几道本乏深湛之思，治西学亦求卑之无甚高论者，如斯宾塞、穆勒、赫胥黎辈；所译之书，理不胜词，斯乃识趣所囿也。老辈惟王静安，少作时时流露西学义谛，庶几水中之盐味，而非眼里之金屑。……七律多二字标题，比兴以寄天人之玄感，申悲智之胜义，是治西洋哲学人本色语。”④

近代文学革新的倡导者们对于西方文学、美学理论的了解乃至译介，大都是间接的（以日本作为中介）和浅显的，这使得近代文学革新运动虽对中国文学观念由传统观念向近现代形态的转换有开创之功，但要真正实现这一重大转换还有赖于以学术研究为本位并兼具中西学术素养的学界巨子的横空出世与自觉承担，他就是中国近现代文学理论的奠基人王国维。⑤ 所以晚清新版“学

① 钱钟书：《谈艺录》（补订本），中华书局1984年版，第26页。

② 钱钟书：《谈艺录》（补订本），中华书局1984年版，第24页。

③ 钱钟书：《谈艺录》（补订本），中华书局1984年版，第347页。

④ 钱钟书：《谈艺录》（补订本），中华书局1984年版，第24页。

⑤ 范方俊：《近现代之交的中国诗学转型与王国维的学术使命》，《人文杂志》，2010年第1期，第119页。

人之诗”经历着从挦扯新名词、新事物入诗到以学术学理入诗的一个不断成熟的过程，新版学人之诗在王国维笔下发生的质的变化，由“琐碎粗疏”转向“微情深理”。

中国传统诗学与西方诗学之间的碰撞与融合，是20世纪中国现代诗学的一个核心主题。在融会中、西诗学再造中国现代诗学的过程中，活跃于19世纪末20世纪初的王国维无疑起着开风气的先驱者的作用。正如有学者所指出的：“在西方文明‘滔滔而入中国’的晚清，他（王国维）抱着‘发明光大’祖国文化学术的热忱，奋力钻研和引进西方哲学、美学，并结合传统诗论，试图建立一种新的诗学体系。他的一系列哲学、诗学著述，在我国新旧社会、新旧文化交替之际，起了一定的思想启蒙作用。”①

王国维的诗学对中国近现代诗学的影响是极为深远的，中国诗学从王国维开始，出现了新的趋势，即以世界现代诗学观念审视中国传统诗学。在他的带动和示范下，在19世纪末至20世纪中叶，中国学坛上比较集中地走出了一批以现代学术入传统诗词的学人，如陈寅恪、马一浮、萧公权、胡先骕等，“由于他们主要是依靠现代学术的孕育和妊娠而诞生，这个痛苦的过程不仅改变了他们的思维方式和学术专业，而且还在深层改变了学术主体传统的生命活动方式和思想情感方式。因此，尽管他们仍以旧体诗这种传统形式写作，但其中所表现的现代性眼光和思想情感却是前所未有的”②。他们主要以“吾道寓于诗”（马一浮《再答竹石道者》）的方式表现出对中、西方文化的历史、现状、未来的感性体验与学理思考，拓深了晚清“新版”学人之诗的表现力度。

① 佛雏：《王国维诗学研究》，北京大学出版社1999年版，第1页。

② 刘士林：《诗之新声与学之别体——论20世纪的中国学人之诗》，《社会科学战线》，2004年第3期，第112—116页。

第九章　新一代学人的新诗运动

“新版”学人之诗曾辉煌一时，但随着时间的推移，晚清诗坛并没有朝着这条路径努力探索下去，反而越来越向传统学人之诗看齐。最明显的表现有二：一是1903年后，梁启超的诗风发生了明显的变化，诗歌内容由激进转向保守，“献身甘作万矢的，著论求为百世师”（《自励》）的豪情渐少，“清时我亦成樗散，分作神州袖手人”（《栎社诸贤见招》）的惆怅增多，与之声气相同的多是“同光体”诗人。他拜赵熙为师，送稿求证于“同光体”著名诗论家陈衍。当康有为等人频频称赞梁启超诗“渊懿朴茂，深入昌黎之室”时，他的诗作愈来愈皈依“旧风格”，离“新版”学人之诗的革新精神相去甚远。二是王国维中年后，便绝少再作欧西哲理诗，返回到传统学人之诗的创作之路，诗歌多为咏史、题画和酬赠之作。

梁启超和王国维诗风的变化固然同个人“一时有一时之爱好”及所处文化环境的变化有关，但更主要的原因恐怕是他们认为“新意境、新理想、新感情的诗词，终不若守国粹的、用陈旧语句为愈有味也”[①]；新版“学人之诗”只是其人生艺术尚未成熟时的兴到之作，他们心灵深处的艺术标准依然眷恋于传统形态的诗歌；而且他们环视周围，发现作“新体诗”的同仁的身影越来越稀少和模糊了，他们不得不对自己先前的诗风进行深刻的反思并作出了“成熟”的扬弃。

于是晚清诗坛一度出现的几缕晨曦消退了，传统学人之诗的积弊在经过一阵闯荡之后似乎又回到了先前的水平。对传统学人之诗进行改造、调整、出新的重担落到了20世纪初一批“新式”学人身上。

以饱浸西学或深受西学影响的有学之士——胡适为主将，陈独秀、钱玄同为副将，刘复、周作人、鲁迅、沈尹默、俞平伯、陈衡哲等人为这支队伍的生力军，但他们的诗歌显然不具备学人之诗“新形态”之资格。他们诗歌的话语方式与审美取向主要来自西方美学，尤其是其审美原则中有一种完全排斥知识、学问而独尊抒情之取向，因此尽管可以把他们的诗称之为一种新的诗歌样式，有“新版”的特征，但由于他们有浓郁的“反智主义”、“反传统主义”

---

① 高旭：《愿无尽庐诗话》，《高旭集》，社会科学文献出版社2003年版，第544页。

和"反本土主义"倾向[①]，"主张把线装书全投茅厕者，趋新之论转为扫旧，一若拔本塞源"[②]，显然他们走的是一条与传统学人之诗相悖的路子。

一、胡适反对以学问为诗

胡适反对以学问为诗（文），"模仿"、"掉书袋"、"假古董"、"烂调子"成为他常用的批评古典诗文的话语。

1917年，胡适发表《文学改良刍议》，拉开了文学革命的序幕。他先在《寄陈独秀》中提出文学革命须做到"八事"；一年后又在《建设的文学革命论》中提出文学革命要反对"八不"；旋又将"八不"压缩成"四条"。此外，他还指出中国古典文学"三大弊端"。"八事"、"四条"、"三大弊端"其实也就是"八不"：

> 一、不做"言之无物"的文字。二、不做"无病呻吟"的文字。三、不用典。四、不用套语烂调。五、不重对偶——文须废骈，诗须废律。六、不做不合文法的文字，七、不摹仿古人。八、不避俗话俗字。[③]（《建设的文学革命论》）

"八不"其三反对用典；其四反对规模前人章句；其五反对音韵之学；其七反对模仿古人的格调法度，其实就是反对古典诗歌以学问为诗的路子。其中尤以反对用典为甚。胡适反对以下情况的用典：

> （1）比例泛而不切，可作几种解释，无确定之根据。今取王渔洋《秋柳》一章证之："娟娟凉露欲为霜，万缕千条拂玉塘。浦里青荷中妇镜，江干黄竹女儿箱。空怜板渚隋堤水，不见琅琊大道王。若过洛阳风景地，含情重问永丰坊。"此诗中所用诸典无不可作几样说法。
>
> （2）僻典使人不解。夫文学所以达意抒情也。若必求人人能读五车之书，然后能通其文，则此种文可不作矣。
>
> （3）刻削古典成语，不合文法。"指兄弟以孔怀，称在位以曾

---

① 刘士林：《诗之新声与学之别体——论20世纪的中国学人之诗》，《社会科学战线》，2004年第3期，第107页。

② 钱穆：《中国文学讲演录》，巴蜀书社1987年版，第19页。

③ 胡适：《胡适文存》卷1，上海书店1989年（影印）版，第72—73页。

是”（章太炎语）是其例也。今人言“为人作嫁”亦不通。

（4）用典而失其原意。如某君写山高与天接之状，而曰“西接杞天倾”。

（5）古事之实有所指，不可移用者，今往乱用作普通事实。如古人灞桥折柳以送行者，本是一种特别土风。阳关、渭城亦皆实有所指。今之懒人不能状别离之情，于是虽身在滇越，亦言灞桥；虽不解阳关、渭城为何物，亦皆言“阳关三叠”、“渭城离歌”。又如张翰因秋风起而思故乡之莼羹鲈脍，今则虽非吴人，不知莼鲈为何味者，亦皆自称有“莼鲈之思”。此则不仅懒不可救，直是自欺欺人耳！①（《文学改良刍议》）

胡适在很多场合都解释了他反对用典炫学的理由。他认为典故一般不切合时事，不切合情感和生活，作出来的诗也就显得不合时宜。他曾举胡先骕在美国所作之词为例：“荧荧夜灯如豆，映幢幢孤影，凌乱无据。翡翠衾寒，鸳鸯瓦冷，禁得秋宵几度？幺弦漫语，早丁字帘前，繁霜飞舞。袅袅余音，片时犹绕柱。”胡适说：“此词骤观之，觉字字句句皆词也，其实仅一大堆陈言套语耳。‘翡翠衾’、‘鸳鸯瓦’，用之白香山《长恨歌》则可，以其所言乃帝王之衾之瓦也。‘丁字帘’、‘幺弦’，皆套语也。此词在美国所作，其夜灯绝不‘荧荧如豆’，其居室尤无‘柱’可绕也。”②（《文学改良刍议》）“时代变迁，一时代的套语过了一二百年便不能适用。如宋人可用‘红巾翠袖’代表美人，今世的女子若穿戴着红巾翠袖，便成笑柄了！又如古代少年可说‘衫青鬓绿’。后来‘绿’字所表示的颜色渐渐由深绿变成浅绿，我们久已不说头发是‘绿’的……所以我所说文学改良的八事中有‘不用套语’一条，正是为了这个道理”。③（《追答李濂镗君》）

他反对用僻典还因为许多或历史的，或文学的，或神话的，或艳情的典故套语，只有个中人能懂得，局外人便不能懂得。局外人若要懂得，还须请个中人详加注释。他说诗歌本来是“言近旨远”的，有的诗歌本来是极浅的意思，却用了许多不求人解的僻典，若不知道他寄托的意思，便成了全无意识七拼八凑的怪文字，成了“言远而旨近”的诗。这种诗也许在当时有不得已的理由，在后世或有历史上的价值，但在文学上却不能有什么价值。④（《五十年来中国

---

① 胡适：《胡适文存》卷1，上海书店1989年影印版，第19—20页。
② 胡适：《胡适文存》卷1，上海书店1989年影印版，第13—14页。
③ 胡适：《胡适文存》卷1，上海书店1989年影印版，第217页。
④ 胡适：《胡适古典文学研究论集》，上海古籍出版社1988年版，第452页。

之文学》）他还说一切语言文字的作用在于达意表情；达意达得妙，表情表得好，便是文学。那些用死文言的人，有了意思，却须把这意思翻成几千年前的典故；有了感情，却须把这感情译为几千年前的文言。“明明是客子思家，他们须说‘王粲登楼’、‘仲宣作赋’；明明是送别，他们却须说‘《阳关》三叠’、‘一曲《渭城》’；明明是贺某人生日，他们却须说是贺伊尹、周公傅说。更可笑的：明明是乡下老太婆说话，他们却要叫她打起唐宋八家的古文腔儿；明明是极下流的妓女说话，他们却要她打起胡天游、洪亮吉的骈文调子！”①

他还认为用典者表面上看来有学问，其实是才学浅薄，感情虚假，糊弄人，“适尝谓凡人用典或用陈套语者，大抵皆因自己无才力，不能自铸新辞，故用古典套语，转一弯子，含糊过去，其避难趋易，最可鄙薄！在古大家集中，其最可传之作，皆其最不用典者也。老杜《北征》何等工力！然全篇不用一典（其‘不闻殷周衰，中自诛褒妲’二语乃比拟非用典也）。其《石壕吏》、《羌村》诸诗亦然。韩退之诗亦不用典。白香山《琵琶行》全篇不用一典。《长恨歌》更长矣，仅用‘倾国’、‘小玉’、‘双成’三典而已。律诗之佳者，亦不用典。堂皇莫如‘云移雉尾开宫扇，日映长龙识圣颜。’宛转莫如‘岂谓尽烦回纥马，翻然远救朔方兵。’纤丽莫如‘梦为远别啼难唤，书被催成墨未浓。’悲壮莫如‘永夜角声悲自语，中天月色好谁看！’然其好处，岂在用典哉？”②（《寄陈独秀》）“文人词客不能自己铸词造句以写眼前之景、胸中之意，故借用或不全切，或全不切之故事陈言以代之，以图含混过去”③（《文学改良刍议》）。

他站在文学发展史的高度反对习用古人格调体式。他认为某个文学式样发展圆熟了，劣等的文人便来模仿，模仿的结果往往是学得了形式上的技术，而丢却了创作的精神，天才堕落而为匠手，创作堕落而为机械。生气剥丧完了，只剩下一点小技巧，一堆烂书袋，一套烂调子！于是这种文学方式的命运便完结了，文学的生命又须另向民间去寻新方向发展了。④（《〈词选〉自序》）文学便是以这种方式螺旋式地向前演进的。他批评樊增祥、陈三立、郑孝胥等人，“其诗皆规模古人，以能神似某人某人为至高目的，极其所至，亦不过为文学界添几件赝鼎耳，（岂）文学云乎哉”⑤（《寄陈独秀》）。又说陈三立他们学习黄庭坚派喜欢掉书袋，往往有恶劣的古典诗。⑥（《五十年来中国之文学》）

---

① 胡适：《胡适文存》卷1，上海书店1989年影印版，第76页。
② 胡适：《胡适文存》卷1，上海书店1989年影印版，第2—3页。
③ 胡适：《胡适文存》卷1，上海书店1989年影印版，第17页。
④ 胡适：《胡适诗话》，四川文艺出版社1991年版，第461页。
⑤ 胡适：《胡适文存》卷1，上海书店1989年影印版，第3页。
⑥ 胡适：《胡适古典文学研究论集》，上海古籍出版社1988年版，第121页。

指陈王闿运的诗集有许多假古董。[①]（《五十年来中国之文学》）力诋乾、嘉以来的以学问和考据入诗，批评张太炎的诗歌“全是复古的文学……最恶劣的假古董莫如他的《丹橘》与《上留田》诸篇。”[②]（《五十年来中国之文学》）对张之洞、陈宝琛、郑孝胥、袁昶、梁鼎芬、刘光第、俞明震、赵熙、陈曾寿等人颇有微词——他们都是经籍味浓厚的诗人。

除了反对用典、习用前人格式，胡适还反对古典诗歌的声调格律，他说：“诗体的大解放，就是把从前一切束缚自由的枷锁镣铐一一打破。”[③]（《〈尝试集〉自序》）“诗体的大解放”的意思是：“不但打破五言七言的诗体，并且推翻词调曲谱的种种束缚；不拘格律，不拘平仄，不拘长短；有什么题目，做什么诗；诗该怎样做，就怎样做。”[④]（《新诗——中国诗史上第四次诗体的大解放》）

再次是他反对使用古、怪、僻、冷的字词，在语言上排斥古奥晦涩的习气，要通俗易懂，明白如话。在《与梅光迪辩论白话文学》中他用诗歌形象地说：

> 古人叫做“欲”。今人叫做“要”。
> 古人叫做“至”（古音如“垤”），今人叫做“到”。
> 古人叫做“溺”，今人叫做“尿”。
> ……
> 至于古人叫做“字”，今人叫做“号”；
> 古人悬梁，今人上吊：
> 古名虽未必不佳，今名又何尝不妙？
> 至于古人乘舆，今人坐轿；
> 古人加冠束帻，今人但知戴帽。[⑤]

他在《四十自述》一文中说：“我认定了中国诗史上的趋势，由唐诗变到宋诗，无甚玄妙，只是作诗如作文！更近于说话。……我那时的主张颇受了读宋诗的影响。所以说‘要须作诗如作文’，又反对‘琢镂粉饰’的诗。”[⑥]他以“言文合一”的新的语言——文化制度的建立为目标，实现了他所谓“作

① 胡适：《胡适古典文学研究论集》，上海古籍出版社1988年版，第97页。
② 胡适：《胡适古典文学研究论集》，上海古籍出版社1988年版，第133页。
③ 胡适：《胡适文存》卷1，上海书店1989年影印版，第277页。
④ 胡适：《胡适诗话》，四川文艺出版社1991年版，第215页。
⑤ 胡适：《与梅光迪辩论白话文学》，《胡适诗话》，四川文艺出版社1991年版，第95页。
⑥ 胡适：《四十自述》，安徽教育出版社1999年版，第103页。

诗如说话”的通俗文化理想。

胡适的诗学主张其实是要诗歌创作重新回归抒情言志的传统，作诗何贵乎用事？他本人也在“尝试”中实践，在实践中“尝试”，如他的《蝴蝶》：

两个黄蝴蝶，双双飞上天。
不知为什么，一个忽飞还。
剩下那一个，孤单怪可怜。
也无心上天，天上太孤单。①

再如《病中得冬秀书》：

一

病中得他书，不满八行纸。全无要紧事，颇使我欢喜。

二

我不认得她，她不认得我，我总常念她，这是为什么？
岂不因我们，分定长相亲，由分生情意，所以非路人？
海外“土生子”，生不识故里。终有故乡情，其理就如此。

三

岂不爱自由，此意无人晓：情愿不自由，也是自由了。②

二、新文学运动中其他主将反对用典炫学的做法

与胡适相比，钱玄同古典诗歌以学入诗的反对则有过之而无不及，他力赞胡适的“不用典”，认为用典乃文学腐败之一大原因，高度肯定胡适之论乃知“本”之所在，“实足祛千年来腐臭文学之积弊”。不仅如此，他对胡适的“狭义用典只要工者亦可用”的“妥协”之论提出更激进的修正，“凡用典者，无论工拙，皆为行文之疵病”③。他还认为诗文中用字、出生地、辈分来代替姓名的做法同用典之弊相似，“人之有名，不过一种记号。夏殷以前，人止一名，与今之西人相同。自周世尚文，于是有‘幼名，冠字，五十以伯仲，死谥’种种繁称，已大可厌矣。六朝重门弟，争标郡望。唐宋以后，‘峰泉溪桥

① 胡适：《尝试集》，人民文学出版社2000年版，第9页。
② 胡适：《尝试集》，人民文学出版社2000年版，第17页。
③ 钱玄同：《寄陈独秀》，《钱玄同文集》卷1，中国人民大学出版社1999年版，第3页。

楼亭轩馆’，别号日繁，于是一人之记号多乃至数十，每有众所共知之人，一易其名称，竟茫然不识为谁氏者。一翻《宋元学案》目录，便觉头痛，即以此故；而自昔文学之文，对于此等称谓，尤喜避去习见，改用隐僻，甚或删削本名，或别创新称。近时流行，更可骇怪。如‘湘乡’、‘合肥’、‘南海’、‘新会’、‘项城’、‘黄陂’等，专以地名名人，一若其地往古来今，即此一人可为代表者然，非特使不知者无从臆想，即揆诸情理，岂得谓平！故弟意今后作文，凡称人，悉用其姓名，不可再以郡望别号地名等相摄代。（又官名、地名须从当时名称，此前世文人所已言者，虽桐城派诸公，亦知此理。然昔人所论，但谓金石文学及历史传记之体宜然；鄙意文学之文，亦当守此格律。又文中所用事物名称，道古时事，自当从古称；若道现代事，必当从今称。故如古称‘冠、履、衿、笾、豆、尊、鼎’，仅可用于道古；若道今事，必当改用‘帽、鞋、领、裤、碗、盆、壶、锅’诸名，断不宜效法‘不敢题糕’之迂谬见解)”[1] 对作诗填词必用陈词套语，自命典赡古雅者，钱氏斥之为“高等八股”、“变形之八股”[2]。“若堆砌许多典故、等后人来注出处，藉此以炫其饱学，这种摆臭架子的文人，真要叫人肉麻死了！”[3]

陈独秀提出文学革命的口号：“推倒雕琢阿谀的贵族文学，建设平易的抒情的国民文学；推倒陈腐的铺张的古典文学，建设新鲜的立诚的写实文学；推倒迂腐的艰涩的山林文学，建设明了的通俗的社会文学。”[4] 从内容和形式上对古典诗文作了比较全面的批判，批评了“颂声大作，雕琢阿谀，词多而意寡”的贵族之文和“深晦艰涩，自以为名山著述，于其群之大多数无所裨益也”的山林文学。反对雕琢，反对诗歌“褒衣大袑”的贵族气息，提倡诗歌的平易自然，反对在诗歌中罗列典故、讲求来历。主张以鲜活的笔触表现性情、表现身边的生活，以平易流畅或曰通俗的诗歌获取众人的领悟。

刘复也痛斥“奉四书五经为文学宝库，而生吞活剥孔孟之言，尽举一切‘先王后世禹汤文武’种种可厌之名词，而堆砌之于纸上”的文风，甚至对维新派诗人自造新名词与外国名词也提出批评，说他们以新名词入诗，结果未必尽通，“杂入累赘费解之新名词，其讨厌必与滥用古典相同”[5]。

鲁迅在《摩罗诗力说》中提出的摩罗诗力理论实际上是对传统诗教的彻底否定，主张根除古典诗学中的传统思想，从西方诗学中引入“刚健不挠，

---

① 钱玄同：《寄陈独秀》，《钱玄同文集》卷1，中国人民大学出版社1999年版，第5—6页。

② 钱玄同：《寄陈独秀》，《钱玄同文集》卷1，中国人民大学出版社1999年版，第10页。

③ 钱玄同：《寄胡适之》，《钱玄同文集》卷1，中国人民大学出版社1999年版，第45页。

④ 陈独秀：《文学革命论》，《独秀文存》卷1，上海书店1989年影印版，第136页。

⑤ 刘复：《我之文学改良观》，《中国近代文学大系》（文学理论集），上海书店1994年版，第357—361页。

抱诚守真，不媚于群，以随顺旧俗；发为雄声，以起其国人之新声”[①] 的诗学精神，实际上是要完全离开古典诗歌的畛域，另起炉灶，诗要纯粹从真挚的性情中流出，要有鲜明的个性，古典诗学中的诗以载道、用典用事、资书为诗的思想和做法都得彻底抛弃，以求得诗歌的大解放。摩罗诗力理论对古典诗歌批判和破坏的力度和深度大大超过了胡适等人的主张，“此文中闪烁着耀目光芒的反抗、战斗精神，在当时绝无仅有”[②]。

新文化运动要“破坏孔教，破坏礼法，破坏国粹，破坏贞节，破坏旧伦理（忠、孝、节），破坏旧艺术（中国戏），破坏旧宗教，破坏旧文学，破坏旧政治”[③]，所进行的文学改革是以革除文言文、改用白话文为中心和开端的，既然诗歌的文言外壳因为有异于口语，有碍明白易懂而都被抛弃了，用事、用典，引用前人的词语、语句，使用僻字险韵、长韵，使用物之别名、人之小名、地之古名入诗已成滥调套语，自然求务去之；模仿习取前人的格调、法度被斥之为无病呻吟，自然早应抛弃——古典诗歌以学为诗之路被彻底否定。钱仲联先生说“古诗到‘五四’运动至少是终结了”，但新兴白话诗“功力差”[④]。其实新兴的白话诗不是功力差不差的问题，而是它根本就不考虑功力。

在诗以抒情达意为上，作诗如说话等诗学思想的指导下，引入学问、深馥雅致的古典诗歌，在新文化运动的冲击下，已成为时代的弃儿。

三、学衡派对以学为诗创作之路的认同和挽留

以胡适为代表的文学改革派的诗学主张和诗歌创作遭到了同时代很多学者的反对。在反对新体诗的士人当中，有以“光复故物”为纲领的晚清帝国遗老遗少，有像吴宓那样专意与新思想唱对台戏的中国文化本位论者，也有纯是出于留恋传统文化而以旧体诗寄托其情感的怀旧主义者。[⑤]

钱基博认为胡适的《尝试集》：“伤于率易，绝无缠绵悱恻之致，耐读者寻味。昔人论诗文之妙，谓不厌百回读；而适之为诗，则只耐一回读，幸尚清顺明畅，不为烂套恶俚耳。”[⑥] 朱光潜也说：“‘做诗如说话’的口号也有些危险。日常的情思多粗浅芜乱，不尽可以入诗；入诗的情思都须经过一番洗练，

---

① 鲁迅：《摩罗诗力说》，《鲁迅全集》卷1，人民文学出版社1973年版，第232页。

② 刘诚：《中国诗学史》，鹭江出版社2002年版，第328页

③ 陈独秀：《新青年罪案之答辩书》，《独秀文存》卷1，上海书店1989年影印版，第361页。

④ 钱仲联讲述，魏中林整理：《钱仲联讲论清诗》，苏州大学出版社2004年版，第72页。

⑤ 刘士林：《诗之新声与学之别体——论20世纪的中国学人之诗》，《社会科学战线》，2004年第3期，第113页。

⑥ 钱基博：《现代中国文学史》，中国人民大学出版社2004年版，第431页。

所以比日常的情思较为精妙有剪裁。语言是情思的结晶，诗的语言亦应与日常语言有别。无论哪一国，‘说的语言’和‘写的语言’都有很大的分别。说话时信口开河，思想和语言都比较粗疏，写诗文时有斟酌的余暇，思想和语言也都比较缜密。”① 杨香池说：“今日之所谓新诗，既属白话，且多不叶韵，纯为小品文字，则另以一种文艺名称称之可也，何必曰诗。”②“白话诗”蜕去文言诗的外壳，从书面表达走向了口语表达，从而舍弃了传统诗的文化品位。高不可及的文学殿堂一变而为“下里巴人”的随兴口号，文人酬唱走向了日常交流，诗的文化独尊地位消失了。③ 这到底是一种文化上的进步，还是一种无谓的自抛自弃，势必会引起一番大的争论。

由于文化的基础本体论是语言的语法结构及其话语方式，因而在旧体诗与中国传统文化之间无疑有一种一体两面、不可脱离之关联。这一点既是众多中国士人一致选择旧体诗这种文学形式的初衷，同时也是他们或轻蔑，或坚决反对新诗的根本原因，看来旧体诗对当时士人来说是一种文化认同的仪式行为。④ 以胡先骕为代表的学衡派对胡适等人发动的白话诗运动极为贬斥，“适（即胡适）倡革命，而光迪、先骕主存古，与适相持。先骕尤褒弹不遗余力”⑤。胡先骕在《学衡》上发表《论批评家之责任》、《文学之标准》、《评胡适〈五十年来中国之文学〉》、《评〈尝试集〉》、《欧美新文学最近之趋势》、《白壁德中西人文教育说》、《中国文学改良论》、《评钱基博〈现代中国文学史〉》等文章和对晚清诗人、词人诗词的评论，站在文化的高度对新文化运动中诗文要彻底抛弃传统之学表示质疑和反对。

在《评〈尝试集〉》一文中，胡先骕彻底否定了中国现代新诗的开山之作《尝试集》。他比较辩证地说明了胡适反对用典为不确之论，“历史与昔人之著作，后人之遗产也。弃遗产而不顾，徒手起家，而欲致巨万之富，不亦难哉？然亦有一项枵腹之诗人，自家之思想不高，乃必依草附木，东涂西抹以炫众，则李义山之衣，固已早为人所撕碎，不必胡君始起而创反对之论也。若确有用事用典之能力而不见斧凿之痕则其润色修饰之美德。自不可抹杀”⑥。

他认为胡适的不必模仿古人之说，忽略了模仿与创造在思想、技术上继承与创新的辩证关系。人的技能智力，自语言以至于哲学，凡为后天的所得，皆须经若干时日的模仿，才能逐渐有所创造。思想、艺术皆循此道。思想模仿既

---

① 朱光潜：《论诗》，北京出版社2005年版，第123页。
② 杨香池：《偷闲庐诗话》（第二集），《民国诗话丛编》（第三册），上海书店2002年版，第716页。
③ 周仁政：《悖逆的符号：胡适、鲁迅与现代诗及小说之发生》，《中国文学研究》，2007年第1期。
④ 刘士林：《20世纪中国学人之诗三题议》，《求是学刊》，2003年第1期，第83页。
⑤ 钱基博：《现代中国文学史》，中国人民大学出版社2004年版，第432页。
⑥ 胡先骕：《评〈尝试集〉》，《学衡》，1922年第2期。

久，渐有独立的能力，或因此而能创造，有创造亦殊难尽脱前人的影响。模仿是创造的开始，这是人类历史进化的规律性经验。故不必模仿古人之说“可为但知模仿不知创造者下一针砭，然不能证明绝对不可模仿古人也”，“夫天然之景物与人情，虽有万殊，然多有类似之处。吾人之思想嗜好，与表示思想之言语，以及发控语之方法态度，虽以人而异，然亦有类似之处。则今人所表示天然景物与人情之方法态度，自不能不有类似于彼之性情所相近之古人之处”，“创造必出于模仿也。胡君所主张者句句须有我在，韩、白、黄、陈之学杜，而终能自辟门户者，正以其句句有我在也”①。他用父母与孩子的相似与不同比喻模仿与创造，形象地说明创造寓于模仿之中。

他还认为胡适等人的新白话诗“打破一切束缚自由的枷锁镣铐”的主张忽视了诗歌的声调、格律、音韵、体裁对诗格和诗之音乐美的构造作用。“想怎么作就怎么作”的“绝对自由主义”的论诗主张因偏激与反节制有使诗歌陷入“但求感官之快乐，不求精神之骞举”② 的可能。“夫习音乐者，在未高谈乐理之先，必须习弹弄各种乐具之手法，与夫音之高低缓急之配置，继进而研究乐谱分段分章之组织，各种乐器之和谐，夫然后可讲及名家乐谱之模仿，以及各家之派别与其优劣，如此极深研几，始可进而言创造。”③

胡先骕认为批评家犹须“博学”，需要对古今中外的政治、历史、社会、风俗以及多数作者的著作加以深入的研究，再以锐利的眼光作综合分析考察，这样才能言之有据，而不至徒逞臆说、摭拾浮词。他指陈胡适（包括梁启超）“于诗所造甚浅”，“但知诗面而不知诗骨”，“非见之偏，即学之浅”④。同时，胡先骕在《学衡》上发表评论晚清赵尧生、郑珍、金亚匏（和）、俞明震、朱祖谋、文廷式、王闿运、张之洞、陈仁先、刘光第等人诗词的文章，肯定他们在诗词创作上的成就，他认为清末四十年诗词之盛，远远超过嘉、道时代，以此一一纠评、点击胡适的软肋，批评胡适浅薄的诗学修养造成对古典诗词精髓的误解。指责钱玄同“中国旧学者也，舍旧学外，不通欧西学术者也！乃言中国学术无丝毫价值，即将中国载籍全数付之一炬，亦不足惜。此非违心过情之论乎！胡君适之乃曲为之解说，以为中国思想界过于陈旧，故钱君作此有激之言”⑤。他沉痛地说：“厥为五四运动以还，举国上下，鄙夷吾国文化精神之所寄，为求破除旧时礼俗之束缚，遂不惜将吾数千年社会得以维系、文化得以

① 胡先骕：《评〈尝试集〉》，《学衡》，1922 年第 2 期。
② 胡先骕：《评〈尝试集〉》，《学衡》，1922 年第 2 期。
③ 胡先骕：《评〈尝试集〉》，《学衡》，1922 年第 2 期。
④ 胡先骕：《评胡适〈五十年来中国之文学〉》，《学衡》，1923 年第 6 期。
⑤ 胡先骕：《论批评家之责任》，《学衡》，1922 年第 3 期。

保存之道德基础，根本颠覆之。”

“学衡派”另一主将吴宓痛斥新体诗创作者否定学习前人、他人，否定知识学问，所作的诗根本就不是诗，“至新体白话诗，其实并非诗，决不可作”，“实系少数少年，无学无名，自鸣得意。所有学者通人，固不认此为诗也”①。在吴宓看来，包括诗歌在内的“文学之变迁，多由作者不摹此人而转摹彼人，舍本国之作者，而取异国为模范。或舍近代，而返求之于古。于是异采新出，然其不脱摹仿一也”②。他指出“今日旧诗所以为诗诟病者，非由格律之束缚，实由材料之缺乏。即作者不能以今时今地之闻见事物思想感情，写入其诗”，因此“作诗之法，须以新材料入旧格律……旧有之平仄音韵之律，以及他种艺术规矩，悉宜保存之、遵依之，不可更张废弃……所谓新材料者，即如五大洲之山川风土国情民俗，泰西三千年来之学术文艺典章制度，宗教、哲理、史地、法政、科学等之书籍理论，亘古以还名家之著述，英雄之事业，儿女之艳史幽恨，奇迹异闻，自极大以至极小，靡不可以入吾诗也。又吾国近三十年国家社会种种变迁，枢府之掌故，各省之情形，人民之痛苦流离，军阀、政客、学生、商人之行事，以及学术文艺之更张兴衰，再就作者一身一家之所经历感受……故欲谋诗之创造，则旧格律与新材料当并重，此后不难得新知识丰富之人”③。吴宓之诗学观吸收了“诗界革命”的“入旧格律”的诗学主张，但在“新材料”上却强调古今中外一切文化学识都应成为诗材诗料，其实还是强调以学为诗，诗与学问不可分。

四、古典诗歌学问化之路总体上被终结

无论是学衡派也好，还是紧随其后的新月派也好，他们以学为诗的心态，恰是置身于思潮涌动浪潮中文化保守主义者（当然并不一定就是政治保守主义者）对传统诗文化浓烈的情感眷念，但这种眷念在这股文学革命的势潮中显得孤立和无奈，他们的争论和呼吁显得苍白无力，尔后便不得不自行消散了。这说明古典诗歌尽管有着千年积淀，拥有无与伦比的精美与华丽，尽管有心忧中华文化国粹的士人起身呼喊：“吾侪将如何而兴国？如何而救亡？如何以全生？如何以自慰乎？吾侪欲为杜工部，欲为顾亭林，欲为但丁，欲为雪莱等，其可得乎？是故旧诗之不作，文言之堕废……乃吾侪所认为国家民族全体

① 吴宓：《吴宓诗话》，商务印书馆 2005 年版，第 97 页。

② 吴宓：《吴宓诗话》，商务印书馆 2005 年版，第 56 页。

③ 吴宓：《吴宓诗话》，商务印书馆 2005 年版，第 97—98 页。

永久最不幸之事。"[①] 然而他们最终只能看到"一生爱读爱作之旧体文言诗"[②]摧枯拉朽般地被逐出了中国诗坛，古典诗歌学问化之路总体上被终结。民国二十年，吴宓曾伤心写道他精心收集的古体诗"无地刊布，盖以旧诗受众排斥，报章杂志皆不肯刊登"[③]。

古典诗歌学问化之路的终结表明"五四"后的中国思想界主流继承了近代学者对中国传统文化的反思和批判，但是他们没有继承近代学者对中国文化吸收外来营养以自我更新的自信。面对亡国灭种的危机，面对现代化的迫切性，他们把中国传统文化看作现代化的主要障碍，必须加以抛弃。[④] 贺麟在《五伦观念的新检讨》中说："从旧的里面去发现新的，这就叫做推陈出新。必定要旧中之新，有历史渊源的新，才是真正的新。那种表面上五花八门，欺世骇俗，竞奇斗艳的新，只是一时的时髦，并不是真正的新。"[⑤] 抛开作者文本中的某种保守主义情绪，仅就"有历史渊源的新，才是真正的新"这个层面的合理性而言，新体诗全盘抛弃古典诗歌讲究学问根柢的激进做法，使得中国诗歌文化机体失血过甚，换血不适，由此而带来的缺憾随后就可以感觉到——中国诗歌此后就进入了一个不甚耐读、不太好读的萎靡状况，这种状况一直延续到今天。

---

① 吴宓：《空轩诗话》，《民国诗话丛编》（第六册），上海书店 2002 年版，第 90 页。
② 吴宓：《空轩诗话》，《民国诗话丛编》（第六册），上海书店 2002 年版，第 90 页。
③ 吴宓：《空轩诗话》，《民国诗话丛编》（第六册），上海书店 2002 年版，第 7 页。
④ 袁进：《中国文学的近代变革》，广西师范大学出版社 2006 年版，第 183 页。
⑤ 贺麟：《五伦观念的新检讨》，《文化与人生》，上海书店 1991 年版，第 13 页。

参考文献

丛书类

[1] 文津阁《四库全书》，商务印书馆2005年版。

[2]《续修四库全书》，上海古籍出版社2002年版。

[3]《四库禁毁书丛刊补编》，北京出版社2005年版。

[4]《四库全书存目丛书》，齐鲁书社1997年版。

[5]《四库未收书辑刊》，北京出版社2000年版。

[6]《四部丛刊》，上海书店1985年版。

[7]《传世藏书》，海南国际新闻出版中心1996年版。

[8]《清代传记丛刊》，台北明文书局1986年影印本。

[9]《近代中国史料丛刊》，台北文海出版社1967—1986年版。

[10]《丛书集成初编》，北京中华书局1985年版。

[11]《丛书集成续编》，上海书店1994年版。

[12]《丛书集成新编》，台北新文丰出版公司1985年版。

[13]《丛书集成三编》，台北新文丰出版公司1997年版。

年谱类

[14] 黄炳垕著:《黄宗羲年谱》，中华书局1993年版。

[15] 周可真著:《顾炎武年谱》，苏州大学出版社1998年版。

[16] 朱彝尊著:《朱竹垞先生年谱》，北图年谱丛刊本。

[17] 钱大昕著:《钱辛楣先生年谱》，北图年谱丛刊本。

[18] 胡吉勋著:《杭世骏年谱》，复旦大学硕士论文。

[19] 厉鹗著:《樊榭先生年谱》，北图年谱丛刊本。

[20] 沈津著:《翁方纲年谱》，台北中央研究院2003年版。

[21] 郭延礼著:《龚自珍年谱》，齐鲁书社1987年版。

[22] 黄丽镛著:《魏源年谱》，湖南人民出版社1985年版。

[23] 凌惕安著:《郑子尹先生年谱》，台北文海出版社1982年版。

[24] 钱仲联著:《黄遵宪年谱》，《人境庐诗草笺注》附录，上海古籍出版社1981年版。

[25] 王蘧常著:《沈寐叟年谱》，台湾商务印书馆 1977 年版。
[26] 陈鸿祥著:《王国维年谱》，齐鲁书社 1991 年版。
[27] 康有为著:《康有为自编年谱》,《续修四库全书》本。

史传类

[28] 赵尔巽等著:《清史稿》，中华书局 1976 年版。
[29] 清国史馆编:《清史列传》，中华书局 1987 年版。
[30] 李元度纂:《清朝先正事略》,《清代传记丛刊》本。
[31] 黄鸿寿著:《清史纪事本末》，北京图书馆 2003 年版。
[32] 孙静庵著:《明遗民录》，浙江古籍出版社 1985 年版。
[33] 徐世昌编著:《清儒学案》，中华书局 2008 年版。
[34] 支伟成著:《清代朴学大师列传》，岳麓书社 1986 年版。
[35] 李光春著:《清代学人录》，辽宁大学出版社 2001 年版。
[36]《中国近代学人象传》,《近代中国史料丛刊》三编。

汇编和总目类

[37] 纪昀等纂:《钦定四库全书总目》，中华书局 1997 年版。
[38] 中国科学院图书馆:《续修四库全书总目提要》，齐鲁书社 1996 年版。
[39] 柯愈春著:《清人诗文集总目提要》，北京古籍出版社 2001 年版。
[40] 李灵年等著:《清人别集总目》，安徽教育出版社 2000 年版。
[41] 袁行云著:《清人诗集叙录》，文化艺术出版社 1994 年版。
[42] 张舜徽著:《清人文集别录》，中华书局 1963 年版。
[43] 北平故宫博物院文献馆编:《清代文字狱档》，上海书店 1986 年版。
[44] 台湾国立编译馆主编:《中国文学批评资料汇编》，台北成文出版社 1987 年版。
[45] 郭绍虞选编:《中国历代文论选》，上海古籍出版社 1979 年版。
[46] 郭绍虞等编:《万首论诗绝句》，人民文学出版社 1991 年版。
[47] 王运熙等编:《清代文论选》，人民文学出版社 1999 年版。
[48] 舒芜编:《中国近代文论选》，人民文学出版社 1959 年版。
[49] 阿英编:《鸦片战争文学集》，古籍出版社 1957 年版。
[50] 徐珂著:《清稗类钞》，中华书局 1986 年版。

总集类

[51]《全唐诗》，上海古籍出版社 1986 年版。

[52]《全宋诗》，人民文学出版社 1980 年排印本。

[53] 徐世昌编选：《清诗汇》，北京出版社 1995 年版。

[54] 郑方坤编著：《国朝名家诗钞小传》，《丛书集成初编》本。

[55] 卓尔堪著：《遗民诗》，康熙刻本。

[56] 沈德潜选编：《清诗别裁集》，河北人民出版社 1997 年版。

[57] 符葆森选编：《国朝诗正雅集》，咸丰年间刊本。

[58] 孙雄选编：《道咸同光四朝诗史》，1910 年自刊本。

[59] 邓之诚选编：《清诗纪事初编》，上海古籍出版社 1984 年版。

[60] 陈衍选编：《近代诗钞》，民国十二年商务印书馆排印本。

[61] 钱仲联主编：《清诗纪事》，江苏古籍出版社 1987—1989 年版。

[62] 钱仲联选编：《近代诗钞》，江苏古籍出版社 1996 年版。

[63] 张维屏编著：《国朝诗人征略》，《清代传记丛刊》本。

[64] 钱仪吉编：《碑传集》，《清代传记丛刊》本。

[65] 缪荃孙编：《续碑传集》，台北明文书局 1985 年影印本。

[66] 闵尔昌编：《碑传集补》，台北明文书局 1985 年影印本。

[67] 汪兆镛编：《碑传集三编》，台北明文书局 1985 年影印本。

别集类

[68] 韩愈著，马伯通校：《韩昌黎文集校注》，古典文学出版社 1957 年版。

[69] 王安石著：《临川集》，《传世藏书》本。

[70] 苏轼著：《苏轼文集》，中华书局 1986 年版。

[71] 黄庭坚著：《黄庭坚集》，山西古籍出版社 2010 年版。

[72] 刘克庄著：《后村大全集》，北京线装书局 2004 年版。

[73] 陈子龙著：《陈子龙文集》，华东师范大学出版社 1988 年版。

[74] 吴梅村著：《梅村家藏稿》，《四部丛刊》本。

[75] 钱谦益著：《钱牧斋全集》，上海古籍出版社 2003 年版。

[76] 顾炎武著：《日知录集释》，中州古籍出版社 1990 年版。

[77] 顾炎武著：《顾亭林诗笺释》，中华书局 1998 年版。

[78] 顾炎武著：《顾亭林集》，《传世藏书》本。

[79] 黄宗羲著：《黄梨洲文集》，《传世藏书》本。

[80] 王士祯著：《王士禛全集》，齐鲁书社 2007 年版。

[81] 朱彝尊著:《曝书亭集》,《传世藏书》本。
[82] 周亮工著:《赖古堂集》,《四库禁毁书丛刊》本。
[83] 钱澄之著:《田间文集》,黄山书社 1998 年版。
[84] 毛奇龄著:《西河全集》,文津阁《四库全书》本。
[85] 叶燮著:《已畦集》,《四库全书存目丛书》本。
[86] 全祖望著:《全祖望集汇校集注》,上海古籍出版社 2000 年版。
[87] 查慎行著:《敬业堂诗集》,《四库全书》本。
[88] 赵翼著:《瓯北集》,上海古籍出版社 1997 年版。
[89] 杭世骏著:《道古堂集》,《续修四库全书》本。
[90] 厉鹗著:《樊榭山房集》,上海古籍出版社 1992 年版。
[91] 袁枚著:《袁枚全集》,江苏古籍出版社 1993 年版。
[92] 赵翼著:《檐曝杂记》,中华书局 1982 年版。
[93] 钱载著:《萚石斋文集》,《续修四库全书》本。
[94] 汪师韩著:《上湖纪岁诗编》,《续修四库全书》本。
[95] 翁方纲著:《复初斋文集》,《续修四库全书》本。
[96] 钱大昕著:《嘉定钱大昕全集》,江苏古籍出版社 1997 年版。
[97] 焦循著:《雕菰楼集》,丛书集成本,中华书局 1985 年版。
[98] 章学诚著;叶瑛校注:《文史通义校注》,中华书局 1985 年版。
[99] 章学诚著:《章氏遗书》,吴兴刘氏嘉业堂本。
[100] 姚鼐著:《惜抱轩诗文集》,上海古籍出版社 1992 年版。
[101] 阮葵生著:《茶馀客话》,中华书局 1959 年版。
[102] 张际亮著:《张亨甫全集》,同治丁卯春刊本。
[103] 龚自珍著:《龚自珍全集》,上海人民出版社 1975 年版。
[104] 魏源著:《魏源集》,中华书局 1976 年版。
[105] 程恩泽著:《程侍郎遗集》,《续修四库全书》本。
[106] 祁寯藻著:《䜱䜪亭集》,清咸丰六年原刻本。
[107] 曾国藩著:《曾国藩诗文集》,上海古籍出版社 2005 年版。
[108] 何绍基著:《何绍基诗文集》,岳麓书社 1992 年版。
[109] 郑珍著:《巢经巢文集》,《续修四库全书》本。
[110] 郑珍著,白敦仁笺注:《巢经巢诗集笺注》,巴蜀书社 1996 年版。
[111] 莫友芝著:《郘亭遗诗》,同治五年江宁三山客舍修补本。
[112] 陈衍著:《陈石遗集》,福建人民出版社 2001 年版。
[113] 沈曾植著,钱仲联校注:《沈曾植集校注》,中华书局 2002 年版。
[114] 沈曾植著,钱仲联辑:《海日楼札丛·海日楼题跋》,辽宁教育出

版社 1998 年版。

[115] 陈三立著:《散原精舍诗文集》,上海古籍出版社 2003 年版。

[116] 王闿运著:《湘绮楼诗文集》,岳麓书社 2008 年版。

[117] 郭嵩焘著:《郭嵩焘诗文集》,岳麓书社 1984 年版。

[118] 黄遵宪著:《黄遵宪全集》,中华书局 2005 年版。

[119] 黄遵宪著,钱仲联注:《人境庐诗草笺注》,上海古籍出版社 1981 年版。

[120] 张之洞著:《张之洞诗文集》,上海古籍出版社 2008 年版。

[121] 康有为著:《康南海先生诗集》,《近代中国史料丛刊》续编。

[122] 梁启超著:《清代学术概论》,中国人民大学出版社 2004 年版。

[123] 梁启超著:《梁启超学术论著集·文学卷》,华东师范大学出版社 1998 年版。

[124] 梁启超著:《梁启超全集》,北京出版社 1999 年版。

[125] 谭嗣同著:《谭嗣同全集》(增订本),中华书局 1981 年版。

[126] 严复著:《严复集》,中华书局 1986 年版。

[127] 王国维著,萧艾笺校:《王国维诗词笺校》,湖南人民文学出版社 1984 年版。

[128] 王国维著:《王观堂先生全集》,台北文华出版社 1968 年版。

[129] 王国维著:《王国维文集》,中国文史出版社 1997 年版。

[130] 刘成禺著:《世载堂杂忆》,辽宁教育出版社 1997 年版。

诗论诗话类

[131] 刘勰著:《文心雕龙》,浙江古籍出版社 2001 年版。

[132] 钟嵘著:《诗品》,北方文艺出版社 2005 年版。

[133] 严羽著,郭绍虞校:《沧浪诗话校释》,人民文学出版社 1983 年版。

[134] 释惠洪等著:《冷斋诗话·风月堂诗话·环溪诗话》,中华书局 1988 年版。

[135] 叶燮等著:《原诗·一瓢诗话·说诗晬语》,人民文学出版社 1979 年版。

[136] 王士祯著:《渔洋诗话》,《清诗话》,上海古籍出版社 1999 年版。

[137] 朱彝尊著:《静志居诗话》,人民文学出版社 1998 年版。

[138] 王夫之著:《姜斋诗话》,《清诗话》本。

[139] 何世璂著:《然灯记闻》,《清诗话》本。

[140] 杭世骏著:《榕城诗话》,《四库全书存目丛书》本。

[141] 洪亮吉著:《北江诗话》, 人民文学出版社 1983 年版。
[142] 袁枚著:《随园诗话》, 江苏古籍出版社 2000 年版。
[143] 袁枚著:《续诗品》,《清诗话》本。
[144] 赵翼著:《瓯北诗话》,《清诗话续编》, 上海古籍出版社 1983 年版。
[145] 汪师韩著:《诗学纂闻》,《清诗话》本。
[146] 翁方纲著:《石洲诗话》,《清诗话续编》本。
[147] 方南堂著:《辍锻录》,《清诗话续编》本。
[148] 林昌彝著:《射鹰楼诗话》,《续修四库全书》本。
[149] 徐世昌著:《晚晴簃诗话》, 华东师范大学出版社 2009 年版。
[150] 方东树著:《昭昧詹言》, 人民文学出版社 1961 年版。
[151] 朱庭珍著:《筱园诗话》,《清诗话续编》本。
[152] 何文焕辑:《历代诗话》, 中华书局 1981 年版。
[153] 丁福保编:《历代诗话续编》, 中华书局 1983 年版。
[154] 杨钟羲著:《雪桥诗话》,《近代中国史料丛刊续辑》本。
[155] 潘德舆著:《养一斋诗话》,《清诗话续编》本。
[156] 陈衍著:《陈衍诗论合集》, 福建人民出版社 1999 年版。
[157] 陈衍著:《石遗室诗话》,《民国诗话丛编》, 上海书店 2002 年版。
[158] 梁启超著:《饮冰室诗话》,《梁启超学术论著集·文学卷》, 华东师范大学出版社 1998 年版。
[159] 王国维著:《人间词话》, 上海古籍出版社 1998 年版。
[160] 由云龙著:《定庵诗话》,《民国诗话丛编》本。
[161] 钱仲联著:《梦苕庵诗话》,《民国诗话丛编》本。
[162] 刘衍文著:《雕虫诗话》,《民国诗话丛编》本。
[163] 吴宓著:《空轩诗话》,《民国诗话丛编》本。
[164] 胡适著:《胡适诗话》, 四川文艺出版社 1991 年版。
[165] 吴宓著:《吴宓诗话》, 商务印书馆 2005 年版。

现当代研究论著及编著

[166] 钱基博著:《现代中国文学史》, 中国人民大学出版社 2004 年版。
[167] 章太炎著:《章太炎全集》, 上海人民出版社 1985 年版。
[168] 章太炎著:《国故论衡》, 上海古籍出版社 2003 年版。
[169] 汪辟疆著:《汪辟疆说近代诗》, 上海古籍出版社 2001 年版。
[170] 胡适著:《胡适古典文学研究论集》, 上海古籍出版社 1988 年版。
[171] 胡适著:《胡适文存》, 上海书店 1989 年影印版。

［172］钱穆著:《现代中国学术论衡》，三联书店 1999 年版。

［173］钱穆著:《中国文学讲演录》，巴蜀书社 1987 年版。

［174］钱穆著:《中国近三百年学术史》，商务印书馆 1997 年版。

［175］缪钺著:《诗词散论》，陕西师范大学出版社 2008 年版。

［176］闻一多著:《闻一多全集》，三联书店 1982 年版。

［177］钱钟书选著:《宋诗选注》，人民文学出版社 1989 年版。

［178］钱钟书著:《谈艺录》(补订本)，中华书局 1984 年版。

［179］钱仲联著:《当代学者自选文库·钱仲联卷》，安徽教育出版社 1999 年版。

［180］钱仲联著:《梦苕庵清代文学论集》，齐鲁书社 1983 年版。

［181］佛雏著:《王国维诗学研究》，北京大学出版社 1999 年版。

［182］郭绍虞著:《中国文学批评通史》，上海古籍出版社 1996 年版。

［183］郭绍虞著:《照隅室古典文学论集》，上海古籍出版社 1983 年版。

［184］陈子展著:《中国近代文学之变迁·最近三十年中国文学史》，上海古籍出版社 2000 年版。

［185］黄霖著:《近代文学批评史》，上海古籍出版社 1993 年版。

［186］朱光潜著:《诗论》，北京出版社 2005 年版。

［187］朱东润著:《中国文学批评史大纲》，上海古籍出版社 2001 年版。

［188］严迪昌著:《清诗史》，浙江古籍出版社 2002 年版。

［189］刘梦溪著:《传统的误读》，河北教育出版社 1996 年版。

［190］刘士林著:《20 世纪中国学人之诗研究》，安徽教育出版社 2003 年版。

［191］冯天瑜、何晓明著:《中华文化史》，上海人民出版社 1990 年版。

［192］张炯主编:《中华文学通史》，华艺出版社 1999 年版。

［193］张健著:《清代诗学研究》，北京大学出版社 1999 年版。

［194］郭延礼著:《中国近代文学发展史》，山东教育出版社 1990 年版。

［195］任访秋著:《中国近代文学史》，河南大学出版社 1988 年版。

［196］马亚中著:《中国近代诗歌史》，台湾学生书局 1992 年版。

［197］张仲谋著:《清代文化与浙派诗》，东方出版社 1997 年版。

［198］刘世南著:《清诗流派史》，台北文津出版社 1995 年版。

［199］裴世俊著:《钱谦益诗歌研究》，宁夏人民出版社 1991 年版。

［200］王运熙、顾易生著:《中国文学批评史》，上海古籍出版社 1996 年版。

［201］萧华荣著:《中国古典诗学理论史》，华东师范大学出版社 2005

年版。

［202］陈良运著：《中国诗学批评史》，江西人民出版社 2001 年版。

［203］黄药眠、童庆炳著：《中西比较诗学体系》，人民文学出版社 1991 年版。

［204］苏州大学中文系：《明清诗文论文集》，江苏古籍出版社 1986 年版。

［205］陈居渊著：《清代朴学与中国文学》，百花洲文艺出版社 2000 年版。

［206］郭延礼著：《近代西学与中国文学》，百花洲文艺出版社 2000 年版。

［207］蒋寅著：《清诗话考》，中华书局 2007 年版。

［208］魏中林著：《清代诗学与中国文化》，巴蜀书社 2000 年版。

［209］钱仲联讲述，魏中林整理：《钱仲联讲论清诗》，苏州大学出版社 2004 年版。

［210］朱则杰著：《清诗史》，江苏古籍出版社 2000 年版。

［211］严迪昌著：《严迪昌论文自选集》，中国书社 2005 年版。

［212］陆耀东编：《近代诗学》，湖南人民出版社 2000 年版。

［213］王利民著：《王士禛诗歌研究》，中华书局 2007 年版。

［214］王济民著：《清乾隆嘉庆道光时期诗学》，巴蜀书社 2007 年版。

［215］［美］韦勒克等著，刘象愚等译：《文学理论》，三联书店 1984 年版。

［216］袁行霈主编：《中国文学史》，高等教育出版社 2006 年版。

期刊论文

［217］吴孟复著：《别才非学最难凭——略谈清代的诗风与学风》，《明清诗文论文集》，江苏古籍出版社 1986 年版。

［218］胡先骕：《评胡适〈五十年来中国之文学〉》，《学衡》，1923 年第 6 期。

［219］钱仲联：《清诗简论》，《光明日报》，1983 年 12 月 27 日。

［220］钱仲联著：《清代学术平议》，《苏州大学学报》，1992 年第 4 期。

［221］严迪昌著：《清诗平议》，《文学遗产》，1984 年第 2 期。

［222］钱仲联、严明著：《沈曾植诗歌论》，《文学遗产》，1999 年第 2 期。

［223］魏中林著：《古典诗学的学问化问题与清诗研究》，《苏州大学学报》，2005 年第 5 期。

［224］魏中林著：《学问化视角下的古典诗学与清诗研究》，《湛江师范学院学报》，2006 年第 1 期。

［225］谭德兴著：《论郑珍文学的经学化》，《贵州文史丛刊》，2006 年第 3 期。

［226］蒋寅著：《顾炎武的诗学史意义》，《南开大学学报》，2003 年第 1 期。

［227］刘士林著：《20 世纪中国学人之诗三题议》，《求是学刊》，2003 年第 1 期。

［228］刘士林著：《诗之新声与学之别体——论 20 世纪的中国学人之诗》，《社会科学战线》，2004 年第 3 期。

［229］杨春俏、吉新宏著：《清代会试试帖诗题目出处及内容类型分析》，《晋阳学刊》，2007 年第 2 期。

［230］葛兆光著：《论典故——中国古典诗歌中一种特殊意象的分析》，《文学评论》，1989 年第 5 期。

［231］蔡镇楚著：《中国诗文化与文化诗学》，《湖南师范大学学报》2001 年第 6 期。

［232］焦亚东著：《互文性视野下的类书与中国古典诗歌》，《文艺研究》2007 年第 1 期。

［233］贺国强、魏中林著：《论“诗人之诗”与“学人之诗”》，《学术研究》，2009 年第 9 期。

［234］贺国强著：《近代宋诗派研究》，苏州大学 2006 年博士学位论文。

后 记

我比较匆忙地写出了这部书稿。我们常说，社会科学研究是个无底洞，你有多少时间和精力，它就有多少空间消融你的时间和精力。就说找材料吧，也许你花了两三年的时间，找到了你需要的百分之九十八的材料，但剩下百分之二的材料还须花两三年的时间，而这百分之二的材料，也许就是最为新颖、最有价值的材料。我这部书稿何尝不是只找到了百分之九十八的材料？于是只好自我安慰地说：我的人生之路应该才走完一半，今后我会花时间再琢磨这个课题。我不知道这是在安慰自己，还是在自欺欺人。

我能写出这部书稿，忘不了培养我六年的暨南大学和暨南大学的老师们，也忘不了与我朝夕相处的同门兄弟姐妹们。

2001 年 9 月，我从湘西南一个偏僻的师范学校走出来，负笈南下到羊城暨南大学魏中林先生门下，攻读古代文学硕士学位，毕业后又跟随先生工作了两年，2006 年 9 月再入师门攻读古代文学韵文学方向博士学位。这些年中，先生为我排除了工作和生活上的困扰，意欲让我能潜心修炼，但我这块重回炉的顽石几年过后仍是空空如也，让先生失望之余不免有恨铁不成钢之憾，“顽石”仍是顽石，仍是可以弃置大荒山无稽涯青埂峰下的丑石。

在暨大文学院所有的老师中，我最早见到的应是邓乔彬先生，不是在广州的暨大，而是十八年前我在上海华东师大求学之时，十八年后又在暨南园见到邓先生，而且能有机会坐在讲台下亲聆先生的教诲，这难道不是一种缘分吗？史小军先生可能比我大两三岁，所以同史先生交往虽曰师生，实则以兄长事之，小小烦恼事都可以说与先生听。程国赋先生是我入暨南园见到的第一位老师，我曾对人说若想见识年轻学者的风度，请到暨大来拜会程国赋先生。张玉春先生两度授我文献学，这是我颇感难学的课程，但先生的博学和善导让我真真认识到文献学对学好古代文学的帮助。赵维江先生菩萨心肠，很体贴学生，不管怎么忙，学生只要有事相求，绝对会放下手上的工作来帮忙，直到让你满意为止。张海沙先生的气质可以让课堂满室生辉，我发表的第一篇论文就是受先生启发而写出来的。徐国荣先生曾对我说，做学问一是靠功夫，二是须培养悟性，这话当我懒惰和迷惘之时就会常常想起。还有……

陈文忠、贺国强、白汉坤、崔向荣、颜文武、刘光耀、胡海义、蒋国林、王清溪、胡海义、夏令伟等诸师兄弟，我们相处时除了探讨学问上的事，还经常讲一些不太正经、愚不可及的话作为消遣。尤其是师弟颜文武，十四年前我俩几乎在同一天来到湘西南的一所师范学院工作；师弟胡海义，十四年前我站在湘西南这所师范学校的讲台上，他就坐在下面听我上课，今天我们却成了师兄弟，这又何尝不是一种缘分。还有李娇玲、花宏艳、张琼、尹玲玲、郑丽娟等师姐师妹，受孟夫子“男女授受不亲，礼也”的影响，交往少了些，但我们都相互帮助过。

我于2009年成功申请到教育部人文社会科学研究青年基金项目“晚清学人之诗研究”，这个课题的提出深受导师魏中林先生教育部人文社会科学基金项目“古典诗歌学问化问题研究”的启发。这部书稿是我所申报课题研究的一个总结，其中许多思想内容就是导师课堂上的謦咳之录，由于太多了，无法一一注出。我不知这算是吸收导师的学术思想，还是引用导师的学术成果。

这部书稿得到了暨南大学出版社总编史小军先生的鼓励和支持，前面说过我在暨大求学时几度聆听史先生的授课，现在这部书稿又得到史先生的审阅，我觉得这是缘分，更是幸运。此外，暨南大学出版社的周玉宏编辑、陈凯玲编辑、史学英编辑给了我无微不至的关照，他们认真细致的编审为本书增色不少。由于他们对这本书稿所抱有的信心和珍护之情，它才得以顺利出版。

宁夏江

2011年5月